主編：陳大為、鍾怡雯

華文小說百年選

中國大陸卷 貳

編輯體例

一、時間距度：以一九一八年為起點，到二〇一七年結束。

二、地理範圍：以臺灣、香港、馬華、中國大陸等四個創作質量較理想，而且學術研究成果已具規模的華文文學區域為編選範圍。歐美、新加坡等東南亞九國的華文文學，不在選文範圍內。

三、選文類別：以新詩、散文、短篇小說為主，在特殊情況下，節錄長篇小說當中足以反映全書敘事風格，而且情節相對獨立的章節。

四、編選形式：以單篇作品為單位，透過編年史的方式，讓不同時代作品依序登場，藉此建構一地文壇的百年文學發展脈絡。百年當中，總會有幾個時期的整體創作質量，或直接受到政治局勢左右，或受二戰的戰火波及，而導致嚴重的崩壞；但也總會有那麼幾個時代人才輩出，而且出版業興盛，每個「十年」（decade）的選文結果因此不盡相同，不過至少會有一兩篇重要的作品負責呈現那個「十年」的文學風貌，或文學浪潮。在此一理念下建構起來的百年文學地景，應該是相對完善的。

五、選稿門檻：所有入選作家必須正式出版過至少一部個人作品集，唯有發表於一九五〇年以前的部分單篇作品得以破例。

六、選稿基礎：主要選文來源，包括文學大系、年度選集、世代精選、個人文集、個人精選、期刊雜誌、文學副刊、數位文學平臺。至於作家及作品的得獎紀錄、譯本數量、銷售情況、點閱與按讚次數，皆不在評估之例。

七、作家國籍：華人作家在過去百年因國家形勢或個人因素，常有南遊北返，或遷徙他鄉的行述，部分作家甚至產生國籍上的變化。在分卷上，本書同時考慮「原國籍」、「新國籍」、「異地定居」、「長期旅居」等因素（不含異地出版），彈性處理，故某些作家的作品會分別出現在兩個地區的卷次。

目次

總序

華文文學・百年・選

《華文文學百年選》是一套回顧華文文學百年發展的大書，書名由三個關鍵詞組成，涵蓋了全書的編選理念。

先說華文文學。在中港臺三地以外的華人社會，華文是一顆文化的種籽，從華文小學到華文中學，從華語到華文課本，「華」字的存在跟空氣一樣自然，一般百姓不會特別去思量它的命名有何不妥。華語文不但區隔了在地的異族語文，其實也區隔了文化中國這個母體，它暗示了一種「海外」獨有的、在地化的「非純正中文」或「非純正漢語」，日子久了，發酵成像土特產一樣的腔調。

在一九八〇年代進入中國學術視域的「華文文學研究」，不包括中國大陸的境內文學，因為那是「中國文學研究」，臺港澳文學後來跟海外華文文學融為一體，統稱為華文文學。當時臺灣學界不重視這個領域，命名權自然被中國學界整碗端去，先後成立了研究中心、超大型國際會議、專業學術期刊，甚至主動撰寫各國文學史，由此架設起一個龐大的研究平臺，「世界華文文學」遂成囊中之物。華文文學自此獲得更多的交流與關注，學科視野變得更為開闊，我們對東南亞華文文學的研究，確實獲利於此平臺，中國學界的貢獻不容抹煞。不過，「海外」華文文學詮釋權旁落的問題十分嚴重，除了馬華文學有能力在一九九〇年代奪回詮釋權，其他地區至今都沒有足夠強大的本土研究團隊跟中國學界抗衡，發不出自己的聲音。世界華文文學研究平臺，是跨國的學術論壇，也是話語權的戰場。

近十餘年來，有些學者覺得華文文學是中共中心論的政治符號，必須另起爐灶，重新界定了「華語語系文學」，它的命名過程很粗糙且漏洞百出，卻成為當前最流行的學術名詞。它建基於學理和心理上的「雙重反共」，在本質上並沒有改變任何東西，沒有哪個國家或地區的華文文學創作和研究從此改頭換面。

再度把鏡頭轉向廿一世紀的中國大陸，情況又不同了。原本屬於海外華人專利的「華語」，被中國民間商業團體改了體質，撐大了容量，成了現代漢語全球化的通行證，華語吞噬了漢語的概念版圖，一個懷抱天下的「華語世界」在中國傳媒界裡誕生。其中最好的例子是「華語電影傳媒大獎」（十七屆）、「華語音樂傳媒大獎」（十七屆），和「華語文學傳媒大獎」（十五屆），全都是包含中國在內的影音文學大獎；如果再算上那些五花八門的全球華語詩歌大獎，即可發現華語在非官方的日常使用領域中，正逐步取代漢語或普遍話，尤其在能見度較高的國際性藝文舞臺。

我們以華文文學作為書名，兼取上述華文和華語的慣用意涵，把中國大陸涵蓋在內（一如我們主辦的「亞太華文文學國際學術研討會」），強調它的全球化視野。這種視野同樣體現在馬來西亞「花蹤世界華文文學獎」（九屆），卻在臺灣逐步消失。鎖國多年的結果，曾為全球華文文學中心的臺灣離世界越來越遠。

這套書的最大編選目的，不是形塑經典，而是把濃縮萃取後的華文文學世界，以編年史的形式帶進臺灣書市，學生和大眾讀者可以用最小的篇幅去了解華文文學的百年地景——展讀中國小說家如何歷經五四運動、京海之爭、十年文革、文化尋根，和原鄉寫作浪潮的衝擊，如何在新世紀開創武俠、科幻、玄幻小說的大局；或者細讀香港文人從殖民到後殖民，從人文地誌到本土意識的敘述；以及歷代馬華作家筆下的南洋移民、娘惹文化、國族政治、雨林傳奇。當然還有自己的百年臺灣文學脈動。

現代百年，真的是很長的時間。

這百年的起點，有幾種說法。在我們的認知裡，現代白話文的源頭來自白話漢譯《聖經》及晚清傳教士的衍生寫作，當時有些讚美詩的中文／中譯，已經是相當成熟的「歐化白話」，胡適不過借用現成的歐化白話來進行新詩習作，從這角度來看，《嘗試集》比較像是一筆重要的文學史料或遺產。真正對中國現代文學寫作具有影響力並產生經典意義的，是一九一八年魯迅發表的〈狂人日記〉，此文正式揭開中國現代文學乃至全球現代漢語寫作的序幕，是歷久不衰的真經典。故本書以一九一八年為起點，止於二〇一七年終，整整一百年。

百年文學，分量遠比想像中的大。

我們在過去二十年的個人研究生涯中，花了一半的心力研究中國當代小說、散文和詩歌，另一半心力則投入臺灣、香港、馬華新詩及散文，有關新加坡、泰國、越南、菲律賓的研究成果不及一成，北美和歐洲則止於閱讀。上述研究成果，以及我們過去編選的二十幾冊新詩、散文、小說選，都是這套大書的基石，編起來才不至於太吃力。經過一番閱讀與評估，我們認為只有中、臺、港、馬四地的文獻資料是相對完整的，文學史的發展軌跡十分清晰，在質量上足以獨自成卷，而且我們長期追蹤它們的發展，不時選取新近出版的佳作來當教材，比較有把握。歐美的資料太過零散，東南亞其餘九國都面臨老化、斷層、衰退的窘境，即使有很熱心的中國學者為之撰史，甚至編選出文學大系，但質量並不理想。我們最終決定只編選中、臺、港、馬四地，所以不冠以世界或全球之名，只稱華文文學。

最後談到選文。

每個讀者都有自己的好惡，每個學者都有自己的一部（沒有寫出來的）文學史，大家總是對別人編的選集產生異議。文學本來就是主觀的。為了平衡主編自身的個人口味與好惡，我們初步擬好隱藏其後的文學史發展架構，再從各種文學大系、年度選集、世代精選、選出部分被各地區的主流論述認可的經典之作；接著，從個人文集與精選、期刊雜誌、文學副刊、數位文學平臺，挖掘出能夠跟前者並肩的佳作。我們既選了擁有大量研究成果的重量級作家，和中流砥柱的實力派，同時也選了被主流評論忽略的大眾文學作家與文壇新銳。在同水平作品當中，我們會根據教學經驗挑選一些適合課堂討論，或個人研讀與分析的作品。至於作家的得獎紀錄、譯本數量、銷售情況、點閱與按讚次數、意識形態、族群政治等因素，皆不在評估之例。

編這麼一套工程浩大的選集，確實很累。回想埋首書堆的日子，其實是快樂的——重溫了一路陪伴我們成長的老經典，發現了令人讚歎的新文章。我們希望能夠把多年來在教學和研究方面累積的成果，轉化成一套大書，它既是回顧華文文學百年發展的超級選本，也是現代文學史和創作課程的理想教材，更是讓一般讀者得以認識華文文學世界的一流讀物。

陳大為、鍾怡雯

二〇一八年一月八日　中壢

序

敘事的仙術

故事講得好，會成為一門仙術。

曾有百千萬個大清朝的子民在茶館裡或涼亭外，如痴如醉，跟著說書人的嘴形在編織大夢——那刀槍不入的乩身，單憑六壬神功的拳頭，輕易粉碎了石砌的禮拜堂和洋鬼子，拳拳到肉，宛如再現的水滸加封神，連朝廷都被圈粉了。後來拳匪敗亡於洋槍之下，宿醉的聽客才緩緩醒來，已是八國聯軍兵臨城下的一九〇一年秋天。

真實的義和團事件跟小說虛構的情節，有好些地方是一樣的，它絕對可以衍生出很多部長篇小說。拳亂之後出現了一個說法：長久以來，中國老百姓對仙術的迷信來自小說，義和團的咒術和降神附體的神祇統統取材自小說。小說被很合理的黑化了，尤其淺文言的大眾通俗小說。要怪誰呢？去怪鉛活字排版和石版印刷吧，它們是怪力亂神之言得以燎原的幫凶。最有遠見的是康有為，早在一八九七年就曾感慨：「僅識字之人，有不讀經，無有不讀小說者。故六經不能教，當以小說教之；正史不能人，當以小說人之；語錄不能諭，當以小說諭之；律例不能治，當以小說治之。」再經拳匪禍國，梁啟超在一九〇二年的〈論小說與群治之關係〉很肯定的說：「欲新一國之民，不可不先新一國之小說。」唯有從老百姓痴迷的讀物下手，透過健康的故事講述，方能拯救傾頹之國家。接下來的幾年，文學質地平庸的大眾小說暴量產出，傳統小說達到最後的假高潮。

話說一九〇二年，魯迅才二十一歲，剛以官費留學東京弘文學院，隨即剪掉了辮子。魯迅的文學成長史是承先啟後的最佳見證：他受過深文言的國學教育（日後以此論述國學）、讀過淺文言的晚清大眾小說、吸收了傳教士為了翻譯聖經自創的歐化白話文，魯迅（及其同代文人）就借這種新式白話文來寫小說。對魯迅來說，親身經歷過的晚清猶如剪去的辮子，〈狂人日記〉（1918）才是對古老的中國小說傳統展示出「現代性的斷裂感」和「滅門式的破壞力」的新小說，它在文學史的斷代意義，絕非之前各種文學革命宣言所能及。不過，它只撼動知識份子的靈魂，鐵屋子裡的遍地庸眾始終沒喚醒。

一九二一年，留學東京帝國大學的郁達夫用一年時間寫了三個短篇，火速結集成震驚文壇的《沉淪》；兩年後，〈春風沉醉的晚上〉（1923）寫出傳統小說難以企及的人物心理活動及其淨化過程，嶄新的技藝鞏固了中國現代小說的第二片基石。這一年，只受過小學教育的沈從文進京闖盪，在逆境中開始創作，數年後大成，〈漁〉（1929）、〈三個男人和一個女人〉（1930）、《邊城》（1934）等有關湘西的原鄉寫作，開創了一片詩化的土地，讓他坐穩了京派文人的太師椅。京派不等同於京味，老舍的京味是最道地的。老舍在一九二二年發表少作，一路寫下來陸續交出《駱駝祥子》（1936）等幾部長篇，短篇首推京味十足的〈柳家大院〉（1933）。海派的穆時英十八歲成名，發表〈白金的女體塑像〉（1934）時也才二十一歲，前衛、細膩的筆法讓他很快成為「新感覺派聖手」。民國時期的短篇小說，不再是茶館裡或涼亭外的一嘴仙術，恐怕沒幾個販夫走卒看懂為何魯迅〈出關〉（1935）要顛覆老子典故，或者蕭紅〈牛車上〉（1936）所壓縮的時代悲劇。故事回到文字的內部，往往會添一層深意，變成只有菁英能解的深白話。儘管趙樹理〈小二黑結婚〉（1943）用上民間評書的技法，一時也找不回仙術般的魅力。

中共建政後，必須曉得什麼是政治正確，才能像陸文夫〈小巷深處〉（1956）和林斤瀾〈新生〉（1960）那樣，寫出不同遭遇的人民如何在新社會裡新生，又兼顧到小說的藝術性。那個年代讀小說的不止讀者，還有黨的顯微鏡和爪牙。從建政到文革結束，文壇充斥著作為時代寫作樣板的紅色小說，好不容易等到改革開放，才有劉心武和盧新華發表主題先行的傷痕小說，接著是高曉聲〈李順大造屋〉（1979），透過一則幽默的順民生活史，來反思建政三十年來農村的制度和問題，成了反思小說的代表作。當代小說的第一波真高潮，該從尋根算起。嚴格來說，尋根熱是一九八五年夏天的大事，但汪曾祺〈受戒〉（1980）、彭見明〈那山　那人　那狗〉（1983）、阿城〈棋王〉（1984）都被追溯成前驅之作。汪曾祺在典雅和俚俗之間焠煉出極為簡潔的散文化語言，又略帶詩意，把鄉土小說帶入全新境界，江蘇高郵成了湘西鳳凰之後的第二個原鄉地景。後來史鐵生〈我的遙遠的清平灣〉（1983）寫了老知青在陝北黃土高原的插隊記憶，又把讀者帶入另一種質樸、動人的現實土壤。小說開始恢復了仙氣。

一九八五年是大潮之年，莫言〈透明的紅蘿蔔〉（1985）和扎西達娃〈西藏，繫在皮繩扣上的魂〉（1985）不約而同的吸收了拉美魔幻現實主義，前者開創出高密原鄉傳奇，最終抵達諾獎巔峰；後者以深厚的藏傳佛教信仰體系為底蘊，融合拉美魔幻手法，在藏族文化精神和世界觀的內部，開創了一個龐大的藏傳魔幻現實主義傳統，阿來〈魚〉（2000）、次仁羅布〈放生羊〉（2009）、柴春芽〈一隻玻璃瓶裡的小母牛〉（2009）都是接脈之大作。對藏密和苯教的認識越深，讀者能觸及的礦脈越堅實。尾隨魔幻登場的，還有埋首於後設實驗的孫甘露〈島嶼〉（1989）和李馮〈我作為英雄武松的生活片斷〉（1993），以及殘雪〈飼養毒蛇的小孩〉（1990）的荒誕敘事。當然，並非全部小說家都沉溺於西方文學思潮，韓少功〈北門口預言〉（1992）、畢飛宇〈哺乳期的女人〉（1996）、葉兆言〈哭泣的小貓〉（1996）、王安憶〈喜宴〉（1999）、紅柯〈吹牛〉（1999）皆以說書人的本色和非凡技藝，講了一個又一個迷人的故事。

跨過千禧年，小說界迎來的第一個浪潮是底層敘事，劉慶邦〈幸福票〉（2001）以自身的底層經驗滲入故事的礦層；王祥夫〈半截兒〉（2003）、〈堵車〉（2005）憑著微觀之心和冷酷之筆，寫出了生命的痛和人性的光。三篇都是箇中精品。李銳不寫底層，〈袴鐮〉（2004）展現了對土地的深厚觀照；盛可以不寫農村，〈手術〉（2003）剖析了新時代的都市愛情病理。接下來十餘年，老將新人各顯神通，遲子建〈一罈豬油〉（2008）、顏歌〈白馬〉（2009）、蘇童〈她的名字〉（2013）、蔡駿〈北京一夜〉（2014）、路內〈刀臀〉（2014）、徐則臣〈狗叫了一天〉（2016）、李浩〈會飛的父親〉（2016），在簡單的故事裡展現出化腐朽為神奇的仙術。

最後不得不提劉慈欣〈贍養上帝〉（2012）及其長篇科幻，恢宏的科幻視野補全了中國小說的最後罩門，不再學晚清前輩抄襲西方；徐皓峰〈師父〉（2012）則是「硬派—國術流」小說的鎮館之寶，雖重啟了民國武林的地圖，但正統武俠小說恐怕大勢難再；貓膩的超級長篇《將夜》（2011-2014）橫空出世，將玄門仙術、武學搏擊、兵法權謀融於一爐，是這一波玄幻修真大潮中難以超越的頂尖之作。方興未艾的修真小說是仙術的敘事，不會滋生拳匪，但過度量產的低水平網路寫作，卻在量產庸眾，絕對是小說界巨大的暗傷，誰還聽見魯迅遠去的吶喊？

陳大為　二〇一九年五月十三日

幸福票

2001

劉慶邦

孟銀孩擁有三張幸福票了。他把幸福票和自己的身分證相疊加，放進一個柔韌性很好的塑料袋裡。可著身分證片子的大小，他把塑料袋折了一層又一層，折得四角四正，外面再勒上兩道皮筋，才裝進貼身的口袋裡。

對於外出打工的孟銀孩來說，身分證當然很重要，沒有身分證就無從證明他哪來哪去，姓什名誰，他的存在就像是虛妄的存在，簡直寸步難行。可是，在沒獲得幸福票之前，他都是把身分證放在掛於宿舍牆上的那個帆布提包的偏兜裡，從沒有像現在這般珍視。實在說來，他把身分證與幸福票包在一起，是利用身分證的硬度和支撐力，對比較綿軟的幸福票提供一些保護。是身分證沾了幸福票的光，有了幸福票，身分證才跟著提高了待遇。幸福票關係到人的幸福。可見一個人的幸福比身分更重要。

不管下窯上窯，孟銀孩都把那牌塊形狀的寶貝東西隨身帶著。趁擦汗的工夫，他都能把幸福票摸上一摸。他在褲衩貼近小腹的地方縫了一個暗口袋，幸福票就在暗口袋裡放著。隔著被汗水溼透前沾滿煤汙的工作服一摁，他就把幸福票摁到了。幸福票貼向腹部時，他似乎感到了幸福票與他的肌膚之親。汗水是流得很洶湧，褲襠裡黏得跟和泥一樣。這不會對幸福票構成半點損害，他相信幸福票的包裝和密藏都絕對萬無一失。

在窯上洗澡時，孟銀孩的褲衩也不脫下來。窯上供給的洗澡水是定量的，每人每天只有一盆。

他只能小洗，不能大洗。外面已是寒冬，宿舍裡生了一爐煤火。他把屬於自己的那盆水放在火頭上燎一燎，用一根手指插進水裡試試，覺得水溫差不多了，就脫下工作服開始洗。他的手很黑，連雙手指甲的光滑面上都沾了煤粉，成了黑的。就在他用一根手指試水溫的當兒，那根手指就像是一管帶有墨汁的毛筆，一入水黑色就擴散開了，無色透明的水霎時變成有色烏塗的水。他洗了臉，再洗脖子，身上也簡單擦一擦。他洗澡用的毛巾本來是印有紅花綠葉的，用過一兩次後，花也沒了，葉也沒了，都變成煤炭了。他沒有洗頭。每天都不洗頭。兩個多月沒有理髮，他的頭髮已相當長了。這樣長的頭髮是存煤的好場所，洗是洗不起了。他相信，要是用一盆水洗頭的話，盆裡至少會沉澱半盆子精煤。

跟孟銀孩一塊上窯的有好幾個窯工，他們有的只洗洗臉，連脖子都不洗。有的卻站在火爐旁，脫光身子，把身前身後都洗到。有一個叫李順堂的傢伙，特別重視清洗被他自己稱為老大的生殖器官。他把那玩意兒前前後後、裡裡外外、皺皺褶褶都洗得很仔細，還抹上洗頭用的膏子，在上面搓出一大片白沫。這還不算，他事先舀出一茶缸子清水，把清水溫得不熱不涼，一手托著那玩意兒，一手倒水沖洗。清洗擺弄期間，他的老大蓬勃得紅頭漲臉，一直處於亢奮狀態。為此，他頗為得意，炫耀似地問別的窯工：怎麼樣？棒不棒？好使不好使？

別的窯工沒人回答他的問題，只是拿眼瞥了瞥，沒怎麼表示欣賞。這玩意兒你有我有他也有，誰也不比誰的差。他們都把目光轉向孟銀孩。

孟銀孩頓生牴觸，他在肚子裡罵了一句娘，心說：你們都看我幹什麼！昨天，李順堂提出跟他借一張幸福票，他拒絕了。他心裡明白，這會兒別人看他是假，關注他的幸福票是真，目的還是引導李順堂再向他討借幸福票。他轉過身子，給別人一個後背，把腹前的幸福票掩護起來。他把毛巾絞絞，在褲衩裡面草草擦幾把就算了，換上了在地面穿的絨衣絨褲。

李順堂雙手推著兩塊後臀，把老大的矛頭對著孟銀孩指了兩指。他雖然是憑空指的，因動作比較誇張，還是把人們逗笑了。

背著身子的孟銀孩不知別人為何發笑，他猜大概是李順堂在他背後使壞。

李順堂自己不笑，他說：孟師傅，你幹麼老是放著幸福不幸福，小心幸福票發了霉，黑頭髮的小姐變成白毛老太太。

孟銀孩說：你怎麼知道我不幸福？

李順堂有些驚奇：這麼說你是幸福過了，好，你總算想通了。你什麼時候去幸福去的，給咱哥們儿講講怎麼樣？

孟銀孩不講，他說沒什麼好講的。他不能像李順堂，好幾個月總共才掙到一張幸福票。李順堂領到幸福票的當天，燒得屁股著火，急忙趕到「一點紅」歌舞廳就把幸福票花掉了。回來後，李順堂把小姐誇成沒下過蛋的嫩雞，向滿世界的人直講。李順堂講一回，添油加醋一回，好像他不只幸福一回，而是幸福過一百回了。

李順堂知道孟銀孩有三張幸福票。窯上的人都知道。關於幸福票的獎勵政策是明的，只要小月下夠三十個窯，大月下夠三十一個窯，哪個窯工到月底都可以得到一張幸福票。窯主給窯工發幸福票時也是明打明，窯主說：這是好事，喜事。別看這一張小紙片，裡面自有顏如玉，它代表著本老闆給你發小姐呢，發媳婦兒呢，知道吧！李順堂不相信孟銀孩的三張幸福票都花完了，問：你不是有三張幸福票嗎？怎麼？一次都花完了？你是怎麼花的？難道把小姐排成一排，你來了個一對三？

孟銀孩想像不出一對三是什麼樣子，又不是打撲克，搓麻將，什麼一對三，三對一！他說：我的票子我當家，想怎麼花就怎麼花，你管不著。

此時李順堂已把老大收拾停當，用衛生紙擦拭一下，把老大裝起來了。他知道孟銀孩是個摳門兒的傢伙，說不定連一張幸福票都沒捨得花。他到底再次開口，讓孟銀孩把幸福票借給他一張，等他到月底把幸福票掙下來，一定還給孟銀孩。

孟銀孩沒答理李順堂，到地鋪上拉開被子睡覺去了。他覺得李順堂這個人太沒臉沒皮，昨天說了不借給他，他今天又來了。現在幸福的地方多的是，聽說泉口鎮南邊那個丁字路口，一街三面都是歌廳。沒有幸福票也沒關係，只要肯花錢，隨便走進哪個歌廳都能得到幸福。錢就是另一種幸福票。李順堂不想花錢，又想幸福，天下哪有這種道理！

不料李順堂對孟銀孩說：我知道你的幸福票在哪裡放著，小心我給你偷走！

孟銀孩說：你敢！他樣子有些惱，說李順堂要是敢偷走一張，他就讓李順堂賠他十張。

李順堂卻笑了，說：怎麼樣，我說他的幸福票在褲襠裡掖著，一張都沒花，我沒說錯吧！

這個狗日的李順堂，原來是拿話試他。他也難免有點吃驚，李順堂怎麼會知道他的幸福票所藏的地方呢？說不定這小子已經偷過他了，因偷不到幸福票，李順堂只好往他身上的隱祕處咋唬。在被窩裡，他的手不知不覺往下運行，摸到那塑料包還完好地存在著。他的手沒有馬上離開，而是踏踏實實地把幸福票連同身分證都捂住了。他覺得這地方仍是最保險的，就算李順堂知道幸福票藏在哪裡，狗小子也沒辦法偷走。只要他的褲衩還穿在腰裡，幸福票跟穿在肋巴骨上也差不多。孟銀孩正值壯年，不是不懂得幸福票的妙處。他只要到窯主指定的「一點紅」把幸福票交上一張，就會有一位小姐主動為他服務，摟腰可以，親嘴也可以，摸小肚子可以，他想讓人家怎樣服務，人家都會滿足他的要求。他的窯哥子手持幸福票，到那裡接受服務的不是一個兩個了。他們每個人回來都有一套說頭，每個人說的都不一樣，彷彿他們嘗到的不只是「一點紅」，而是八點紅，九點紅。孟銀孩手裡攢下了三張幸福票，這意味著他手裡握有三個小姐，每個小姐都夠他幸福一氣的。他似乎覺得手下有些跳動，像是小姐們等不及了，從幸福票上走了出來，爭著對他獻殷勤，還動手撈摸他的下身，這個一下，那個一下。他正有些招架不住，被撈摸的那個東西騰地跳將起來，把自己的形象樹立得頗為高大，像個勇士，並彷彿自告奮勇似地說：我來了，一切由我對付！孟銀孩沒有讓「勇士」由著性子來，他只是笑了一下，沒有拍「勇士」的頭，連一句鼓勵的話都沒說，而是把「勇士」晾在了一邊。再勇敢的「勇士」也禁不起這種晾法，不一會兒，「勇士」自己就洩氣了，就蔫下去了。

孟銀孩之所以捨不得把幸福票花出去，主要是因為幸福票是有價證券。窯主說過，一張幸福票頂三百塊錢呢。窯工把幸福票在小姐那裡花掉，小姐拿著幸福票找到窯上帳房，每張幸福票帳房就得支付給人家三百塊錢，一分錢都不能少。孟銀孩一聽就把幸福票的價值記住了，乖乖，三百塊錢哪！老婆在家辛辛苦苦種地，一畝麥子從頭年秋天長到第二年夏天，一年四季都經過了，打下的麥子也不過值個二、三百塊錢。而他一張幸福票的價錢就能買到一畝地的麥子。再拿雞蛋來換算。去年中秋節，出了嫁的妹妹回娘家看望年近八十的母親，給母親用手巾包了一兜雞蛋。這兜雞蛋母親自己捨不得吃，也不讓別人吃，說拿到街上賣了秤鹽。雞蛋就那麼有數的幾個，老婆悄悄數過了，母親趁人不在家拿到方桌上去數。雞蛋在桌面上是會滾動的，母親的手沒雞蛋快，結果有一個雞蛋從桌子上滾到地上摔碎了，摔得黃子塗地，捧都捧不起來。老婆發現雞蛋少了一個，懷疑母親煮著吃了。母親既不承認自己吃了，也不敢說明是她數雞蛋時把雞蛋摔碎了，只是一次次指天賭咒，咒賭得又大又難聽。那天兒子學校沒課，在裡間屋寫作業，兒子把母親摔碎雞蛋的事看見了。在老婆和母親因一個雞蛋鬧得不可開交的時候，兒子出來作證，把母親摔雞蛋的事實揭發出來了。

母親羞愧難當，哭得昏天黑地，兩天不吃不喝，差點歸了西。孟銀孩每想起這件事就心情沉重，一個雞蛋才值多少錢！他要是把一張幸福票換成錢的話，夠買一千個雞蛋都不止。試想想，他怎能捨得輕易把幾畝地的麥子和幾千個雞蛋扔到那個不見底的地方去呢！還有，他女兒考進了縣裡的一所中專，每年的學費就得好幾千。家裡翻房子更是大事，更需要一筆大錢。兒子眼看就到了說親的年齡，如果房子翻蓋不成，就沒人給兒子提親。兒子結不了婚，就不會產生孫子，就等於他家從此絕後了。這是萬萬不行的。孟銀孩是一個有遠見和對家庭負責任的人，對比幸福票裡所包含的小姐，他更看重幸福票的金錢價值。

當李順堂再次提到他的幸福票時，他口氣有所鬆動，答應可以商量。商量來商量去，因差距太大，二人最終未能達成協議。李順堂問他一張幸福票想賣多少錢。他表示並不多要，窯主說值多少錢他就收多少錢。李順堂說：你想賣三百？狗屁！你也不打聽打聽現在的行情，小姐多得都臭大街了，五十塊錢就泡一個。別說打野雞了，幹一隻外國飛來的白天鵝也花不了三百。

孟銀孩也知道幸福票賣不出原價，買賣心思不相投，一開始他不能自己降價。他問李順堂願意出什麼價。

李順堂向他伸出後面的三根指頭。

孟銀孩心上一喜，李順堂出的價錢跟他想要得到的數目不是一樣嗎！這個李順堂，真會開玩笑。然而李順堂說了：請你不要誤會，我一根手指頭只代表十塊。

孟銀孩的眉頭頓時皺起來，要李順堂不要開玩笑。

兩個人又協商了一會兒，孟銀孩咬咬牙作出重大讓步，把一張幸福票的價錢退到二百五十，說他再也不能讓了。李順堂也拿出了應有的姿態，把價錢加到五十，說這就是最高價了，多一分他都不出。兩人的買賣到底沒能做成。買賣不成仁義在，李順堂還是勸孟銀孩只管到「一點紅」玩一把，一個女人一個坑，坑與坑各不相同，只有到不同的坑裡去撲騰，才能真正體會到做男人的幸福。

孟銀孩說：小心坑裡的水嗆了你的肺管子！

李順堂說孟銀孩是死腦筋，不開竅。

天越來越冷，外面下起了小雪。天越冷，煤越好賣。從窯下提出來的新煤還冒著熱氣，雪花在煤上還沒停住，就被等在窯口的大斗子汽車裝走了。據說這個小煤窯的窯主很會做生意，煤價比國營大礦低得多。他採取的是薄利多銷的策略。他還有一個重要的營銷手段，誰來買他的煤，他就給人家一些回扣。回扣裡除了現金，還有一張兩張幸福票。那些買煤的人和拉煤的司機對幸福票都很感興趣，一得到幸福票就拍著窯主的肩膀哈哈大笑，誇小窯主善解人意，夠意思！夠意思！離春節還有一個多月，窯主對窯工的獎勵政策也有所調整，這月誰只要下夠二十六個窯，就可以得到一張價值四百塊錢的幸福票。幸福票的價值為什麼提高了呢？窯主解釋說，節前「一點紅」的生意比較好，價格有所上調，所以幸福票的含金量也跟著相應增加。

孟銀孩暗自慶幸，看來他沒急著把幸福票出手就對了，幸福票不但保值，還增值。這才叫有福不在慌，無福跑淌漿。孟銀孩也有了新的想法，幸福票的價錢眼下恐怕是最高的，他得抓緊時機，趕快把幸福票拋出去。等過了春節，幸福票的價錢肯定下跌，那時再出手就不划算了。

孟銀孩正發愁通過什麼渠道才能把幸福票換成現金，這天午後，「一點紅」的一位小姐到窯工宿舍來了。小姐穿著一件銀灰色羽絨長大衣，腰身勒得很細。小姐的個頭兒不是很高，但她的鞋很高，鞋底很厚，人就顯得高了。小姐的眉毛很黑，臉很白，嘴唇很紅。小姐輕輕一笑，全宿舍的窯工都傻了，誰都笑不出來。有的窯工跟這位小姐打過交道，問她是不是送貨上門。

小姐說：送貨上門又怎麼樣，現在講究提高服務質量嘛！

話一說開，窯工們都興奮起來，紛紛跟小姐說話，讓小姐坐。

小姐看看哪兒都是黑的，沒有坐，說：看你們這兒髒的，跟豬窩似的。

李順堂接話：你說對了，我們這兒就是豬窩。你來了就不能走了，什麼時候給我們生下一窩豬娃子再說。

小姐說：不走就不走，你們誰手裡還有幸福票？

原來小姐是上門收購幸福票來了。大家一致推薦孟銀孩，說他放著三張幸福票呢。

小姐樣子有些驚喜，說：真的？遂向坐在地鋪上的孟銀孩走去。

孟銀孩一直沒有說話。不知為什麼，他胸口怦怦跳，心裡有些緊張。他覺得這位小姐的確長得很漂亮。

小姐對孟銀孩評價說：這位大哥一看就是個好人，是個知道顧家的人。

孟銀孩被小姐恭維得頭皮發躁，臉也有些紅，不說話不行了，他說：你不要聽他們瞎說，我哪裡有幸福票。他問小姐叫什麼名字。

小姐說，她叫小五紅。

小五紅？你姓小嗎？

小五紅說，她不姓小，小五紅是她的藝名。小五紅認為他們這裡還挺暖和，解開外面繫成花兒的腰帶，把大衣敞開了。小五紅裡面穿一件緊身乳白細羊毛衫子，奶子把衫子頂得很高，眼看要把衫子頂破。小五紅一解開懷，一股子香氣忽地就冒出來。她對孟銀孩說：在外打工多不容易呀，有福該享就享，有福不享過期作廢。

別的窯工都讚成小五紅的觀點，把小五紅的話接過來遞過去地重複。他們的眼睛都火火地亮著，鼻翅子張得很寬。李順堂已有些躍躍欲試，急於給窯工哥子們作一個榜樣，他說：你們都出去，我跟小五紅單獨練練。他又以命令的口氣，讓孟銀孩把幸福票給他留下一張。

孟銀孩還是否認他有幸福票。

這時有一個窯工提議：咱們都出去吧，給孟師傅創造一個機會。咱們都在這裡，人家孟師傅想幸福也沒法幸福呀！

這話有理。窯工們有的穿鞋，有的披衣，準備出去暫避。李順堂樣子不太情願出去，對孟銀孩說：嘴饞夠不到自己的雞巴，別放著好雞肉吃不到嘴裡。他走到小五紅跟前，把小五紅的小鼻頭捏了捏，讚歎說：女人真是好東西呀！

小五紅回敬說：男人也是好東西呀！

孟銀孩當然不會單獨跟小五紅留在宿舍裡，他不知道那將會出現怎樣的局面，別人穿鞋，他也到地鋪外面去穿鞋。

窯工們上去攏住他的肩膀，把他摁在地鋪上，不許他穿鞋出去，說他要是出去了，把新娘子一個人留在屋裡算怎麼回事。李順堂還一腳把他的大頭棉鞋踢飛了，說去他媽的。

孟銀孩惱了，罵了人，彷彿別人要合起夥來把他往火坑裡推，嚷著，放開我，放開我，你們要幹什麼！結果，別人還沒出去，他自己倒先躥出去了。

孟銀孩沒去過「一點紅」歌舞廳，他見到了小五紅，就算認識「一點紅」的人了。這使他想出一個新辦法，要和小五紅進行一筆交易。他打算把幸福票交給小五紅，並不動小五紅，托小五紅到窯上的帳房把錢兌換出來，然後給小五紅一定的好處費。當然了，他只能先交給小五紅一張幸福票，探探小五紅的路子，要是交易順利的話，他再交給小五紅第二張，第三張。他想到了，也許小五紅會使勁貼他，糾纏他，讓他把幸福票花在她身上，再獨吞幸福票的票款。為了避免出現這種情況，為了防止到時候自己管不住自己，他找了一個背人的地方，把自己攢了好久的熱東西做出來了。他瞇縫著眼，是想著小五紅的可人樣子，念著小五紅的名字做的，彷彿真的和親愛的小五紅把好事做成了。當他最終看著自己很有質量的東西拋灑在骯髒的、凍得很硬的土地上時，未免長長地嘆了一口氣，覺得他的東西可惜了，真的可惜了。他從小就聽人說過，男人吃十口飯才能生成一滴血，十滴血才能變成一滴精華，這麼一大片精華，需要吃多少飯才能長出來啊！

孟銀孩是趁晚上到泉口鎮的「一點紅」歌舞廳的。半路上，他把塑料包掏出來，剝開，取出一張幸福票來。幸福票就是一張薄紙片，上面印有幸福票三個黑字，加蓋著窯上的紅色公章，很像以前使用過的地方流通糧票。他把捏著幸福票的手別進褲口袋裡，找了半條街，費了好大工夫，才把

「一點紅」找到了。那裡歌舞廳太多，一家挨一家。門面上燈光也差不多，都是一片炫人眼目的亂紅。不管他走到哪家歌舞廳門口，都有人跟他打招呼，把他叫成先生，讓他裡邊請。對於這樣的熱情，孟銀孩有些不大適應，他沒敢說話就走過去了。「一點紅」三個字也是由霓虹燈組成的，只是點字下面的四個點不亮了，成了「一占紅」。孟銀孩正在門外找占字下面的四點兒，老闆娘已到他身邊來，介紹說她們這裡是有名的「一點紅」，請進去點吧。

孟銀孩問她們這裡是不是有個叫小五紅的。

老闆娘說有呀，小五紅可是她們這裡最紅的小姐，誇他這位先生真是好福氣，不知怎麼就把小五紅點準了。老闆娘一邊把他往歌舞廳裡領，一邊喊小五紅出來迎接客人。

歌廳裡有不少旁門，小五紅應聲從一個小門裡轉出來了。小五紅一見是孟銀孩就笑了，老相識似地說：大哥是你呀，我就知道你一定會來找我。說著抱住孟銀孩的一隻胳膊，輕輕一擁，就把孟銀孩擁進一間小屋裡去了。小屋無窗，燈光也比較昏暗，牆根兒放著一只寬展的長沙發。小五紅把孟銀孩安置在沙發上，問他用點什麼。孟銀孩頭腦脹著，聽不懂小五紅說的用點什麼是什麼意思。

小五紅說：請問你是喝酒？喝飲料？還是喝茶？

孟銀孩這次聽懂了，他搖頭，說他什麼都不喝。

小五紅說：那，大哥給我買盒菸抽吧！

小五紅的話說得這樣明白無誤，孟銀孩還是聽錯了，他以為小五紅讓他抽菸，說：我不抽菸。孟銀孩緊張成這種樣子，當然是小五紅造成的。小五紅的穿戴與那天去窯工宿舍不同些，她下面穿著超短的裙子，把兩條結實的好腿甩了出來。她上身穿一件細背帶黑色羊絨衫，兩隻肥奶子半遮半掩，緊緊擠在一起，擠得冒突著，眼看要白光一閃，滑脫出來。孟銀孩心口跳得嗵嗵的，裝在褲兜的手指分泌出一層黏黏的東西，幾乎把幸福票浸溼了。

小五紅把唱歌機打開了，遞給孟銀孩一支唱筒，讓他唱歌。他不唱。小五紅拉他起來跳舞。他也不跳。那麼小五紅問他：你是不是現在就要做？

孟銀孩問做什麼？

小五紅說：大哥知道做什麼。好了，把幸福票拿出來吧。

孟銀孩沒把幸福票拿出來，總算把來意說出來了。

小五紅樣子有些驚訝，說大哥真會說笑話，常言說水往低處流，我要是把票換錢給你，那不成了水倒流了？我們這裡歷來沒這個規矩。好了，來吧，我幫大哥把外面的衣服脫下來，看大哥熱得這一頭汗。

孟銀孩往頭上摸了一把，果然沾了一手汗水。不知為何，他覺得沾在手上的汗水是涼的。他拒絕小五紅給他解釦子，問小五紅能不能再商量商量。

小五紅說：一張幸福票做一次，沒什麼好商量的。大哥別壞我們的生意，我們掙點錢也不容易。事情沒有商量的餘地，孟銀孩不說話了。

小五紅以為他動了心，遂將一條白胳膊搭在他脖頸上，另一隻手摸索他褲子前面的開口，說小妹都著急了，來，讓我看看大哥的傢伙大不大！

這叫什麼話！此地不可久留，再待下去非壞事不可。孟銀孩猛地從沙發上站起來了，擺脫小五紅，奪門而去。他聽見小五紅和老闆娘從歌廳裡跟了出來，老闆娘問怎麼回事，小五紅說：哼，傻驢一個！

孟銀孩只得來到窯上的帳房，問會計幸福票能不能直接換成錢。會計是一個上歲數的人，按照財務制度，他讓孟銀孩去找老闆在幸福票上簽字，老闆簽多少錢，他給孟銀孩兌換多少錢。

老闆就是窯主。孟銀孩去找窯主簽字之前，費了好幾天猶豫。他知道窯主是很厲害的。一個窯工在幸福票的問題上不知說了句什麼不好聽的話，窯主著人把那個窯工痛揍一頓，立即把人家攆走了。窯主的辦公室是個套間，外間一天到晚有手持電棍的保鏢把守，見窯主須經保鏢通報，得到窯主允許方可見上窯主一面。據說窯主手裡還握有快槍，窯主夜間駕著越野車到黃河故道裡打兔子，礦燈一照，兔子立起身子，像個小人兒似的。窯主一槍就把「小人兒」撂倒了。他害怕說不了兩句話窯主就得把他崩回來。可是，不找窯主他又沒有別的路可走。他不能老是把幸福票壓在手裡，幸福票一天不換成錢，他就一天不踏實。

窯主沒有他想像的那麼凶，得知他手裡有三張幸福票時，窯主微笑著，問他難道對女人沒有興趣嗎？

孟銀孩說：女人，女人……是的。

什麼是的？

女人都是填不滿的坑。

你填過幾個坑？

沒填過。

沒填過你怎麼知道填不滿！據寡人的經驗，填一個滿一個，你不妨去試一試。

窯主到底沒在孟銀孩的幸福票上簽字，而是給孟銀孩講了一番道理。窯主說，他為什麼給弟兄們發幸福票沒發成現金呢，就是想到了有的人捨不得花錢去幸福。要是給孟銀孩把幸福票換成現金，就失去了幸福票本身的意義。票字旁邊還立著一個女字，要是光看見票字，看不見女字，幸福票就算白領了，男人也白當了。

新的幸福票發下來的同時，窯主讓人代他向窯工宣布，舊的幸福票全部作廢。原因是發現有人用假冒的幸福票到「一點紅」去幸福。窯工們看了看，新的幸福票上面，黑字果然改印成了紅字。

黑字的幸福票作廢了，孟銀孩捨不得扔掉，仍和身分證放在一起。讓他感到犯愁和緊迫的是新領到的帶紅字的幸福票怎樣出手。

作者簡介

——劉慶邦（1951-），河南沈丘人。短篇小說〈鞋〉獲第二屆魯迅文學獎，中篇小說〈神木〉曾改編成電影《盲井》、獲第二屆老舍文學獎，中篇小說〈到城裡去〉與長篇小說《紅煤》分獲第四、五屆北京市政府獎。著有長篇小說《斷層》、《遠方詩意》、《平原上的歌謠》、《紅煤》、《遍地月光》等，中短篇小說集、散文集《走窯漢》、《梅妞放羊》、《遍地白花》、《響器》、《黃花繡》等三十餘種，並出版有四卷本劉慶邦系列小說。多篇作品被譯成英、法、日、俄、德、義大利等外國文字。

2003

手術

盛可以

手術單蒙上來，唐曉南就開始發抖。

身體被掩蓋了，只有左乳穿透手術單，孤零零地挺立。

眼前白了，耳朵立起來了，刀子在半空懸著。此時，唐曉南豐富的想像力，完全變成了自我恐嚇，她敏感的耳朵目睹了手術的全部過程。

醫生說過，麻醉了局部，不會有感覺，她不信，或者說信也沒用，還是本能地懸著心、咬著牙，等待切割時的刺痛。有金屬器具的碰撞聲，唐曉南聽見手術工具攤開了，那些跳躍的聲音，擂在她的胸口上。

沒錯，明晃晃的一盤器械。

醫生在挑選，碰撞聲成了背景音樂，為他們的談笑伴奏。他們談的是醫院的效益問題，大約是像唐曉南這樣的患者，以及正進行的這類手術，醫院根本不能獲什麼利潤。唐曉南因此明白左乳的問題不大，手術不大，因而舒緩了顫抖，稍微放鬆了緊繃的神經。

左乳的問題是李喊發現的。

七天前，李喊撫摸唐曉南的右乳時，發現了小硬塊，認為可疑，唐曉南也感覺異樣，於是到人民醫院檢查。人民醫院彩超機探測結果是乳腺增生，屬正常生理現象。唐曉南剛放下心，吐出一大口氣，醫生卻把機器探頭停在左乳上，反覆搜索後，平淡地說，右乳沒事，左乳有事，這塊不明腫狀物，有癌變可能。

癌?!唐曉南的心被狠狠地扯了一把，差點沒背過氣去。唐曉南身體健康，一年到頭連感冒都沒有，哪裡想過會有病魔纏身，得這不治之症？況且她正與李喊兩情相悅，更是受不了這種打擊，當即嚇哭了。李喊比唐曉南小五歲，未曾想到會出現這樣的事情，也有點發懵。事關愛情，李喊很男人地安慰唐曉南，說，醫生騙人，想多賺病人的錢而已，明天去腫瘤醫院找我爸，再查個仔細。唐曉南心想，醫生想賺錢，玩笑不至於開這麼大，因而一直在想死亡的問題。她聽說癌病都會掉光頭髮，到晚期，病人變得醜陋無比，還須使用嗎啡止痛，不禁滿心恐懼，於是仔細想一想要告別的人和事，發現眷戀挺多，她便一肚子悲戚。

李喊的父親五十多歲，精瘦，面部乾燥，多皺紋，戴大框眼鏡，表情嚴肅，在哈爾濱醫學界頗有名望，是腫瘤醫院的主治醫師。

曉南，我爸老奸巨猾，你得堅持說你是二十四歲啊，千萬不要鬆嘴，否則，我爸把我一軟禁，你就看不到我了！去醫院前，李喊無數次叮囑唐曉南。

左乳有了問題，年齡也成了問題，唐曉南很憋悶，但不得不照李喊說的辦。

當時李醫生正在看患者的X光片子。

爸，她就是我同學唐曉南。李喊介紹。

跟我來。李醫生迅速打量唐曉南一眼，面無表情地說了一句。

唐曉南原本因為病情心情抑鬱，又見李喊不敢向他的父親公開他倆的關係，還要自己隱瞞年齡，一肚子不高興，現在又發現李老頭火眼金睛，明察秋毫，似乎根本不喜歡她做兒媳婦，心底被這幾重東西一壓，便更加沉重了。

不過，眼下左乳的問題，是首要的問題。

彩超時，李醫生在一邊看了，也摸了，彩超圖和人民醫院的一樣，只是醫生結論不同：左乳發現良性纖維腺瘤，無惡化可能，現在切除也可，觀察一段再切除也行。李醫生似乎知道唐曉南的顧慮，又請了醫院的幾個權威醫生分別摸了唐曉南的左乳，眾權威一致斷定，絕對是良性，沒有什麼大問題。

可以把心放肚子裡了，唐曉南又哭了一回，像某位哲人所說，「幸福是當痛苦解除的剎那」，她這回是幸福得哭，好像撿回一條命。

那麼，對於這個腺瘤，切，還是不切？唐曉南沒了主見。雖然乳房裡的纖維腺瘤，就像婚姻當中的愛情，可有可無；像愛情當中的嫉妒，無傷大礙，但畢竟身體裡長了別的東西，心裡不舒坦。醫生說沒有惡化的可能，他們敢打包票麼？那些婚姻當中沒愛情的，不是有很多不甘心的，在外面尋找「愛情」麼？那愛情當中的嫉妒，不也有些惡化成毀滅性結果的麼？

當中有醫生認為，這一刀可以不挨，至少在很長一段時期內可以不動手術。唐曉南拿眼偷看李喊，李喊不說話，做個茫然表情。李喊的爸爸果斷地說，遲早要切的，不如早些切了。口吻聽起來像是病人的家屬。唐曉南嚇一跳，覺得李醫生後腦勺長了眼睛。

醫生在捏摸左乳，尋找那顆直徑一厘米的瘤。

麻藥什麼時候打的，唐曉南不知道。

此時，她的左乳已經失去了敏感，知覺，而且似乎與她的身體無關，她覺得是別人在用東西將她抵觸；又或者左乳是冰箱裡一塊凍硬了的肉，她的身體只是個墊盤。她分辨不出來，有多少隻手指在左乳上搜索，李醫生的手指頭肯定也參與了這場搜索，因為他似乎捏摸得相當吃力，並且抱怨瘤長得隱蔽，躲在乳腺增生的硬塊中，不好摸，尤其是注射麻藥後，肌肉變硬了，摸的難度更大，弄不好切割的只是一塊乳腺增生，白挨一刀，下回還得重來。唐曉南覺得是醫生的手指頭在說話，那些手指頭還帶著煩躁與職業的冷漠，像屠夫擺弄案板上的豬肉，與李喊手指頭的溫存差距太大。

唐曉南不由瑟瑟發抖，手心攥了一把汗。

唐曉南知道自己肯定不會死了，便開始擔心手術後的傷疤會令人噁心。而且，照現在的情況看來，還不知道會在乳房上留幾道口子，這一刀要是沒切乾淨，那就完了。挨一刀的乳房，本來已經像無端失去貞潔的處女，留下遺憾，若要再挨一刀，兩刀，便無異於慘遭蹂躪了。

哎，摸著了！大約過了四、五分鐘，醫生一聲驚歎。

我的媽呀！唐曉南在心裡跟著喊一聲，便聽見醫生從盤裡操起刀來。她覺得左乳像只汽球，即將被惡作劇的孩子戳爆。唐曉南沒見過手術刀，只能想像成西餐時切牛排的那種刀型，只是刀尖更細，刀刃鋒利得讓人不敢正視，像鏡子一樣，折射手術室內的白熾燈光，一晃一擺，整個房間便地動山搖。如果用這把手術刀去切牛排，大約能把盤子也一併切開來。

唐曉南倏地緊張了。

她聽見醫生沒有絲毫猶豫。

在刀子落在乳房之前，她傾盡全力，斂聲屏息，捕捉刀子剖開乳房的痛。

那一刻空氣凝固了。

唐曉南聽見刀子刺破了左乳，像屠夫手上的刀，估摸好買主需要的分量，溫和地切了下來。因為刀子太快，鮮肉滑嫩，手上並不需要用力，肉便如泥裂開，所以醫生的手法輕盈，細膩，刀片像從水上滑過。

一刀完畢，刀子更顯油亮。

她聽見有血湧出來，汩汩不絕。

左乳像只儲滿淚水的眼睛。

大約是血流到了脊背，每隔兩秒鐘，就有一塊紗質的東西擦過肌膚，感覺依然生硬，不像李喊替她拭淚那麼溫情。她聽見蟲子在脊背上蠕動，血跡像蚯蚓，越爬越長。忽然間，左乳一陣清涼，前胸像一片曠野，散亂凹凸不平的石頭。

她聽見左乳被打開了。

打開的左乳，像打開了窗戶的房子，空空蕩蕩，冷風颼颼地往裡吹灌。她的心臟，原本是在厚牆隔壁，也慢慢地被這股涼氣浸濡透了，因而全身一陣發冷。她想到，醫生像揭開地窖井蓋那樣，翻開了左乳，除了血肉模糊，她不知道那裡面還儲藏了什麼東西。

她沒有疼痛，一點也沒有，只發現一股遊走的冰涼，冰涼在遊走。

冰涼堅硬，冰涼像灑水車，令街道一路潔淨與溼潤起來。

她想起左乳，在李喊掌中敏感的溫暖，現在像是一堆塑膠。

唐曉南見自己除了安靜地躺著，幾乎沒有別的事情需要配合，驀地生出一股無所事事的情緒來，就好像戀愛到一定的階段，不知道該怎麼繼續。有意識期待的疼痛並沒有來，而且似乎真的不會來，正如某些時候，在過於平淡的生活中，找不到活著的感覺，便十分渴望和李喊大吵一場。做一次手術，如果不知疼的滋味，就如做愛沒有高潮，也是遺憾一種。唐曉南因而莫名其妙地失望了，儘管她怕痛。

現在，她真的希望有一點疼，好讓自己知道，醫生們到底在她的左乳幹什麼。

其實，唐曉南也不完全是怕痛，她可以讓別人把她手臂掐出血，也不動彈一下。因為眼睛看得見，失去了想像的自我恐嚇，疼痛感隨之減弱。正如一個人不是怕黑夜，而是怕撞見黑夜裡的怪物那樣，唐曉南有的是對未知的恐懼。她不知道那怪物什麼時候出來（手術刀），以什麼樣的勢頭出現（痛的程度是否在忍受範圍內），要進行一番什麼樣的肆虐（痛的時間度）。而她和李喊的關係，就像那隨時有怪物出現的黑夜，看不到光亮，說不定某個時刻，突然一把無情的刀，把她從他身邊切割開來。

拿愛情與現實撞擊的，不是白痴，就是弱智。唐曉南不傻。

唐曉南確信不會有痛了，精神慢慢地鬆馳下來，這才有些放心地把左乳交給了醫生，不再有心理負擔。但轉瞬間，她又對左乳產生了內疚，像沒有照料好別人託付的孩子。

自認識李喊後，唐曉南的左乳異常敏感，她分不清李喊和敏感左乳之間的關係，搞不清是先有雞還是先有蛋，她懷疑是那個一厘米的肉瘤在作怪。於是她又擔心，把瘤切除後，左乳留下可怕疤痕，如果它的感覺變得遲鈍，誰會再重視它？在性愛中推波助瀾的左乳，哪一個部位可以替代它的敏感？

愛，就是最敏感的部位，無可替代。李喊嬉皮笑臉地說過。

李喊與唐曉南迅速同居後，每到周末，他仍是要回家和父母待兩天。李喊在經濟上沒有完全獨立，一直與父母同住，在外面學英語考雅思，謊稱與同學住一起。某天夜裡，因為一件小事，李喊與唐曉南爭論了半夜，李喊的某句話激怒了唐曉南，她請他滾回去。到下半夜，兩人似乎和好了。早上李喊像平時那樣告別，然後一連失蹤了三天。三天後的清晨，李喊敲開唐曉南的門，抱著她放聲大哭。唐曉南睡眼惺忪，嚇懵了，不知發生了什麼大事。我離不開你了。李喊喊了一句，把唐曉南抱得更緊，似乎永遠不會撒手。唐曉南心裡一震，臉緊貼他被風雪凍冷的臉，一句話也說不出來。

這件事透露了兩層信息。一是李喊準備隨時抽身而去，他和她在一起，只是調節一下生活。那麼，之前他到底愛不愛唐曉南？什麼時候愛上了唐曉南？唐曉南不知道，恐怕連李喊自己也不知道。二是李喊已經下了決心和唐曉南分道揚鑣，走後才發現已經離不開她了，因此證明李喊是狠了心的。離不了，怎麼辦？延續肉體的歡愉，直到彼此厭倦，聽說只有這樣，才沒有遺憾。

李喊長相有些出眾，很能吸引街上女性的眼球，在唐曉南看來，那些女孩或者女人的眼神，顯然是十分渴望與李喊上床的。唐曉南深知自己並非豔麗逼人，且只是這個城市的過客，這便注定了與李喊的愛情沒有根基，不能枝繁葉茂，私下底便如某首歌唱的那樣：該愛的就愛，該恨的就恨，要為自己保留幾分。所以，對於李喊的愛情，唐曉南既驚喜，又惶恐——她實在分辨不出來，李喊眷戀她什麼；假定愛情真的劈頭蓋臉地來了，到底還要不要保留幾分？

大約是那一厘米的肉粒又不見了，或者醫生原本就模棱兩可，這會兒，唐曉南又聽見醫生在左乳裡翻找，像清潔工在垃圾堆裡淘選、掂量，戴著膠手套的指頭沾滿了血。左乳已經不是乳房，是屠夫案板上的五花肉或者其他，醫生像個買肉行家，唐曉南從醫生的手指頭上感覺到了。她只能聽見一些沉悶的聲響，像有人在彈扯橡皮筋，聲音似乎從隔壁房子裡傳來，她知道醫生動用了剪刀。

不行的話，只有大塊地切除了。左側的醫生說，聽起來像蔣介石屠殺共產黨的策略。唐曉南感覺醫生手指的捏摸變成了敲打，心裡一緊，不敢想像那是怎樣的一大塊。

那恐怕會影響哺乳吧？右側是李喊的爸爸，他的話讓唐曉南感到溫暖。

哎，那只有慢慢找了，不知麻藥夠不夠，喂，如果覺得痛，你喊一聲！唐曉南聽見左側的醫生擰緊了眉頭朝她喊。

天啊！唐曉南絕望地咬緊牙關，立即後悔剛才因為不痛而產生失望。

唐曉南又想起夜裡的時候，李喊低聲說，有了快感，你就喊出聲音來啊，越快感越喊，越喊越快感！現在是醫生叫她喊，有了痛感就喊，喊了就加麻藥。嗯！她狠了勁，試著發出聲音，她忘了夜裡快感時，是怎麼叫的。她想把痛想像成快感，然後叫喊，然後便有了快感。

痛就要從不知名的地方來了，唐曉南惶惶地忍耐，像等待快感那樣，等待它從遙遠的地方抵達自己的肉體。刀子在左乳裡撥來弄去，涼意越來越深，越來越真實，唐曉南的右手緊緊抓住手術床沿，手觸到鐵床架的冰冷，心裡一凜。

李喊，李喊，李喊啊！她在心裡呼喊，像痛得快要死去，汗珠子從額頭上一顆一顆地蹦了出來。

你是哪裡人？李醫生問。他的大腿正好擠著唐曉南的右手。

湖南人。唐曉南答，並且稍微放鬆了。

噢，怎麼跑這麼遠。李醫生追得很緊。

唐曉南正想說我是記者，在哈爾濱蹲點採訪，忽然記起李喊的話，便模棱兩可地「嗯」了一聲。

聽李喊說，你對他學習影響挺大。李醫生似乎笑了。

唐曉南一聽，心裡些許快慰，埋在手術單下的臉竟浮起了微笑。

不能再擴大刀口了！李醫生在提醒左側醫生。唐曉南的心一緊，把哭憋住，支起了耳朵。

她聽見左乳已經成了一團亂麻。

一隻好端端的乳房，忽然面目全非，為什麼右乳平安無事，難道是因為左乳先前太過淫蕩，才遭到這樣的懲罰？唐曉南和李喊一連三個月熱情不減，她從來沒試過，那麼頻繁地做愛，那麼痛快地享受，忽然間想起佛教裡的因果報應來。

李喊，你快來吧李喊。唐曉南眼前一片慘白，心裡喊一聲，滾出幾顆眼淚。李喊他怎麼敢進來呢？他沒敢說他摸過唐曉南的乳房，左乳的問題，還是他摸出來的。他只對他爸說唐曉南是他的同學，還讓唐曉南隱瞞了年齡，少報了四歲。唐曉南知道李喊的難處，他的父親不同意他現在找對象，更何況是個二十八的女人。

唐曉南暗自委屈，忽又想起手術前李喊說的「有我呢，你別怕！」於是理解了他的苦衷，寬容了他，也堅強了一些。

她聽見李喊在零下二十度的院外抽菸（院內禁止吸菸），是紅色包裝的「福」，他面朝手術室窗口，凍紅了鼻尖。

他吸菸的樣子像個成熟男人。

有一瞬間，唐曉南覺得，他是她的男人。

唐曉南記得，從人民醫院受了驚嚇開始，李喊一直緊攥著她的手，走路、吃飯，甚至夜裡睡覺，都沒有鬆開過。

「有我在，你別怕！」唐曉南頭一次聽男人對她說這樣的話。

唐曉南不知道是以前沒有機會讓男人說，還是沒有男人願意說，或者三十歲左右的男人不願說，只有二十出頭的男孩才有這種膽量。之前唐曉南還嫌李喊肩膀稚嫩，見他一副敢為她付出生命的樣子，便無限感動。李喊見她這樣，就說，你死吧，你快死吧，你要死了，我就不出國了，我陪你。弄得唐曉南哭笑不得，悲傷不得。李喊要出國留學，簽證隨時都有可能下來，她和他的關係一開始，便有了結果。

唐曉南明白，無論李喊怎麼說，都是想讓她放下心理包袱。

現在，在手術單下，她想放聲大哭，覺得自己對李喊不夠用心，某一次不該對他發火，某一回應該親他吻他，她越想越後悔，心想以後一定更加細緻地愛他，補償他。

秋天最後幾個炎熱的日子裡，唐曉南去了一趟北京。

在這之前，她和江北在電話裡表了態，她不做他的炮友，也不要他做她的炮友。唐曉南本來是個獨身主義者，到二十八歲這年，才發覺做別人的炮友太虛無。且覺得男人們越來越沒勁，只愛玩新鮮，他們的炮友分布在祖國大好河山的每一個角落，多年後見面，還會習慣性地打上重溫的一炮，以炮當禮，然後問東問西，假裝關心。當然其他社交場合的炮禮更多，代替了戒指、項鍊，甚至純粹的人民幣，脫離了金錢的俗氣，顯得溫情脈脈。總之，在這個以炮為禮的時代，唐曉南忽然想要一個家庭，一個固定的男人和安靜的生活。

有了這個明確的目標後，唐曉南開始守身如玉。在她這裡，不知不覺中，打炮與婚姻對立起來，成為矛盾。男人是不會娶一個隨便和人打炮的女人的，道理就這麼簡單。因此，要想嫁人，首先必須從打炮的問題上著手——禁欲。已經有幾個男的碰了一鼻子灰，走的時候，無不罵唐曉南性冷淡，居然對那麼熱情的身體無動於衷。

江北是唐曉南的朋友的炮友介紹的，已婚，無孩，但婚姻出現了極為嚴重的漏洞。江北自己說，只要她提出離婚，他立馬簽字——離婚是肯定的，只是時間問題。江北的老婆離開了北京，到深圳開公司已有一年，早已不干涉對方的生活，在這種情況下，順著這條裂縫，要瓦解江北的婚姻，在廢墟上建立自己的城堡，唐曉南很有把握，朋友們也鼓勵唐曉南把江北套牢。

唐曉南與江北的感情在電話裡漲起來後，認真談過幾次婚姻問題。江北說，我離婚，隨時都有可能；至於我們，面都沒見，事情怎麼發展，誰又說得準呢？

秋天最後幾個炎熱的日子裡，唐曉南終於到了北京，第一次和江北見面。

唐曉南比約定的時間提前了一個禮拜到達北京。她是故意的。江北因為老婆生意受挫，且孤立無援，在電話裡向他哭訴了幾回，便不得不飛過去履行撫慰的義務。唐曉南立馬想到這對夫妻久別勝新婚的場景，很是生氣。江北原計畫在深圳待一周，剛到深圳就接到唐曉南從北京打電話，說她明天就到北京，只等他一個晚上。

第二天，江北真的趕回來了。兩人見面，彼此都很喜歡，若論嫁娶，也沒有什麼問題。唐曉南雖有些勝利的快慰，但身體卻對江北產生了抗拒（她確信他身上帶著他老婆的體溫，儘管江北一再強調，他們是無性夫妻），並以這個為藉口，漸漸演變成一種堅決的態度。

一夜同床，平安無事，卻把江北憋得兩眼通紅。唐曉南要把性愛留到結婚那天，想以這種方式來保留一點東西，免得未到結婚，江北就厭倦了她的身體，等於又被人白操了一把。唐曉南知道，很多婚姻讓性愛毀了——已經提前感覺膩味，哪來結婚熱情；很多性愛也讓婚姻毀了——婚前沒了解對方的身體，哪裡知道性事和不和諧。對於唐曉南來說，她更害怕前者，因為她要的不是性愛，而是婚姻。見步行步，婚姻是一站，婚後又是另一站了。江北極力表達自己的想法，他說不做愛，不深入了解，怎麼知道你就是我的？都什麼年代了，你還玩這古老的把戲？江北相信身體感覺。在圍城多年，他深知性愛的重要性。於是，兩人各持己見，磨了一夜，觀點還是沒有磨合。

天亮的時候，唐曉南認定，江北只是想和她做愛，並不打算娶她，他也只是一個需要打炮的男人。唐曉南覺得上了當，便把對所有男人的憎恨，全部發洩到江北身上，狠狠地清算了一番。江北無端當了一回男人「代表」，有口難辯。他原本打算開導她，先試著真心相處，再慢慢看結果，誰知轉眼間，唐曉南已憤怒到與男人結帳的分上，也覺得彼此差異太大，難以溝通，於是兩人一拍即散。

唐曉南和第一個考慮結婚的男人，就這樣掰了。

這個是吧？你摸摸，摸摸。

哎，有點像。

是了是了，就是它。

再劃開點，劃開點。

哦，刀口太大，不好縫合，可以了。

醫生在唐曉南耳邊喋喋不休。

剪刀動了一下，唐曉南聽見了，是剪斷一截橡皮的聲音，且用的是剪刀尖兒。一下，兩下……，她聽見被掏空的左乳，慢慢地癟了下來。醫生似乎並沒有就此罷休，還在咬牙切齒，像裁剪一塊布料，左一下，右一下，橫一下，豎一下，剪刀越來越冰涼，越來越堅硬，好像探進了心臟，唐曉南感到寒冷。

哎喲！唐曉南喊了一聲。其實只有針尖那麼小的一點刺痛，她故意喊得很誇張，與其說是疼，不如說是驚悚，她希望引起醫生的重視，她已經疼了，不能再疼了，再疼她就受不了啦。

眼淚在眼眶裡轉了一圈，又退了回去，放聲大哭的欲望，也在瞬間去了，剩下極為黯淡的心情。其實，即便是哭了，唐曉南也不知哭什麼，有什麼值得她痛哭，和江北的結局原本也在她的意料之中。

唐曉南坐在火車上，似乎被車窗外的景色所吸引。她的臉，一邊是暮色夕陽，一邊是蒼白燈影。太陽，像一只雞蛋黃，在天的盡頭懸掛，隨時將會跌落。小方桌上的白色滿天星，與一枝毫無光彩的紅塑料玫瑰，合葬在笨重的花瓶裡。

葬——唐曉南是這麼想的，她覺得這是葬。在相當長的一個時間段，成為固定的，不能輕易改變的狀態，就是葬，比如永久地死亡，這是毫無疑問的；比如難測的婚姻，說婚姻是愛情的墳墓，也是一個葬字。有的葬是幸福的，有的葬是不幸的，有的葬不幸中藏著幸福，有的葬幸福中藏著不幸，沒有被葬過，到底是屬於哪一類？

飢餓使唐曉南有點惱怒。服務員還在那對年輕男女面前，手握圓珠筆，面對攤開的空白菜單，一副寫生的樣子。那男的每選一道菜，都會詢問女孩子，然後兩人研究一番，再對這道菜給予肯定或者否定。女孩子一副被寵的甜蜜模樣，越發賣弄嬌寵模樣，心滿意足地微笑。飢餓使唐曉南有點惱怒。是飢餓的原因吧？否則，這對年輕男女怎麼研究菜譜，在這個小事件中怎麼眉目傳情，與她唐曉南是沒有什麼關係的。但是現在，唐曉南餓了，他們卻長時間地占用火車餐廳裡唯一一位點菜的服務員，拖延了唐曉南果腹的時間。這對年輕男女點菜的態度，像對待他們的愛情，認真，細緻，絕不苟且，研究菜譜，比研究對方的肉體還要仔細，實在是矯揉造作。

唐曉南忽然很想罵人，不是罵具體的哪一個，而是朝著任意一個方向，朝著生活，朝著歷史，朝著男男女女的身影，朝著滿街的愛情破口大罵。

有點痛了啊，忍著點，手術快完了。醫生知道這種情況下不會太疼，並不將唐曉南的喊叫當回事。

需不需要再加點痲藥？李醫生說。

不用，這丫頭不是疼，而是怕疼。這醫生說對了。的確，唐曉南是因為怕疼才叫。現在，那股輕微的疼很快消失了，唐曉南叫不出來，便默默地咬著牙，眼淚流下來，順著她的眼角流下來了。唐曉南的左手不敢動，右手被李醫生的大腿壓著，動不了，她管不了眼淚，眼淚也不管她，眼淚像個過客，藉著她的臉頰，漠然趕路。唐曉南一邊哭，一邊暗自祈禱手術快點結束。

你兒子啥時出國？有醫生與李醫生閒聊。

等簽證呢，最遲也就是兩個月的事。李醫生說。

姑娘，你也準備出國麼？李醫生緊接著問唐曉南。

不。唐曉南剛回答完，忽然眼前一暗，手術燈滅了。

唐曉南走進火車十七號車廂時，陷入一片黑暗，眼睛好半天才適應過來。車廂這麼早就黑燈了，只有腳底下的路燈泛著昏黃的光。唐曉南找不到鋪位，隱約看見每一個鋪位都是空的。這使唐曉南害怕，像走進了某部恐怖電影的場景裡。大約走了十幾步，唐曉南終於忍不住，掉頭撤退。她喘著粗氣衝進列車值班室，說整節車廂沒有一個人，黑燈瞎火的，誰敢在裡面睡？乘務員笑著重新把唐曉南領回十七號車廂，說，這就是十九號下鋪，對鋪不就是人麼？

男的女的？乘務員走後，唐曉南對著攤開的被子，半信半疑地問。

男的。床鋪上的人說，並且坐了起來，臉部完全呈現在昏燈的投射之中。

噢，謝天謝地，把我嚇壞了。唐曉南放下巨大的背囊，坐在自己的床鋪上。

是啊，我也在想，晚上一個人在這裡，被人殺了也不知道啊！顯然對鋪看過不少謀殺案。

好奇怪，怎麼沒有別的人呢？唐曉南也發現了對鋪的重要性。

這節車廂，是列車工作人員自己休息的地方，他們這是賺外快。對鋪抱著雙膝，唐曉南發現他面部輪廓不錯。

唐曉南的眼睛慢慢習慣了昏暗，燈光明亮了。

對鋪站起來，他的高度在唐曉南眼前產生一大片黑影，唐曉南抬起頭，猛然一楞——竟是個相當出眾的男孩！

對鋪從洗手間回來，面孔更加清晰，唐曉南又是一楞——她從沒遇到過這麼標緻的男孩！

他朝唐曉南微笑，說我叫李喊。

唐曉南便有些心猿意馬了。

兩人藉著昏燈聊天，慢慢地熟悉了，知道在哈爾濱，彼此住處離得不遠，還有可能再見面。也許是燈光太曖昧，也許是在江北那裡受挫後，心態一百八十度大轉彎，在這節只有孤男寡女的車廂裡，隨著火車的咣噹聲響，唐曉南心旌搖曳。

後來李喊問唐曉南結婚沒有，唐曉南說沒有，李喊說為什麼不結婚呢？唐曉南想了想，說，婚姻只是世俗留下來的東西。李喊一聽，當即叫了起來，啊，你說得真好！

然後一陣莫名其妙的沉默。

唐曉南無心說出這句話，有點後悔，話外有多層意思，但沒有一層意思是唐曉南的本意。李喊的附和，分明是誤會了她。李喊說自己一直與幾個女孩子保持關係，但從不和她們上床，他就是怕她們要和他結婚，他沒有動她們，便不用負任何責任，更甭提結婚了。

夜很深時，兩人才各自入睡。唐曉南聽得見李喊的呼吸，時重時輕，時長時短，並不均勻。她看見他睜著眼睛，手臂垂在床沿，手指自然彎曲，手心向上，似乎在期待會有東西落下來。

唐曉南在被子裡漸漸溫熱的身體有些蠢蠢欲動。

她覺得自己是個水龍頭，在江北面前，她擰緊了，滴水不漏，現在，水龍頭鬆了，心底裡正淌著涓涓細流，細流匯聚到堤壩前，被擋住了，找不到出口，慢慢地形成一潭深水和無數的漩渦。

你睡了嗎？李喊問，身體動了一下，側身朝她，手臂仍是那麼放著。

沒睡呢。唐曉南的聲音溫柔得令她自己吃了一驚。

在想什麼？李喊不像裝壞。

你為什麼不睡？唐曉南試探。

李喊的手指頭動了動，沒有說話。

唐曉南用手指頭勾住了他的手指頭，李喊好像遇到多強的引力一般，順著她的手，迅速地鑽進了唐曉南的被子裡。

婚姻只是世俗留下的東西。唐曉南認為感情是神聖的，所以有了這麼一句昇華的話，沒想到這句話反倒成了男女關係中的潤滑劑。

左乳開始有螞蟻爬行，繼而噬咬，唐曉南感覺一股淺辣。此時肌肉柔軟了，左乳的知覺正緩慢的恢復過來，金屬器具的堅硬與冰涼令唐曉南一陣顫慄，她又重重地「嗯」了一聲，表明自己正忍受疼痛。

已經縫針了，馬上就好。醫生說。縫合的線在左乳裡扯動，唐曉南聽見母親納鞋底時的聲音。

嗯，還行，刀口不算長。李醫生查看傷口時，大腿把唐曉南的手壓得更緊。

會留疤痕嗎？唐曉南問得很傻。

會有一點，問題不大，不影響。唐曉南不知李醫生說的問題與影響都是指的什麼。

唐曉南的腦海裡一片混亂。

同居兩個月後，唐曉南與李喊談到結婚的問題。

其實，我想結婚。唐曉南推開爬上來的李喊，無緣無故說了這麼一句話。

噫？你不是說過，婚姻只是世俗留下的東西麼，你還要我記住，我們永遠都是最親密的人呢。

李喊嬉皮笑臉。唐曉南啞口無言，她沒想到，這句話從李喊嘴裡說出來，便變成一柄利器，堅硬地戳傷了她。

是的，我說過，婚姻是世俗留下的東西，因為我覺得唯有感情是神聖的。可是，我是世俗的人，所以也要世俗的東西。唐曉南憋不住，放下那套虛偽的理論昇華。她心裡知道，從愛情的角度來講，婚姻真是世俗留下的東西，愛情的歸宿在於愛，而不是婚姻，因此，愛情與婚姻無關，李喊的意思也沒有錯。但是她不能這樣認同李喊的說法，這個時候，不結婚只同居，她覺得就像荒山野嶺的孤魂野鬼似的。李喊還年輕，揮霍得起，自己快三十的人了，已經不能再在同居上浪費時間與情感。

你是因為愛情要和我結婚，還是因為年紀不小，非結不可了呢？李喊也不糊塗。

唐曉南一時答不上來。毫無疑問，她的身體愛李喊，左乳愛李喊，她的心也願意和李喊在一起，儘管兩個人之間總像有一道橫梁，令彼此深入總有點阻隔。李喊除了沒有社會經驗（這不怪他，他一直在當學生），辦起事來沒有主見以外，她想不出他有什麼不好，甚至比從前所有的男人都好。

你到底願不願娶我？唐曉南不回答，反倒更為嚴肅地問了一句。她心裡明白，李喊要走，現在不可能和她結婚。但她聽兄弟姊妹們告誡過，結婚要趁熱，離婚要趁冷，且李喊這一走，啥都冷了，不知到哪年哪月才能再次找到愛情，像李喊這樣朝氣蓬勃的愛情。

我當然願意，但是我現在一無所有，我要是娶你，就是對你不負責。李喊說。

不娶我，那就是負責了？唐曉南辯了一句。

你知道我沒有獨立，我拿什麼對你負責？光有愛是不夠的啊！

那你準備啥時候娶？

我能說準嗎？如果不能如期，我豈不是在將你欺騙？你也不小了，難道還要山盟海誓的把戲麼？

你到底什麼意思嘛？

如果我現在讓你等我兩年，誰知道兩年後是什麼光景？我要是在國外做了乞丐呢？我要是忽然死了呢？既便現在不顧一切結了婚，過幾年，不就是個離婚結局嗎？這樣低級的錯誤，你願意犯？

對於李喊的客觀現實與言論，唐曉南沒有反駁的餘地，只有妥協。她也知道，承諾是虛無的，她其實就只是要個說法，要一個李喊誠心願意娶她的說法，她甚至希望李喊強烈要求她等他，等他回來。

唐曉南低了頭，與其說是慢慢地品味李喊的話，不如說是在捕捉李喊的心思，她企圖從他的話裡話外看到他的心裡去。

你不應懷疑我對你的真。我回來一定找你，不管你在哪裡，肉體是否還屬於我，我一定會來找你。如果這算誓言的話，我保證。李喊的這句話基本上滿足了唐曉南潛在的心理需要，她下決心等他，並被這場即將由自己參與的馬拉松愛情所感動。

哎喲！疼！針尖在左乳裡穿梭，唐曉南喊了一聲，沒有絲毫誇張，相反還有些抑制，聲音似乎把痛濃縮了，因此顯得特別真實、有質地。麻藥已經沒多少作用了，人就像過了糊里糊塗的熱戀階段，猛然回到現實裡來。

唐曉南正與李喊進入馬拉松時，遇到了左乳的問題。

左乳的問題帶來了新的問題。

不管怎麼樣，先把左乳的問題解決好。等我獨立了，一切事兒都好辦了。在唐曉南等李喊的父親約醫生確定手術日期期間，李喊回了一趟家，回來後便對唐曉南沒頭沒腦地捅了這麼一句話。唐曉南問什麼意思？李喊說你別管這些，這是我家裡的事情。唐曉南隱約覺得事情不一般，論鬥智，李喊肯定鬥不過他父親這塊老薑，說不定李喊極力隱瞞的事情已經躲不過他的父親，他給李喊下了最後通牒了。

李喊父子倆肯定有過一場交鋒。

唐曉南並不難過。

她喜歡一切透明起來。

手術燈閃了一下，重新白亮耀眼。

姑娘，按理說，到你這個年紀，應該也生過病，打過針，不應該還這麼怕疼。李醫生說。

唐曉南想到李喊說的「我爸老奸巨猾」，她擔心李醫生看出了她的真實年齡，臉上一陣燥熱，繼而心裡責怪李喊，讓她這樣難堪。

我很少打針，從小怕疼。唐曉南低聲辯駁。

是手術，總會有點疼的。麻藥是起一定的麻醉作用，但不能完全依賴麻藥。過後會有回到現實的感覺，那就真實了，也會更疼些，不過很快就會好的。

唐曉南一楞，李醫生的話聽起來很彆扭，她覺得他好像在說愛情，並且具體到她與李喊的感情。注意將乳罩繫緊些。不用擔心，這種小手術恢復起來快。李醫生的大腿一鬆，手術單揭開了。

唐曉南的右手已經麻木，半天抬不起來，裸著上半身在手術床上呆了半晌。

手術室只剩下唐曉南一個人。手術單左側血跡斑斑。唐曉南慢慢地套上乳罩，按李醫生說的，扣了最裡面的釦子，乳罩帶子深深勒進後背。

左乳只是一堆紗布。

李喊，李喊呢，他怎麼還不敢進來？唐曉南穿上外套，朝窗外看了一眼，一時想不起手術前的事情。

你把杯子裡的東西拿到四樓去做病理。李醫生進來交代唐曉南。

李喊呢？唐曉南嘴唇嚅動，並沒有聲音。

還是得做一下病理，你端了杯子跟我來。李醫生又說。

唐曉南這才瞥見牆邊的桌子上，擺著一只透明塑料杯子，裡面泡著小圓球。她走過去，把杯子湊到眼前，於是清楚地看見了，這是個肉球：一輪白夾一輪紅，極像五花肉。

她明白，這就是左乳的問題。

李喊呢？唐曉南默默詢問，端著這杯左乳的問題，跟在李醫生背後，把這「問題」送給醫生，等待最後的分析與結論。

作者簡介

——盛可以（1973-），湖南益陽人，定居深圳，曾獲首屆華語文學傳媒大獎最具潛力新人獎、《人民文學》未來文學大家 TOP20，作品被翻譯成英、法、義、日、韓、西班牙語等在海外發行出版。著有長篇小說《北妹》、《水乳》、《道德頌》、《死亡賦格》、《子宮》以及中短篇小說集《可以書》、《取暖運動》、《缺乏經驗的世界》等。

袴鎌

李銳

鎌（力詹切），刈（音憶，割。）禾曲刀也。《釋名》曰：「鎌、廉也，薄其所刈，似廉者也。又作『鐮』。」《周禮》：「『薙氏』掌殺草，春始生而萌之，夏日至而夷之。」鄭康成謂：「夷之，鉤鎌迫地芟（音刪，割。）之也，若今取茭矣。」《風俗通》曰：「鎌刀自揆積芻蕘之效。然鎌之制不一，有佩鎌，有兩刃鎌，有袴鎌，有鉤鎌，有鎌柯（鎌柄楔其刃也）之鎌，皆古今通用芟器也。」

詩云：利器從來不獨工，鎌為農具古今同。

芟餘禾稼連雲遠，除去荒蕪捲地空。

低控一鉤長似月，輕揮尺刃捷如風。

因時殺物皆天道，不爾何收歲杪功？

（杪，音秒，一、指樹梢；二、指年月或四季的末尾。）

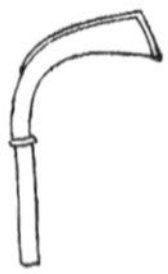

——圖、文引自《王禎農書——農器圖譜集之五》，王毓瑚校訂，北京：農業出版社一九八一年十一月第一版

考古工作者曾發掘到四千年前左右的石鎌、骨鎌和蚌鎌。有些蚌鎌刀口還刻有鋸齒，在江蘇儀徵發掘到周代銅鎌，鎌的刃口也刻有鋸齒。有鋸齒的鎌收割莊稼比較輕快鋒利。自從用鐵製農具後，鎌刀都改用鐵製，所以從戰國以後遺址中出土的鎌，都是鐵鎌。

——圖、文引自《中國古代農機具——第十講》，章楷編著，北京：人民出版社一九八五年六他把洗乾淨的袴鐮放到葡萄架下面的八仙桌上，把杜文革也放到八仙桌上，放到對面，讓自己和他臉對臉地坐著。

他把它們都洗乾淨了，袴鐮和杜文革都在井上洗得乾乾淨淨的。他把自己也洗乾淨了，那件弄髒的上衣扔在井臺上了，扔的時候還猶豫了一下，等到彎下腰伸出手的那一刻，忽然明白過來自己真是個傻瓜，忽然明白過來從現在起，不只這件上衣穿不穿無所謂了，連眼前這個看了二十六年的花花世界都和自己一點關係也沒有了。哥哥的冤仇報了，幾年來的煎熬總算熬到頭了，一切都了結了，一切都和自己無關了。二十六年來已經習慣了遵守所有做人的規矩，父母說的，老師教的，廣播電視裡天天講的，街坊鄰居們不言而喻都照著做的，二十六年來自己一直被這些無孔不入的規矩管束著。就說穿衣服這件事吧，是誰規定的人非要穿著衣服才能上街的？天氣又不冷，為什麼就不許不穿衣服痛快痛快？他帶著幾分幸災樂禍的快感把拿衣服的手收了回來，心裡由衷地湧起一陣豁然開朗的快樂。所有原來必須要遵守的都用不著再遵守了，鬆綁了，徹徹底底鬆綁了。他轉身走到井臺上抓住轆轤把，又奮力搖上一桶水來。然後，把身上的衣服都脫下來，脫得一絲不掛，然後，就那麼旁若無人地洗起來。鬆了綁的身子輕飄飄的，渾身上下沒有一丁點兒分量。也許是剛才的拚打消耗了太多的力氣，胳膊和腿都是軟酥酥的，像是有半斤老酒燒得渾身上下舒舒服服暈暈忽忽的。他讓水桶對著胸膛傾斜下來，沁涼的井水從身子上沖下去，嘩啦啦地摔到井臺的青石板上，燦爛的水珠在陽光下四處飛濺。他舒舒服服地打了一個冷戰，深深吸進一口氣。然後，再一次抓住轆轤把，再一次搖上一桶水來，彎下腰把重重的水桶提出井口的時候，在輕輕搖蕩的水面上他看見自己年輕模糊的臉，一絲從來沒有過的憐惜隨著水面蕩漾起來……立刻，眉宇間掠過一陣絕決的冷笑，走到這一步年輕不年輕都無所謂了，二十六和二百六是一模一樣的。他猛然閉起眼睛，把水桶高高舉過了頭，讓清亮的井水再一次兜頭沖下來，燦爛的水珠也再一次嘩啦啦地掀起瞬間的瀑布。他想把心裡的骯髒氣沖乾淨，他想把二十六年一生一世在人世間染上的骯髒氣都沖乾淨。抹下臉上的清水，再次睜開眼睛，他覺得心裡邊又寬敞又乾淨，眼睛前面又豁亮又空曠……他回頭四下看看，街巷裡沒有人，連狗也沒有一條。一只不知道是誰跑丟的黑布鞋孤零零地躺在街面上。就在剛才，自己提著杜文革的人頭穿過街巷的時候，村裡好像落下一顆大炸彈，人們活像看見了凶神惡魔，嚇得又哭又叫，胡說八道，插門的插門，逃跑的逃跑，就像一陣妖風橫掃而過，頓時把眼前颳得一無所有。平時那些恨杜文革恨得咬牙切齒的人現在跑得乾乾淨淨，無影無蹤，連半個人影你也看不見……越過空曠的街巷，越過那只孤零零的黑布鞋，秋天的原野從遠處湧到視線裡來，漫山遍野的樹林把沉穩的墨綠和豔麗的紅黃交錯在一起，一直染到天邊。梯田裡的穀子和玉茭被地堰鑲嵌出一條一條斑爛的濃黃。頭頂上，藍天，白雲，清風從不知道的地方晃動了秋禾遼遠地颳過山野。太陽明晃晃的。明明晃晃的太陽照著眼前空無一人的原野，照著空無一人的街巷。到處都是空空蕩蕩的。直到這時候他才注意到，原來今天是個大晴天。

一串一串紫紅的葡萄掛滿了棚架，被秋涼染過的葡萄葉子已經開始微微地泛黃，陽光一照，就好像一片一片黃綠透明的薄玉。葡萄架下面擺了這張八仙桌，桌子的後邊是五奎叔的小賣部，可是現在屋門閉得緊緊的，就像這個嚇得半死的村子一樣，屋子裡沒有半點聲息。因為小賣部就在村中心的十字街口上，平時村裡的人們有事無事都愛來這葡萄架底下坐坐，或者買買東西，或者就著花生米喝二兩散打的白酒，或者不買東西也不喝酒，只是來閒坐聊天，大家圍著桌子，擠滿幾條長板凳，把一支又一支的菸卷和無用的時光一起燒成菸灰，然後，渾然不覺地彈到地上。如果不是發生了今天的事情，彷彿悠長的日子就可以那樣永遠悠長地過下去。

他走到小賣部的側面，在山牆下邊齊腰高的地方抽出一塊活動的磚頭，然後從豁開的磚洞裡摸出一個捲著的紙筒來。走回到葡萄架底下，他把紙筒對著桌子上的杜文革搖搖：

「杜文革，你想不到吧你，這就是你想找的東西，你就是殺了我也找不著，我哥哥早就有過預備，這些帳家裡藏一份，還在這兒又藏了一份，你就是做夢也夢不著我們把證據藏在這兒！」

接著，他走到門前拍拍門板叫起來：「五奎叔，五奎叔，你開開門吧你，我看見你在屋裡啦。你不用怕，你害怕啥呀你，你又沒有霸占大家的煤窯，你又沒有害了我哥哥，我又不殺你。你看看，我把袴鐮放在桌子上啦。我是想喝酒呢，我有錢，你快開開門吧你！」

沒人開門，可是有人在哭。

他又拍拍門：「五奎叔，你再不開，我就砸啦！」

等到門終於打開一條縫的時候，他首先看見了高高舉著的酒瓶。門後的暗影中是五奎那張老淚縱橫的慘白的臉。

他接過酒瓶滿意地搖了搖：「五奎叔你別哭啦你，你給我拿兩個酒盅吧。」又說，「我還要五香花生米。」而後有點害臊地又補了一句，「五奎叔，再多拿幾根雙匯火腿腸吧我最愛吃這個了，平常捨不得吃今天我要吃夠。」

他聽見那個暗影裡的老人還在哭：「有來、有來，你嚇死我啦你，你能不能從桌上把杜村長拿開呀……你咋殺人殺到我家門口來了，有來呀有來，你到時候可不能叫我給你做證明，我可不想牽扯到你們這人命案子裡頭去，我求求你啦……你才二十幾你就不想活啦你……你這一條命換他那一條命不值得呀你……」

他坦然地笑笑，並不回答。他明白，像自己這樣徹底解脫了的人已經沒有辦法和平常人說話了，說了他們也不懂。其實自己今天根本就沒有想殺人，自己今天把磨快了的袴鐮插到後腰上直奔大石頭地是去收玉茭的。可是就在大石頭地的地頭上遇見杜文革了。兩家的地挨著。自己根本就沒有想到會遇上村長，村長的地有人給種，村長從來都是不下地的。杜文革冷冷地掃了自己一眼。

自己當時還低下頭來叫了一聲：「村長。」

然後，又解釋說，「村長，我來收玉茭。」

杜文革帶搭不理地應著，說是兒子鬧著要吃嫩玉茭，來看看還能不能尋下一穗半穗。然後杜文革把嘴角上叼著的菸卷從左邊換到右邊，對自己笑起來：

「我說有來，你還是不死心呀你？你哥哥保來鬧了五六年都沒能辦成的事情，你能？你好歹也算是男人，你也娶了媳婦有了娃娃了，娃娃多大了？三歲？你日後要是打算還在南柳村住，就給自己留條後路吧，不給自己留後路也得給兒子留呀，啊？好好想想吧。」

眼淚就是那一刻流下來的，如果杜文革不提兒子，也許就沒有後邊的事情了。杜文革一提兒子，自己的眼淚就忍不住了，眼淚一流下來，熬煎了多少年的仇苦就像翻騰的熱油鍋裡落進了火星子，轟的一聲把眼前燒得一片通紅！他不知道自己是怎麼撲上去的，不知道拚打了多長時間，也不知道自己是怎麼抓住那塊石頭的，只砸了一下，杜文革就躺下了。他想也沒想就從後腰上拔下袴鐮，三下兩下就把杜文革的頭割了下來，割下來的時候，那截菸屁股還在他嘴裡死死地咬著。河底鎮張記鐵匠鋪的小掌櫃把袴鐮遞給自己的時候說，多磨磨吧，好鋼，保你好使喚！可他沒有想到割玉茭、割荊條的袴鐮，割起人頭來也是這麼快。

酒瓶打開了，酒盅擺好了，一人一個。他舉起酒瓶把兩個酒盅都斟滿，然後，一口喝乾一盅，再一口，又喝乾一盅。然後，再把兩只酒盅都斟滿。滾燙的酒在身體裡慢慢地燒起來。他又舉起酒盅來，對著桌子上的人頭說：

「村長，你不用擔心，我不跑。我今天就在這兒等著警察來抓我。我今天把你放到這張桌子上，就是想和你平起平坐的說一句話。我要是不殺了你，你就永遠是高高在上的村長、書紀，我就永輩子也沒法和你平起平坐。我哥哥告了你五年沒有告倒你，還讓你害了，南柳村沒有人相信保來在井底下是出了工傷砸死的。我又告了你三年，也還是告不倒你。我要是不割了你的頭，就永輩子也別指望和你平起平坐講事情。你也是個人，我也是個人。你有妻兒老小，我也有妻兒老小。我今天就想一條命換你一條命。我就想讓你看著我到底做了事情跑不跑。我殺你的證據是這把袴鐮，我哥哥查帳查出來你貪汙的證據是這一疊子紙，現在證據都在桌上擺著，你好好看看吧。我不跑，我也不拒捕。我就在這兒等著警察來拿證據，拿到法庭上叫大家都看看！」

這麼說著，他喝乾了自己的酒。然後用手指頭蘸著杜文革酒盅裡的酒，在桌面上一筆一畫寫出一行字來：

一邊寫一邊說：「村長，你好好看看，這幾個字我認識，你肯定也認識。」而後，又神閒氣定地重複，「你放心，我不跑，也決不拒捕，我就在這兒等著警察來抓我，我就在這兒最後再喝一回五奎叔的酒。」

他沒有注意桌面上的那一行字跡是什麼時候消失乾淨的。他也沒有注意滿滿的一瓶酒是什麼時候喝光的。當淒厲的警報聲在村邊響起來的時候，他臉上流露出胸有成竹的笑容。接著，他看見無數頂閃亮的鋼盔和槍筒從四面的街巷裡朝自己擁過來。一只擴音器的聲音在村子上空假里假氣地迴響：

「陳有來，不許動，把雙手舉起來。」

他一動不動地微笑著，看著桌子上的證據：被井水洗過的袴鐮乾乾淨淨的，雪白的刀刃晶亮晶亮的，可惜，今後不能用它收莊稼了。哥哥抄出來的帳本捲在一只塑料袋裡，為了這些帳，哥哥搭進一條命，自己也要搭進一條命。如今，它們終於可以公布出來大白於天下了。

清脆的槍聲驟然間響起來。

猛然站起來的他猝然倒在葡萄架下面……整個村子停滯在瞬間的驚呆中，所有的目光都朝著他扭轉過去……秋天的陽光靜靜地透過葡萄葉的縫隙，在屍體上留下虛幻如夢的斑影。

他站起來不是想跑，也不是想去拿桌子上的鐮刀。是因為他在蜂擁而來的警察們的前面看見了自己抱著兒子的媳婦。

二〇〇四年七月十八日草畢，二十日改定於太原家中

作者簡介

——李銳（1950-），生於北京，畢業於遼寧大學中文系函授部，與莫言、余華同獲「法蘭西藝術與文學騎士勛章」，並獲香港公開大學授予文學榮譽博士學位，作品被譯為瑞典、英、法、日、德、荷蘭等多種文字。短篇小說〈厚土〉獲第八屆全國優秀短篇小說獎、第十二屆《中國時報》文學獎。著有小說集《丟失的長命鎖》、《紅房子》、《傳說之死》等；長篇小說《舊址》、《無風之樹》、《萬里無雲》、《銀城故事》；散文隨筆集《拒絕合唱》、《不是因為自信》，另有《東岳文庫．李銳卷》（八卷）。

堵車

王祥夫

車就這麼給堵住了。

車是給堵在高速公路上，高速公路有太大的自由，就是可以讓那些年輕司機放開了跑，跑得像是要飛起來。而高速公路也太不人道，一旦堵了，誰也沒有辦法。

路兩邊是鋼鐵的欄杆，人可以用雙手一扶躍過去，躍過去做什麼？去撒尿。車堵得那麼多，都有幾公里了，車一輛一接著一輛，要撒尿就得躍過欄杆到道下邊去解決，道下邊是莊稼地，高粱、玉米，還有穀子和黍子。男人們就到地邊去，大大咧咧叉開腿，把肚子裡沒用的黃水遠遠放出去，人就舒服了。女人們呢，也要用雙手扶住欄杆往外邊跳，她們要走得更遠，到高粱地和玉米地裡去，在那裡蹲著，耳邊，留意著風吹草動，有那麼一點新奇，有那麼一點緊張，甚至還有那麼一點冒險的意味。女人們跳到道那邊去，大多要找個伴兒，也有被男朋友陪著的。

豪華旅遊車上就有那麼一對兒，二十多歲，是大學生吧，那男的，臉白白的，眉毛細細的。總是陪著那女的到地裡去。車上的人都看到了，還在心裡給他們計算著時間，如果是兩個人同時解決，也該完了，如果是女的解決完了，然後是男的解決，也應該完了，而他們卻還不出來，都半個小時了，都一個小時了，都一個小時多了，車上的人都有點兒急，這兩個人在做什麼呢？在密密的高粱地裡？

但他們想做什麼就做什麼吧，他媽的！誰讓車已經被堵了五天，五天不算短，而且又得不到疏散，高速公路就這一點最缺德，前不能前，後不能後。既然堵在高速公路上的車很多，注定便是各色各樣的車都有。有拉鋼材的大卡車，有拉旅客的豪華車，有拉蔬菜的車，還有拉牲口的，一車牛，滿滿一車牛，擠擠挨挨，還有一車豬，豬就沒有牛那麼從容，總是在那裡叫，像是在練聲，在準備一場演出。還有那討厭而好色的公豬，居然，還有使不完的精力，亂中取勝地躍上母豬的身子在那裡耍流氓。而這只是前幾天的事，這幾天，那些豬都蔫了，天是多麼的熱，連水都喝不到。

人們可以從車上下來到道邊去透透氣或者散散步，豬呢？牛呢？可遭了大罪了。沒吃沒喝，過的簡直就不是人的日子，豬是人嗎？不是，牛是人嗎？也不是。豬現在不怎麼叫了，牛卻叫開了，「哞」的一聲，又「哞」的一聲，淒楚悠長。牠們都是一些老牛，幹不動活兒了，如果是人，早已經在家裡看電視養老了。而牠們是牛，主人又終於下了決心，把牠們賣了，等著牠們的是鋒利的屠刀，而牠們卻渾然不知，牠們現在想家了。牠們原來也和人一樣，各有各的脾性，各有各的家，從小都在各自的村子裡生活著，從村子裡到地裡，再從地裡到村子裡，牠們也有青春年少，和別的牛幹過仗，或者也有過愛情，像那一對兒大學生一樣在野地裡野合過。牠們奇怪自己到了什麼地方？車是一輛接著一輛，天又是多麼的熱。是哪頭牛，又在叫了，「哞」的一聲，讓人聽了心裡是多麼的難過。

高速公路堵車了，這就夠熱鬧的。但好像是還嫌不夠熱鬧。附近村子裡的人們都出動了。一部分人是來賣各種吃食的，比如餅子，饅頭，還有綠豆稀飯和泡菜。泡菜是青椒和包頭菜再加上芹菜切成絲醃的那種，很能開人胃口。還有剛從樹上摘下的杏子和李子。更多的村裡人是到這邊來賣方便麵。甚至有在道邊生了火，搭了小棚。擺了小板凳和小桌子，他們的攤兒上有雞蛋和方便麵，煮一包方便麵打一個荷包蛋就是一頓飯。漫長的堵車給了他們掙錢的好機會。這種攤兒一個接一個，女人們在這裡招呼客人，男人們騎著車子給她們運貨，紅著臉兒，滿頭的汗，把一箱子一箱子的方便麵和雞蛋送來。

堵在公路上的人們再焦躁也要吃飯，人這種動物火氣最大，火氣一大飯量也會隨之變大而且挑剔，一開始那幾天，一頓早餐一包方便麵加一個雞蛋還可以，到了後來，人們要求西紅柿，要求黃瓜，要求茄子和青椒，要求更多的花樣，甚至居然還會要求火腿腸和午餐肉。好像是：人們都要在這裡安家落戶了。無論人們有多麼大的火氣，公路還是死死地堵著。那場面簡直就像是發生了戰事。亂得不能再亂，高速公路道邊的莊稼算是倒了大楣。所以呢，另一部分人從村子裡急急趕來是為了看護他們的莊稼，是看護嗎？不，是保衛！因為他們發現，好好兒長在地裡的莊稼已經有一部分變成了飼料，變成了被困在車上的那些豬和牛的飼料。

天氣是太熱了，人可以找找陰涼。而那被困在車上的豬和牛呢？吃吃不上，喝喝不上，「吱吱吱吱」，「哞哞哞哞」地叫著。車主和貨主簡直是急瘋了，滿滿一車豬，又不能把牠們放下來讓牠們去散步，讓牠們到樹下睡一覺。豬也是要一日三餐的，即使沒那麼高的規格，一天也要吃一頓吧，但到什麼地方去找飼料。又不能讓牠們死，最最讓貨主和車主發愁的是萬萬不能讓牠們減肥，牠們又不是時下的小姐，個個都花枝招展想著減肥。牠們一但減了肥，少了分量，就意味著貨主口袋裡的鈔票被人偷了或被人搶了。這就又給附近村子裡的人們開了一條生財之道。他們不能把豬食一鍋一鍋地端來，他們只能賣些豬草。甚至，還賣水。貨主心疼也沒辦法，給豬餵水，怎麼餵？豬這些傢伙們，一是沒有紀律，二是沒有修養，一桶水放在那裡，牠們又不懂得排隊，一個挨著一個地喝，牠們會一下子就把水桶弄翻了。貨主只好把水一桶一桶往車上潑，讓那些豬在車上能舔多少是多少，豬草也是，一把一把揚到車上去，讓那些豬能吃幾口算幾口。

一切都亂了一切都亂了。貨主已經在附近找屠戶了，他們的想法是：能賣掉幾頭是幾頭，總比餓成個豬骨架好。那牛呢，牛和豬不一樣，尊貴多了，做什麼都從容不迫。牠們餓了，渴了，但牠們更是下不了車，車欄被加高了，牠們只好用頭撞那些車欄，「匡匡匡匡」地撞，「哞哞哞哞」地叫。貨主也從附近買了草餵牠們。但牠們的胃口真是大。貨主們也動了腦筋，想找屠戶，能殺幾頭是幾頭，能賣多少是多少。說到殺豬，好像是在各個村子裡都能找到幾個會這門手藝的人。但宰牛可沒那麼簡單，不是任何人都敢宰牛的。

高速公路堵了，而且一堵就是五天，六天，七天，看樣子還要再堵下去。不但被堵在高速公路上的人們的生活亂了套，附近村子裡人們的生活也亂了套。

一個老頭兒，滿頭的汗，終於在人群裡出現了。他背著一小捆稗子草，從莊稼地裡鑽了出來，他是附近村子的。這老頭兒上身穿一件顏色複雜的白背心，領口已經破了。下邊是一條舊軍褲，是他兒子穿剩下的？還是別人穿剩下的？人們會想。老頭兒的臉給太陽晒得有多麼黑，好像是，眼睛也給晒成了一條縫兒，嘴唇乾裂著。人們都看出來了，這老頭為了什麼事焦急著，走路有些踉踉蹌蹌，因為是上高速公路那個斜坡。人們又覺得這老頭兒有些好笑，既然是來賣草的，怎麼背那麼一小捆，就不會多背一些來？人們又有些可憐他，也許是他太老了。這幾天，被堵在高速公路上的人又是氣，又是焦急，但生氣與焦急也沒有辦法，無聊卻慢慢慢慢被產生了出來：打哈欠，睡覺，發呆，漠然地看車下的事。有人注意到這個老頭兒了。老頭急慌慌走到了那輛牛車旁邊，牛車的車欄被加高了，老頭兒在車下看車上的牛，從這邊看到那邊，從那邊看到這邊，看了幾個過兒，喊了一聲，他喊什麼？

黑妞——

老頭喊了一聲。

車上的牛是一頭擠著一頭，老頭只能看見這邊車幫子的和那邊車幫子的，被擠到裡邊的他就看不到了。這幾天，貨主弄來草就在車幫子邊上餵，能擠到車幫子邊的都是些還算年輕的牛，起碼是比較壯實的，那些老弱的，都被擠到了中間，牠們很少能吃到喝到。

黑妞——老頭又喊了。

車上的牛就起了一陣騷動，像是一池子水，被攪了一下，有個棍子在裡邊攪了一下。但那些車上的牛都給餓壞了，誰也不讓誰，一頭一頭在車幫子邊固守著，準備著吃那一口草，他們以為有人要給牠們開飯了。

老頭兒失望了，他已經從長長的車隊伍的這頭走到了那頭，從那頭又走到了這頭，但高速公路上只有這一輛牛車。老頭有些奇怪，看了看車上的牛，又喊了一聲，又喊了一聲，因為失望，他要離開了。但就在這時，車上有牛叫了：

哞——

老頭聽到了，一怔，眼睛一亮，他又喊了：黑妞、黑妞、黑妞、黑妞、

車上的牛都動了，一頭老弱的牛終於踉踉蹌蹌從牛的縫隙裡擠了出來。這是一頭黑花牛，頭上的角很短，粗短粗短的，像是兩只胡蘿蔔。有一隻角甚至像是短了一截兒。這頭牛是太老了，一連幾天都被擠在裡邊，但牠用了大力，牠聽到了主人的聲音，那聲音只有牠能聽懂，那聲音一下子就

給了牠力量，牠擠過來了，牠原來是站在靠車尾那塊地方，牠從車尾的木欄裡伸出了頭：「哞——」的一聲。聲音先是低，又低又細，然後就變得渾厚了，嘹亮了，但有幾分沙啞，聲音裡有埋怨又有喜悅。「哞——」

老頭兒看到這頭牛了，像給什麼打了一下，他動作緩慢地趴上了車欄，他想伸手拍拍這頭叫黑妞的牛的頭，他拍到了：黑妞——

黑妞又「哞」地叫了一聲，這頭牛是太老了，但是再老，眼睛裡也還是會有眼淚的。

老頭兒的動作已經相當緩慢了，而且顯得笨拙，他開始慌慌張張餵這頭黑妞了。這時，在道邊樹下乘涼的貨主過來了，他認出了這個老頭兒。牛是他沿著村子收來的，他認識這個老頭兒，家在離高速公路不遠的村子裡。

老頭兒把草扯了一把探給車上的黑妞，卻一下子被旁邊的牛一口叼了去。

老頭把一條腿跨進了車幫子，把手裡的草探給黑妞，黑妞這下子吃到了，但牠是老了，叼在嘴裡的草又給旁邊的牛搶了去。老頭一下一下用手打著別的牛，一下一下地餵著他的黑妞，眼淚從他的眼裡掉了出來，但沒人能夠看到老頭的眼淚，只有那頭黑妞能看到，牠伸出了結滿了厚厚的舌苔的舌頭舔了一下老頭的手，就像是砂紙，在老頭手背上掃了一下，又掃了一下。

有人看見了這個老頭兒給車上的一頭牛餵草，但這又有什麼吸引人的地方？

那個貨主，又回到樹陰下和人打撲克了，他對旁邊的人說，那老傢伙餵他自己的牛呢。

那牛他沒賣？旁邊的人問。

賣了，他想餵讓他餵。貨主說。

沒人在意這個鄉下的老頭兒，人們的心都亂亂的，都想著車什麼時候能開。那一對大學生樣子的男女，又到莊稼地裡去了，甚至還帶了一件雨衣，他們去做什麼？人們都好像知道，又好像永遠不會知道，但人們也不那麼興奮了，不大注意他們了。

而那個鄉下老頭，卻興奮得厲害，他餵完了他的黑妞，他要走了，他走了不算太近的路，他聽到了高速公路被堵的消息，也聽到了這邊被堵的車上的豬給晒死的消息，還聽到了這邊可以低價買到生豬的消息，而且，他還聽到有一車老牛被堵在了高速公路上，貨主到處在找屠戶要把牛殺了賣。前幾天，老頭兒剛剛把家裡的老牛黑妞賣了，他心裡難受極了，從沒這麼難受過。天這麼熱，一車牛，你擠著我，我擠著你，頭上是大太陽。他心裡不忍了。黑妞，從小，兩個月，被他從鄰村買了來，在他們家待了有多少年，說出來許多人都不會相信，整整二十五年。簡直就是他們家的一口人，黑妞犁地的樣子多俊，一步一步，後蹄子總是一邁就搭到了前蹄子，這個黑妞，你只要和牠開個玩笑，比如在牠的角上掛一小塊豆餅，牠就會原地轉圈兒，牠吃不著那塊豆餅，而牠認了死理非要吃，便轉了一個圈兒又一個圈兒。二十五年，整整二十五年，這黑妞現在的樣子真是不能和當年相比，毛色早已經不像是閃光的緞子了。甚至走路都不行了。牛販子來的時候，老頭打了多少個主意，終於把牠賣了。老頭兒想不到黑妞會給困在路上，困在車裡，擠在那麼多的牛裡邊，受那麼大的罪。

老頭要走了，流著淚，他怕人們看到他流淚，就裝著擦了幾把汗。他想再看看黑妞，黑妞卻正在車上盯著他看，身子在動，想從車上掙下來，哞了一聲，又哞了一聲。

「哞——」黑妞急了。

老頭兒又站住了。回頭看他的牛。

黑妞在車上掙了一下又一下，但牛擠牛，牠能從車上跳下來嗎？要是人，牠就會輕輕跳下來追過來。可牠是牛，牠是黑妞。

老頭又站住了，真正的十步五回頭，他聽懂了。

「哞——」黑妞又叫了一聲。

黑妞又叫了一聲，是在問，問什麼呢？老頭知道。

老頭兒還是走了，失魂落魄的。雙手扶住高速公路邊上的鋼鐵欄杆，把一條腿上去，身子伏在了欄杆上，又抬起另一條腿，人才翻到了欄杆的另一邊。人翻到了另一邊，他卻又不走了，看著車那邊，看著車上的黑妞。

黑妞又「哞——」的叫了一聲。

老頭兒這回下了決心，掉轉身，走進了道邊的玉米地，他要抄近路回去。

這時的天色開始慢慢慢慢黑了，既然沒有通車的希望，人們又準備要吃飯了，道邊的小攤兒上又生了火，這也是炊煙，裊裊地升起來，嫋嫋地升起來。車上的人，罵著，罵公路，無奈著，去吃，去喝，去撒尿，去拉屎，但他們又都不敢走遠，如果走遠了，車一下子動起來怎麼辦。操他媽！操他媽！操他媽！一個年輕司機，脫光了膀子，站在道邊喊。

天又亮了，而且還起了一點點的霧，好像是要下雨了，但這霧也只是一會兒工夫的事，很快就散去了。這樣的天氣，會更熱。早上天還沒亮的時候，人們聽到了一陣豬叫，人們不用睜眼就知道又是豬販子來了，來買豬，打著手電，在車上看來看去，用手揣揣這頭，再揣揣那頭，選中了，也不用費多麼大的勁，那些豬，歷盡了磨難，好像是也想早早離了這車，被選中的豬叫開了，也只是叫那麼幾聲，好像是對車上的兄弟姊妹說再見。好像是對所有被堵在高速公路上的人說再見。那些人，怎麼睡？有睡在車上的，自然是坐著睡，有睡在公路上的，在身下鋪一塊塑料布。豪華客車上的旅客都煩死了，都商量著準備回去起訴，但起訴誰呢？他們又不得而知。那一對兒大學生模樣的戀人，那男的臉白白的，眉毛細細的，和他的女朋友隨遇而安，卿卿我我，那女的睏了就趴在男的腿上睡一會兒。

天又亮了，還是沒有車能開通的消息傳來。

那個鄉下老頭兒卻又出現了，因為是早上，他的身上多了一件很舊的軍上衣，腳上的鞋子已經給露水打溼了。老頭兒背著一捆鮮嫩的稗子草，又出現在那輛運牛的車邊了。

黑妞，黑妞，老頭兒站在車下喊：黑妞，黑妞，

一車的牛都動了。

黑妞，黑妞。老頭兒又喊了。

車上的牛，經過了一晚上的飢餓煎熬，誰也不讓誰了，都往車幫子邊上擠。黑妞是老了，牠沒有那麼大的力氣，牠只能在牛群裡「哞——」地叫了一聲，又「哞——」地叫了一聲。老頭兒又扒上車欄上了，他看到了自己的黑妞，被擠在後邊，黑妞使了勁，卻怎麼也擠不過來。老頭兒把一把草抽出來，朝黑妞揚著。但老頭手裡的草很快被車幫子邊上的牛一揚頭叼走了。老頭兒用手把離自己最近的牛推開，往後推，往後推，一邊召喚著黑妞。那黑妞在老頭的召喚下好像又有了力量，終於擠過來了。老頭兒發現黑妞的頭部靠眼睛的地方在流血，黑妞受了傷，不知被哪頭牛的角弄傷了。黑妞努力擠了過來，把頭靠近老頭兒了。一下子把頭放在了老頭兒的胳膊上。老頭兒這才發現黑妞

的鼻子上也有傷了。老頭心上難過極了，也明白該怎麼餵黑妞草了，他把草，團成一小把一小把，攥在手裡送給黑妞。

他昨天晚上已經想好了，今天不再來了，但早上一起來心裡就慌慌的，像出了什麼事，兩隻腳就朝這邊來了，離老遠就看見高速公路上的車還黑壓壓地堵著。高速公路上車那麼多，人那麼多，豬那麼多，還有那一車牛。但老頭兒心裡就只有黑妞。他的心裡難過極了，賣黑妞的時候，他難過的在院子裡走來走去，在牛欄裡進來出去。他覺著自己幹了一件最最沒良心的事。讓他想不到的是，那麼多的車居然在高速公路上被堵了，他的黑妞居然還在車上。老頭簡直像是在贖罪，再餵一次吧，總不能讓牠餓著，他在心裡對自己這麼說。

這天早上，老頭兒不但背了草來，而且還拿了黑妞最愛吃的豆餅，一大塊兒，在車上被掰成一小塊一小塊，一小塊一小塊的豆餅被老頭塞給黑妞。豆餅的氣息讓車上的牛都激動起來，都使了蠻勁擠過來，黑妞很快就給擠到後邊了。黑妞是急壞了也氣壞了。哞的一聲，又哞的一聲，又哞的一聲。

黑妞。老頭喊一聲。

「哞——」黑妞是通人性的，在那裡答應一聲。

黑妞。老頭兒又喊一聲。

「哞——」黑妞又答應了一聲。

但黑妞畢竟是老了，牠擠不過來。

老頭兒的眼裡有淚了，是一把一把的老淚。他把拱到自己身邊的牛頭推開，推開，再推開，他看見黑妞了，在別的牛的後邊可憐地揚著頭，不是揚著頭，而是被別的牛架了起來。老頭兒的身上，還帶著一個綠色的啤酒瓶子，裡邊是水，還加了一點點鹽，他想給黑妞餵些水，但那些飢餓的牛都被豆餅的香氣煽動了，黑妞是老了，二十五年了，二十五年有多少日子？在那麼多的日子裡，黑妞天天跟著自己，現在，怎麼會這樣？老頭兒從車上下來了，哭了，他不怕別人看見，眼淚流了滿臉。他又繞到了車的另一邊，從另一邊趴上了車欄，他喊他的黑妞：「黑妞，黑妞。」

車上的牛又是一陣湧動，黑妞轉不過身子來，卻揚起頭，叫了哞的一聲，又哞的一聲，聲音是那樣的蒼老和無奈。

高速公路兩邊的生活垃圾已經堆得很高了，大多是方便麵盒子和塑料袋子，太陽照樣地熾熱，車照樣還沒有通。有一輛拉蔬菜的車，已經用小車把菜一車一車地讓本地人買走，但菜還是爛了一大半兒。爛了的菜只好扔到高速公路的道兩邊，所以遠遠近近都能聞到腐爛了的蔬菜的味道。天又黑了下來，在人們憤怒的罵聲中黑了下來。時間是最無情的，而又最有規律，黑過之後，又慢慢慢慢亮了，也就是說，新的一天又來了。新的一天到來的時候，高速公路上的人們被一件事情吸引了，那就是那個老頭兒又出現在那輛牛車邊。他像是有點兒害羞，但他執拗地對那個牛販子說，他一定要把他的黑妞贖回去。

贖牛？牛販子說，好像有些不相信。

不賣了。老頭兒說他不想賣了，賣牛的錢已經帶來了。

老頭兒一頭的汗，雖然是早上。他把賣牛的錢掏了出來，一共四百，一個沒動。老頭兒要把錢交給牛販子。牛販子當然願意，他不願意看到車上的牛死，更不願在這裡耗著讓牠們掉分量。但這是在高速公路上，他還是有些猶豫，一是擔心車要是動起來怎麼辦？二是他不知道怎麼把老頭兒的牛從車上弄下來，一車的牛，一頭擠著一頭。怎麼把牛從車上弄下來？車已經被加高了車欄，要是想把那頭牛弄下車就得把加高的牛欄拆了，這有多麼的麻煩，多麼的費事。牛販子同意了，車主卻不願意，坐在那裡不動，看著前方，像是沒聽見。前方呢，一點點動靜都沒有，車還堵著。

我不賣了，我要把我的牛贖回去。老頭就是這麼一句話，還有一頭的汗，不知是急的還是熱的。老頭跟在牛販子的後邊。周圍的人有熱鬧看了，他們實在是心煩而無聊，一點點事都能激起他們的興奮。他們很快都站到了老頭兒的一邊，他們認為老頭兒簡直是一種悔改的舉動，因為老頭兒在那裡說了，說黑妞，在他們家都二十五年了，做了二十五年的活兒，下地，打場，拉糞什麼都幹，老頭一邊說一邊急著掉淚。

這時旁邊有人說話了，說看不出你這個老頭兒心就這麼黑，牠給你幹了二十五年的活兒你一下子就把牠賣了？你們這些農村人還有一點點人性沒有？二十五年的長工都得給養老金！這個人這麼一說，許多人就都憤怒了，都說這個老頭兒真是不對。而很快，這種情緒又產生了變化，因為那老頭兒，忽然掉過頭去喊牠的牛，聲音顫抖著：黑妞——黑妞——

黑妞知道牠的主人來了，在車上，蒼涼無力地回應了：「哞」的一聲。

圍在牛車邊上的人們都忽然不說話了，有一種令人感動的情緒像是傳染病一樣，馬上傳染了他們。那個老頭兒的聲音和牛的聲音讓他們很難過又很激動。

老頭兒的眼裡已經滿是淚水。

黑妞——老頭兒又喊叫了一聲。

黑妞又在車上「哞」地又回應了一聲。

圍在車周圍的人很快就都成了老頭兒的支持者，都認為應該讓老頭兒把他的牛贖回去，要不贖回去，那牛不是在這裡熱死就是要給屠殺掉。

那個車主卻走到了一邊去，他不願做這種事，那加高的牛欄都是用八號鐵絲擰緊的，要想把加高的部分拆開還不那麼容易。再說，要想把牛從車上弄下來，還得要搭板子，牛又不是什麼東西，可以從車上一下子扔下來，或者是用繩子吊著送下來。

車主到一邊去了，去了玉米地。圍在車邊的人們就都沒了主意。這樣一來呢，那老頭兒就更著急了，團團轉。牛也是一條命。這時不知誰在說，說牛這種動物其實最應該得到尊重，幹一輩子活兒到老在這裡受罪真是不人道。二十五歲的牛如果是人可能就是九十多歲了，九十多歲還讓牠受這種罪？說這話的就是那個臉白白眉毛細細的年輕人，他的女朋友就站在他的身旁，挽著他的胳膊。二十多歲的年齡正是容易衝動的歲數，這臉白白眉毛細細的年輕人說：「拆一下後馬槽上的欄杆，又不費多少事，無論是什麼動物的生命，都是最最珍貴的。」這臉白白眉毛細細的年輕人，自告奮勇了。工具很容易就從別處找了來。這個年輕人就上去，一條腿跨在車欄上，一隻腳蹬在後馬槽上，開始往開弄車欄上加高的木欄。下邊的人接應著，這年輕人，身上有俠客的氣質，一想到要解救出一頭老牛來，先就激動了，所以他幹得很起勁。他把八號鐵絲弄開了。弄開了這頭，又去弄另一頭。一根杆子就給從上邊遞了下來，下邊有幾個人接著。

「幹什麼？幹什麼？」這時候那個車主出現了，他很不滿意，車上的一切都是他的特權。

「你下來！」車主對正在車上幹得歡的年輕人喊。

年輕人就停了下來，但人還在上邊站著，看著這個不知從什麼地方鑽出來的車主。

「你幹什麼？」車主對那個年輕人說。

年輕人倒不知道說什麼好了。

「下來。」

車主說。口氣是不好的，挑釁的。

黑妞的主人，那個老頭就急了，他急了有什麼辦法，他只好去對那個牛販子說好話，說牛不賣了不賣了，錢一個不少都在這裡了，他不願看他的牛在這裡受罪。圍在車周圍的人們都好像突然怒了，都朝著牛販子，都說人家不賣了你就得把牛還給人家，牛命也是命！趕快把牛還給人家老頭兒！這些人們這樣一說，那牛販子就回了頭看車主，車主原是他的朋友。他用眼睛詢問車主是什麼意思？

「下來下來！」車主的口氣還是狠的，他要那年輕人馬上從車上下來。

那臉白白眉毛細細的年輕人從車上下來了，但是，讓所有的人都吃了一驚的是：那車主，從年輕人的手裡一把奪過了工具，車主也是年輕人，身手更矯健，一下子就蹬著馬槽上了車，他自己幹了起來。這真是讓人想不到。這就更能顯出一個人的性格。下邊的人幾乎要喝出采來。車後邊被加高的欄杆很快就被拆了下來，拆下加高的部分，後邊的馬槽就可以放下來了。後馬槽一放下來，問題也就來了，那頭叫黑妞的牛怎麼下來？又不是條小牛，可以被人們抱著，就像牠小的時候被那老頭兒抱著走來走去。這時就有人又出了主意，既然找不到搭板，不可以從別的車上下一塊側馬槽嗎？這意見很快就被人接受了。而且後邊那輛車的司機就願意幫一下這個忙，而且很快就下了一塊過來，斜斜地架在那裡了。一車的牛，一頭擠著一頭，在車上湧動著，那牛販子馬上上了車，他生怕那些牛從車上掉下來一頭，他把那些牛往後邊趕。

那老頭兒也上了車，他要把他的黑妞從車上引下來。

黑妞。老頭喊了一聲，揚揚手。

「哞」的一聲。黑妞在裡邊叫了一聲，算是答應。

黑妞，老頭又叫了一聲，推開別的牛往裡邊去，那頭黑妞，畢竟是老了，已經給擠到了最裡邊。老頭從這頭牛和那頭牛的縫隙間擠進去，看到他的黑妞了，摸到他的黑妞了，手已經像往常一樣一把抓住了那粗粗短短的牛角。老頭兒的感覺是，一下子像是中了電，甚至，激動的打了個顫抖。但他有什麼辦法？他怎麼才能把他的黑妞從一頭擠著一頭的牛裡弄出來。

車上，都是牛屎，黏滑的，簡直是下不了腳，牛們都知道發生了事，都緊張了起來，個個都不肯讓了。還是那個臉白白眉毛細細的年輕人，一躍，上了車，讓他激動的是，現在他們要解救一頭老牛，他沒想到車上會這樣髒，腳下會這樣滑，每一頭牛的身上幾乎都是屎，一上車，他就給蹭了一身髒。他好不容易擠到老頭兒的身邊了，他把擠在老頭身邊的牛往一邊推，他要幫著老頭推出一條路來。這時車下又上來一個人，也來幫忙了。那黑妞，卻害了怕，這幾天的經歷讓牠心驚膽跳，牠倒不敢到車邊去了，那老頭兒，和幫他忙的人好容易把黑妞推到了車的後馬槽那裡，黑妞卻說什麼也不下車了。任你怎麼推，任你怎麼拉，牠都倔著不下，在那裡抖著，可憐地倔著，就是不下車。

老頭兒生氣了。好像是自己的孩子在眾人的面前不肯聽話，又好像是，為了牠，老頭兒已經欠下了這麼多人情，這麼多的人都在幫忙，而黑妞還是不肯下，這怎麼像話？老頭兒在黑妞身上捶了一下，黑妞還是不肯動，老頭兒又在黑妞身上捶了一下，生氣了，這簡直是丟自己的臉，下邊有那麼多的人都看著。

下下下下！老頭兒說，使了勁，捶牠的屁股。黑妞的屁股硌疼了老頭兒的拳頭。

「你別打牠，你打牠做什麼？」車下邊的人說話了，說牛又不是人，可以坐飛機，可以從車上往下跳，「牠是牛，你打牠做什麼？牠都多大了，幹了一輩子了，你就這樣對待牠？」下邊的人一這麼說，老頭兒好像害羞了，臉紅紅的，看看這邊，看看那邊，沒了辦法。黑妞不下車他又有什麼辦法？牛一但犯了倔，幾個人都弄不動牠，別看牠老了，又受了這麼多天的罪，但牠還是有力氣的，牛就是牛，到什麼時候都是牛。

那個牛販子又跳上了車，說話了，他有太多的對付牛的辦法，他說，找塊布，遮住牠的眼，還怕牠不下。牛這種東西最好哄了：「媽的，找塊布子。」

布子找來了，黑妞的兩眼被蒙住了，這樣一來，牠果真變得聽話了，一點一點，一點一點，小心翼翼，小心翼翼，甚至都顯得有點嬌氣了，被老頭兒從車上慢慢領了下來，黑妞是老了，經過了這麼幾天的折磨，牠就顯得更老了，甚至走路都有點一瘸一瘸了，四條腿都在抖，老頭兒看到了黑妞身上的傷，屁股上的傷，臨賣牠那天，老頭兒還給黑妞在院子裡細細洗過，說乾乾淨淨的去吧，別讓人討厭。

老頭兒小心翼翼把黑妞從車上領了下來，終於站在車下了。下邊的人都舒了一口氣。車主和牛販子也舒了一口氣。他們又去弄他們的車欄去了。

車下邊，人們忽然都楞住了。

那個老頭兒，忽然，摟住了黑妞的脖子，「嗚嗚嗚嗚，嗚嗚嗚嗚」地哭了起來。

既然是在高速公路上，老頭兒和黑妞就沒辦法跳過欄杆，他們只有順著堵了車的高速公路走，要一直走到下一個出口，然後才能腳踏實地的站在土地上，青草永遠只能生長在土地上，還有那溫暖的亮亮的河流，也只能在土地上流淌。

人們看著那老頭兒，摟著那條叫黑妞的牛的脖子，傷心而激動地哭著。他們都老了，他們——人和牛，都曾經年輕過，現在都老了。站在旁邊的那些人，都不說話，心裡也都酸酸的，他們現在都已經知道了，這頭牛都二十五歲了，好傢伙，要是人，歲數起碼在九十歲上下。好傢伙！

那條牛，黑妞，沒哭。牛會哭嗎？可能不會。牠站著，兩條前腿稍稍分開著，卻一直在那裡發抖。牠忽然掉過頭去，用舌頭舔老頭兒的手和臉，很粗糙的，像砂紙，在老頭兒的手和臉上一掃一掃。

高速公路還堵著，天更熱了，什麼時候才能通？沒人知道。

老頭兒和那頭叫黑妞的牛走遠了，老頭兒背抄著手，牛跟在他的後邊，在高速公路上，一點一點小了。

作者簡介

——王祥夫（1958-），遼寧撫順人，現居山西，中國作家協會會員，山西省作家協會副主席，作家，同時也是書畫家。中篇小說〈顧長根的最後生活〉獲第二屆趙樹理文學獎中篇獎第一名，短篇小說〈上邊〉獲第三屆魯迅文學獎短篇小說第一名、〈橋〉獲第十三屆百花獎原創獎，〈兒子〉、〈回鄉〉、〈西風破〉、〈駛向中北斗東路〉等曾改編為電影。多部作品被譯成英、法、日、韓等版本。

一罈豬油

遲子建

一九五六年吧，我三十來歲，已經是三個孩子的媽媽了。上頭的兩個是兒子，一個九歲，一個六歲。老小是個丫頭，三歲，還得抱在懷裡。

那年初夏的一個日子，我在河源老家正餵豬呢，鄉郵遞員送來一封信，是俺男人老潘寫來的，說是組織上給了筆安家費，林業工人可以帶家屬了。他讓我把家裡的東西處理一下，帶著孩子投奔他去。

老潘打小沒爹沒娘，他有個弟弟，也在河源。那時家裡沒值錢的東西，我把被褥、枕頭、窗簾、桌椅、鍋鏟、水瓢、油燈通通給了他。豬被我賤賣了，做路費；房子呢，歪歪斜斜的兩間泥屋，很難出手。我正急著，村頭的霍大眼找上門來了。霍大眼是個屠夫，家裡富裕，他跟我說，他想要這房子做屠宰場，問我用一壇豬油換房子行不。見我猶豫，他就說老潘待的大興安嶺他聽人說過，一年有多半年是冬天。除了鹽水煮黃豆就沒別的吃的，難見葷腥。他這一說，我活心了，跟著他去看那壇豬油。

那是個雪青色的罈子，上著釉，亮閃閃的。先不說裡面盛的東西，單說外表，我一眼就喜歡上了。我見過的罈子，不是紫檀色的就是薑黃色的，烏禿禿的，敦實耐用，但不受看。這只罈子呢，天生就帶著股勾魂兒的勁兒，不僅顏色和光澤漂亮，身形也是美的。它有一尺來高，兩拃來寬，肚子微微凸著，像是女人懷孕四五個月的樣子。它的勒口是明黃色的，就像戴著個金項圈，喜氣洋洋的。

我還沒看罈子裡的豬油，就對霍大眼說，我樂意用它換房子。

我掀開罈子的蓋兒，聞到了一股濃濃的油香，只有新煉出的豬油才會有這麼衝的香氣啊。再看那油，它竟然灌滿了罈子，不像我想的，只有多半罈。那一罈豬油少說也有二十斤啊。豬油雪白雪白的，細膩極了，但我還是怕霍大眼把好油注在上面，下面凝結的卻是油渣。我找來一截高粱稈，想探個虛實。我把高粱稈插進豬油的時候，霍大眼在一旁嘆著氣。我插得很慢，高粱稈進入得很順暢，一直到底，些微阻礙都沒有，說明這油是沒雜質的。我抽出高粱稈來的時候，霍大眼說，這罈豬油是新煉的，用了兩頭豬上好的板油，他囑咐我不能把豬油送給別人吃，誰想舀個一勺兩勺也不行，一定要自己留著，因為這罈豬油他是專為我準備的。他說我若給了不相識的人吃，等於糟踐了他的心意。我答應著，搬起這罈豬油出了院子。

我領著仨孩子上路了。那時老大能幫著幹活兒了，我就讓他背著四只碗、一把筷子、五斤小米和一個鋁皮悶罐。老二呢，我也沒讓他閒著，他提著兩罐鹹菜和一摞玉米餅子。我編了一個很大的柳條簍，把我和孩子的衣服放在下面，然後讓老三坐在上面，這樣我等於背了衣服又背了孩子。我懷中抱著的，就是那個豬油罈子。

那是七月，正是雨季，臨出發時，老潘的弟弟送了我一把油紙傘。我把它插在柳條簍裡。老三在簍子裡待得沒意思時，就把它當甘蔗，啃個不停。

我們先是坐了兩個鐘頭的馬車，從河源到了林光火車站。在那兒等了三個鐘頭，天傍黑時，才上了開往嫩江的火車。那時往北邊去的都是燒煤的小火車，它就像一頭剛從泥裡打完滾兒的毛驢，灰禿禿的。小火車都是兩人座的，車上的人不多。別的旅客看我拖兒帶女的，這個幫我卸背簍，那個幫我把孩子手中的東西接過來。還沒等我們安頓好呢，火車就像打了個擺子似的，咣噹咣噹地開了。它這一打擺子不要緊，把站在過道上的老二給晃倒了，他的頭磕在坐席角上，立時就青了，疼得哇哇大哭。我一想直後怕，萬一老二磕的是眼睛，瞎了眼，我哪還有臉去見老潘哪。

我把豬油罈子放在了茶桌下面。一到火車要靠近站臺時，就趕緊貓腰護著，怕它像老二一樣被晃倒了。

帶著仨孩子出門真不容易啊。一會兒這個說餓了，一會兒那個說要拉屎撒尿，一會兒另一個又說冷了。我是一會兒找吃的，一會兒領著他們上廁所，一會兒又翻衣服。天黑以後，車廂裡的燈就暗了，小東西們折騰累了，老大斜倚著車窗，老二躺在坐席上，老三在我懷中，都睡了。我不敢睡，怕迷糊過去後，丟了東西和孩子。熬了一宿，天亮時，我們到了嫩江。

按照老潘信上說的，我找到了長途客運站。往黑河去的大客車三天一趟，票貴不說，我們來得不湊巧，剛走了一輛，等下趟要兩天呢。我怕住店費錢，就買了便宜的大板汽車票，當天下午就上路了。

什麼叫大板汽車呢？就是敞篷汽車，車廂體的四周是八十厘米左右高的木板，看上去像是豬圈的圍欄。車上坐了三十來人，都是去黑河的。車上鋪著乾草，人都坐在草上。車頭是好位置，穩，行路時不覺得特別顛，人家見我帶著仨孩子，就讓我坐在車頭。我怕豬油罈子被顛碎，就把它夾在腿間。我用胳膊抱著孩子，用腿勾著罈子，引起了別人的笑聲。有一個男人小聲跟他身邊的女人嘀咕：這女人一定是想男人了，把罈子都夾在褲襠裡了。我白了他們一眼，他們就趕緊誇那只罈子好看。

坐敞篷車最怕的不是毒日頭，而是雨。一下雨，大家就得把一塊大苫布打開，撐在頭頂，聚堆兒避雨。雷陣雨不要緊，嘩啦嘩啦下個十分八分也就住了，要是趕上大雨，就遭殃了。路會翻漿，不能前行，就得停靠在中途的客棧。

我們離開嫩江時天還好好的，走了兩個來鐘頭後，天就陰了。路面坑坑窪窪的，司機開得又猛，顛得我骨頭都疼了，好多人都嚷著腸子要被蹾折了。烏雲越積越厚，接著空中電閃雷鳴的，沒等我們把苫布扯開，雨點就劈里啪啦落下來了。我在車頭，又要撐苫布又要顧孩子的，早把豬油罈子丟在一邊了。那時只嫌自己長的手少，要是多出一雙手來多好啊。雨越下越大，車越開越慢，苫布嘩嘩響著，感覺不是雨珠打在上面，而是一條河從天上流下來了。苫布下的人擠靠在一起，才叫熱鬧呢。這個女人嫌她背後的男人頂著了她的屁股，那個女人又嫌挨著她的老頭兒口臭，抱怨聲沒消停過。不光是女人多嘴多舌，家禽也這樣。有個人帶了一籠雞，還有個人用麻袋裝著兩隻豬羔。雞在窄小的籠子中縮著脖子咯咯叫，豬把麻袋拱得團團轉。老大看豬羔把麻袋快拱到豬油罈子旁邊了，就伸腳踹了一下。豬羔的主人生氣了，他罵老大：牠是豬，不懂事，你也是豬啊？老大小小年紀，但嘴巴厲害，頂起人來頭頭是道。他說：牠不是人，不懂事；你是人，怎麼也不懂事？苫布下的人都被老大的話給逗笑了。

傍晚的時候，汽車終於在老鴰嶺客棧停了下來。儘管擋著苫布，但雨實在太大了，我蹲在苫布邊上，衣服的後背都被雨潲溼了。我抱著罈子走進客棧時，店主一眼就相中它了。他問我，這是從哪兒弄來的骨董啊？我說這不過是只豬油罈子。他嘴裡嘖嘖叫著，在罈子上摸了一把又一把。他老婆看了生氣了，說，你看它細發，摸個沒完了？店主說，罈子又不是女人的屁股，有什麼不能摸的？

店主問我，它值多少錢，連油帶罈子賣給我行嗎？我說自己用兩間泥屋換來了這罈豬油，我喜歡，不賣。店主衝我翻眼白，他老婆卻給了我一個媚眼。

我們在老鴰嶺等天放晴，一停就是三天。那時的客棧都是光板鋪，上下兩層，每層鋪能躺二十幾人。一般是男人住上鋪，女人和孩子住下鋪。人多，被子不夠使，就兩個人用一條。為了省點兒錢，我和孩子不吃客棧的飯，吃自己帶來的玉米餅子和鹹菜。下雨天涼，我怕孩子們受寒會鬧病，就借用他們的灶房，用帶來的悶罐和小米熬粥。我一進灶房，店主就和我糾纏，要買那只豬油罈了，說是多給我錢，不讓他老婆知道。我討厭和老婆隔心的男人，就說你就是給我座金山，也不換這個罈子！店主生了氣了，他要收我煮粥的柴火費。我說你覺得那點兒錢拿在手上不燙手，就收吧！他衝我大叫：你這種死心眼兒的女人拿在手上才燙手呢！

在客棧裡，人睡在鋪上，東西什麼的都得堆在地上。當然，能放在睡人的屋子的東西都是死物。活物呢，像旅客帶來的豬羔和雞，都放在馬房裡。但凡開客棧的，沒有不養馬的。小孩子們喜歡在馬房玩兒。離開老鴰嶺的前一天，我去馬房找老二和老小，在那兒給馬餵食的店主指著他的幾匹馬說，說吧，你相中了哪個，我讓你牽走！我問，你怎麼非要這個罈子不可呀？店主說，好物件和好女人一樣，看了讓人忘不了！咱沒福分娶好女人，身邊有個好罈子，也算心裡有個惦記的！誰想這話被他老婆聽到了呢。馬房的地上鋪著乾草，所以誰也沒聽見她進來了。這女人真是剛烈啊，她一句話沒說，一頭朝拴馬的柱子撞去，當時就昏了，額角裂了道口子，鮮血一股一股地流出來，把玩兒捉老鼠遊戲的孩子們都嚇壞了。

這天晚上，雨停了，月亮出來了。第二天早晨，雞還沒叫，司機就吆喝我們上路了。當我抱著豬油罈子上汽車時，看見店主的老婆站在車旁。她受傷的額頭上貼著一塊藥布，臉是灰的。她見了我叫了一聲妹子，撲通一聲給我跪下了，讓我留下那個罈子！她說這一夜想明白了，要是一個男人身邊活物死物都不讓他喜歡，這男人就等於活在陰天裡，她不想看她男人以後天天陰沉著臉。說完，她哭了。我正不知該怎麼辦才好時，司機把店主找來了。店主聽說他老婆下跪是為了給他要罈子時，受感動了。他把老婆拉起來，說，下了三天雨，地上潮氣大，你有關節炎，要是跪犯了病，自己遭罪不是？你要是想跪，晚上就跪我的肚子上，那兒熱乎。他那話，把圍觀的人都逗笑了。店主對我說，好看的東西都是惹禍精，咱不要那個玩意兒了，你快抱著走吧。他嘴上這麼說，可他看罈子的眼神還是留戀的。

我們離開老鴰嶺客棧時，太陽冒紅了，店主攙著他老婆回屋了。我的眼睛溼了，覺得這個罈子沒白用房子來換，真是寶物啊。大家看著他們夫妻和睦了，都跟著高興。男人打口哨，女人哼著歌。鳥兒也跟著湊熱鬧，空中傳來陣陣歡快的叫聲。有人說，現在客棧沒旅客了，店主一定是一進屋就脫了褲子，讓他老婆上來跪肚皮啦！大家哈哈笑。我家老二問，肚皮那麼軟，能跪住人嗎？一個黃鬍子男人說，男人身上有根繩，用它拴女人，一拴一個靈，跪得住，跪得住！大家笑得更厲害了。老二凡事愛刨根問底，他問，那根繩在哪兒？快告訴我呀。

我們笑了一路。傍晌午時，車停在潮安河，我們到一家小店簡單吃了點兒東西，接著趕路。太陽落時，到了黑河。

黑河是我今生到過的最大的城市啦，黑龍江就打城邊流過。城裡有高樓，有光溜溜的馬路，有吉普車。街上騎自行車的人多，讓我覺得這個地方挺富裕的。一些女人穿著裙子，露著腿，看得出這個地方挺開放的。客運站就在碼頭邊，車還沒停下來，我就望見了碼頭上的客船和貨船。

往上游漠河去的船每星期有兩趟，一趟大船，一趟小船。那兒的人管大船叫大龍客，小船叫小龍客。我們到的當天上午，小龍客剛走，大龍客要兩天後才開。我樂意在黑河耽擱兩天，想著這次到了老潘那裡，一頭扎進大山裡，指不定哪年哪月再出來呢，我得給腦子裡攢點兒好風景，空落時好有個念想啊。買了船票後，我就領著孩子逛商店，買了二十尺藍色斜紋布、五尺平紋花布，想著過年時給孩子們做新衣。黑河的對岸就是蘇聯，有家商店有蘇聯圍巾賣，我看著花色和質地都好，又不貴，給自己買了一塊。除了這些，我還買了幾條肥皂和幾包蠟燭，把手裡的錢基本花光了。上船時，兜裡只剩六塊錢啦。不過那時的錢真頂用呀，我們娘兒幾個在船上吃一頓飯，一塊錢就夠了。

大龍客比小龍客慢，又是逆水走，該是一天到的路，走了兩天。坐船比坐敞篷汽車要舒服多了，穩當，又風涼。白天時，我領著孩子站在船尾看山水，看江鷗，也看船上的廚子捕魚。那時的魚真旺呀，撒下一片網，隔半個鐘頭起網，起碼能弄到一臉盆魚。孩子們玩兒得高興，到了下船時，個個都捨不得。

我們下船的地方叫開庫康，有人把它念白了，就成了開褲襠。老潘所在的小岔河經營所，離開庫康還有五十多里呢。一下船，就有一個瘦高個兒的小夥子走上來問我，是潘大嫂吧？我說是啊。他說，我叫崔大林，潘所長讓我來接你，我等了一個星期了。我對他說，這一路出來不順當，在老鴰嶺遇雨耽擱了三天，在黑河等大龍客又耽擱了兩天。小夥子說，我還想呢，要是這趟船再等不來你們，我就回林場了。崔大林接過我懷中的豬油罈子，說，潘大嫂，你可真能耐，領著仨孩子，又倒火車又換船的，還捧著個罈子！

這崔大林給我的第一印象是機靈，會說話。他說他是林場的通訊員。

我跟在崔大林身後去客店的時候，心裡想，老潘當了所長了，看來在這裡幹得不錯呀。可他在信上一個字也沒透露過。他這個人就是這樣，好事壞事都不愛跟女人說。

大龍客在開庫康停了二十分鐘，接著走了，它還有三站到終點呢。我們在開庫康住了一宿，第二天一大早，就上路了。

崔大林準備了一副擔子，挑著兩個籮筐。他讓老二坐在前筐，說是男孩子皮實，不怕日頭。老小坐在後筐，說是有他的身影做著陰涼，老小在後筐就不會覺得太晒。他還把我們帶來的東西分裝在兩個籮筐裡。他挑著擔子在前，我和老大跟在後面。我把豬油罈子放在背簍裡，背在肩上，比抱在懷中要得勁兒多了。

要是輕手利腳地走五十里路，也得多半天，何況我們挑擔背簍的，走的又是林間小路呢。崔大林雖然有力氣，但他每挑個半小時左右，也要停下來喘口氣。歇著時，老大愛問，還有多遠？崔大林總是說，快了，翻過前面那座山就是。那時山上的樹真多啊，水桶那麼粗的落葉松和碗口粗的白樺樹隨處可見。林子中的鳥兒也多，啾啾地叫得怪好聽。渴了，我們就喝山泉水，餓了，就吃上一把從開庫康客店買的炒米。林子裡的野花也多，老小坐在後筐裡，時不時伸出手揪上一朵，不管是紅百合、白芍藥還是紫菊花，只管往嘴裡填。我怕有些不認識的花會藥著她，只讓她吃百合花。大概她嘴裡有了花香的緣故吧，蝴蝶和蜜蜂愛往她嘴丫飛，她哇哇叫著，揮著小手趕牠們。要說林中什麼東西最厭煩人？那就是蚊子、瞎蠓和小咬。牠們都是愛喝人血的傢伙。我們走著路的，牠們難下口，坐在籮筐裡的老二和老小可就遭殃了，到了中午，我發現老二的左眼皮讓瞎蠓給咬腫了，他看上去一隻眼大，一隻眼小。老小呢，她的脖子和胳膊讓蚊子叮了好多處，起了一片紅點兒。我心疼壞了，心裡忍不住埋怨老潘，他也不想著我領著仨孩子一路有多辛苦，只打發個人來，真心狠啊。想著到了那裡後，一定不和他睡一個被窩，晾著他。

我們拖拖拉拉走到下午，忽然聽見密林深處傳來一陣馬蹄聲。崔大林放下擔子對我說，這一定是打獵的鄂倫春人。果然，一忽的工夫，就見一匹棕紅色的馬從林子中躥出，馬上是一個挎著獵槍穿著布袍子的鄂倫春人。他見了我們，跳下馬，問崔大林我們要去哪裡。崔大林說去小岔河經營所。鄂倫春人說他可以用馬送我們過去。我讓崔大林卸了擔子，把籮筐吊在馬上，但崔大林說他不累，非讓我和老大騎馬。老大膽子小，不肯騎。我也沒騎過馬，但看著馬還算溫順，再說我累得不行了，看見馬跟見了救星似的，就背著豬油罈子壯著膽上馬了。剛上去時晃悠了幾下，走了一會兒，就習慣了。開始時鄂倫春人幫我牽著馬，後來他看我騎得穩，就去搶崔大林的擔子，說是換換肩，讓他歇一歇。鄂倫春人的心眼兒真是好使啊。

山中的路坑坑窪窪的，走這樣的路，再有經驗的馬，也有失蹄的時候。在馬上自在了一個多鐘頭後，我們經過一片裸露著青石的柳樹叢。沒想到馬被一塊石頭絆了一下，牠一側歪，我從馬上掉了下來。我倒是沒怎麼傷著，就是胳膊肘和膝蓋破了點兒皮，可是那個豬油罈子可憐見的，摔碎了。一想到罈子抱了一路，快到地方卻出了事了，我哭了。心疼白花花的豬油，更心疼那個漂亮的罈子，早知如此，還不如把它留在老鴰嶺客棧呢。崔大林見我哭，就安慰我，說是把罈子的碎瓷撥拉開，豬油還是能吃的。他把能盛油的東西都拿來了，悶罐，碗，一把一把地往裡劃拉豬油。這些器物滿了後，我把老潘弟弟送的油紙傘打開，把餘下的豬油收進傘裡。好端端的豬油沾上了草，一些螞蟻在裡面鑽來鑽去，我那心啊，別提有多難過了！但我凡事能看得開，想著這個罈子太美了，所以命薄，碎就碎吧。

我說什麼也不敢騎馬了。鄂倫春人覺得過意不去，他對老大說，他可以抱著他一同騎在馬上，老大嚇得連連說，我走得動。鄂倫春人要把坐著老二和老小的籮筐吊在馬上時，他們也都哇哇叫，不願意。他們一定是怕像我一樣被顛下來。結果這匹馬最後馱著的只是散裝在背簍中的豬油。怕它們互相磕碰著，鄂倫春人捋了幾把青草，把它們掖在悶罐、碗和半開的油紙傘之間。每走半個小時，他就去換崔大林，幫他挑會兒擔子。

就這樣，我們走走停停，把太陽走落了，把月亮走升起來了，把野兔走回窩了，把眼睛鋥亮的貓頭鷹走出來了。晚上八點多鐘，到了小岔河經營所。那時籮筐裡的老二和老小已經睡過去了。老潘見了我，還有心思開玩笑，說是有兩個牛郎幫我挑擔子，福氣不小啊。

那時經營所的房子只有七八棟，有三十來個工人，其中七八個是帶家屬的，比我早到不了多少日子。我們住的房子是板夾泥的，很舊，老潘說那還是偽滿金礦局留下的呢。我說，那我得留神點兒，說不定哪天挖地，挖出塊狗頭金呢！

鄂倫春人把我們送到後，騎著馬走了。我嫌老潘沒留他過夜。老潘說，他們睡不慣屋子，喜歡住在林子裡，你留他，他也不會答應的。

我折騰得骨頭都快散架了，安頓好孩子後，我燙了個腳，上了炕。快兩年沒見老潘，我有一肚子的委屈。豬油罈子碎了時，想著晚上給他點兒顏色看，可一見著人，就剛強不起來了，看他哪裡都親，最後還不是睡在一起了。

只一兩天的時間，小岔河的孩子們就熟悉起來了。老潘說年底時還要上一批工人，到時組織上會派來一個教師，那時老大就有學上了。不然他這種年齡不上學，在大山裡就耽擱了。

我把豬油從悶罐、碗和傘中用勺子刮到一個臉盆裡，用它做菜。那時小岔河開墾出的土地不多，再加上菜籽不全，男人們只種了豆角和土豆。我們這些留在家裡的女人就找了一個在山中游獵的鄂倫春人，讓他教我們認野菜。採了水芹菜、山蔥、老桑芹後，我們就掉著樣地給男人們做菜，把他們吃得天天叫好，上山伐木時更有力氣了。野菜用豬油烹調最對路了，野菜吃油啊。有時吃著吃著，會在菜裡發現螞蟻，那是豬油灑了時，螞蟻趁亂溜進去的。牠們貪了口福不假，小命卻是搭上了。老潘夾著螞蟻時，也不挑出，說是螞蟻浸了一身的油，扔了可惜，連同牠一起吃了。到了小岔河沒兩個月，我懷上了。興許是吃豬油的緣故，這胎兒特別顯懷，秋天蘑菇下來的時候，誰都看出我有了。男人們就拿老潘開玩笑，說，潘大嫂才來兩個來月，你的種子就發芽了，本事大啊。老潘笑著說，都是豬油裡的螞蟻搞的，那東西長力氣啊！

大興安嶺一到十月就進入冬天了。那時的雪真大啊，一場連著一場。天是白的，地是白的，樹和人被這一上一下兩片白給襯的，都成了黑的了。男人們採伐，女人也不能閒著，除了帶孩子做飯，還得上山拉燒柴。碰到樟子松身上有明子疙瘩的，我們就鋸下來，把它劈成片，用來引火。我們還把明子疙瘩放到大鐵鍋裡，填上水，熬油。熬出的油像琥珀似的，可以用來點燈。這樣的燈油散發的煙有股濃濃的松香氣，好聞極了。我就是在熬松油的時候要臨產的。那是一九五七年的四月，要是在南方，麥苗都青了，可小岔河還在下大雪，黑龍江也封凍著呢。當地雖然有個衛生所，但唯一的醫生只能治個頭痛腦熱、處置點兒小的外傷什麼的。碰到大毛病，就傻眼了，到時就得套上爬犁，用擔架把重病號送到開庫康。

那時的女人最怕生孩子難產了。在那種地方，人說扔就扔了。按理說我生過仨孩子了，不該怕了，可是胎兒太大了，疼得我滿炕打滾，就是生不下來。幸虧那是傍黑的時候，男人們從山裡回來了。衛生所的醫生看我那樣子，害怕了，她讓老潘趕快想辦法送我出山。如果去開庫康，快馬也得三個鐘頭，何況我上不了馬。這時崔大林說，要不就送江對岸吧，蘇聯那裡的醫院好。

那個年月，住在黑龍江界河沿岸的村落，比如洛古河、馬倫、鷗浦，如果碰到了來不及去大醫院救治的重病人，便就近送到蘇聯去了，比如加林達、烏蘇蒙。雖說過界是不允許的，蘇聯那邊有崗哨，但他們看見抬來的是病人的話，就會讓我們入境。老潘是個黨員，又是經營所的領導，按理說不管我和孩子是死是活，該把我往開庫康送，免生麻煩。但老潘就是老潘，他一點兒也沒猶豫，立馬吩咐人套馬爬犁，準備擔架，領上崔大林，把我用兩床棉被包裹上，去了蘇聯。那個小村當地人叫它「列巴村」，列巴就是「麵包」的意思。蘇聯人喜歡吃列巴，夏季時能從江邊聞到對岸烤麵包的香味。那時黑龍江還封凍著，省卻了渡船的麻煩。我們一越邊界，蘇聯崗哨的兩個士兵就端著槍跑來了，沒誰會說俄語，老潘指著馬爬犁上的我，拍了一下我的大肚子，然後搖搖頭，蘇聯士兵便明白這是遇到難產的病人了，點了點頭。其中的一個帶路把我們送到了醫院。那家醫院雖小，但設施全。接診的是個年歲很大的男醫生，鬍子都白了。他看了看我的情況後，先是給我打了一針，然後給我做了剖腹手術，取出了個哇哇哭叫的胖男娃。他快十斤重了，怪不得我生不下來呢。老潘一看母子平安，一個勁兒地給那個醫生作揖。由於出來匆忙，我們什麼禮物也沒有帶，老潘有塊手錶，他從腕上擼下來，送給醫生，人家笑笑把錶又套回他手腕上了。老潘滿身翻，翻出半包菸和兩塊錢。錢是人民幣，給他也不能使，老潘就把菸遞給醫生。醫生指了指我，擺擺手，示意在病人面前不能抽菸。由於開了刀，當天不能返回，我們在那兒住了兩天。蘇聯醫生招待我們吃喝，還幫我們餵馬。醫院的女護士給我帶來了雞蛋和麵包，還送給孩子一套棉衣裳，藍地紅花，怪好看的。臨走的時候，我很捨不得，我親了女護士，也親了給我做手術的男醫生。崗哨的士兵拿出一頁我們誰都看不懂的紙，讓老潘在上面簽了字，按了手印。

回到小岔河林場後，老潘就去了開庫康，辭他的所長去了。他說自己無組織無紀律，為了讓老婆平安生產，越了邊界，不配做所長了。但組織上只給他一個口頭警告，沒處分他。他從開庫康歡天喜地地回來了，買了二斤喜糖，給小岔河的每戶人家都分發了幾顆。這孩子是在蘇聯生的，我們給他起的大名是「蘇生」，小名呢，就叫螞蟻。老潘說不是因為豬油中的螞蟻滋養，他的精血不會那麼旺，致使我懷的胎兒壯得生不下來。

蘇生是幾個孩子中長得最漂亮的了。寬額和濃眉隨老潘，高鼻梁和上翹的唇角隨我。眼睛呢，既不隨我，也不隨老潘，不大不小，黑亮極了，老潘說隨螞蟻，他非說螞蟻的眼睛亮。小岔河的人都喜歡他，說他生就一副富貴相。人們很少叫他的大名，都愛叫他的小名。

螞蟻四歲時，崔大林結婚了。小岔河來了個皮膚白淨的女教師，叫程英，揚州人。也許是江南的水土好吧，她長得才俊呢，楊柳細腰，俏眉俏眼的，兩條大辮子烏黑油亮的，在肩後一盪一盪的，盪得男人們心都慌了。有三個人追求她，一個是開庫康小學的老師，一個是小岔河林場的技術員，還有就是崔大林了。最後她還是嫁給了崔大林，人家說程英是看上了崔大林家祖傳的一只鑲著綠寶石的金戒指。

在當地，結婚前夜有「壓床」的習俗。所謂「壓床」，就是找一個童子，陪新郎倌睡上一夜。據說這樣婚床才是乾淨的。崔大林和程英都喜歡螞蟻，就讓他去壓床。一般四歲的孩子，離不開父母的懷兒，可我們跟螞蟻說，讓他跟崔叔叔睡一夜的時候，他高高興興地答應了。崔大林抱他走的時候，螞蟻還問，我是睡崔叔叔呢，還是睡程阿姨？把我和老潘笑得哇，說，你要是睡了程阿姨，崔叔叔就該打你的屁股了！

螞蟻沒壓好床，崔大林說，這孩子突然肚子疼，哼唧了一宿。到了天明，這才消停了。老潘去接螞蟻的時候，他的肚子已經好了，他還拿著賞給他的兩塊壓床錢，跟老潘說他能給家裡掙錢花了。

崔大林的婚禮才熱鬧呢，小岔河林場的人都到場了。那是一個夏天的禮拜天，我們在屋外搭起帳篷，支上鍋灶，女人們七碟八碗地做菜，男人們喝酒，孩子們咂著喜糖做遊戲，一直鬧騰到晚上。年輕的小夥子又去鬧洞房，把新郎新娘折騰到了天明。

我們在婚禮上見到了新娘子手上戴的戒指。金戒指上果然鑲著顆菱形的綠寶石，那寶石看一眼就讓人忘不了，是那種沒有一點兒雜質的透亮的綠，醉人的綠！我們這些女人拉著程英的手，個個看得「嘖嘖」叫，羨慕得不得了。有人說它值一棟好房子，有人說它值一車皮紅松，有人說它值五匹好馬，還有人說它值一千丈布。只要是我們能想得到的好東西，都被打上比方了。從那以後，我們見到的程英就是手指上戴著綠寶石戒指的樣子。她握著粉筆在黑板上寫字的時候，學生們都說那字被映得一閃一閃的。冬天時，她戒指上的那點兒綠看了讓人動心，好像她的指尖上藏著春天。

孩子們在小岔河一天天長大了，林場的人也越來越多了。小岔河學校又增加了一名男教師，是個單身，人家都說崔大林很不高興他和程英一起工作。

說來也怪，程英結婚好幾年了，一直沒有懷上孩子。她的身體看上去挺好，不像是不能生養的，有人就嘀咕崔大林有毛病。有一年春節，他們倆回程英的娘家探親，回來時帶來了大包小包的中藥。從那以後，崔大林家就老是飄出湯藥味。我們猜那是治療不孕症的藥。至於是誰吃，我們猜不出來，也不便問。

山中的日子說慢很慢，說快也很快。好像是一忽的工夫，我的鬢角就白了，老潘的力氣也不如從前了。儘管生了螞蟻後我又懷上了兩回，但沒一個能站住腳。頭一個三個月時就流產了，第二個倒是生下來了，是個女孩，才四斤多，我沒奶水，只得餵她羊奶。她弱得三天兩頭就病，三歲時，一場高燒要了她的命。從那後，我就跟老潘說，咱也是奔五十的人了，有四個孩子了，再不要了。老潘說，不生也夠本了，咱最後那一筆多帶勁兒啊！那一筆當然指的是他心愛的螞蟻。

「文革」前，老大參加工作了，在小岔河林場當木材檢尺員。老二喜歡上學，我們就讓他在開庫康上中學。老姑娘在小岔河上小學，她一拿課本就迷糊，腦瓜不靈便，程英說別的孩子記一個生字三五分鐘就夠了，她呢，一天也學不會一個字，都五年級了，沒有一篇課文能讀連貫。不過她手工活兒巧，會鉤窗簾，織毛衣，還能裁剪衣裳，我想女孩子會這些就不愁嫁人了。最讓人省心的是螞蟻，他功課好，又勤快，還仁義。學校冬天得生爐子，他那個教室的爐子，都是他燒的。每天天還沒亮，他就去燒爐子了。等到上課時，教室就暖和了。

「文革」開始了，中蘇關係也緊張了。因為我在蘇聯的列巴村生的螞蟻，舊帳新算，非說老潘是蘇修特務，說老潘當年簽的字是賣國的證明。他的經營所所長給撤了，人被揪鬥到開庫康，在船站打雜。崔大林也跟著倒楣了，被發配到開庫康糧庫看場。後來是老潘把責任都攬到自己身上，說是當年是他主張送老婆去蘇聯的，而且字也是他簽的，跟崔大林沒絲毫關係，讓他還是留在小岔河，說是崔大林在開庫康，跟老婆分居，耽誤下種。人家都知道崔大林沒有孩子的事情，就把他放回小岔河了。不過他不能坐辦公室了，跟工人一樣上山伐木了。

可是崔大林回到小岔河沒多久，程英就死了。

要了程英命的，是那只綠寶石金戒指。

自打程英結婚後，那戒指就沒離過手。她教書時戴著，挑水時戴著，到江邊洗衣服時還戴著。也許是一直沒有孩子的緣故，程英後來臉色不如從前了，人也瘦了。有一天，程英去江邊洗衣服，回來後發現戒指丟了。人一瘦，手指自然也跟著瘦了，再加上肥皂沫的使壞，戒指一定是禿嚕到江中了。小岔河的人都幫著程英去找戒指，人們在程英洗衣服的那一段江面撒開了人，淺水處用笊籬撈，深水處由水性好的潛進去搜尋，折騰了兩天，也沒找著。

程英沒了戒指後，整個人就跟丟了魂似的，看人時眼神發飄，你在路上碰見她，跟她打招呼，她就像沒聽見似的。她給學生上課，也是講著講著就卡了殼。她原來是個利索人，衣服從沒褶子，褲線總是壓得筆直的，辮子編得很勻稱。可從戒指丟了後，她等於失去了護身符，衣衫不整，頭髮蓬亂，牙齒縫塞著菜葉也不知剔出來。從她的表現看，人們暗地都說，當年她嫁給崔大林，確實圖的是財，而不是人。

有天晚上，程英沒有回來。崔大林把小岔河找遍了，也不見人。四天後，在黑龍江下游一個叫「爛魚坑」的地方發現了她。屍首盪在岸邊的柳樹叢裡，已經腐爛了。人們都說，程英要麼是去江中找戒指時讓急流捲走了，要麼就是自殺。沒了心愛的東西，她就活不起了。

我想起螞蟻當年去崔大林那兒壓床時害肚子疼的事情，看來童子是有靈光的，他們的婚床沒給那對新人帶來好運。

崔大林從此後腰就彎了，整天耷拉著腦袋，跟誰也不說話了。不到四十歲的人，看上去像個小老頭兒了。他家從那以後再也沒有湯藥味飄出來了。

崔大林沒了老婆，再加上他因為老潘受了牽連，我很過意不去。螞蟻在家時，我常打發他去幫崔大林幹點兒活兒，劈個柴啦，掃個院啦，挑個水啦。有時候做了好吃的，就送給他一碗。小岔河的人也可憐他，常有人往他家送菜和乾糧。

螞蟻那時已經大了，他知道爸爸因為他而遭殃了，很不開心。他開始逃學，也不給學校生爐子了。有的時候，他一個人扛著紅纓槍，步行幾十里，去開庫康看他爸爸。說是誰若敢在他爸身上動武，他就用刺刀挑了他！他十四歲時就有一米七了，體重一百多斤，鬍子也長了出來，像個大小夥子了。開庫康的人沒有不知道螞蟻的，他去到那裡，總是雄赳赳的模樣。就連批鬥老潘的人都說，你這輩子值了，有這麼個好兒子！

螞蟻不上學後，冬天就上山伐木；夏天呢，他跟著人去黑龍江上放排，把木材從水上由小岔河運送到黑河的碼頭。每放一次排，總要十天八天的時間。放排是個危險的活兒，螞蟻一跟著上排，我就睡不著覺，想著黑龍江上有許多急流險灘，萬一出了事，可怎麼好？所以螞蟻放排時，我總要請把頭喝一次酒，託付他照應好螞蟻。木排上的把頭又稱「看水的」，掌管棹，棹相當於船槳，起舵的作用。放排是否平安，取決於掌棹人的手藝。看水的把頭都喜歡螞蟻，說是他一上了排，一路風平浪靜。他是福星。一般的木排有一百多米長，三十多米寬，排上能裝二百多立方米的木材。一個排上放排的人總要有七八人，排上有鍋灶和窩棚，可以在上面做飯和睡覺。把頭說，螞蟻最喜歡站在排上往江裡撒尿，說是暢快。趕上月亮好的夜晚，他們在排上喝酒，螞蟻就說快板書。他說書的內容是自編的，全是英雄美人的故事，放排的人都愛聽。

一九七四年吧，螞蟻虛歲十八了。好多人都給他介紹對象，可螞蟻說大丈夫四海為家，娶了女人累贅。這年夏天，他又去放排了。這次放排改變了螞蟻的命運。

從小岔河往黑河去的水路上，要經過一個叫金山的地方。金山的對岸，是蘇聯的一個小鎮。一般來說，放排是晝行夜宿的，就是說每天晚上要找一個地方「停排」，第二天早晨再「開排」。金山那段水路石砬子多，趕上那天風大，看水的把頭在停排時掌握不住棹了，木排打著旋兒，順著風勢，一直往蘇聯那邊漂，一忽的工夫，就撞到人家的岸上了。那時蘇聯在黑龍江上增加了防禦，常有被我們稱為「江兔子」的巡邏艇在江上竄來竄去。木排一靠那岸，江兔子就追過來了，蘇聯士兵端著槍下來，哇啦哇啦地衝放排的人叫嚷。語言不通，把頭就指著天，意思是說老天爺把我們吹來的，我們並沒想越界。螞蟻鼓著腮幫子，嗚嗚嗚地學大風叫，把蘇聯士兵都逗笑了。那時正是傍晚，小鎮的人家都在忙活晚飯，烤列巴的香味飄了過來。把頭說，岸邊有幾個織魚網的姑娘，其中一個姑娘穿著藍色布拉吉，金黃色的頭髮，梳著一條獨辮，水汪汪的大眼睛，白淨的皮膚，鵝蛋形臉，嘴唇像是剛吃完紅豆，又豐滿又鮮豔。她不看別人，專盯著螞蟻。把頭知道蘇聯人喜歡喝酒，就把木排上的幾瓶燒酒拿來，送給他們。他們呢，吩咐岸邊的姑娘進鎮子拿來了酸黃瓜和列巴。蘇聯士兵和放排的人圍坐在岸邊，一起吃喝。那個姑娘呢，就站在螞蟻身後，一會兒幫他掰麵包，一會兒幫他添酒。螞蟻也喜歡她，看她一眼臉就紅一陣。吃喝完了，天黑了，風住了，月亮升起來了，把頭預備把木排擺回金山岸邊了。那個姑娘看螞蟻上了排，眼淚汪汪地從兜裡掏出一個小木勺，送給他。木勺的把兒是金色的，勺面呢，是金色的地兒，上面描畫著兩片紅葉，六顆紅豆。螞蟻接了木勺後，把它插在心窩那兒。

這次放排回來後，螞蟻就不是從前的螞蟻了。他常常一個人拿著木勺，坐在院子裡發呆。他每天要去一次江邊，名義是捕魚呀、洗澡呀、刷鞋呀，其實大家都明白他是為了看看對岸。

有一天，螞蟻用網掛上來一條足有十多斤重的紅肚皮的細鱗魚。那魚被提回家時，還搖頭擺尾著。我想做個醬汁魚，裝上一罐，去開庫康看看老潘。刮完魚鱗，用刀剖膛時，我發現這魚的魚肚異常地大。大魚的魚肚是不可多得的美味，我劃開魚肚，一縷綠光射了出來，那裡面竟然包裹著一只戒指！取出後一看，竟然是程英丟失的那一只，我簡直不能相信自己的眼睛！我怕是自己眼花了，喊來螞蟻，他看了一眼就說，是程老師戴的戒指啊！我們把它放在水盆中，用肥皂洗了又洗，將附著在上面的魚油和江草洗掉，它鮮亮得就像一個要出嫁的姑娘，看一眼就讓人怦怦心跳。我想這條魚要是早打上來就好了，那樣程英就不會死了。這也說明，戒指確實是在她洗衣裳時滑落到江水中的。我和螞蟻趕緊用塊手絹包了戒指去崔大林家，想把它還了。誰知崔大林見了戒指後看了一眼就哭了，說，這是命啊，命啊，我不能要這戒指了。我以為他想起程英傷心，就說，你現在看著難受，就把它鎖在櫃子裡。你下半輩子又不能一個人這麼過下去，碰到合適的還得找一個，晚上吹燈後好有個說話的人。崔大林抓著我的手，哭得像個淚人，說，潘大嫂，這戒指命該是你的，我說什麼也不能要。它要是再回到我家，我非死了不可！我說，這東西這麼金貴，不是我的，我不能要。崔大林竟然給我跪下了，求我救救他，留下戒指。我見他那樣，就說，那就給螞蟻吧，魚是他打上來的，等於他撿著的，這戒指留著他將來娶媳婦用。螞蟻將崔大林從地上拉起來，乾脆地說，我喜歡它，我要！就把戒指取過來，揣在兜裡了。

那時我並不知道崔大林心中的祕密，只當他沒了舊人，怕見舊物了。

我把那條細鱗魚用油煎透，放了一碗黃醬，慢火煨了三個鐘頭，魚骨都酥了，盛了滿滿一罐，搭了一輛拖拉機，去開庫康了。那時從小岔河到開庫康已經修了簡易公路，走起來方便多了，兩個鐘頭就到了。船站的人對老潘很好，並不讓他幹重活兒，我去了，還讓他休息一天，陪我逛逛供銷社。我跟老潘說了戒指藏在魚肚中的事情，老潘說，聽上去像是神話，只有螞蟻才能把吞了綠寶石戒指的魚打上來啊！

我怎麼能夠想到，等我從開庫康返回小岔河時，螞蟻走了。他留下了三封信，一封是給開庫康的組織的，說是他爸爸因為他生在蘇聯而成了蘇修特務，現在他離開中國了，跟家裡永久斷了聯繫，應該把他爸爸放回小岔河了。一封是給他哥哥姊姊的，說是他不孝，請他們好好待父母，為我們養老送終。還有一封是寫給我和老潘的，說是他此去，永不回來了，請我們不要難過，要保重身體。在我們那封信的下面，他還畫了一個磕頭的男孩，說是每年除夕，只要他活著，不管在哪裡，他都會衝著小岔河的方向，給我們磕頭拜年的。

螞蟻帶走了那只戒指和那把描畫著紅豆的木勺。我明白，他這是游到對岸去了。老潘是條硬漢，我從沒見過他掉淚，但螞蟻的走，讓他痛不欲生，以後只要誰一提起這個話題，他就掉淚。我也是心如刀絞，但為了老潘，只得挺住，我勸他，在哪裡生的孩子，最後還得把他還到哪裡，這是命啊。

我們沒敢把信的內容透露出去，只是說螞蟻失蹤了，不知去哪裡了。不然，老潘等於有了一個叛國投敵的兒子，罪更大了。那些日子我們整天提心吊膽的，怕螞蟻突然被遣返回來。沒有遣返的消息時，我們又擔心他偷渡時淹死了，所以一聽說黑龍江的哪個江段發現了屍首時，我們就打哆嗦，直到確認那人不是螞蟻時，才會舒口氣。到了冬天封江時，我們的心漸漸安定下來，想著螞蟻一定是平安過去了，跟心愛的姑娘在一起了。

「文革」結束了，老潘回到小岔河。那時經營所已經擴展成林場，上頭派來了一個場長，讓老潘做副場長，他謝絕了。他說自己快六十的人了，又得了風溼病，沒能力做事情了。我明白，螞蟻的離去，等於把他油燈中的燈芯抽去了，他的心裡沒有多少亮兒了。

一九八九年，老潘死了。他活了七十歲，也算喜喪了。離世前，他對我說，真是饞你當年來小岔河時帶來的豬油啊。我知道他是想螞蟻了，就拿來螞蟻留給我們的那封信。他眼睛盯著那個磕頭的男孩，笑了笑，撒手去了。

在老潘的葬禮上，崔大林把折磨了他半生的祕密告訴了我。他說那個戒指確實是我的，當年他從開庫康接我來小岔河的路上，豬油罈子碎了，他在幫我往碗裡劃拉豬油時，發現了一只綠寶石戒指。他一時貪財，把它竊為己有。開始時他不敢把它拿出來，以為那是我藏到裡面的，後來套問過我幾次，知道那罈豬油是用房子換來的，戒指的事我一無所知，他就敢拿出來了。程英能跟他，確實是因為這只戒指。他其實心裡清楚，程英更喜歡那個追求她的技術員。婚後，他一看到這只戒指，腿就發軟，做不成男人該做的事。他央求過程英，不讓她戴那玩意兒，可她不答應，他們為此沒少吵嘴。我問崔大林，你為什麼要等到老潘死了才告訴我？他說，老潘是條漢子，他要是知道了，他看我的眼神就能把我給殺了啊。

我這才明白，當年霍大眼為什麼囑咐我不要讓別人吃那鐔豬油，看來他要送我那只戒指，他暗中是喜歡我的。老潘的弟弟剛好從河源老家趕來奔喪，我就向他打聽霍大眼的情況。他說，霍大眼得了腦溢血，死了六七年了！他活著時，一見老潘的弟弟，就向他打聽，你哥哥嫂子來信了嗎，他們在那裡過得好嗎？老潘的弟弟說，有一回他告訴霍大眼，說我生了一個兒子，叫螞蟻，霍大眼說了句，比叫臭蟲好啊，氣呼呼地走了。霍大眼的老婆是個潑婦，兩口子彆扭了一生。霍大眼病危時，他老婆正在鞋店試一雙黑皮鞋。別人喚她快回家，她不急不慌地對店主說，給我換雙紅鞋吧，他死了，我得避邪，省得老王八蛋的鬼魂回來纏我。

咳，可惜我知道這戒指的來歷晚了一步。要是老潘在，我可以跟他顯擺顯擺：瞧瞧啊，也有別的男人喜歡我啊。不過以老潘的脾性，他聽了後肯定會哈哈大笑著說，一個眼睛長得跟牛眼似的屠夫喜歡你，有什麼臭美的？

老潘死後的第二年，崔大林也死了。我仍然活著，兒孫滿堂。我這一生，最忘不了的，就是從河源來小岔河那一路的風雨。我的命運，與那鐔豬油是分不開的。夏日的傍晚，我常常會走到黑龍江畔，看看界江。在兩岸間搧著翅膀飛來飛去的鳥兒，叫聲是那麼地好聽。有一種鳥會發出「蘇生——蘇生——」的叫聲，那時我便會抬起頭來。我眼花了，看不清鳥兒的影子，但鳥兒身後的天空，我還看得挺分明呢。

作者簡介

——遲子建（1964-），生於黑龍江漠河縣北極村，畢業於北京師範大學，現為黑龍江省作協主席。小說〈霧月牛欄〉、〈清水洗塵〉、〈世界上所有的夜晚〉分獲第一、二、四屆魯迅文學獎，長篇《額爾古納河右岸》獲第七屆茅盾文學獎，《群山之巔》獲百花文學獎中篇小說獎、《當代》最佳長篇小說獎、第六屆紅樓夢獎專家推薦獎，其餘作品曾獲冰心散文獎、莊重文文學獎等。作品曾譯為英、法、日、義、韓、荷蘭等語言版本。

我和姊姊都不是鎮上最漂亮的姑娘，但我們覺得我們就是。夏天還很遠，姨媽不在，我們兩個偷偷在房間裡面把她所有的紗巾都拿出來，脫了線衣，穿著背心把紗巾往身上裹往頭上纏，對著鏡子照啊照的。姊姊說：「唉，為什麼我們都這麼好看？」我說：「世界上沒有比我們更好看的了。」姊姊問我：「那是你說我們哪個更好看？」我看了姊姊很久，忍痛說：「你比我好看。」

姊姊就把紗巾往下拉了拉，露出了自己的鎖骨，她的胸部已經有兩團軟軟的凸起——她驕傲地挺著胸，斜著眼睛在鏡子裡面看自己的側面。我什麼也沒有，我就看著她，乾羨慕她的乳房——我們兩個玩了一會，又在抽屜裡發現了姨媽的口紅，那是一支變色口紅，我們把它塗在了嘴皮上，等了又等，嘴卻沒有變紅，姊姊說：「這個口紅要晒了太陽才能變紅。」

我們就穿著紗巾跑到陽臺上去晒太陽，夏天還很遠，我們兩個忍不住覺得寒冷起來，但誰也沒有對彼此說，我們站在那裡，像兩棵嗷嗷待哺的禾苗，等待太陽把我們的嘴皮晒得通紅通紅。

過了一會，姊姊的臉變紅了，她狠狠地打了一個噴嚏。

有一件事情我們都是不明白的，那就是姨媽總是能發現在她離開時我們兩個都幹了什麼。這次也不例外，她把姊姊狠狠地打了一頓，姊姊那張剛剛還是全世界最美的小臉上，鼻子嘴巴和著眼淚鼻涕，忽然地不成了樣子，姨媽拖著姊姊從客廳打到寢室，又從寢室打到客廳，姊姊哭得我心都碎了，我站在門旁邊，動也不敢動，只會嘩啦啦地流眼淚。

姨媽打夠了，還得去廚房做飯，她在裡面劈里啪啦地擇著菠菜，我就溜到姊姊的房間去看她，她像一團棉花那樣趴在床上哭著，但她很累了，因此哭得既沒有聲音，也沒有眼淚，她看見我進去了，恨恨地說：「我好羨慕你沒有媽！」

我不知道怎麼安慰她，只好坐在她身邊，用手摸摸她的衣角，說：「其實有媽也不錯的。」

以前姨媽喜歡送我去上學，她幫我提著書包，七點半不到就要出門，我們兩個過了南門菜市場，姨媽一路上跟人打招呼：「陳三哥，今天吃魚啊？」「朱四伯，又吃藤藤菜啊？」「李大姊，伙食開得好哦。」——人家也客客氣氣地對她喊：「蔡二姊，送姪女上課啊？」

哪知道我姨媽立刻就翻臉了，腰一粗，眼一瞪，喝道：「哪個是姪女？是我的女啊！」

這樣好幾次，我們南門上的人就都懂起了，於是他們一個個熱情地說：「蔡二姊，兩娘母這麼早就去上課了？」

她就高興了，脆生生答應了，還要我喊人。

我們過了老城門，姨媽忽然嘆了一口氣，她拉著我，說：「雲雲，你要記到，姨媽就是你的媽，記到沒？」

「記到了。」我說。

「有啥事情都跟姨媽說，有姨媽在哪個都不得欺你。」姨媽又字字鏗鏘地說。

「好。」我說。

那天下午放學回家，我在我們院子裡找了很久才找到我爸，一群老頭把他圍得嚴嚴實實，看著他跟另一個老頭下棋，我擠進去的時候，我爸正「啪」地把馬打到棋盤上，吃了對面一個車，他高興地手舞足蹈，大喊：「看老子的白馬亮蹄！」——我說：「爸，回去煮飯了。」——「陳老頭，你娃這下瓜了啊？」我爸說。

他終於還是發現了我，親親熱熱地說：「雲雲，放學了啊？」——我爸一把就把我抱到懷裡坐好，一隻手抱著我，空出一隻手來下棋，

看久了，我也看會了，我爸每走一步棋，我就跟著說：「炮打翻山。」或者：「馬走斜日。」不然就是：「將軍！」——喊了「將軍」，就可以回家吃飯了。

我們家最多的就是麵，一次我爸要下半把麵，煮好了麵，我爸給自己裝一瓢，給我裝一碗，然後加上醬油，豬油，再從碗櫃裡面拿出早就炒好的臊子滿滿放一勺子，我們兩爺子就像餓死鬼一樣開吃了。

我爸埋頭吃麵，發出呼呼的巨響，一分鐘不到他就吃完了，把瓢往水池裡一甩，一抹嘴，跟我說：「雲雲，你洗碗啊？」

「好。」我說。

他就跳起屁股地跑出去了，只要幾秒鐘我就能聽到他的聲音從隔壁子傳過來：「鍾老師，來接到殺一盤啊？」

我洗了碗做作業，也可以做了作業再洗碗，也可以洗碗完了不做作業，偷偷拿我爸租的武俠小說看，或者關了門挨家挨戶去串門，我們院子裡面的婆婆爺爺沒有一個不喜歡我的，看見我去了，總要分兩片蒜泥白肉到我嘴裡，不然就從鐵罐裡拿出珍藏已久的大白兔奶糖來——院子另一頭的余

婆婆是最有錢的，每個月她有十元的零用錢，有時候甚至能在她那吃到一個稀罕的口香糖，而住在我們家那排房子裡面的鍾爺爺就非常窮，他老穿一件暗黃色的軍大衣，那件衣服還是我爸不要了給他的——我這樣逍遙到九點過，院子裡面的老人們就都睡了，只有我爸還在和鍾爺爺酣戰，我可以睡，也可以不睡，可以睡在我爸床上，也可以去我的小床上睡，就算是我睡了，我也可以躺著睡，側著睡，或者趴著睡。

但是姊姊跟我說：「千萬不要趴著睡！」

我說：「為什麼？」

她說：「你把心口壓到，胸部就長不出來了！」

我大吃一驚，反駁道：「怎麼可能？」——我瞄著她已經略略有兩團凸起的胸，又看著我自己排骨一樣的胸脯，暗暗發誓再也不要趴著睡了，我想：「總還來得及糾正，總不可能一輩子都不長了。」

那個時候，夏天已經來了，我們兩個睡在姊姊房間裡面的涼席上，光溜溜地只穿著內褲，裝成兩口子的樣子——長出了一對小乳房的姊姊當了老婆，我就只有當她的愛人。我們兩個親親熱熱地睡在床上，姊姊像個女人那樣把頭靠在我的頸窩上，我像個男人那樣攬著她的肩膀，姊姊說：「你親我嘛。」我就親了姊姊一口。姊姊指著她的乳頭說：「你親我這裡嘛。」

我吃驚地說：「怎麼可以親那裡？」

姊姊老練地說：「兩口子就是那樣親的。」

我就親了姊姊的乳頭，它們比她的那對乳房還要小，小而且細緻，好幾次差點從我的嘴唇間滑落過去，涼涼的，像兩顆上頓剩下的悶豌豆。

我親了一會，姊姊覺得過意不去，問我：「不然我也親一下你麼？」

我說：「對麼。」

姊姊就公平地像我剛才親她那樣親了我的乳頭，她的嘴唇溼溼的，我問姊姊：「不曉得兩口子這樣親有啥子意思。」

姊姊一邊親一邊說：「你還小，不懂。」

我們很快大了，暑假以後，姊姊上了六年級，我上了三年級。我爸對我說：「姊姊要考初中了，你少去打擾姊姊了。」但我還是一有空就跑到姨媽家去，他們家有一個很大的二十一寸彩電。看完花仙子，姊姊就又開始給我打扮：她用紅紗巾把我的頭髮綁起來，又在我的脖子上圍一個黃色的長紗巾，然後畫口紅，把臉也畫紅了，最後，從她珍藏的貼紙裡找一張翁美玲的照片，給我貼在額頭上。我也依樣給她打扮了，兩個人就坐在陽臺上看隔壁中學的操場，暮色來臨的時候，操場裡面總有一些人在散步，有些是一個男生和一個女生。

姊姊說：「等明年我讀了中學就可以耍朋友了。」

我說：「那是早戀。」

姊姊說：「人活著不就是為了愛情嘛。」

姊姊的話莫名其妙地就讓我胸口發痛，我們兩個肩並著肩，手牽著手，頭髮上綁著紅紗巾，我忽然發現有一個白影子在足球場的旁邊走來走去，我仔細看，那是一匹白馬。

我對姊姊說：「姊姊，那裡有一匹白馬。」

姊姊說：「哪裡有啊？」

我指給她看：「啊，那裡。」

姊姊說：「沒看到啊？」

我們兩個都打了一個寒顫，姊姊說：「我聽到人家說，把紅紗巾捆在腦殼上要看到鬼。」

我們兩個手忙腳亂地扯了紅紗巾，逃進了客廳，尖叫了起來。

姨媽在廚房裡頭就罵開了：「張晴，你喊啥子喊！你是瘋子啊！」

她的聲音可以把客廳的空間活生生膨脹兩倍，但是姨爹回來以後她就老實了，姨爹就在隔壁中學教化學，他總是要帶一摞厚厚的卷子回來改，他一回來，家裡人都不敢出聲了，姊姊和我兩個乖乖地在房間做作業，直到姨媽做好了飯，喊一聲：「吃飯了！」我們才敢出來，洗了手，端端正正坐在桌子旁邊，到姨爹出來了，才敢夾那塊看中了很久的滷鴨肉。

飯後姨媽又躲到廚房去洗碗了，姨爹就要檢查我們的作業，姊姊數學不好，姨爹總是要罵她：「這道題又算錯了！上次才給你講過的嘛！」他罵了以後，就要問我：「蒲雲，你看你會不會做？」

我就湊過去，看了一次題，算出答案，說：「是不是三十二啊？」

姨爹就跟姊姊說：「看到沒有？妹妹每天跟到聽我講都聽會了！你用點心嘛！」

姊姊狠狠地瞪了我一眼，那一眼充滿涼意——這樣的事情發生了很多次，姊姊總以為我這次就要學乖了。

姊姊生氣了，九點過我爸來接我回家，姨媽又從廚房裡頭大包小包地拿一些她做的東西讓我爸帶回去，姊姊就衝出來一把打掉了姨媽手上的豆漿饃饃，說：「不許給他們吃！憑啥子他們一天到晚吃我們家頭的東西！」——我爸和我站在那裡，眼睜睜看著姨媽臉都氣綠了，然後連姨爹也從房間裡面衝出來一把把姊姊提了進去，我知道她今天晚上又慘了。

第二天放學，我去六年級的教室找她，果然看見她手臂上黑黑的一條條鼓起來了，我站在門口叫她：「張晴！」

她理都不理我，在裡面用力地收書包。

直到她收好了書包出來，我們兩個就親親熱熱地手拉著手去買乾脆麵吃，我們吃的麵渣一路都是，姊姊說：「今天去我們家吃飯麼，我們化妝麼。」

那天我們終於在姨媽的抽屜裡找到了一支真正的口紅，不是變色口紅，它是一支如假包換的猩紅色口紅，我們雙雙站在鏡子前面，姊姊又說了一次：「唉啊，好想快點長大啊！」

她吊著一雙眼鏡在鏡子裡面看著我，嘴皮紅得好像出了血，我由衷地說：「姊姊，你真漂亮。」

姊姊把頭髮一甩，眼睛一瞇，說：「長大了更漂亮！」

她說大就大了，根本不等我，有一次我在街上遇見了她，穿著一條花的紗裙子，圍了一個白腰帶——透過光線，我甚至可以看見她內褲上的花——她繃著兩個大腿跟一個男生和一個女生說說笑笑地在國學巷口路過，往西街方向去了，我站在那裡背著書包大喊她：「姊姊！姊姊！」

她不理我，我就喊：「張晴！張晴！」——我扯著嗓子，喊響了整整一條街。

她這才回頭看了我一眼，然後說：「你放學啦？」

我說：「啊！」

她說：「我們去耍了，拜拜！」

她旁邊的有一個男生問她：「哪個噢？」

姊姊說：「我妹妹，還在讀小學！」

他們嘻哈打笑地走了，留下我繼續讀小學。

我還是去姨媽家裡——沒有了姊姊，好在我還有姨媽——姊姊要上晚自習，姨爹也有課，我們兩個人就一起吃飯，相對坐著，姨媽非常喜歡吃回鍋肉，一旦有這個菜，她就要多吃兩碗飯，然後還要用剩下的油湯再泡小半碗吃。

她吃得咂咂作響，問我：「雲雲，你爸最近在忙啥啊？怎麼都不來我們這吃飯了？」

我說：「他跟向老師出去耍了。」

姨媽問我：「哪個是向老師？」

「好像是他的女朋友。」我說。

姨媽夾了一塊滋滋作響的肥肉給我，說：「他耍朋友了？」

「爸爸說向阿姨要給我打毛衣啊。」我老實地交代了。

「打毛衣？」姨媽白眼一翻說：「憑啥子她一個外人給你打毛衣？你是我們蔡家的女，你的毛衣我給你打！」

她真的就給我打了一件毛衣，雖然離穿毛衣的日子好像還很遠。毛衣是紫色的，總共有七個斷掉又結起來的線頭，姨媽好不容易打好了，讓我穿。毛衣鬆鬆蕩蕩地掛在我身上，她滿意地說：「很好看，而且可以穿到你大了以後。」

我就穿著那件毛衣，大夏天地捂痱子似的照著只有我一個人在裡面的鏡子，我悲慘得看起來就像個小男孩。

很快，全鎮的人都知道我爸耍朋友了，他不來姨媽家接我了。晚上姨爹下晚自習，帶著姊姊回來了，我坐在客廳裡面看電視，看著他們開了門，走進來，姊姊親親熱熱地說：「雲雲！」

我說：「姊姊！」——但是她立刻就走了，回到自己房間，碰地關了門。

我坐在那裡，姨媽就走出來跟姨爹說：「你不忙歇，把雲雲先送回去。」

姨爹送我回去，他騎著一輛很大的自行車，我們過了南街的老城門口，再往城外走，在二環路上往西街方向走一截，遠遠就可以看見河心街中間我們院子的燈了——姨爹送我到街口，說：「雲雲，自己回去小心點啊。」

我說：「好。」

我自己走完最後那段路，怕得要死，路上一個人都沒有了，我們院子的大鐵門緊緊關上了。我用鑰匙自己開了門走進去，看門的孫大爺透過窗戶看了我一眼，又繼續看今天的《老年文摘》了——那張報紙總是要在我們院子裡面傳上整整一天，直到晚上了才能輪到守門人看。

我和我爸住在院子的最裡面，整個院子黑得看不見其他任何顏色了，連鍾爺爺都寂寞地睡了，這種安靜讓我可以從食堂殘留的味道中猜測老人們的晚餐——木耳肉片，麻婆豆腐，或者魚香茄子——它旁邊的那件屋子是我爸上班的後勤處，但是現在他早回家了，他正和向阿姨在燈下一起學習，她看見我，就站起來，說：「雲雲都回來了，我也該走了。」

我爸送她走，我不知道他會把她送到什麼地方。

我就抱著姨媽給我的毛衣先睡了。

這個時候我最想的是我潑婦一樣的姨媽。

上體育課的時候，我們班的壞學生陳子年說：「蒲雲，你的運動服好髒了都還在穿。」

我在沙坑旁邊，一邊堆沙子，一邊跟他說：「關你屁事。」

陳子年吃了一驚，他說：「你說怪話。」

他居然認為「關你屁事」是一句怪話，我看了他梳得一絲不苟的小分頭一眼，說：「×你媽。」

陳子年嚇了一跳，他跳起來，說：「你說怪話！我要告老師你說怪話！」

「你去告麼！去麼！」我白了他一眼，抓起一把沙子就甩在他乾淨得刺眼的白襯衣上。

他退後一步，衝過來一把把我推在沙坑裡，罵我：「你這個壞學生！你沒有媽！沒有教養！」

「×你媽！×你媽！」我拚命地抓了沙子往他臉上撒。

事情鬧得很大，老師把我們留在辦公室裡，等家長來接。

先來的是我姨媽，她氣勢洶洶地衝進來，問：「怎麼了？雲雲，哪個欺你了？」

我一看見她就哭了。

姨媽問我們的班主任小朱老師：「朱老師，哪個欺我們蒲雲了？」

小朱老師還沒來得及說什麼，陳子年的爸爸也來了，他走進來，看見我姨媽，還不知道發生了什麼事，客氣地跟她打招呼：「蔡二姊，好啊？」

我姨媽冷冷地看了他一眼，什麼話也不說。

陳子年的爸爸這才覺得不對頭，問朱老師：「朱老師，我們陳子年幹啥子事了？」

朱老師說：「這兩個娃娃不知道為啥在體育課打架了。」

「打架？」我姨媽眉毛一豎，聲音就提起來了：「雲雲，他打你啊？」

我看著我姨媽的臉，流著眼淚，胸有成竹地說：「他說我沒有媽。」

所有的人都看見我姨媽立刻像豹子一樣騰了起來，當著人家爸的面一把揪起陳子年的耳朵，罵他：「你這個娃娃不學好！這麼小嘴就這麼歹毒！啥子叫做沒有媽！你以為我們雲雲沒的媽你就可以欺她啊？我給你說，我就是她的媽！」

她一邊罵，一邊大哭起來，哭得好像剛剛被打的是她自己，她哭得鼻涕都流出來了，但是她不管，用手亂七八糟把臉上一抹，又去抓陳子年爸爸的灰格子夾克，她說：「陳大哥，都是街坊鄰居，你也是看到我們雲雲長大了，你咋這麼歹毒，教娃娃說這種話！」

陳子年的爸爸滿臉通紅，一個勁想把我姨媽的手從他夾克上拉下來，爭辯說：「蔡二姊，你說的哪裡的話，我從來都沒這樣說過，不知道這個死娃娃從哪裡聽來的！」——他拉不下我姨媽的手，就狠狠給了陳子年一下。

陳子年也大哭起來。

等到姨媽拉著我的手從學校出來的時候，她的眼睛還是紅通通地，並且一直在打嗝，我說：「姨媽，你不要氣了，以後我要好生讀書，他們就都不敢欺我了。」

姨媽說：「雲雲乖，雲雲乖。」

但是她的氣還沒發完，她帶我去找我爸，又把他罵了一頓。

我爸垂頭喪氣地坐在沙發上一句話都不敢說，像個落水的鵪鶉那樣聽我姨媽訓話，姨媽說：「蒲昌碩，你要朋友我都不管你！你要跟哪個好那是你的事！但是你不能不管你的女！你不管她，你就乾脆不當她的爸算了！那個姓向的還好意思是個老師！居然一點都沒幫你管雲雲，你的良心遭狗吃了啊！」

姨媽嘮嘮叨叨罵了十幾分鐘，終於想起還要吃飯，我們就去食堂吃飯了，姨媽走了以後，我爸送我去上學，路上還跟我買了一個棒棒糖，他說：「雲雲，爸爸錯了，爸爸以後要好生管你。」

唯一不順心的事就是姊姊再也不跟我化妝了，她擺出一副自以為是的樣子，好像她是個大人了。我在姨媽家等她回來，她回來就把自己關在房間裡，也不知道在幹什麼，姨媽在廚房喊她：「張晴，出來陪雲雲耍嘛！」

她說：「我在做作業！」

姨媽就不好說什麼了，她跟我說：「來雲雲，姨媽跟你耍。」

姨媽一點也不好耍，我自己在客廳裡面看電視，吃姨媽從他們土產公司拿回來的夾心餅乾。

我知道她有事情瞞著我，我們吃飯的時候，我問她：「姊姊，上初中好耍不？」

她一本正經地說：「好多作業，學習好累哦。」

我說：「我幫你做嘛。」

她白了我一眼：「你以為還是小學啊！初中的作業你哪做得起。」

她吃了飯，說作業做完了，要跟同學出去，姨媽說：「天都黑了，出去要啥麼。」姊姊說：「我們要準備明天生物課實驗！」她就跑了。

我從來沒有上過生物課，我們只有自然課。姨媽洗碗的時候，我一個人在姊姊的房間裡玩，我就把她書包裡面的東西都翻出來看。

裡面有一本英語課本，上面全是我看不懂的東西，文具盒裡面放了很多五顏六色的橡皮筋，還有七角錢。

我決定拿姊姊一角錢，還有一根紅色的橡皮筋，因為她傷了我的心。

過了一會，我發現了姊姊的信。

那些信都放在書包的一個夾層裡面，我一看就知道那就是情書了。開頭是：「親愛的晴」。

我的心咚咚地跳，豎著耳朵聽外面的聲音，準備一有響動就把這些東西塞回去——姊姊一直沒有回來，姨媽在廚房問我吃不吃蘋果，我說不吃——我看完了姊姊的情書，還有半張她沒有寫完的回信，開頭是：「親愛的峰。」

我的姊姊早戀了。

她回來的時候我已經把一切都收好了，甚至沒有拿她的錢和橡皮筋，姊姊發現我坐在她的房間裡，警惕地問我：「雲雲，你在這幹啥子？」

「看書。」我拿起早就準備好的一本書對她揚了揚，她走過來收她的書包，收了一下，問我：「你是不是動過我的書包？」

「沒有。」我說。

「我給你說，不准動我的書包。」姊姊嚴肅地說。

「好。」我說。

姊姊和她的男朋友在信裡總是說：「放學以後在操場邊上的雙槓那等。」我就趴在陽臺上等著看姊姊的男朋友，姨爹很喜歡種蘭草，它們把我的腦袋遮得嚴嚴實實，好幾次，我都看見姊姊警惕地往這邊陽臺上看，但是她什麼也沒看見。

我無所不知，無所不能，站在陽臺上，整個平樂中學的男女之事就盡收眼底。最開始我只關心姊姊，她穿著一條燈芯絨的褲子，一件杏色的襯衣，像個仙女一樣在雙槓下面繞來繞去——過了一會，有個男的就過來了，他長得比姊姊高，寸頭，穿著一件白襯衣，他們兩個扭扭捏捏地，終於貼在一起，又過了一會，他們開始在操場裡面轉圈了：有時候他們轉兩圈，有時候五圈，有時候他們轉上半圈就偷偷把手牽在一起了，有時候人多，他們轉完了五圈也沒能牽上手——這個時候我無聊之極，就開始看操場裡面其他的人，主席臺後面是另一個好看的地方，那裡經常有一些人聚著抽菸，有時候打架，有一次，我好像看到兩個人抱在一起親嘴。

他們真的是在親嘴，因為他們不但抱在一起了，腦袋還像電影裡面那樣扭來扭去的，我把整個身子都探出去了——等回過神來，姊姊已經不見了，我活活灌了滿嘴的涼風。

那天姊姊一回來她就問姨媽：「蒲雲呢？」

姨媽說：「在你寢室頭做作業。」

她走進來，黑著臉，說：「你一天到黑才精靈的！」

我立刻明白事情被她發現了，我說：「我不得跟其他人說。」

她看了我一眼，我以為她會衝上來打我一巴掌，但是她只是說：「不許跟大人說，不然我這輩子都不跟你說話了。」

——我知道我們兩個又在一起了，姊姊的男朋友叫做葉峰，家頭是勞動局的，姊姊說：「星期天跟我們一起出去麼，你。」

吃飯的時候她又說：「星期天我跟雲雲出去耍。」

姨爹說：「一天到黑都在外頭野，馬上就要期末考試了！」

姨媽說：「哎呀，兩姊妹出去耍一下麼，早點回來就是了。」

等到星期天來了，我吊在姊姊他們背後去河邊散步，他們兩個人牽著手，繞著河邊一走就是兩圈，我走不動了，他們還在走，我說：「姊姊，我走不動了！」

姊姊說：「那你坐到等我們麼。」

我一個人坐在河邊，姊姊他們不見了，我知道他們肯定是躲到什麼地方去親嘴了，我丟了一個石頭，又丟了一個石頭，乾脆搬起一顆大的石頭狠狠地砸到清溪河裡面去。

天麻麻黑的時候我開始叫姊姊。「姊姊！」、「姊姊！」「張晴！」、「張晴！」——我把一條河都叫響了，姊姊也沒有出來。

我看見河對面的桉樹林子裡好像有什麼，我就更大聲地叫：「張晴！」、「張晴！」——那東西走了出來，卻是一匹白馬。

我哭起來了。

姊姊他們總算回來了，葉峰給我買了一包跳跳糖。姊姊說：「你哭啥麼，再哭，二天不帶你出來了！」她拉著我的手跟我一起回家去了，她的男人跟在我們後面，巧妙地在十字路口消失了，我們兩姊妹和來時一樣親密無間地走過我們老南門菜市場，我問姊姊：「你們是不是親嘴了？」

姊姊說：「沒有！怎麼可能！」

我說：「你肯定親了！」

姊姊說：「你不准跟大人說。」

我說：「親嘴好不好耍嘛。」

「好耍。」姊姊終於給了我一個正面回答。

回了家，姨媽問：「雲雲，跟姊姊出去好不好耍？」

「好耍。」我說。

有一天我問我爸：「爸，你跟向阿姨親嘴沒有？」

我爸說：「哪個教你的這些二流子話？」

我說：「電視裡頭都是這樣的麼。」

我爸說：「電視裡頭看的你都信，外國人不愛乾淨才親嘴，我們中國人從來不親嘴。」

我就跟姊姊說：「姊姊，我爸說的親嘴好髒噢。」

她一把跳起來掐著我的脖子，手指冰涼得像冬天來了，她說：「你跟你爸說啥子了？」

我說：「我沒說你，我就是問他跟他女朋友親嘴沒有。」

姊姊這才鬆了口，懶懶地靠在椅子背上，說：「我不相信他們沒親過嘴。」——她一邊說，一邊笑了。
我說：「那姨媽姨爹親不親嘴麼？」
姊姊也疑惑了，她皺著眉毛說：「不可能噢！他們都那麼老了！」
我們兩個坐在一起，汗毛倒豎地想到姨媽把那張張開就罵×你媽的嘴頂在姨爹的嘴上——「他們肯定生了我就不會親嘴了。」姊姊最後總結。
過了一會，她又說：「我媽那種潑婦，不知道我爸當年咋就跟她結婚了！」
她一邊說，一邊給葉峰回信，我說：「你不要這樣說姨媽麼。」
姊姊翻了一個讓人驚豔的白眼，說：「她本來就是潑婦麼！我們南門上哪個不曉得。」
那天吃飯的時候我仔仔細細地看了我的姨媽，她長得其實不是很難看，她的眼睛本來很大，但是現在下面已經長出了厚厚的眼袋，她的骨架也是小的，所以才顯得格外圓滾滾的，而在大片的黃褐斑還沒爬上她的臉之前，我大膽猜測，她的皮膚可能也是像姊姊那樣白皙細膩的。
姨媽沒有發現我在看她，她專注地嚼著嘴裡的那口肉，等到大家都吃完了，她還要用油泡一碗她最喜歡的油飯來吃，我忍不住在心裡嘆了一口氣。
姨爹說：「今天怎麼雲雲也學會嘆氣了？」
姊姊抿著嘴看著我笑了起來，她肯定正在想像眼前這兩個滿嘴油膩的大人親嘴的樣子。
晚上回家的時候，我又問我爸：「姨媽年輕時候漂不漂亮？」
我爸說：「你問這個幹啥？」
我說：「我覺得姨媽年輕時候肯定有點漂亮。」

我爸笑起來了，他說：「漂亮噢！我們南門上的小夥子沒哪個不追到蔡二姊跑。」

「那姨媽漂亮還是向阿姨漂亮？」我又問他。

我爸低頭看了我一眼，他的眼神觸到我的頭頂，然後不知道彈到什麼地方去了，他說：「你這個娃娃，鬼眉鬼眼的，大人的事情你不要問那麼多。」

我知道我爸，姨媽，還有姊姊，他們都覺得我非常幼稚，他們如果知道我心裡面已經那麼成熟了，他們一定要嚇死——我決定對陳子年示好，數學課上，我把我的卷子給他抄，我得了九十二分，他得了九十五分，老師表揚了我們兩個，說我們是互助學習好對子。

我問他：「為啥子你比我多三分？」

他說：「你最後那道題的答案寫錯了。」

我冷著聲音說：「你還精靈麼！」

上體育課的時候，陳子年湊過來說：「蒲雲，下次數學考試……」

我說：「我給你抄麼。」

他眼睛都亮了，他說：「謝謝你！你太好了！我，我請你吃牛肉乾！」

我說：「我不要你請我吃牛肉乾。」

他說：「那你要幹啥麼，你說麼。」

我說：「你跟我親一下嘴好不好？」

陳子年呆呆地看著我，他退後一步，終於從嘴巴裡面蹦出一句：「你是二流子！」

——我們就又打了一架。

姨媽跟我說：「張晴這個女子最近不知道咋了，妖精十八怪的！過個年一天到黑朝外頭跑，雲雲，你知道她咋了？」

我說：「我不知道。」

姨媽一邊切臘肉，一邊疑惑地看著我，我以為我和姊姊就要被她識破了，但她這幾年好像變笨了，她把她的視線移回了那對臘肉上，忍不住捏了一片半肥瘦塞到嘴裡，又塞了一片給我。

姊姊大呼小叫地回來了：「哎呀，你們在煮臘肉啊？我要吃我要吃！」

她穿著一件紅色的羽絨服，一條現在最流行的牛仔褲，穿了一雙半新的運動鞋，一跳一蹦地衝進廚房，抓了兩片臘肉就往嘴巴裡面塞。

姨媽把嘴裡面的肉嚥下去了，打了姊姊的手一下，罵她：「張晴，你餓死鬼啊！偷啥子嘴嘛！」

「我餓了麼。」姊姊咧著嘴巴笑，露出嘴裡紅紅白白的肉。

我想遞給姊姊一個我們之間的警戒的眼神，但是她根本沒有看我。

「你這幾天每天在外頭幹啥子啊？」果然，姨媽問了。

「學，學習啊。」姊姊說。

「爬噢！」姨媽把砧板上的肉都摞到盤子裡了，又忍不住拿了一片起來吃，「我是第一天認得到你啊？你都要學習了！瓜貓猹嘴的！」

「我真的在學習麼。」姊姊終於看到我的眼神了，她一下子蔫了，低眉順眼的。

「你自己好自為之，反正我也說不到你！」姨媽放下了這句狠話，繼續準備晚飯了。

「我真的在學習嘛！」姊姊叫喚起來。

「那你下次帶起雲雲去，把人家妹妹一個人丟在家頭！」姨媽埋著頭在碗櫃裡面找我們蔡家家傳的那罈滷。

「帶她去麼！」姊姊和姨媽吵著吵著，就惡狠狠地看我了，好象和她吵架的人是我一樣。

姨媽滷了雞翅，雞腿，還有雞爪子——這頓飯是今年的年夜飯，我爸也來了，還帶著向阿姨。

姨媽說：「小向來，吃個雞爪爪。」

我爸說：「她不喜歡吃雞爪爪，給我吃麼，我喜歡吃雞爪爪。」他把那個雞爪截了過去，夾了一個雞腿給向阿姨。

姨媽冷冷地說：「嘿！你好久開始喜歡吃雞爪爪了！」

姨爹說：「人家昌碩喜不喜歡吃關你屁事。」

姨媽說：「關不關我的屁事又關你啥子事麼。」

姨爹說：「你就是一天到黑管得寬，人家喜歡吃爪爪又咋了麼，喜歡吃屁股又咋了麼。」

姨媽說：「你曉得個屁。」

姨爹說：「你不要以為你那點事情其他人不曉得，老子清楚得很！」

姨爹就把桌子掀了。

不知道姊姊怎麼想，反正我是從來沒有看到姨爹發火，他掀了桌子，背著手進了房間，把門也甩了。

姨媽楞了楞，對著向阿姨擠了個笑臉，大哭了起來。

我們三個後來終於逃出來了，姊姊可憐巴巴地站在門口送我們。我爸說：「小向，對不起啊，今天讓你見笑了。」

向阿姨說：「沒事，其實你以前和蔡二姊的事南門上的人都曉得，都過去的事了麼。」

我爸握著她的手，發誓似的說：「哪百年前的事了，都過去了，都過去了。」

我忽然想到了一句非常有哲理的話，這句話是：世界上到處都是有祕密的。

還真的就是這樣。

連我都知道剩下的年只有我們自己過了，連向老師都來得少了，我爸每天就和鍾大爺守在一起，我自己居然學會了下麵，我爸說：「把鍋頭的水看好，看到水開始冒小泡泡了，就把麵下下去，下五個你的大拇指那麼多。」

我煮好了麵，就給我爸爸端麵過去，他一大碗，鍾大爺也有一碗，按照他的要求，我給他那碗放了兩勺豬油，給鍾大爺放了半勺，鍾大爺樂呵呵地說：「雲雲好乖噢。」我爸謙虛地說：「乖啥子哦！討厭得很！」

過了一會，我去收碗，他們兩個又把棋盤敲得震天響了，我端著碗回去，看到院子裡掛了一條紅通通的紅條幅，寫的是：「熱烈歡迎縣人大領導來我院慰問孤寡老人」——那個「寡」字是余婆婆教我認的。

既然已經無聊得要死，我就每天盼著縣人大的人來，我問我爸：「人大的領導好久來啊？」我爸說：「就這幾天吧。」

等到正月初七，人大的領導總算來了，總共兩個人，開了一輛小麵包車。我們院子的大爺和太婆都拿著小板凳去食堂裡面開歡迎會了，我爸也去了，我在門口繞來繞去地等他們散會，裡面掌聲響了一次又一次，領導講話了，院長講話了，孤寡老人代表講話了，領導又講話了。

領導講完話了，就沒有人說話了，院長在臺子上喝了一聲：「大家鼓掌！」——所有的人才反應過來，拚命地鼓起了巴掌，這掌聲就像春雷一般滾落在大地上，壓住了少數幾個大爺的鼾聲，但它壓不住的聲音也有，忽然我們所有的人都聽到一個鬼嚎一樣的聲音：「雲雲！你看到張晴沒啊！」

我打了個冷顫，轉頭去居然看到姨媽來了，她的樣子完全不像是個美人，甚至比平時更醜了，她耷拉著滿頭鬈髮，眼睛哭得腫起來了，她一把就抓著我，問：「雲雲！你看到你姊沒有啊！」姨媽把整個頭都湊到了我的臉前面，才幾天沒看見她而已，我卻忘記了她原來是那麼老，那麼醜，那麼潑，在我翻出來的那些他們年輕時候的照片上，她完全是另一個樣子的。

「沒，沒有啊。」我終於想起要回答她的問題。

「哎呀！哎呀！」她發出沒有意義的兩聲。

「二姊，晴晴咋個了？」——我爸在領導出來之前先出來了，一把把我和姨媽扯到了邊上。

「她，她離家出走了！」姨媽哭起來一把鼻涕一把淚，但她沒把鼻涕蹭到我爸身上。

他們出去找姊姊了，我的心咚咚地跳，但是他們不要我去，我爸說：「小娃娃在家守屋，如果姊姊回來就不要她再出去了。」——我的心咚咚地跳，我從家門口繞到院子門口，又從院子門口繞進來，大爺和太婆們剛剛領了東西，心滿意足地在院子裡面遛達，他們遇見我，問我：「雲雲，你跑來跑去的幹啥啊？」

我就焦心地說：「我姊姊離家出走了！」

我第二次繞出去，他們問我：「雲雲，姊姊找到沒有啊？」

我就更焦心地說：「沒有啊！」

他們就勸我：「沒事，沒事，肯定找得到！」

我把天都繞黑了，繞得食堂裡面飄出土豆燉牛肉的味道了，院子裡面的人拿起搪瓷盅盅去端飯了，都沒有一個人回來。

我終於繞到街上去找他們，天黑得又硬又冷，我冷得手都合不攏。我從巷子裡面走出去，走到新南街上，街上的人我一個都不認識，那些熟悉的街坊鄰居好像全都消失了，點著的那些燈看起來都那麼遠。

我往十字路口的方向走，一邊走，一邊找姊姊，找我爸，找姨媽，找姨爹，找隨便哪個我認識的人。

我哭起來了，越哭越冷，路邊有個大人問我：「小妹妹，你哭啥子啊？」

我焦心地說：「我姊姊不見了！」

我看到一匹白馬從金家巷裡面走出來了，牠後面跟著一群雞叫鵝叫的學生，他們像風一樣從我身邊卷過去了，那裡面沒有我的姊姊。

等到我決定回家的時候，我已經哭得累了，我回去了，看到家裡的燈是亮的，我就跑回去，我看到我爸和姨媽站在我們家門口，兩個人黑漆漆地抱在一起，他們抱在一起的樣子就像外國的電影。

過了一會，他們分開了，只是緊緊靠在一起，我就慢慢挨過去了，姨媽先看見了我，她撲過來，說：「雲雲！你到哪裡去了！我們到處找你！」

我爸也從門口走過來，罵我：「喊你守屋的麼！」

他們的樣子讓我覺得剛剛的一切都是我的幻覺，我問他們：「姊姊呢？」

姨媽說：「回來了，在裡頭睡。」

我跑進屋去看我的姊姊，她睡在我爸的床上，臉上都是眼淚，紅紅白白的，頭髮亂七八糟，但是還是像個天使，她的睫毛那麼長，映在臉上，那樣溫柔。

我和姊姊睡了，一個晚上，她身上都飄出仙女一樣的香氣。

開學了，姨媽和我爸帶著我和姊姊一起去找向老師，姨媽大包小包地提了很多東西，砰砰啪啪地放在向老師的寫字臺上，向老師說：「蔡二姊，我都沒去看你，你還這麼客氣，真的太不好意思了。」

姨媽說：「沒事，我們土產公司過年本來東西就發得多，又不花錢，自己屋頭的人，你就不要客氣了。」

我坐在沙發上看他們寒暄，心裡跟貓抓一樣盼著他們快點坐下來，把桌子上那個很好看的糖果盒子打開，這樣我就可以吃我最喜歡吃的牛奶花生糖了，姊姊坐在我旁邊，一臉木痴痴的，她臉上被姨媽掐的那些青青白白的淤血還沒完全散去。

他們終於坐下來了，向老師打開了糖盒子，說：「雲雲，張晴，你們吃糖嘛。」

我撲過去吃糖，聽到姨媽說：「小向，這學期我們張晴在你班上就要麻煩你了。」

向老師說：「不麻煩，不麻煩，張晴那麼乖的。」她一邊說一邊伸手摸了摸姊姊的頭髮，姊姊面無表情地任她摸。

姨媽親親熱熱地把向老師的手打下去，拉著她的手說：「乖啥子麼乖！都把我跟她們爸氣死了！」

向老師說：「娃娃總要犯錯誤，改就是了麼。」

姨媽翻著白眼，唉聲嘆氣地說：「她要改就對了，每天做起個鬼眉鬼眼的樣子也不知道要給哪個看！反正不對你就給我打就是了！」

我嘴裡面的奶糖還沒有吃完，姊姊就站起來了，她指著姨媽說：「我犯啥子錯誤了麼！我犯啥子錯誤了麼！你要打哪個麼！」

姨媽張著嘴，好像吞了一個鴨蛋，但是她立刻反應過來，衝過來就往姊姊臉上掐，一邊掐，一邊罵：「你這個死女子，這麼小不學好，學人家耍朋友！說你兩句，還離家出走了！你還說你沒犯錯誤！你改不改！你改不改！」

姊姊也尖著指甲去掐姨媽的手，一邊掐，一邊罵：「耍朋友又不犯法，耍朋友咋了麼！」

我爸衝上去拉她們，姨媽反手打了我爸一下，她把全身的力氣都用來制服姊姊了，她咬牙切齒的說：「死女子，我就不信還管不到你了！」

沒見過這陣勢的向老師被嚇得癱坐在沙發上了，我一邊吃糖，一邊跟她說：「沒事，沒事。」

我才說完，姊姊就嘩啦地把姨媽剛剛放在寫字臺上的東西都掃到了地上，姨媽啪地一巴掌也把她搧在地上了，她渾身發抖，罵她：「你這個不要臉的，這麼小就不要臉！耍個啥子朋友！」

姊姊完全就像電視上那些又漂亮又命苦的女主角一樣，倒在地上，扭過頭來看著姨媽，眼睛裡面都是淚水，但是她嘴裡面說的是：「我哪有你不要臉哦！」

姨媽就一把給她撲上去了，她說：「你說哪個不要臉！」

兩個人在地上扭了起來，滾來滾去的壓著從袋子裡面漏出來的一個橘子，橘子被壓得血肉模糊，糊在姊姊綠色防寒服的背上，像一團新鮮的屎。

我們其他人都看著她們兩個打，才幾天的時間，姊姊居然出落成了我們鎮上另一個可以和蔡二姊抗衡的潑婦，向老師訥訥地站起來，想伸手去拉一下，她說：「不要打了，不要打了。」她的話完全被淹沒在一堆怪話裡了。

還是我爸伸手把姨媽扯了起來，他看起來就像馬上要打我屁股的樣子，罵道：「蔡馨蓉，你人來瘋麼！打啥子打！」

我覺得姨媽又要反手打他了，結果她這次居然蔫了，她蔫了以後，整個人都小了一圈，姊姊繼續撲在地上撕心裂肺地哭著，姨媽沒有地方撲，她就撲到我爸身上去哭了，我爸拍著她的肩膀，說：「好了，好了，不要哭了，不要哭了，人來瘋！」

這個時候，我終於覺得我需要說點什麼了，我就站起來，說：「不要哭了，不要哭了麼。」向老師站在我旁邊，居然也學我說話，她也說：「不要哭了，不要哭了。」

我們都不知道自己是在勸姊姊還是在勸姨媽。

放了學以後，我就去余婆婆那裡做作業，天漸漸暖了，余婆婆坐在門口的藤椅上看一本《故事會》，我搬了一個小板凳，用一根獨凳當桌子坐在她旁邊寫今天的作業，姚老師讓我們把今天新學的成語抄五遍，我正在抄的是「晶瑩剔透」。我抄到第三遍，余婆婆問我：「雲雲，你都幾歲了？」

我說：「十歲零三個月。」

余婆婆幽幽地嘆了一口氣，她說：「都十年了啊。」

我說：「就是啊。」

余婆婆說：「你說這時間過得好快啊，一轉眼就十年了，這人啊。」

我說：「就是啊。」

她說：「那個時候你媽還住在我隔壁子。」

我繼續去抄第四次的「晶瑩剔透」。然後是第五遍。

我做完作業，就跟余婆婆一起去食堂吃飯，院子裡面的每個人都對我格外親熱，看到我，都笑咪咪地跟我打招呼：「雲雲今天乖啊。來吃飯啦？」連掌勺的朱師傅都要問我：「雲雲喜歡吃啥子，我給你多打一勺。」

我踮著腳看了老半天，大聲說：「我要吃那個尼古丁！」

朱師傅笑起來了，他說：「雲雲，這個不是尼古丁，是宮保雞丁。」他一邊說，一邊給我蓋了滿滿兩勺子。

我們圍著一個大桌子吃飯，全桌子的人都跟我沒話找話，有的說：「雲雲今天上了啥子課呢？」「雲雲都馬上要五年級了啊？」有的誇我：「雲雲成績最好了，以後考起大學了，孫爺爺給你封個大紅包！」有的說：「雲雲越長越舒氣了，又聽話，又懂事！」

我樂呵呵地吃完一頓飯，吃得臉都要笑爛了，然後鍾大爺成功地搶著把我的碗給我洗了，我看著爺爺婆婆們把過場都做夠了，朱師傅從裡面出來，拿我們家的飯盒又打了滿滿一份的飯給我，說：「雲雲，給你爸爸的飯啊。」

他說完那句話以後，氣氛就凝重了，所有的人大氣也不敢出看著我端著那個飯盒出去了，我踩到外面的空氣裡，剛巧躲過我們院子裡面其他人一起發出的那一聲嘆息——還沒開門，就聞到一股酒味，我說：「爸，我回來了。」

我爸歪歪倒倒地在裡面的沙發上，開著個檯燈，整個人看起來甚至有些陰森，他知道是我，發出了一個聲音，然後把飯盒拿過去吃了起來，他一邊吃，一邊還記得問我問題：「雲雲，今天認真讀書沒有啊？」

「讀了。」我說。

我爸幾口就把飯吃了，一邊吃，一邊吸鼻涕。

我說：「我把飯盒洗了。」

我爸垂頭喪氣地說：「我自己洗，我自己洗。」

我就去余婆婆那拿書包，她問我：「雲雲今天不在我這睡啊？」

我說：「我回去睡。」

她小心翼翼地問我：「你爸還好麼？」

「還可以。」我說。

「造孽啊！」余婆婆嘆著氣送我出門，「造孽啊！為了一個女的！」

我在回去的路上想她說的這個女的到底是我姨媽還是向老師。
來的那個女人是我的姨媽。
我開了門，居然看見她在房子裡，正在把茶几上的酒瓶子和菸鍋巴一點點理順，我說：「姨媽。」
姨媽用一種詭異的小聲說：「雲雲回來了啊。」
我眼睜睜地看著她哭了，哭得沒有聲音，我說：「姨媽，你是不是生病了？」
姨媽說：「沒有。」她扯了一張衛生紙用力地揩了一下鼻涕。
我爸說：「你回去麼，我自己收拾。」
姨媽沒有理他。
我爸又說：「真的你走了麼，遲了回去張新民不高興。」
姨媽埋著頭擦桌子上的一團老菸灰，又狠狠地揩了一下鼻涕，這次她沒有用紙，直接用兩個指姆夾著鼻子揩了，然後甩了甩手。
屋裡光線很暗，我看不到那團鼻涕被姨媽甩到哪裡去了，就聽到姨媽甕聲甕氣地說：「他才管球不到我的。」
我爸語重心長地說：「你不要亂說話，要珍惜，張新民對你還是可以啊。」
「你看起可以麼！你們都曉得個屁！」姨媽的聲音居然抖了。
「是我對不起小向啊，我也對不起你。」我爸文謅謅地長嘆了一聲。
「沒的哪個對不起哪個，都是命。」姨媽也文謅謅地說，又揩了一下鼻涕，她一甩，鼻涕就消失在燈光的邊緣了。

第二天，姨媽來接我放學，她看起來紅頭花色的，站在學校門口，還給我買了一包大頭菜——校門口的人多得嗡嗡響，最開始我根本沒有看見她，她尖著嗓子喊我：「雲雲！」——我就看到她了，俏生生地站在花臺上，對我揮著手。

我就高高興興地跑過去，撲到她的懷裡，叫她：「姨媽！」

姨媽也高高興興地抱著我答應：「哎！哎！」

姨媽給我吃大頭菜，我吃得滿嘴都是紅油，姨媽從包包裡面扯了一點衛生紙出來給我，說：「雲雲，把嘴巴擦了。」

我遞給一片剩下的大頭菜給姨媽，說：「姨媽，吃不吃？」

姨媽笑眯眯地說：「我不吃。你自己吃。」

我就把大頭菜都吃了。

吃完大頭菜，我們就到了姊姊的中學門口，姨媽牽著我在那等姊姊出來，下課鈴一響，那些真正的中學生們就像猛虎一樣撲出來了，我在裡面找不到我的姊姊，但是姨媽一眼就看見了，她大喊了一聲：「張晴！」

我才看見姊姊了，她跟葉峰站在一起，姨媽像個小火箭一樣衝過去了，姊姊一把拉著葉峰。

我們雙雙對峙著站在一起，周圍的人立刻躲開了，姊姊的黑著一個臉，問姨媽：「你把蒲雲帶來幹啥子？你昨天晚上到哪去了？」

姨媽說：「你把人家男娃子牽到幹啥子？」

葉峰猛地縮了縮手，但沒有成功，姊姊緊緊拽著他的手，宣誓一樣跟姨媽說：「我們在耍朋友！」

姨媽放開了我的手，再次「啪」地給了姊姊一巴掌，她罵她：「你這個死不要臉的！」——我知道她們又要鬧起來了，連忙退後了一步，但葉峰就呆呆地站著，看著姊姊惡狠狠地從嘴皮裡面團出了一坨口水，吐到了姨媽胸口上。

她吐出了這口口水，然後說：「你才不要臉，我這麼不要臉還不是跟到你學的！」

姨媽的臉又白了，她只有用力地去扯姊姊拉著葉峰的那隻手，一邊扯，一邊說：「死女子，跟我回去！跟我回去！」

我站在校門口看所有的人走過去了，一邊走過去，一邊回頭看我們，我最怕的就是向老師下課出來看到這一幕，還好姨媽終於扯開了姊姊的手，她拉著姊姊，只有用她肥胖的身體才能把姊姊控制住了，呲牙裂嘴地跟葉峰說：「你是不是要跟我們張晴耍朋友麼？」

「沒有。」葉峰的臉白得跟個女娃娃一樣，「沒有。」他又說了一次，他說：「我們沒有耍朋友的麼。」

我就聽到姊姊發出了一聲瘋了一樣的尖叫，這叫聲簡直要讓我把剛剛的大頭菜全部吐出來了。

我們終於回家了，姊姊在樓梯上滾了兩次都被姨媽扯住了，我不敢待在姊姊身邊，跟著姨媽進了廚房，姨媽兌了一杯蜂糖水給我，說：「拿去給你姊姊喝了。」

我捧著那杯水去姊姊房裡找她，她哭得連嚎帶罵，不知道在罵些什麼，我走過去，跟她說：「姊姊，把蜂糖水喝了。」

我並沒有真的把水遞出去，但姊姊還是接過來喝了，她喝了一口，終於覺得渴了，就咕嘟嘟喝完了那杯水，喝完了以後，她說的第一句話是：「媽的賣勾子的葉峰，你不要喊老子再遇到你！」

中午姨爹沒有回來，我們三個一起吃飯，姨媽主動給姊姊夾了一塊牛肉燒的土豆，姊姊說：「今天下午我不想去上課了。」

姨媽說：「咋個能不去上課呢？」

姊姊猛地抬起了頭給我們看，她的眼睛腫得成了一條縫，我能看見裡面都是血紅血紅的，她說：「我這個樣子咋去上課嘛！」

姨媽楞了楞，終於說：「好麼，那你在屋頭自習麼。」

我也跟著姊姊沒去上課，在屋頭一起自習，姊姊從抽屜裡面把那些葉峰寫給她的信和禮物一封一封拿出來，然後慢條斯理地用剪刀剪成了一條一條的，我看著她剪，說：「姊姊，要不要我幫你？」

姊姊溫柔地對我說：「沒事，我自己剪，你出去看電視麼。」

我真的出去看電視了，一邊看，一邊後悔沒有去上學，因為星期二下午很多電視臺都沒有上班，我拿著遙控器把電視翻來翻去找節目看，就聽到姊姊在房間裡面靜了一陣又嚎一陣，靜了一陣，再嚎一陣，又安靜了一陣，居然又嚎了起來。

然後她終於靜了。

這次我們都好了很久，可能是因為上回太傷筋動骨了。下午姨媽來接我放學，然後我們去接姊姊放學，然後我們一起回我們家去，我爸有時候還在上班，有時候已經買菜回來了，我和姊姊各自在茶几的一頭做作業，姨媽和我爸在廚房裡頭忙來忙去地做飯。

姊姊瘦了，眼睛在臉上顯得孤零零地，她一會就做完作業了，然後一根根給我削鉛筆，把我文具盒裡面所有的鉛筆都削得像是某種凶器。她一邊削，一邊問我：「你為什麼用鉛筆做作業啊？」

我說：「老師說可以啊。」

第二天我們上課的時候，陳子年拿出了一枝新的鋼筆，是一枝金色的英雄鋼筆，他把它在我面前晃了又晃。

他說：「看到沒的，我的新鋼筆，要五十多元呢！」

我白了他一眼，繼續用我的鉛筆寫筆記。

那天晚上我們吃飯，有酸菜魚，清炒小白菜，還有滷豬尾巴和涼拌豬耳朵。我當著姨媽的面跟我爸說：「爸，我要一枝鋼筆。」

我爸說：「我好像還有一枝，你拿去用麼。」——他轉身從抽屜裡面把鋼筆拿出來給我看，是一枝黑色塑料筆桿的鋼筆。

我說：「給我買一根英雄的那種麼，人家陳子年都有。」

我爸說：「好多錢麼？」

我說：「好像五十多。」

我爸說：「你瘋了啊？」

姨媽說：「哎呀，給雲雲買麼，姨媽給你買。」

我爸卻說：「不許給她買，慣壞了都！」

我們默默地吃飯，走的時候，我爸說：「給張新民裝點回去麼。」
姨媽說：「對麼。」他們兩個找出了家裡最大的一個搪瓷盅盅，給姨爹裝了滿滿一盅的酸菜魚。
她們走了，我爸在廚房裡頭洗碗，他洗著洗著，忽然白著臉衝出去了。
我說：「爸！爸！」
他沒有理我。
我在屋頭一個人等他回來，又慢慢把碗洗了，他回來了，帶著姨媽和姊姊，姨媽臉上都是淚水，姊姊靜靜地跟著他們後面。
我看著他們，我爸說：「晴晴，謝謝你。」
姊姊像個老大姊一樣拍了拍我爸的肩膀。
晚上我和姊姊睡在我的床上，屋子裡面安靜地不像話，我們都沒睡著，我拉著姊姊的手，覺得心裡面好像貓抓一樣害怕，我問姊姊：「他們咋個了？」
姊姊說：「他們耍朋友了。」
我沒有說話。
姊姊安靜了一會，然後對我說：「這就是愛情。」
姊姊的話讓世界都變得不一樣了，我們睡在一起，整個院子傳來空曠的「咚咚」聲，姊姊嚇得緊緊地握著我的手，問我：「咋了？」
我說：「隔壁的朱爺爺在夾蜂窩煤。」
又過了一會，爸爸的房間裡面傳來了深深的呼吸，這聲音聽起來既不像男人的聲音，也不像女人的聲音，好像潛伏著一個妖怪。

這下輪到我害怕了，我問姊姊：「咋個了？」

姊姊已經睡著了，她的手心全都是汗，我嚇得心驚肉跳，不敢放開姊姊的手，在黑暗裡面睜大著眼睛等那個妖怪吃完了爸爸和姨媽再出來吃我們。

透過窗戶，可以看見外面院子的一角，比起屋裡純黑的黑色，它看起來像是一抹深藍色，然後就出現了一種白色，有一匹白馬走過去，沒有發出聲音。

姊姊忽然捏了我一下，原來她沒有睡著，我連忙問姊姊：「姊姊，你聽到聲音沒有？」

姊姊發出了模模糊糊的一聲「嗯」，聽起來像是一句呻吟，而不是一個回答。

我成了一個有祕密的人，我拿數學卷子給陳子年抄，然後深深地嘆了一口氣，他說：「你咋了？」

我又嘆了一口氣，我說：「你不懂。」

陳子年瓜兮兮地說：「我懂我就不得抄你的卷子了。」

他把卷子抄完了，遞回來給我，摸了一下我的手。

我覺得他把我的整條手臂都摸痛了，我問他：「你幹啥子？」

陳子年說：「沒啥子。」

但是事情已經發生了，我知道我們的關係變了，中午放學，他在校門口等我，我走過去，他跟我說：「我們一起去吃抄手麼。」

我說：「好。」

我們兩個走在人群中去吃抄手，陳子年說：「蒲雲，我以前不該說你沒有媽。」

我說：「沒事，我本來就沒有媽。」

他非常溫柔地說：「你還有我麼。」

他的這句話深深地擊中了我的心，我知道原來這就是愛情。

我想了又想，決定只把這件事情告訴姊姊，我跟她說：「我耍朋友了。」

姊姊說：「跟哪個？」

我說：「我們班上那個陳子年。」

姊姊笑起來了，她說：「你們這些小男生小女生才好耍的！」

她輕蔑的語氣讓我很生氣，我說：「我們真的耍朋友了！」

她說：「對麼，對麼。」

然後我們繼續做作業，姨媽進來找剪刀，她問我：「雲雲，剪刀在哪裡啊？」

我說：「是不是在抽屜裡頭？」

她找到剪刀進廚房了，姊姊小聲地說：「屁大點個娃娃曉得啥子叫耍朋友麼！」

我白了她一眼：「你就是親嘴了麼，有啥了不起的！」

姊姊看著我笑了，她說：「親嘴算個屁。」

我看著她的樣子，問她：「你跟葉峰和好啦？」

姊姊說：「哪個還跟那個小娃娃兩個耍！」

第二天上課，我看了陳子年很久，他其實長得很好看，我相信他一定比葉峰好看。我們兩個在課桌下面握著手，握了一會，他把手放在我的大腿上，來來回回地摸，我渾身都痛了，我看著他，他也看了我一眼。我想起姊姊說的話了，「親嘴算個屁。」

我們繼續聽課，我說：「把你的鋼筆給我用一下麼。」他就把鋼筆給我用了，那枝鋼筆非常重，寫字起來好像是個大人物，但是到了下課的時候，他說：「還給我，我要回去了。」我就又還給他了。

我放學回家，在院子門口遇到了余婆婆，她看我的神情不知道為什麼有些冷淡，我想：「她難道看出來我被男的摸過大腿了？」我緊張地喊她：「余婆婆！」

余婆婆果然沒有理我。

我又喊了一聲：「余婆婆！」

她終於轉過頭來理我了，她說：「雲雲，你爸回來沒的？」

我說：「不曉得啊。」

她說：「跟你們爸說，過惡事不要做多了。」

她的樣子讓我害怕起來，我連忙跑進去了。

我沒有給我爸說余婆婆說他了，我在想怎麼讓他同意姨媽給我買鋼筆，既然他們在耍朋友了，是不是應該給我買一枝很好的鋼筆——但是到了吃晚飯的時候，姨爹來了。

姨爹在外面敲門，姨媽沒有開，他把門敲了又敲。

我，爸爸，姊姊，姨媽四個人在屋頭看著他一會晃到窗戶上來看我們，一會又去敲門。

最後我爸終於說：「蒲雲，去開門嘛。」

姨媽說：「張晴去開。」

我和姊姊手拉著手去給姨爹開門，姊姊說：「爸。」

姨爹白著臉進來了，手裡面捏了一個茶盅。

他問姨媽：「蔡馨蓉，你要不要臉？」

姨媽說：「你管球我的呢。」

他又問我爸：「蒲昌碩，你也不要臉了？你們兩個不要臉，我還要臉的！」

我爸沒有說話。

他說：「我曉得你們耍過朋友，全南街的人都曉得你們耍過朋友，這口氣我都吞了，你們欺人太甚了！」

還是沒有人說話，姨媽張了張嘴，沒有發出聲音。

他說：「你們兩個不要欺我是外地人，我們有屁的親戚關係啊，蔡馨蓉，你真的以為我不曉得你當時為啥子跟他分手了然後跟我結婚啊，你以為我真的不曉得啊？老子還不是看你當時長得漂亮，屋頭又有點錢，你真的把我當瓜娃子了啊！你早就跟人家睡過了，老子這個虧吃大了！還有蒲昌碩你真的太凶了，你還真的把我當瓜娃子！老子的婆娘你還睡起癮了？」

姨媽說：「你不曉得不要亂說。」

姨爹說：「我不曉得？我咋個不曉得呢？你們兩個都不是啥好東西，他把養老院裡頭一個女瘋子的肚皮搞大了你們就分手了麼！你真的以為我是悶的啊！」

他們吵起來了，我哭了，我和姊姊兩個人坐在沙發上面，姊姊也哭了，我一邊哭，一邊喊：「爸爸！姨媽！姨爹！」

姊姊也在喊：「爸爸！媽媽！」

但是他們三個理都不理我們，姨爹終於把茶盅扭開了，一把就把裡頭的東西潑到了我爸身上。

姨媽慘叫著把我爸拖開，但是我爸還是立刻蜷到地上打滾了，他一邊滾，一邊慘叫，滿地的水都冒出白煙煙。

姨爹站在那裡，像個鬧鐘一樣來來回回地說：「你們欺人太甚了！你們欺人太甚了！」

跟我一起守著我爸的朱大爺嘆了一晚上的氣，他流出來的眼淚沖出了很多眼屎。我說：「朱爺爺，我爸爸得不得死啊？」

他說：「死是不得死，但是廢了。」

我說：「爸爸不會走路了是不是？」

他說：「走路是可以走，但是肯定是廢了。」

他眼淚嘩啦啦地流下來了，我看到我爸還是好手好腳的，但是我也哭了。

姊姊在門外面陪我，她來了幾次，都不敢進來，我走出去，看著她，我說：「姊姊。」

她把一個保溫桶遞給我，說：「我媽喊我給你們的。」

我還沒說什麼，朱大爺就走出去，一把把她推開，說：「走！走！走！都是你媽那個不要臉的造的孽！走！走！走！」

姊姊走了，三步一回頭，她的表情楚楚可憐。

我又跟余婆婆一起住了，余婆婆和朱大爺一樣，她每天嘆氣跟我聽，我實在受不了她嘆氣了，我就一個人到馬路上去走，我走到姨媽家門口，又不敢走了，他們院子裡面比我們院子還黑，我站在院子門口，看到院子裡面的白馬一匹接著一匹地走出來，我就在那裡數數，一，二，三，四，五。

有一匹白馬長得很像我的姨媽，我跟在牠屁股後面一直走，我們一直走，走到了漆黑的南街菜市場門口，夜裡，整個菜市場空空蕩蕩的，地下油膩膩的。我們圍著菜市走了一圈，有一個人跑過來對著我大聲地喊了幾聲，我聽不懂他說的話，我就跑了。

我跑了很遠，我累了，我就睡了。

是朱爺爺把我找回來的，他抱著我回了我們敬老院，朱爺爺老淚縱橫地用他的鬍子不停地扎我，一邊扎，一邊說：「造孽的娃娃，造孽的娃娃。」我一直很想跟他說他的鬍子把我扎得很不舒服，但是看到他哭得不成樣子，我就沒有告訴他。

朱爺爺，余婆婆，還有院子裡面其他的婆婆爺爺就把我看起來了，我沒有去上學，也耍不成朋友了，每天我們一起吃飯，一起聽廣播，一起打太極拳，一起睡覺，過了很久，我爸才回來。

我爸爸回來了我就可以回學校了，但是我的同桌換成另外的人，他是一個轉學來的新同學，班上的其他同學不跟我說話，陳子年那個沒良心的也不跟我說話，我也不跟我的新同桌說話。

我們考了期末考試，我還是考得很好，可是我的同桌居然比我考得更好，他把我的第一名搶走了，我更不想和他說話了。

有一天，我姨媽居然偷偷來學校門口接我，她一把把我抱著，就哭起來了，她哭著問我：「雲雲，你咋個不說話了？你咋個不說話了？」——她哭的樣子真的很難看，我就不想跟她說話。

姨媽哭了幾分鐘，就被我們學校的老師拉起走了，她們把我送回了家。

我爸在我面前就數不清楚哭了好多次，然後他就又哭了，我心煩地看著他哭，一邊哭，一邊跟我說他對不起我，沒有養好我，對不起我媽，對不起我姨媽，對不起我姊姊。

我爸說：「我對不起你，雲雲，我答應了你媽要把你好生養大的，我答應了她要把你像自己的娃娃一樣養大，我對不起你，我對不起你。」

我爸又說：「我對不起你姨媽，這麼多年，我都沒跟她說清楚當時的事，她才稀里糊塗嫁給了張新民，張新民就是個神經病，他居然打她，他居然在屋頭打她！」

他又嚎了幾聲，他說：「我還對不起晴晴，雲雲，你曉得不，晴晴不在家頭住了，晴晴也不讀書了，哪個都管不到了，我對不起啊，對不起！」

——他哭得我頭都痛了，我就從枕頭下頭扯了一張草紙給他，我說：「你不要哭了嘛。」

我爸就一驚一詫地抱著我，雞叫鵝叫地喊：「雲雲！你說話了！你說話了！」

他的樣子讓我靈光一閃，我說：「爸爸，你給我買鋼筆麼。英雄的那個。」

我爸說：「好！好！好！」

晚上我爸又要跟我一起睡，我們就睡在一起，到了半夜，有一匹白馬又走進來了，牠看了我一會，就走出去了，我推了一下我爸，把我爸推醒了，我爸迷迷糊糊地說：「咋個門又開了呢？」

他就去把門關了。

有一天我又在街上看見了姊姊，因為我決定少說話，所以我就沒有喊她，她挽著一個明顯是社會上的操哥走過去了，她不知道為什麼長胖了，她走路的樣子像一隻鴨子，他們兩個過了馬路去買包子，不知道賣包子的人怎麼把她惹到了，她就大聲跟人家吵起來了，她罵人的聲音整個南街都聽得到，簡直跟我的姨媽一模一樣。

他們走過去了，沒有發現我，她長得越來越像姨媽了。

我繼續走去上學，六年級下學期的課越來越多，我們老師說，我們是畢業班了，要認真複習，才能考個好初中，他們都對我非常好，說話輕言細語到了極點，還有今天早上，我爸送我出門的時候也說了，喊我最後幾天好生衝刺，穩定發揮，不要緊張，肯定可以考起一中——他再次塞了五塊錢之多的零用錢到我的包包裡，我走在路上，感到一切都很美好，唯一的問題是，這幾天街上的人屁股後面開始跟著更多的馬了，有的是一匹，有的是兩匹，有的是三匹。

我到了學校，居然看見教室裡頭也有一匹馬，牠就剛剛站在後面的黑板報前面，擋著我的位子，我現在有時候也跟我的同桌說話了，我就跟他說：「把桌子拖過來一下麼，免得把馬擋到。」

這個新同學就看著我，說：「你說啥子？」

我說：「把桌子拖過來我們坐，免得把馬擋到。」

他驚訝地看著我，好像聽不懂我們鎮上的話，他說：「哪裡來的馬？」

我說：「你沒看到？就在你旁邊。」

他笑了，他說：「你才是裝神弄鬼的哦。」

我坐在位子上，一邊開書包，一邊跟他說：「我說的是真的，你不曉得我媽以前是跟一匹白顏色的馬一起把我生下來的，她說給其他人聽，他們都不信，還說她是瘋子。還說她的肚皮是我爸搞大的。」

他呆呆地看著我，他說：「你嚇我麼。」

我就很認真地跟他說了：「我們鎮上的很多人都曉得，不然你去問其他人麼。」他臉色發白地坐我身邊，我知道他已經被我嚇到了。

以後的幾天他都沒有跟我說話，連看都不敢看我一眼，我知道他肯定從其他人那聽說了我們蒲家和蔡家的那些事。

一個星期以後，我們期末考試了，我終於在小學的最後一次考試裡面考回了我的年級第一名，拿通知書那天，老師不停地表揚我：「還是雲雲聰明，雲雲真的乖。」

他們發給了我一個新書包，還有一個全新的文具盒——我可以用它來裝我亮閃閃的英雄鋼筆——我就這樣小學畢業了。然後我就要讀初中了，我現在可以耍朋友，也可以不耍，沒哪個要管我了。

我拿著書包在講臺上接受全班同學的掌聲，看見陳子年灰頭土臉地拍巴掌，還有我那個發揮失常的同桌，他還像看鬼一樣看著我，他們瓜兮兮的樣子讓我笑起來了，以前我姊姊說我一笑就像個神經病，現在也沒有人再說我了。

作者簡介

——顏歌（1984-），本名戴月行，四川成都郫縣人。十歲即發表作品，曾獲魯迅文學院評為「中國少年作家小說十佳」、《人民文學》「未來大家 TOP20」及華語文學傳媒大獎年度潛力新人。長篇小說《我們家》獲第十三屆巴金文學獎，另著有短篇小說集《平樂鎮傷心故事集》、《良辰》、《十七月葬》、《馬爾馬拉的瓔朵》，長篇小說《聲音樂團》、《五月女王》、《異獸志》（合著）、《關河》，散文集《雲的見證者》。

放生羊

——次仁羅布

你形銷骨立，眼眶深陷，衣裳襤褸，蒼老得讓我咋舌。湖藍色的髮穗在你額際盤繞，枯枝似的右手伸過來，粗糙的指肚滑過我褶皺的臉頰，一陣刺熱從我臉際滾過。我微張著嘴，心裡極度地難過。「你怎麼成了這副樣子？」我憂傷地問。你黑洞般的眼眶裡，湧出幾滴血淚，顫顫地回答，「我在地獄裡，受著無盡的折磨。」你把藏裝的袖子脫掉，撩起襯衣的一角。啊，佛祖呀，是誰把你的兩個奶子剜掉了，血肉模糊的傷口上蛆蟲在蠕動，鮮紅的血珠滾落下來，腐臭味鑽進我鼻孔。我的心抽緊，悲傷地落下淚水。「你在人世間，幫我多祈禱，救贖我造下的罪孽，盡早讓我投胎轉世吧。」你說。我握住你冰冷的手，哽咽著放在我的胸口，想讓起伏跳動的心焐熱這雙手。「我得走了，雞馬上要叫。」你的臉上布滿驚恐地說。「這是城裡，現在不養雞了，你聽不到雞叫聲。」我剛說，你的手從我的手心裡消融，整個人像一縷煙霧消散。

「桑姆——」我大聲地喊你。

這聲叫喊，把我從睡夢中驚醒，全身已是汗涔涔。睜眼，濃重的黑色裹著我，什麼都看不清，心臟擊鼓般敲打。我坐起來，啪地打開電燈。藏櫃、電視、暖水瓶、木碗等在燈光下有了生命，它們精神爽朗地注視著我。你卻不見了，留給我的是噩夢。不，是托夢，是你托給我的夢。剛才的一幕，就像真實發生的事情，讓我惴惴不安。一急，我的胃部疼痛難忍，用手壓住喘粗氣。不久，疼痛慢慢消失，我又被那個夢纏繞。

你去世已經十二年了，這十二年裡你一直沒有投胎，這，我真的不曾想像過。你離開塵世後，我依舊每天都去轉經，依舊逢到吉日要去拜佛，依舊向僧人和乞丐布施，難道說我做的還不夠嗎？讓你一直受苦，我的心裡很難受。今早我到大昭寺為你去燒斯乙，再去四方各小廟添供燈，幫你祈求盡早投胎轉世。我已經沒有了睡意，拉開窗簾向外張望，外面一片漆黑。窗玻璃上映顯一張瘦削褶皺的面龐，衰老而醜陋，這就是此時的我了。我離死亡是這麼地近，每晚躺下，我都不知道翌日還能不能活著醒來。孑然一身，我沒有任何的牽掛和顧慮，只等待著哪天突然死去。我抬頭看牆上的掛鐘，才早晨五點，離天亮還有兩個多小時。我起床，把手洗淨，從自來水管裡接了第一道水，在佛龕前添供水，點香，合掌祈求三寶發慈悲之心，引領你早點轉世。

我把供燈、哈達、白酒等裝進布兜包裡出門。在路燈的照耀下我去轉林廓，一路上有許多上了年紀的信徒撥動念珠，口誦經文，步履輕捷地從我身邊走過。白日的喧囂此刻消停了，除了偶爾有幾輛車飛速奔駛外，只有喃喃的祈禱聲在飄蕩。唉，這時候人與神是最接近的，人心也會變得純淨澄澈，一切禱詞湧自內心底。你看，前面一位白髮蒼蒼的老婦人，一步一叩首地磕等身長頭；再看那位搖動巨大瑪尼的老頭，身後有隻小哈巴狗歡快地追隨，一路灑下嗞鈴鈴的鈴聲。這些景象讓我的心情平靜下來，看到了希望的亮光。桑姆，你聽著，我會一路上祈求蓮花生大師，讓祂指引你走向轉世之路。「退松桑皆古如仁不其，歐珠袞達帝娃親卜霞，巴皆袞嘶堆兌扎不最，索娃帝所盡給露度歲……嗡拜載古如拜麥索底哄……」

你看，天空已經開始泛白，布達拉宮已經矗立在我的眼前了。山腳的孜廓路上，轉經的人如織，祈禱聲和桑煙徐徐飄升到空際。牆腳邊豎立的一溜金色瑪尼桶，被人們轉動得呼呼響。走累的我，坐在龍王潭裡的一個石板凳上，望著人們匆忙的身影，虔誠的表情。坐在這裡，我想到了你，想到活著該是何等的幸事，使我有機會為自己為你救贖罪孽。即使死亡突然降臨，我也不會懼怕，在有限的生命裡，我已經鍛煉好了面對死亡時的心智。死亡並不能令我悲傷、恐懼，那只是一個生命流程的結束，它不是終點，魂靈還要不斷地輪迴投生，直至二障清淨、智慧圓滿。我的思緒又活躍了起來。一隻水鷗的啼聲，打斷了我的思緒。

布達拉宮已經被初升的朝霞塗滿，時候已經不早了，我得趕到大昭寺去拜佛、燒斯乙。

大昭寺大殿裡，僧人用竹筆蘸著金粉，把你的名字寫在了一張細長的紅紙上，再拿到釋迦牟尼佛祖前的金燈上焚燒。那升騰的煙霧裡，我幻到了你憔悴、扭曲的面孔。我的胸口猛地發硬，梗得有些喘不過氣來。「斯乙已經燒好了，你在佛祖面前虔誠地祈禱吧！」僧人說。我捂著胸口，把供燈遞到僧人手裡，爬上白鐵皮包裹的階梯，將哈達獻給佛祖，腦袋抵在佛祖的右腿上為你祈求。

我又去了四方的各個寺廟，給護法神們敬獻了白酒和紙幣。等我全部拜完時，時間已經臨近中午。這才發現我又渴又餓，走進了一家甜茶館。這裡有很多來旅遊的外地人，他們穿那種寬鬆的、帶有很多包的衣服。其中，有個來旅遊的女孩子，坐到我的身旁，央求我跟她合影。我笑著答應了。等我吃完麵喝完茶時，那些來旅遊的人還很開心地交談著，我悄然離開了。

出了甜茶館，我走進一個幽深的小巷裡，與一名甘肅男人相遇。他留著山羊鬍，戴頂白色圓帽，手裡牽四頭綿羊。我想到他是個肉販子。當甘肅人從我身邊擦過時，有一頭綿羊卻駐足不前，臉朝向我咩咩地叫喚，聲音裡充滿哀戚。我再看綿羊的這張臉，一種親切感流遍周身，彷彿我與牠熟識久矣。甘肅人用勁地往前拽，這頭綿羊被含淚拖走。一種莫名的衝動湧來，我下意識地喊了聲，

「喂——」甘肅人驚懼地回頭望著我。「這些綿羊是要宰的嗎？」我湊上前問。「這有問題嗎？」甘肅人機警地反問道。我把念珠掛到脖子上，蹲下身撫摩這頭剛剛還咩咩叫的綿羊。牠全身戰慄，眼睛裡密布哀傷和驚懼，羊糞蛋不能自禁地排泄出來。我被綿羊的恐懼所打動，一腔憐憫蓬勃欲出。為了救贖桑姆的罪孽，我要買回即將要被宰殺的這頭綿羊。「多少錢？」我問。「什麼？」甘肅人被我問得有點糊塗。「這頭綿羊多少錢？」我再次問。「不賣。」「我一定要買。我要把牠放生。」我說。甘肅人先是驚訝地望著我，之後陷入沉思中。燦爛的陽光盛開在他的臉上，臉蛋紅撲撲的。他說，「我尊重你的意願，也不要賺錢，就給個三百三十。」他能改變想法，著實讓我高興，我立刻掏出衣兜裡的錢交給了他。甘肅人把錢揣進衣兜裡，牽繩遞到我手裡。他牽著其他綿羊走了。

「你這頭綿羊跟我有緣，我把你放生，是因為你上上輩子積下的德今生的回報。」我自然地把綿羊稱為了你。你沒有理會我的話，衝著其他綿羊的背影又叫喚起來。甘肅人頭都沒有回，他和其他綿羊消失在小巷的盡頭。我為那些即將被剝奪去的生命惋惜，取下脖子上的念珠，為那三隻綿羊祈禱。我和你的身上塗抹著金燦的陽光，這陽光卻無法驅散我們心頭的隱憂。「我的錢只夠救你，想想我們還要過日子呢。」我說。你抬起了頭，我看到一汪清澈的淚水溢滿你眼眶。我再次蹲下來，撫摩你毛茸茸的身子，上面還黏著雜草碎石。真是奇怪，我的腦子裡把桑姆和你混合成了一體，從你的身上聞到了桑姆的氣息，是那種汗臭和髮香混雜的氣味。這種久違的氣息，刺激著我的感官，讓我對你滋生出百般的愛憐來。我把臉埋進你的毛叢裡，掉下了喜悅的淚水。幽深的小巷裡，我和你相擁著，我為冥冥之中的這種注定而喜泣。

我帶你回到了四合院，鄰居們驚奇地望著我，小孩們興奮地跑來圍觀。「爺爺，這是你的綿羊嗎？」「是我的。」「牠吃什麼呢？」「草和蔬菜。」「……」

這下午，我為了你把窗戶底下清掃了一遍，把很多撿來捨不得丟掉的垃圾全給扔了。你一直用疑惑的目光注視我，粉色的鼻翼不時嚅動。我對你說，「你的窩被我騰了出來，今後你就要在此度過餘生。」你聽過我的話，眼睛依舊盯著我。我想你沒有聽懂我的話。

時針在奔跑，它把太陽送到了西邊的山後。我先要給你去買些吃的。從八廓街通往清真寺的小巷裡，晚上有很多擺攤賣菜的四川人，我從一個菜攤上買了十斤白菜，再要了一些丟掉的爛菜葉子，回到家切碎餵給你。你顯得很優雅，低垂著頭，一小口一小口地咀嚼，不時用你那晶亮的眼睛對視我一下。你的眼神變得柔和了些，但不時還有猶豫和驚恐閃現。我心滿意足地衝著你呵呵笑。我喜歡你一身的白毛和敏感的雙眼。你這頭綿羊，為了你我把今天下午的那頓酒都忘了去喝。唉，一下午轉眼就消失了，要是以往時間漫長得讓我不知所措。

這一晚，我睡得很不踏實，心裡老是惦記著你，醒來過三次，每次都要開門去看你。每次你都睡得很沉，在地上佝僂著身子，小腦袋縮在胸前，一副惹人愛憐的模樣。桑姆的睡覺姿勢也跟你差不多，你倆是何等的相像啊！我蹲在你的身旁，久久注視著你，心裡充滿溫馨。

醒來，四合院裡已經有人走動，還聽到去上學的小孩叫鬧聲。

我睡過頭了，急忙起來。

我解開套繩，牽你去轉林廓時，你咩咩地叫喊，四蹄結結實實地抵在石板上，身子向後縮。來到院子中央打水的鄰居見這般情景，過來幫我推你。你拗不過我們，只能順從地跟在我的身後。我們倆穿過小巷走到了拉薩河邊，碧藍的江水一路陪伴我們，習風飄搖我滄桑的白髮。翻越覺布日山時，你又跟我拗起來，死活不上陡峭的山坡。幾個轉經人從後面推你，我從前面拽。這樣僵持一陣後，我的全身出汗溼透，你快把我的體力全耗掉了。疲憊的我憤怒地吼，「你再這樣，我就把你送回甘肅人那裡。」你的眼睛裡拂過一絲驚懼，腦袋低沉下去，再也不看我一眼。「別急，你第一次帶牠來轉經，可能有點害怕。」「讓牠休息一下，我們幫你。」「牠怕了，看，身子都在抖。」七八個人圍攏過來，站在爬山的狹窄小道上議論開了。風馬旗在徐風中輕輕飄揚，發出微微的聲響；刻瑪尼石的人，盤腿坐在路邊，在岩石板上叮叮咣咣地雕刻六字真言。有個老太婆從自己的包裡，抓點揉好的糌粑坨，送到了你的嘴邊。你溼漉的鼻翅兒嚅動，伸出舌頭舔舐糌粑。「可憐的綿羊，你是被放生的，誰都不會傷害你，用不著害怕。」老太婆說著撫摩你的頭。老太婆的手，輕輕地敲擊你的背部，你順從地向山坡上走去。我匆忙牽著繩走在前面。人們的念經聲嗡嗡地在背後響起。

沒有一會兒，我們來到倉瓊甜茶館，我把你拴在門口，讓服務員給你一些菜葉吃。她們從廚房拿些菜葉子去餵你。一名服務員跑進來問我，「準備放生嗎？」「是放生羊。」我回答。「那你該給牠穿耳，或身上塗顏料。」服務員又說。「這些我知道。只是牠剛買回來，再說我也不會穿耳。」「明天你帶牠過來，我幫你穿耳。」一位喝茶的老頭插話說。他穿氆氌藏裝，白色的鬍鬚直抵胸前。「那太好了。謝謝您。」我向他表示感激。他說給綿羊穿耳，是他的一個絕活，綿羊不會感到一點疼痛。他的自信，使我踏實了很多。「把你的包給我，我給你裝點菜葉子。」服務員拿走了我的背包。

我背上滿滿當當的布兜包，領你從小昭寺門口過。街道兩旁的店子開門營業了，嘈雜的音樂直衝天際，不時還能聽到減價處理的叫喊聲。我突然想帶你去小昭寺，讓你拜拜覺沃米居多吉（釋迦牟尼佛），爭取來世有個好的去處。我們穿越桑煙的繚繞，進了小昭寺大門，你用奇異的目光審視。

有位僧人擋住了我們，不讓你進寺廟裡，說你會弄髒佛堂的。我向他懇求，說你是昨天剛買來的，是要放生的。他最終允許你進去。我提醒你，好好拜佛，用心祈求。你順從地跟隨我，你的目光落在慈祥的神佛和面目猙獰的護法神上，一種膽怯的虔誠表現出來，身子微弓，步伐輕柔。我從你的眼神裡，發現你是一頭很有靈性的綿羊，相信你跟著我會積很多的功德，這些以小積多的功德，最終會給你好的報應。

我倆坐在小昭寺院子裡，晒著暖暖的陽光休息。空氣裡彌漫桑煙和酥油的氣味，不時傳來緩慢的鼓聲，它們讓我們的心遠離浮躁，變得安靜。我對你說，「你們羊都是好樣的，知道麼，松贊干布建設大昭寺時，是山羊背土填湖，立下了頭等功勞。現在大昭寺裡還供奉著一頭山羊。」你聽完我的話，把下巴抵在我的大腿上。我用手指撓你下巴，你歡喜地眯上了眼睛。我知道你的身子很髒，羊毛都有些發黑，我們回到家我給你洗澡。

你在自來水管底乖巧地站著，銀亮的水從你的背脊上迸碎，化成珠珠水滴，落進下水管道裡。我赤腳給你打肥皂，十個指頭穿行在茸茸的鬈毛裡，從項頸一直游弋到肚皮底，你的舒服勁我的指頭感受著。水管再次擰開，銀亮的水順羊毛落下時變得很混濁。我再次打肥皂，再次沖洗，你呀白得如同天空落下的雪，讓我的眼睛生疼。唉，十幾年前，桑姆還健在的時候，我都是這樣幫桑姆洗頭，桑姆白淨的脖子也在陽光下這般地刺眼。那種甜蜜的時日，在我的記憶裡已經空白了很長很長。此刻，我又彷彿尋找到了那種甜蜜。我們坐在自家的窗戶下，我用梳子給你梳理羊毛。你把身子貼近我，用腦袋摩挲我的胸口。你那彎曲的羊角，抵得我瘦弱的胸口發痛，我只得趕緊制止。我回屋取來酥油，把它塗抹在你的羊角上，上面的紋路愈發地清晰。你的到來，使我有忙不完的活要幹，使我有了寄託和牽掛，使桑姆的點點滴滴又鮮活在我的記憶力。我再不能像從前一樣，每天下午到酒館裡喝得酩酊大醉，我要想著你，想到要給你餵草呢。

我口渴難忍，提著塑料桶去買青稞酒。回到家，我坐在一張矮小的木凳上，身披一身的夕陽，一邊看你一邊喝酒。你站在面前，用桑姆慣用的那種羞怯、溫情的眼神凝望著我。這種眼神，剝去了歲月在我心頭堆砌的滄桑，心開始變得溫柔起來。還有這酒，怎麼落到肚子裡，變成香甜的了。以往喝酒，怎麼沒有嘗出香甜的餘味呢。這是不是心境的變遷引來的，我真說不準。我一口一口地喝，這種香甜從舌苔上慢慢擴散向腦際，整個人被這種香甜沉溺。

這一夜我睡得很死，沒有一個夢景出現。

你的兩隻耳朵被鋼針黏著清油穿了孔，繫上了紅色的布條，這樣你就顯得引人注目。桑姆，為了讓你盡早投胎轉世，我天天帶著放生羊去轉經。這頭綿羊現在被我視如你了。桑姆，你現在再沒有出現在我的夢裡，我不知道你現在的境況，有可能的話你再給我托一次夢吧。

現在，人們每天都能看到我和潔白的綿羊，順著林廓路去轉經。你耳朵上的紅色布條，脊背中央點綴的紅色顏料，向人們昭示著今生你要平安地度過，直到生老病死。

我帶著你已經轉了近一個月的林廓，你也熟悉了轉經路上的一切。從今天開始我不再拴你了，我們相跟著去轉經。我背上布兜包，裡面裝著我的茶碗和油炸果子，手裡撥動念珠。我走走停停，看你是不是緊跟在我的身後。需要橫穿馬路時，我牽著你過，免得被車子把你給撞了。路上我遇到熟人，跟他們嘮叨時，你駐足站在我的身旁。認識的人都說，「年扎啦，你做了一件了不起的善事，你會有好報的。」「這頭綿羊懂人性啊！」「年扎啦，給牠脖子上拴個鈴鐺，那樣你就用不著老回頭。」「遇到你，是這頭綿羊的福分。」這些話讓我聽了心裡樂孜孜的，你的到來我一直認定是前世注定的一個緣，要不桑姆剛托夢，你和我就不期而遇了，哪有這麼巧合的事情。我進倉瓊茶館，你從門簾縫裡擠進來，鑽到桌子下面。「你待在外面，不能進來。」我對你喊。你蜷縮在桌子底，毫不理會我的叫喊。茶客們看著我，會心地微笑。「就讓牠躺在那裡，牠又不占位置。」服務員說。我沒有再趕你，我從布兜包裡掏出茶杯，擱在桌子上，再伸手取出油炸果子，掰碎了餵你。你用舌頭把油炸果子捲進嘴裡，用牙齒嚓嚓地嚼碎。我把甜茶喝了個飽，你卻靜靜地躺著，腦袋隨著進進出出的人擺動。「南邊的三怙主殿正在維修，聽說缺人手，要是誰能去幫忙，那功德無量。」有個中年人跟旁邊的茶客說。這句話讓我很振奮，我想這是一個多好的機會，我要去義務勞動。我把杯子裡的那點剩茶倒掉，用毛巾把杯子擦乾淨，裝進了布兜包裡。我一起身，你機敏地從地上爬起來，一同出茶館門，走到喧嚣的大街上。你已經不再注意周圍的熱鬧了，一門心思地跟在我的身邊。我們穿過熱鬧的小巷，回到了四合院裡。

我把你拴在窗戶底下，從麻袋裡拿些乾草，擱在掉了瓷的臉盆裡；再用另一個盆，從自來水管裡給你接上清水。你望著這兩個盆，沒有表現出飢渴的樣子，只是清澈的眼睛裡露出疲態來。你把四蹄關節一彎，臥躺在地上，耳朵輕輕地甩動。我知道你已經很累了，該讓你休息一下。我進屋脫了鞋，把溼透的鞋墊放在窗臺上，讓陽光晒乾，自己盤腿坐在床上。我在思想，為了桑姆該給三怙主殿捐多少錢，怎樣才能讓他們把我留在工地上。藏族人都知道，米拉日巴為了救贖自己的殺生罪孽，拜瑪爾巴為師，用艱辛的勞動洗滌惡業，即使背部生瘡化膿，手足割破，咬著牙堅持，他最後得道了。為了桑姆有個好的去處，我捐五百元錢，再勞動一個月，為桑姆減輕一些惡業。這樣想著，不知不覺中黑色的幕布把整個院子給罩住了。明天還要早起，現在我該入睡了。

一陣踢門聲，把我驚醒。我匆忙坐起來，往門口喊，「是誰？」門不敲了，外面很安靜。我猜不明白誰會這麼早來敲門，難道是鄰居生病了？「喂，是誰？」我喊著把燈給打開了。嗵嗵地又再敲，而且敲的聲音比先前更重更急促了。褲子套在腿上，我急忙去開門。掀開門簾，藉著燈光看，一個人都沒有。稍一低頭，看見你依在黑色的門套上，抬起腦袋咩咩地叫喚。緊張一下從我的頭腦裡消失，原來是你在敲門，催促我趕緊起床去轉經。我嘴裡罵你幾句，心裡卻是很高興。我給佛龕添了供水，燒了香。之後給你餵了些乾草，然後我們一路去轉經。路燈下的水泥板人行道，把你的蹄音振出來，嗒嗒的足音伴隨我的誦經聲，一切顯得是如此地和諧。當我們走到功德林時，天空落下了毛毛細雨，我倆加快腳步，去找避雨的地方。雨下大了，劈劈啪啪地砸下來，人行道和馬路上開始積水。我的鞋裡灌進了水，你的身子被水澆透。前面有人喊，「過來，避雨。」我和你向一家餐館的大門斗拱底跑去。這裡已經聚了七八個人，絕大部分是來轉經的。你可能太冷了，身子直往裡面拱。站在最裡面躲雨的小夥子，踢了你一腳。你什麼反應都沒有。旁邊的一位老太婆忍不住，開始罵這個小夥子。「沒有看到這是頭放生羊嗎？你還要踢牠，畜生都不如。」小夥子剛要發作，其他的轉經人都一同訓斥他。他看清了自己的處境，跑進大雨裡，繼續趕路。「這些年輕人，沒有一點憐憫之心，活著跟牲畜一樣。」「可能喝了一晚上的酒，現在才回去呢。剛才我還聞到他一身的酒氣。」「一代不如一代。」我們待在斗拱底，聽他們發出的感慨，希望這雨盡早停下來。半個多小時後，雨變小了，我們又繼續去轉經。

我們溼漉漉地來到了南邊的三怙主殿，找到了管事的僧人。我把錢捐給他，希望他留我們兩個在這裡當小工。他很爽快地答應了我們的請求，說，「除午飯殿裡供應外，還要供應兩次茶。」聽到這個消息，我很高興，這一天我忙著裝土、和泥。你卻被我拴在了三怙主殿階梯旁。回家我給你用布縫了個褡褳，翌日你背著褡褳運土運沙，來回往返不停，用自己的汗水建設殿堂。僧人們都說，「這頭綿羊，活生生地給我們演繹建造大昭寺時的一幕。」

我倆在三怙主殿義務勞動了二十三天，後頭的活路我們倆一點都幫不上忙，那是畫師們的事情，他們要在牆上畫壁畫。結束工作後的第四天，三怙主殿的管事派了一名僧人，他推一輛手推車，送來了六袋鮮草和舍利藥丸。我遵從他的指示，把藥丸浸泡在水裡。每次逢到吉日，我們兩個喝上幾口。偶爾，我用這聖水幫你清洗眼睛。

每天早晨你都要敲門弄醒我，然後你走在前頭，我緊隨其後。我路遇熟人，你會只顧往前走，到時候選個舒適的地方，站在那裡等待我。到了茶館，你會鑽到我常坐的那個桌子底下，喝茶的人一見你，趕忙端著杯子，坐到別的位置上去，把地方騰給我們。人們都認識你了。

初夜我夢見到了桑姆。你走在一條雲遮霧繞的山間小道上，表情恬淡、安詳，走起路來從容穩健。後來你變得有些模糊，彷彿又幻成了另外一個人。我笑了，在夢境裡我露出了白白的牙齒。這種喜悅使我睡醒過來。我端坐在床上，解析這個夢。我想你可能離開了地獄的煎熬，這從你的安詳表情可以得到證明，夢境的後頭你變得模糊起來，只能說明你已經轉世投胎了。這麼想著我很興奮，於是睡意全無了。到了下半夜，我的胃部一陣疼痛，額頭上沁出了顆顆汗珠。我想，這樣疼的話，今天可能轉不了經。那你怎麼辦？又想，這胃病，頂多會疼個個把小時，之後會沒有事的。我起床吃了幾粒治胃的藏藥，又躺進被窩裡。當你踹門時，那酸溜溜的疼痛依然駐留在我胃上，它不會讓我走動的。你踹門的力度加強了，我只能硬撐著走到門口，把門打開，給你解了套繩。「我病了，你自己去轉，轉完趕緊回來。」我對你說。你仰頭凝視我，等待我一同出門。我只得牽你到大門口，而後推你往前走。你回頭怔怔地望著我。我向你揮揮手，示意向前走。你明白了我的意思，扭頭向小巷的盡頭走去，留下一陣清脆的蹄音，消失在小巷的盡頭。

我躺在被窩裡等著疼痛消失。

太陽光照到了窗臺上，我躺在被窩裡開始擔心起你來。這種焦慮，讓我心急如焚，忘卻了疼痛。我穿上衣服，出門尋找你。這疼痛讓我頭上冒汗，腳挪不動，只能坐在大門口，背靠門框上。疼痛減弱了些，我的眼光瞟向巷子盡頭時，你一身的白烙在我的眼睛裡。你從巷子的盡頭不急不慢地走來，偶爾駐足向四周觀察一番。你自己都能去轉經了，我喜極而泣。我堅持站立起來，等待你靠近。我把你拴在窗戶下，拿些乾草餵你。唉，又一陣鑽心的疼痛襲上來，我只能蹲下身，用手頂住發疼處。「年扎大爺，你怎麼啦？」「到醫院去看病！」「你的臉色怪嚇人的，我們送你去醫院。」「」鄰居們圍過來，堅持要送我到醫院去。我強不過他們，只能到醫院去檢查。醫生要我住院，說病得不輕。我卻堅持不住院，說給我打個鎮痛的針就行。鄰居們也堅持要我住院，說，「三頓飯，我們輪流給你送。」我很感激，但我不能住院。醫生把幾個鄰居叫到了外面，進來時個個臉色凝滯而呆板。我從他們的臉上窺視到我的病情，已經到了無法救治的地步。「醫生，我孤寡一人，你就把病情告訴我吧！」我向醫生央求。「您太累了，需要待在醫院康復。」醫生說。「您就實話告訴我吧，我剛才從鄰居們的眼神裡知道我的病情很嚴重。」「別亂想了，病不重，你在醫院裡先住上。」

鄰居們好言相勸。「醫生，您把病情單給我看看，即使是最壞的結果，我也能平靜地接受。」醫生的眼光落到了鄰居們的臉上，鄰居們低下頭，誰都不吭一聲。「我無兒無女，只能自己拿主意，你就給我看吧。」醫生很無奈地把病情單遞給了我。胃癌。這兩個字跳入了我的眼睛裡，心抖顫了一下。我想到時日不多了，要是我死了，你——放生羊該怎麼辦？這種牽掛讓我的心情變得複雜起來，開始有些動搖了。我發現，面對死亡，我做不到無牽無掛。我盯著醫生，問，「我還能支持多久？」醫生回答，「不好說。配合治療的話，比不治療活得要久一些。」我不能住院，一旦住院，每天往我體內要灌輸很多藥水，那樣我有限的時間全部耗掉在醫院裡了。再不可能天天去轉經，去拜佛，那樣我的身體沒有垮掉之前，心靈會先枯竭死掉。「醫生，今天給我打個鎮痛的藥。回去，我把家裡的事情處理一下，明天過來住院。」我為了逃脫，開始跟醫生撒謊。醫生可能看出了我的伎倆，勸我道，「別拿自己的命來開玩笑。」我說了很多保證的話，才得以離開醫院。

綿羊見鄰居們扶著我回來，急忙從地上爬起來，向我靠過來。這不爭氣的眼淚，頓時嘩嘩流下來，把我的老臉濺溼了。桑姆也是這樣被我們從醫院裡抱回來的，最後那口氣是在自家的房子裡斷的。我這樣流淚多不好，鄰居們會以為我貪生怕死呢。他們把你推在一邊，將我護送到房間裡。我看到了你潮溼的眼睛，低垂下去的腦袋。鄰居們圍著我，勸我第二天去住院。有些還跑回家，給我送來了雞蛋、酥油、牛肉。他們還向我承諾，一定看好帶好餵好放生羊。這句話貼我的心，使纏繞我的擔心減輕了不少。鄰居們怕我累著，陸續回了各自的家。

我把窗簾拉上，打開電燈。胃還是有一點輕微的灼痛感。我把你領到屋子裡，自己坐在了木床上。你臥躺在我的腳旁，抬頭凝望。我身子前傾，給你撓癢。你愜意地瞇上了眼睛。「我不知道自己什麼時候會突然死去，活著的日子裡，我會帶你做很多的善事，這樣你可以消除惡業，來世有個好的去處。即使我死了，你也會被院子裡的人代養，直到老死。今生，我們倆把前世的緣續了下來，來世或幾世之後還會接著續下去。」我動情地給你說。你彷彿聽懂了我的話，站起來把兩隻前蹄搭在我的腿上，眼眶裡閃耀淚花。我抱住你的脖子，盡情地哭泣。你溼潤的呼吸在我的耳邊流動，猶如桑姆的氣息，它讓我的情緒平穩下來。「我在祈求眾生遠離災荒、戰亂，遠離病痛折磨的同時，也會給你祈求來世生在富貴人家，來世遇上慈祥父母，來世再與佛法相遇　」我跟你說了很多的話，好像自己真的明天就要死去一樣。外面傳來幾聲狗吠，這才知道時間已經很晚了，我和你該休息了。我把你牽回到院子裡，讓你早點睡覺。

我沒有去住院，一種緊迫感促使我從這一天開始，帶你去各大寺廟拜佛，逢到吉日到菜市場去買幾十斤活魚，由你馱著，到很遠的河邊去放生。那些被放生的魚，從塑料口袋裡歡快地游出，擺動尾巴鑽進河邊的水草裡，尋不見蹤影。幾百條生命被我倆從死亡的邊緣拯救，讓牠們擺脫了恐懼和絕望，在藍盈盈的河水裡重新開始生活。我和你望著清澈的河水，那裡有藍天、白雲的倒影。清風拂過來，水面蕩起波紋，藍天白雲開始飄搖；柳樹樹枝舞動起來，發出沙沙的聲響；河堤旁綠草萋萋，幾隻蝴蝶蹁躚起舞。我和你神清氣爽，心裡充滿慈悲、愛憐。我盤腿坐在河邊，打開那桶青稞酒，慢慢地啜飲。手裡的念珠飛快地轉動，念珠磕碰的輕微聲響，讓我的心靈寧靜。你悠閒地低頭啃草，偶爾豎立耳朵，警覺地注視呼嘯奔馳的汽車。太陽落山之前，我和你慢騰騰地回家去。

這年的夏末，策墨林寺裡活佛在講法。我帶你去聽法時，寺院院子裡黑壓壓地坐滿了人，我和你緊靠著坐在角落裡。活佛講法時，你豎著耳朵安安靜靜地臥躺在地上，眼睛時不時地瞟向法座上的活佛。待累了，你走向人群後面，轉悠一圈，用不了多長時間，又回到我的身旁。看到你的這種表現，人們除了驚訝，還對你產生了憐惜之情。以後的每一天裡，許多來聽法的人會給你帶些鮮草、蔬菜來，他們把這些堆放在你的面前，撫摩著你的背，說，「跟佛有緣，一定會有善的結果。」寺院的僧人們對你格外地開恩，允許你進入廟堂拜佛、轉經，還給你賞了掛在耳朵上的紅布條。

我和你每天都忙個不停，時間轉眼到了中秋。這當中，我的胃雖有疼痛，但沒有先前那般了。桑姆再也沒有托夢給我，但願你已投胎成人。我對桑姆的牽掛稍稍一鬆懈，發現對放生羊的牽掛與日俱增，擔心自己死掉後沒有人照顧你，怕你受到虐待，怕你被人逐出院子。這種煩惱一直縈繞在我的頭腦裡，促使我努力多活幾年。每天我都要祈禱三寶，讓我在塵世多待些時日。趁著中秋時節，我想帶你去林廓路上磕一圈長頭。我跟你說這件事時，你的眼睛裡充滿了渴望。我給你重新縫了個褡褳，給我做了個帆布圍裙，這樣我們算準備停當了。

天，還沒有發亮，黑色卻一點一點地褪去，漸漸變成淺灰色。我一步一磕，行進速度非常緩慢。你慢騰騰地走在我的身邊，不時用眼睛瞟我。你背上的褡褳左側裝著一小袋糌粑和一瓶茶，右邊裝了一把白菜和一塑料罐水。當陽光照耀時，我和你已經磕到了朵森格路南端。一輛輛大巴車開過來，停在路邊，車上下來國內外來的遊客。他們一見到我們倆，圍攏過來，照相機劈劈啪啪地照個沒完。我匍匐在地上又起來，走兩步，接著跪拜在地上。你馱著東西，跟在我的身邊。有些遊客給我們施捨錢幣，我把錢收了，合掌說，「謝謝！」這些錢哪天我們捐給寺廟吧。我們磕著頭把他們甩在了身後。我只祈求三寶保佑我多活些時日，讓我能夠陪伴你久長一些。

午飯，我們坐在馬路邊吃的。我盤腿坐在人行道上，從褡褳裡給你拿出白菜，掰碎了放在你的嘴下。你太餓了，幾口就把它吃完了。我乾脆把整坨白菜丟在你的面前，自己開始倒茶揉糌粑。路過的行人不免回頭看我們，之後匆忙離開。我再給你餵了幾坨糌粑，把水倒進塑料袋裡，讓你喝了個飽。我們倆在樹蔭底躺下休息。馬路上飛駛的汽車和流動的人群，不能讓我們完完全全地放鬆休息，嘈雜聲使人的心懸吊。我們又開始磕起了長頭，毒辣的陽光讓我汗流浹背，滾燙的水泥板燙得我胸口發熱。可這一切算得了什麼，我要堅持一路磕下去。

翌日，我們又從昨天停頓的地方開始磕長頭。發現，身邊有幾十個磕長頭的人，從穿著來看，他們一定來自遙遠的藏東。在嚓啦嚓啦的匍匐聲中，我們一路前行，穿越了黎明。朝陽出來，金光嘩啦啦地灑落下來，前面的道路霎時一片金燦燦。你白色的身子移動在這片金光中，顯得愈加地純淨和光潔，似一朵盛開的白蓮，一塵不染。

作者簡介

——次仁羅布（1965-），西藏大學藏文系畢業。先後在西藏日報社和《西藏文學》編輯部等工作，現為中國作家協會全委會委員，西藏作家協會理事，《西藏文學》執行主編。作品曾譯為英、韓、日語，小說〈殺手〉獲得西藏第五屆珠穆朗瑪文學獎金，〈界〉二〇〇八年獲得第五屆西藏新世紀文學獎，〈阿米日嘎〉獲「首屆茅臺杯中國小說」排行榜，〈放生羊〉獲第五屆魯迅文學獎，〈神授〉獲得《民族文學》「二〇一一年度優秀小說獎」，著有短篇小說集《放生羊》，長篇小說《祭語風中》。

一隻玻璃瓶裡的小母牛

柴春芽

「旺鐸吉，快拔出刀子，像個男人一樣戰鬥去。」上漢語課的時候，旺鐸吉總是看見族長蹲在教室門口，跟他一遍遍地重複著這句話，所以，他根本沒有心思像別的同學那樣，用羨慕的眼神盯著剛從漢人的城市裡分配來的援藏女老師那比牛奶還要白嫩的臉蛋——那臉蛋散發著一種陌生的香味，也沒有心思欣賞她那蛇一樣靈活的舌頭翻捲出來的一連串甜軟的漢語。他把手蜷在羊皮袍子的大襟裡，握著一只玻璃瓶，緊張地盤算著蹺課的事情。他得去牧場把一頭昨天放牧時弄丟的小母牛找回來。那是一頭脖子上長有一塊雞心紅斑的白色小母牛。在牠降生之前的那個夜晚，掛滿星星的天空中突然飄下一片片雪花。旺鐸吉記得，祖母阿依瑪去為牛欄裡臨產的老母牛披了一塊氆氌以後，就回到房子裡，穿上平素去看藏戲時才穿的那件飾有水獺皮的袍子，平靜地躺在床上。族長不安地問她：

「阿依瑪，你是不是病啦？」

「不，」祖母阿依瑪微笑著說。「我該死啦。」

第二天黎明，旺鐸吉騎馬去印南寺請來格桑喇嘛為死去的祖母阿依瑪念誦度亡經。當他和格桑喇嘛剛剛走到牛欄邊的時候，那頭白色的小母牛誕生了。族長抱著溼漉漉的小母牛，把牠放到一塊乾淨的氆氌上。格桑喇嘛摸了摸小母牛脖子上的雞心紅斑，對族長說：

「不必念誦度亡經了。」

「為什麼？」族長詫異地問道。

「因為祖母阿依瑪已經轉生了。」

直到那時，旺鐸吉才想起祖母阿依瑪的脖子上有一塊紅色的雞心胎記。正是由於這頭小母牛和祖母阿依瑪之間的特殊關係，全家人都對牠極為善待。可是，在昨天放牧時，旺鐸吉居然讓小母牛走丟了。那是黃昏時刻，快要落山的太陽照耀著念冬神山的雪峰，神山下的山谷裡，旺鐸吉趕著牛群走過了痲瘋病人扎多老爹的石頭小屋。自從扎多老爹的兒子——人稱「獨狼」邊巴茨仁——從部隊上復員回來以後，扎多老爹就搬進這間石頭小屋。再也沒有在人前出現過。這石頭小屋年久失修，幾乎要跟著它的主人一起爛掉。人們都說，扎多老爹是因為殺了很多人才遭到爛掉四肢的報應。他把自己的年輕時代全都交給了強盜的生活。不管是走親戚的藏人還是做生意的漢人，也不管是從歐洲來到西藏的傳教士還是去麥加朝聖的穆斯林，只要被他撞見，他總會說：「啊哈，我又能喝到滾燙的人血啦。」旺鐸吉從未見過扎多老爹，他只聽人說，扎多老爹年輕時去過一趟滿是垃圾、野狗、乞丐和僧侶的拉薩，參加過宗喀巴大師親自創立的新年大祈願法會。在那次法會上，扎多老爹見到了統治著整個西藏的神王——達賴喇嘛，還看到無數的世襲貴族。回到戈麥高地以後，扎多老爹學著那些世襲貴族的樣子，把披散的長髮用紅絲帶攏成雙髻，髮髻中間綴著一個裝滿護身符的金嘎烏。他覺得這還不夠顯貴，又在左耳垂上戴了一個鑲有紅珊瑚的金耳環，每一顆牙齒上還包著閃閃發光的金箔。直到他住進這石頭小屋，他一直保持著這副裝束。與以往不同的是，如今的扎多老爹一聽到有人從石頭小屋前經過，總會用歌手才有的好嗓音唱一句瑪尼歌：唵，嘛，呢，叭，嘧，吽，算是向過路者的問候和祝福。他再也不說「啊哈，我又能喝到滾燙的人血啦」。可是，他那悅耳的瑪尼歌比這句殺人時才說的話還要讓人恐懼。正因如此，旺鐸吉每次聽見扎多老爹的瑪尼歌，總會嚇得心驚肉跳。他會噷噷叫喊著，催促著牛群，希望盡快走過石頭小屋。過了石頭小屋，他就不害怕了，而且，也就不會再有灌木林遮蔽那條回家的路了。積雪反射著天光。那條回家的路是一條光明的路。不管多晚，只要他繼續低著頭，繼續唱著去年從達蘭薩拉歸來的仁青巴燈叔叔教給他的一首歌，他就可以一直跟著氂牛的屁股爬上山崗，回到家裡。阿媽煮了一鍋羊肋巴總在等他。可是，昨天黃昏，旺鐸吉剛剛走過扎多老爹的石頭小屋，就聽見今年冬天的第一聲狼嗥。旺鐸吉知道，每年冬天，當第一場雪蓋住了旱獺的地洞，狼群就會出現在戈麥高地。那是因為齧齒類動物一進入冬眠，狼群的食物鏈就戛然中斷，為了生存，頭狼會帶領狼群離開森林，跋山涉水，到牧人居住的草原冬營地，伺機獵殺走散的綿羊或者氂牛。當然，在草原上撿拾牛糞時不慎走單的小孩，有時也會跌進狼的嘴裡。據說，小孩的肉要比綿羊和氂牛的肉鮮嫩許多。

「那時候，我真的不該回頭。」旺鐸吉手握著玻璃瓶追悔莫及。當時，也許是出於本能的恐懼或者是遺傳自族長的那種男子漢的血性，他回頭了。他那刀子一樣銳利的目光從山麓下的灌木林一直搜索到埡口那兒飄著彩色經幡的瑪尼堆。念冬神山的雪峰下，沒有狼的蹤影，倒是在埡口與雪峰之間那片因海拔超過五千米而寸草不生的荒坡上，一個閃閃發光的東西吸引了他的注意。那東西借助太陽的光芒——或者它本身就會發光——幾乎要奪走他的眸子。「那也許就是長紅毛的外國登山者經常說起的寶石，」當時，從旺鐸吉的腦海裡一閃而過的第一個想法就是如此。「沒錯，那一定是塊寶石。」可事實上，當他再次經過扎多老爹的石頭小屋，追著念冬神山的雪峰上最後一抹橘紅色的陽光，汗流浹背地攀上山麓和埡口，最終抵達那片荒坡時，發現那閃閃發光的東西根本就不是什麼寶石，而是登山者遺落的一只玻璃瓶。玻璃瓶呈圓柱體，裡面盛滿了透明的空氣，藍色的塑膠瓶蓋上印著一行旺鐸吉拼不出讀音的拉丁字母。此刻，這玻璃瓶正躺在他的羊皮袍子裡，被一雙汗涔涔的手握著，而他的小母牛卻走丟了。如果那頭孤單的小母牛不能被及時找到，牠就會成為頭狼向其手下的冷血戰士炫耀戰功的犧牲品。頭狼的勝利就是草原的災難。族長活著的時候，曾多次告誡牧民，不要讓狼群的第一次襲擊得逞，否則，狼群會變本加厲，向冬營地發動一輪比一輪凶猛的進攻。「牠們簡直是魔鬼的軍隊。」族長每次說話都會用一句箴言作為訓誡的結束語，「牠們連菩薩都敢吃。」

旺鐸吉一直豎著耳朵，聆聽著教室門前的那棵柳樹上發出的每一個聲響。一隻喜鵲在樹梢上喳喳地叫了很久。族長的靈魂裹在偶爾颳過的風裡。旺鐸吉又一次聽見他說：「旺鐸吉，快拔出刀子，像個男人一樣戰鬥去。」可是，旺鐸吉期待聽見的其實是有人敲響樹杈上的那一疙瘩破銅爛鐵。那一疙瘩破銅爛鐵是鄉政府的司機西繞多吉從一輛北京吉普車上卸下來作為禮物送給學校的。他還把汽車輪胎送給了擺渡的老人扎西才讓，讓他用輪胎增加羊皮筏子的安全性能。那在江面上漂了十幾年的羊皮筏子快要被魚兒啄成個篩子了。旺鐸吉每次乘坐羊皮筏子過江去印南寺拜佛時，總會掏出族長留給他的羊骨念珠，一邊數著念珠口誦六字真言，一邊心驚膽顫地祈求嘉瓦仁波切保佑他不要在走到江心時，忽然從羊皮筏子上的某個窟窿裡掉下去。旺鐸吉記得，西繞多吉把那輛北京吉普車拆成堆積如山的零件時，曾有許多人迷惑不解，因為那輛北京吉普車他才開了不到五年。在那五年的時間裡，西繞多吉逢人便說，那輛北京吉普車就是他的老婆，如果不是他家的床被一個奄奄一息的病女人占著，他一定會每天晚上抱著北京吉普車入睡。可是，突然之間，西繞多吉不顧鄉長和其他人的勸阻，就拆起了自己心愛的北京吉普車，絳邊嘉措校長像個知情人似地向大家宣布，肯定是妻子的病故讓西繞多吉受到了打擊，因而腦子出了點問題，估計請印南寺的喇嘛到他家念念經，他的腦子也許就會清醒。結果，當喜歡用比喻的方式說明道理的西繞多吉，說出了他這一生中最響亮的那句妙語時，大家才如夢方醒。他說：「就像我毫不留情地報廢掉自己的老婆，然後再換一個年輕漂亮的新娘一樣，如果那輛北京吉普車再不報廢的話，縣政府就永遠不會發給我一輛嶄新的三菱吉普車。」

終於，一股菸草燃燒時發出的刺鼻味道，被風送進了教室。旺鐸吉知道，那是叼著香菸的絳邊嘉措校長出現在柳樹下的標誌。只有他才能用一把腰刀，敲響那掛在柳樹上的一疙瘩破銅爛鐵，宣告上午第二堂課的結束。每次，他一敲響那一疙瘩破銅爛鐵，總會覺得自己是一位重權在握的族長。控制時間對他而言，就是一種權威的象徵。所以，他恨不得讓四季的變遷和草木的榮枯也一起聽從這一疙瘩破銅爛鐵的聲響。

同學們湧出教室，站在積雪還沒有消融的操場上跳起了鍋莊。這所位於色曲河邊的毛卜拉鄉級小學就像一個鴿子籠一樣，突然放飛了孩子們的歌聲。湛藍天空下的寧靜被歡快的歌聲打碎了。旺鐸吉想要趁著同學們跳鍋莊時的混亂，從女生廁所旁邊的矮牆豁口那兒溜出校園。他得盡快找到小母牛。昨天晚上，他向阿爸撒謊說氂牛一頭都不少，全部圈進了牛欄。要是今天上午阿爸酒醒了去查點氂牛，發現那頭還未下犢的小母牛不見了，那他準得挨揍。自從族長去世以後，阿爸的酒量就越來越大，脾氣也變得越來越壞，動不動就跟人幹架動刀子。許多人都說，那是因為他沒有當上族長的緣故。旺鐸吉一看見阿爸那噴火的眼睛，就禁不住一陣顫慄，當然，有時候，他看見阿爸為了某種不想說出的心事而躲在牆角裡默默哭泣，他也會心生憐憫。好多次，旺鐸吉都想告訴阿爸，並不是祖父不想讓他繼承族長的職位，而是因為政府明文規定，戈麥高地上代代沿襲的族長傳承制度，已經隨著祖父的去世而宣告終結，如今，在這片肥沃的土地上，行使權利的人是那個喜歡跟許多女人睡覺的鄉長。

可是，女老師那又瘦又長的影子卻在教室門口擋住了旺鐸吉。直到此時，旺鐸吉才注意到女老師的臉上飄著一種陌生的花香味。冬天的最後一隻蜜蜂跳著力不從心的「8」字舞，總是與她若即若離，弄得她煩惱不已。旺鐸吉聳聳鼻子，像兔鼠一樣使勁地嗅著，最後，他得出結論：女老師臉上的花香味不屬於草原，因為他熟悉草原上的每一種植物——狼毒、木蘭杜鵑、萁茨、銀蓮花、點地梅……旺鐸吉肯定，女老師臉上飄著的花香味來自草原以外。他剛想問問女老師，她臉上的花香味究竟是哪種花的香味，女老師卻板起面孔，並且不失時機地揮手打落了追隨她的那隻蜜蜂，隨之一腳將蜜蜂踩死。旺鐸吉為那隻蜜蜂感到傷心。按照族長的說法，在無數次的生命輪迴中，那隻蜜蜂也許就是他的某個親人。他俯下身去，用右手的拇指和食指輕輕夾起被踩扁的蜜蜂屍體，放進左手端著的玻璃瓶裡。蜜蜂的膜翅沾了一層髒土，牠那沉重的後腿上裹著兩團紅色的花粉。族長活著的時候，總是意味深長地說：「嘉瓦仁波切說了，一切有情眾生都是平等的，所以我們藏族人從不殺生。」旺鐸吉想要告訴女老師，殺生是有罪的，可是，還沒等他張口，女老師就對旺鐸吉在課堂上拼錯的幾個中文拼音進行糾正。

「旺鐸吉，跟我讀——」女老師說。「ZU，GUO，祖國，我那美麗的祖國。」

旺鐸吉心裡急得冒火。他滿腦子盡想著狼群和那頭丟失的小母牛，所以，情急之下，他說出了一句讓女老師吃驚不小的藏話：

「你這愚蠢的小母牛，當心讓狼吞了你。」

二十歲的女老師睜大了她那天真的、黑漆漆的眼睛，簡直不敢相信自己受到了一個藏族小孩的侮辱。

「旺鐸吉，你剛才說了什麼？」她怒氣沖沖地喝問道。

旺鐸吉意識到自己闖了大禍。他沒想到女老師居然聽得懂藏話。「覺仁波，」旺鐸吉在心中祈禱說。「千萬不要讓絳邊嘉措校長知道此事，要不然，他會用皮鞭把我的屁股打成稀泥。」其實，旺鐸吉從未想過要侮辱老師，可是，他愈是急著想把事情解釋清楚，就愈是結結巴巴，像做了虧心事似的，連一句漢語都記不起來了。他想用藏話解釋，卻又想起絳邊嘉措校長不久前的規定：校園裡不准說藏話。旺鐸吉的額頭上急出了一層汗珠。在純淨得藏不住一粒塵埃的陽光裡，那層汗珠冒著白色的熱氣，像死神透明的膜翅，盤施在他的頭頂。他搜索枯腸，終於記起了女老師剛才教給他的那句漢語。為了討好女老師，以便她消除怒氣，旺鐸吉認認真真地、一字一句地說：

「ZU，GUO，祖國，我那美麗的祖國。」

「你那美麗的祖國叫什麼？」女老師不依不饒似地追問道。

旺鐸吉不知道美麗的祖國叫什麼，因為他根本就不知道祖國是什麼東西。他只知道自己放牧的草原叫戈麥，他也知道族長活著的時候，每天朝拜的那張巨幅照片裡的喇嘛叫達賴。他還知道自己騎乘的黑色駿馬名叫亞嘎，因為牠是在夏天出生的。亞嘎的意思就是夏天。可是，祖國到底是個什麼東西呢？它有形狀嗎？它是什麼顏色？它會發出什麼樣的氣味呢？它長得像綿羊還是像氂牛呢？

但它肯定不像頭狼，因為女老師在說「祖國」這個詞語時一點兒都沒有顯得緊張。旺鐸吉絞盡腦汁地想啊想，而此時，絳邊嘉措校長的鼻孔裡冒出的菸草味正離他越來越近。他的心開始狂跳不止。突然，他想起了仁青巴燈叔叔教給他的那首歌。那首歌的歌詞好像說到了祖國的一些什麼。

「雖然我流浪在別人的土地上，但我仍然有自己的祖國。我的祖國叫西藏，那是獅子盤踞著雪山的地方……」旺鐸吉吃力地把藏語歌詞翻譯成漢語，為了不至於遺漏一些詞句，他顫抖著聲音，用歌唱的方式說了出來。

「你……你……」女老師驚聲尖叫起來。「你小小年紀，居然是個藏獨分子！」

旺鐸吉不明白女老師在說什麼，但從她那張因驚恐而芳香盡失的臉上，能看出某種不祥的徵兆。「看來，我又說錯話了，」旺鐸吉心想。「我一定要學好漢語，但是現在，最重要的事情就是先找到小母牛。」乘著女老師掉頭向正從柳樹下走過的絳邊嘉措校長叫喊的機會，旺鐸吉撒腿狂奔。操場上跳鍋莊的同學全都停止了舞蹈和歌唱。他們望著旺鐸吉，不知道發生了什麼事情。有幾個年齡大點的學生猜測，也許是旺鐸吉用他手中的玻璃瓶傷害了女老師。一年前，他做過同樣的事情，不過，那次，他手裡著的是一把刀子。學校裡唯一的穆斯林少年——和往常一樣，他站在柳樹下，沒有加入到鍋莊舞的行列——記得，當時，一名也是從漢人的城市裡分配來的援藏女老師，從旺鐸吉的護身符裡搜出了一張達賴喇嘛的一寸照片。她一邊威脅說要把他送到縣城裡的公安局，一邊命令他必須踐踏那張照片，以示對達賴喇嘛的侮辱。旺鐸吉央求老師不要讓他成為一個罪人，因為那張照片是族長活著的時候給他的。可老師堅持認為，踐踏達賴喇嘛的照片可以檢驗旺鐸吉是個維護祖國統一的愛國者還是個分裂祖國的叛徒。旺鐸吉不知道祖國是什麼東西，也不知道達賴喇嘛是人還是神，但他知道，族長給他的禮物他一定要保存完好。用旺鐸吉的話說，當時他聽見族長一字一頓地告訴他：「旺鐸吉，快拔出刀子，像男人一樣戰鬥去。」正是受到這句話的鼓舞，旺鐸吉拔出了掛在藏袍子上的腰刀。就在那時，絳邊嘉措校長剛好敲響了柳樹上的那一疙瘩破銅爛鐵。金屬那遲鈍的響聲蓋住了女老師的一聲尖叫。同學們看到女老師無聲無息地躺在了藏不住一點塵埃的陽光裡。

援藏女老師的尖叫，讓其他幾名站在操場邊上晒太陽的藏族老師，迅速做出了反應。他們張開扇形的隊伍，像圍捕狼群的獵人，向旺鐸吉靠攏過來。旺鐸吉拚命狂奔。女生廁所旁邊的矮牆豁口在遠離教室的操場另一邊，所以他必須跑過那棵柳樹，穿過操場。同學們散亂地站在操場中央，形成一個個致命性的障礙。這使他奔跑的速度難以加快。他記得，去年冬天，他把那名女老師刺傷以後，幾乎像一頭羚羊那樣，在一分鐘之內就輕鬆地穿越空無一人的操場，並跳出了校園圍牆。但現在不行，他先是撞倒了杵在柳樹下發呆的那名穆斯林少年，然後又一連撞倒了兩名女生，自己也被撞倒在地，眼冒金星。幸好，抱在懷裡的玻璃瓶完好無損。他要把那只玻璃瓶裡的蜜蜂埋在一塊向陽的山坡上。按照族長的說法，在陽光的照耀下，死去動物的靈魂會很快進入輪迴轉世的旅途。他從地上爬起來，暈暈乎乎地竟像一隻被獵狗嚇傻的兔子，一頭扎進絳邊嘉措校長的懷裡。絳邊嘉措校長那鐵鉗一樣的手捏住了旺鐸吉的脖子。他感到很疼。他感到從心臟供給大腦的血液停止了流動。

這一次，連絳邊嘉措校長都不敢偏袒旺鐸吉了，因為自不久前的拉薩騷亂事件被平息之後，員警到處在抓人。誰也不敢在這個時候惹禍上身。

「狼來了，」旺鐸吉一遍遍地用藏話說。「我只想去找我家的小母牛。」

沒有人聽他在說什麼。旺鐸吉被關在絳邊嘉措校長的辦公室裡。透過窗玻璃，他看見別的老師和同學全都圍攏在女老師身邊，看她身上是否在流血。旺鐸吉好像聽見女老師說：「流血我倒不怕，但讓我傷心的是，我的學生居然是個藏獨分子。」旺鐸吉不明白藏獨分子是什麼人。他希望絳邊嘉措校長到辦公室來為他作個解釋，但他沒有過來。絳邊嘉措校長邁著大步，急匆匆地走出了校門。當那虎背熊腰的身影消失了很久以後，空氣裡還留著從他鼻孔裡冒出的菸草味。「也許他騎馬去戈麥高地找我阿爸去了，」旺鐸吉心想。跟去年一樣，絳邊嘉措校長會騎著一匹借來的馬，走進長滿柳樹的山谷，然後在距離痲瘋病人扎多老爹的石頭小屋不遠的地方，拐上山崗。花不了一個小時，絳邊嘉措校長就會到達戈麥高地，找到旺鐸吉的阿爸。那遠近聞名的酒鬼一聽到自己的兒子闖了禍，準會氣得暴跳如雷。在臨上馬之前，他也準會順手摸摸腰刀，以確保那把跟隨了他四十年的腰刀沒有被自己的妻子乘其酒醉時偷偷摘下來交給了員警。「至少挨一頓阿爸的皮鞭，」旺鐸吉自我安慰說，「然後我就可以跑去找小母牛了。」但很快，當太陽剛剛走到天空的正中，空氣裡重又彌漫起那股嗆鼻的菸草味。西繞多吉開著那輛比他的新娘還要珍貴的三菱吉普車，出現在操場上。從車上先後下來三個人。第一個是校長絳邊嘉措，第二個是戴墨鏡的鄉長（人稱「獨狼」邊巴茨仁，有人說，他當兵的時候，曾參加過好幾次平息藏人叛亂的戰爭），第三個是司機西繞多吉。旺鐸吉看到，他們的嘴裡全都叼著香菸，青色的煙霧從他們的鼻孔裡呼呼地冒出來，這讓旺鐸吉感覺到他們的嘴和鼻子恰好構成了一個正在煮飯的灶臺。三個人拖著粗短的影子向著校長辦公室走來。他們表情各異——絳邊嘉措校長面容僵硬，「人」字形的眉結擰得很緊；「獨狼」邊巴茨仁的嘴角掛著難得一見的微笑，而西繞多吉肯定還是一副從娘胎裡帶來的懶散與怠惰，如果他摘掉那頂產生了大面積陰影的灰色氈帽的話。

「為什麼阿爸沒有來？」旺鐸吉有些擔心地想。「難道是阿爸又喝醉了？或者，吃掉了小母牛的頭狼正率領著狼群向冬營地發動了進攻？」

那些零零散散地居住在戈麥高地上的牧民，根本沒有能力抵抗狼群的襲擊。他們的槍枝在幾年前就被員警收繳了，自去年冬天以來——乘著調查旺鐸吉刺傷女老師的刑事案件——員警又來過兩次，沒收了一些男人的刀子。而且，狼群並不是一支，很可能是無數支。上百頭白色、灰色和黑色的狼會從各個方向撲來。一旦牧羊犬從各家的門洞裡衝出去，就會被公狼活活咬死。那些母狼則會徑直撲入羊圈，搶先叼走羊羔和牛犢。族長活著的時候，就曾領導戈麥高地上的牧民和狼群進行過一場殊死的戰爭。時至今日，旺鐸吉經常會從與作戰的噩夢裡驚醒。他永遠都無法忘記那恐怖的場景——那三角形的、半張著的狼嘴距離他只有兩米，而他毫無退路，因為身後就是懸崖。他聽見族長說：「旺鐸吉，快拔出刀子，像個男人一樣戰鬥去。」可是，他的手抖得很厲害，總是抓不住刀柄。他想衝過狼群，跑到族長據守的羊圈門口那兒去，可他的腿卻軟得沒有一絲力氣。他無望地哭泣著，大聲地呼喊著：「阿爺……阿爺……」族長撲了過來，緊緊地抱住了公狼的脖子。

校長辦公室的門打開了。三個大人製造的凝重氣氛，讓旺鐸吉緊張得喘不過氣來。他用舌頭舔了舔乾燥的嘴唇，鼓足了勇氣說：

「狼來了，我要去找我家的小母牛。」

沒人理睬他，似乎他的話就像一次無足輕重的呼吸。他只好緊緊地抱著玻璃瓶，就像抱著喇嘛賜予的護身符。

「我覺得這孩子不像藏獨分子，」絳邊嘉措校長無力地替自己的學生辯護說。「他才只有十一歲。」

「怎麼不像？他叔叔剛剛在拉薩被捕的，」「獨狼」邊巴茨仁冷冷地說。

「你是說那個從達蘭薩拉回來的仁青巴燈？」校長驚訝地問道。

「還能是誰？」「獨狼」邊巴茨仁不再說什麼。他摘下墨鏡，用嘴在兩個鏡片上哈了一層霧氣，然後撩起衣角把鏡片上並不存在的塵土擦去。他擦得很仔細，幾乎像城裡的漢族屠夫在磨刀子。接著，他又鄭重其事地戴上墨鏡，遮住了那雙米黃色的眼睛。在此過程中，他那短短的唇髭隨著緊閉的紫色嘴唇一動不動。絳邊嘉措校長也不吭聲了。他像是受不了辦公室裡的悶熱似的，把猞猁皮做成的藏袍子脫了下來。只露出帶條紋的白襯衣。但事實上，由於今年的第一場雪來得太早，辦公室裡還沒有來得及生爐子。西繞多吉依舊戴著那頂灰色的氈帽，不過，失去了陽光的氈帽已經產生不了大面積的陰影了，所以，旺鐸吉看到他那從娘胎裡帶來的懶洋洋的表情，依舊像塊破抹布似的，一成不變地掛在長了三個痣的馬臉上。辦公室裡寂靜得就像裝著一座天葬臺。旺鐸吉覺得自己是一具被丟棄在天葬臺上的屍體，而那三個大人則像吃飽了人肉的禿鷲，悶聲不響地蹲在岩石上消食。這種感覺實在太糟了，它讓旺鐸吉的大腦黏糊糊的，什麼都想不起來。

「那至少得通知一聲他的阿爸，」絳邊嘉措校長像突然想起這句話似的，對「獨狼」邊巴茨仁說。

由於墨鏡遮住了「獨狼」邊巴茨仁的眼睛，旺鐸吉無法確定他的目光是在凝望著誰還是誰也不凝望，只是游移不定地瞟來瞟去，但他說出的那句話卻顯得斬釘截鐵：

「算啦。直接送公安局。」

絳邊嘉措像完成了最後一件任務似的，什麼也不說了。他把夾在右手食指與中指之間的菸頭丟進牆角的垃圾堆裡，以一個出門人臨上路時那種決絕的姿態，毫不遲疑地穿上了自己的藏袍子。西繞多吉則像一條聽到主人指令的獵狗，慢悠悠地從他靠著的門框裡走過來，用右手鉗住旺鐸吉的脖子。那支快要燃盡的香菸耷拉在他的嘴角。旺鐸吉注意看了看「獨狼」邊巴茨仁，發現他猛抽了一口香菸，然後將菸頭從西繞多吉剛才挪開的門框裡彈了出去。奇怪的是，在這間由三個大人吞雲吐霧的辦公室裡，旺鐸吉竟然絲毫沒有嗅到菸草的味道。他以為自己的鼻子失靈了。

老師和同學站在教室的房簷下，像參加葬禮的人群，全都哭喪著臉，目送著旺鐸吉和押著他的那三個大人向停在操場中央的三菱吉普車走去。只有那名穆斯林學生依舊杵在柳樹下，臉上流露出幸災樂禍的樣子。旺鐸吉又一次覺得自己是一具被送往天葬臺的屍體。只是在這樣的場合，唯一缺少的是幾個念誦度亡經的僧侶。他忍著脖子被鉗得更緊的疼痛，稍微轉轉頭，希望看到那名援藏女老師。他很想用漢語對她說聲「對不起」。但援藏女老師不在為他送行的行列。她也許就躲在教室的某扇窗玻璃後面。旺鐸吉又聳聳鼻子，像兔鼠那樣，希望嗅到她臉上飄出的那股陌生的花香味。但他什麼也沒有嗅到，似乎整個空氣就是一臉盆無色無味的水。「看來我的鼻子真的失靈了，」旺鐸吉悵然若失地想。不過，這個不成熟的想法很快就被他否定了，因為他一被塞進平生第一次有幸乘坐的三菱吉普車，隨著一種新鮮感的刺激，「嘩」的一下，他就覺得自己的鼻孔像被捅開的馬蜂窩一樣，立即湧現出各種各樣的氣味來——三個大人身上的菸草味、經過化學加工的皮革味、芳香劑釋放出的花香味……

他使勁地嗅著，忘記了向絳邊嘉措校長詢問他們要把他送到哪裡去，彷彿這是他有生以來第一次獲得嗅覺的功能。絳邊嘉措校長緊挨著他坐在窗邊，臉朝向窗玻璃。旺鐸吉相信，那茶色的窗玻璃不會讓絳邊嘉措校長看到外面的風景。要看風景得像「獨狼」邊巴茨仁那樣坐在副駕駛座位上去，那裡視野開闊，能看到不斷向後移動的樹木、碉房、河邊吃草的馬匹和那如劍戟一般刺破藍天的雪峰。只有念冬神山是不動的，因為它太大了。在念冬神山下面那片名叫戈麥的高地上，坐落著白馬部落的冬營地。沒有族長的冬營地正遭受著狼群的襲擊。一頭白色公狼率領著牠手下的五十多名冷血戰士，向冬營地發動一輪又一輪凶猛的進攻。那些狼全都發了瘋。被狼咬死的羊羔和牛犢屍橫遍野。沒有武器的人們全都躲在碉房裡，眼睜睜地看著一隻又一隻保護牛欄和羊圈的牧羊犬被狼撕成了碎片。當吉普車駛過穆斯林在去年建起的那座清真寺時，旺鐸吉看見族長騎著一匹白馬，從戈麥高地上衝決而下，向著三菱吉普車奔馳而來。他隱約聽見族長在風中的聲音：「旺鐸吉，快拔出刀子，像個男人一樣戰鬥去。」於是，旺鐸吉喊叫了一聲：「停車！快停車！」可是，西繞多吉置若罔聞，徑直開車向著迎面而來的一人一馬撞了過去。「喀嚓」一聲，三菱吉普車撞斷了一棵路邊的白楊樹。

西繞多吉緩緩地轉過身來，用懶洋洋的語氣對旺鐸吉說：「你叫鬼啊！」

旺鐸吉剛想張嘴解釋，一個拳頭卻打在了他的臉上。他覺得嘴裡很鹹，像吃了一口鹽巴。等了一會兒，他才發覺有一顆牙被打飛了。為了防止從嘴裡和鼻子裡流出的血弄髒了車座，旺鐸吉一邊大口大口地吞嚥著血和唾液，一邊撩起袖子，捂住了鼻子和嘴唇。西繞多吉和「獨狼」邊巴茨仁罵罵咧咧地下車去檢查吉普車受損的情況。絳邊嘉措校長抽出一遝衛生紙遞給旺鐸吉，好讓他擦擦血和眼淚，同時也想委婉地表達一下他的關切之情。但是，旺鐸吉推開了那隻抓著衛生紙的手。為了騰出左手用來推開絳邊嘉措校長伸過來的手臂，旺鐸吉把玻璃瓶放在了懷裡。他那破舊的羊皮袍子敞開著，玻璃瓶一覽無餘。直到這時，絳邊嘉措校長才像第一次發現那個玻璃瓶似的，好奇地問道：

「那裡面裝的是什麼？」

「一隻死蜜蜂，」旺鐸吉捂著嘴和鼻子，甕聲甕氣地說。

「可我怎麼看著像一頭小母牛？」

「不可能，」旺鐸吉有些生氣地說，因為他覺得絳邊嘉措校長在這件事情上表現得太過無知。

「我敢保證，那肯定是一頭白色的小母牛，」絳邊嘉措校長一意孤行地說。

檢查完吉普車的西繞多吉和「獨狼」邊巴茨仁鑽進車裡，聽見絳邊嘉措校長如此說，都驚奇地回過頭來，幾乎是異口同聲地問道：

「小母牛？」

「在他的玻璃瓶裡，一隻正在長大的小母牛，」絳邊嘉措校長睜大了眼睛，用一個小孩發現了寶石時才有的那種誇張的口氣說。

西繞多吉摘掉了灰色氈帽，而「獨狼」邊巴茨仁也摘下了那副墨鏡。他們的目光像四把刀子，齊刷刷地扎進旺鐸吉的懷裡。

「覺仁波，這可算得上是世界的第九大奇蹟，」「獨狼」邊巴茨仁一邊嘖嘖讚歎，一邊撥開旺鐸吉企圖護住玻璃瓶的手，將玻璃瓶奪了過去。

「向著嘉瓦仁波切發誓，那是一隻死蜜蜂，」旺鐸吉哭喊著說。

三個人跳下吉普車，在午後的陽光裡，仔細地觀看著玻璃瓶裡的小母牛。起初，那小母牛只是一個粉紅色的小胚胎，隨著陽光的照射，小胚胎蠕動起來，並逐漸長出白色的皮毛，一顆雞心紅斑也在牠脖子上變得愈來愈清晰。當旺鐸吉說「那不是小母牛，而是一隻死蜜蜂」時，三個大人看到小母牛開始顫巍巍地伸展四肢，試圖依靠瓶壁站立起來。旺鐸吉跟三個大人一樣，盯著玻璃瓶看了一會兒，又補充說：

「也許牠經過一段時間的休息，正在復活過來。但我要說，那是一隻蜜蜂。」

「滾開，你這個撒謊成性的傢伙，」「獨狼」邊巴茨仁目不轉睛地盯著玻璃瓶裡的小母牛，對旺鐸吉吼了一聲，接著，他又對跟他擠在一起的另外兩個觀察者說：

「如果玻璃瓶裡待著的不是一頭小母牛，我寧願拿著自己的這雙眼睛去餵禿鷲。」

旺鐸吉還想固執己見，向三個糊里糊塗的大人說明，玻璃瓶裡躺著的不是什麼小母牛，而是一隻正在復活的蜜蜂。蜜蜂的膜翅上還沾著一層髒土，那層髒土讓人看著很不舒服，好在是牠的後腿上裹著一團紅色花粉，那至少能給人一點視覺上的安慰。紅色花粉大概是蜜蜂飛到海拔兩千米以下的某條大峽谷裡，乘著今年的最後一朵杜鵑花還沒有衰敗時採到的。

可是，沒人聽他解釋。三個大人完全被那突然出現的奇蹟給迷住了。

「快點滾開吧，」連絳邊嘉措校長也開始不耐煩地呵斥著旺鐸吉，「你這撒謊成性的傢伙，別指望我們會相信你那套只會哄狼開心的假話。」

旺鐸吉覺得自己受到了侮辱，眼淚開始在眼眶裡打轉。突然，他看見族長騎著白馬從戈麥高地上俯衝而下，像一道閃電，轉瞬之間就來到他的面前。他不明白發生在眼前的一切，但他清楚地聽見族長一字一頓地說：

「旺鐸吉，快拔出刀子，像個男人一樣戰鬥去。」

作者簡介

——柴春芽（1975-），生於甘肅隴西。畢業於西北師大政法系，曾任記者、副刊編輯。專事寫作與攝影。曾多次深入藏區考察，著有短篇小說集《西藏紅羊皮書》，長篇小說《西藏流浪記》、《祖母阿依瑪第七伏藏書》，執導電影《我故鄉的四種死亡方式》，非虛構作品《戈麥高地記憶的眼睛》、《邊境線：中國內陸邊疆旅行記》。

（編按：《將夜》全書四十卷，約三百八十萬字，本文節錄第十一卷的部分章節。此卷敘及男主角寧缺與莫山山因逃避葉紅魚的追殺，被迫躲進魔宗山門，於遍地白骨的魔殿中，發現被寧缺的小師叔軻浩然之劍意樊籠囚困多年的蓮生大師，蓮生以傳功為餌重傷了寧缺三人，並咬下葉紅魚的血肉，以恢復枯槁的身軀。）

此時此刻，名滿天下的蓮生大師在寧缺眼中，就是一個徹頭徹尾的瘋子，他完全聽不懂此人在說些什麼，就算能聽懂一些，也不知道對方究竟哪句話是真的、哪句話是假的，甚至直至此時，他依然無法判斷對方究竟是個什麼樣的人。

這名老僧有時天真純潔如同新生的嬰兒，有時刻薄暴躁如同市井間的潑辣婦人，有時熱血激昂如同都城裡清談救世的青年書生，有時豪情縱橫如同持劍打抱不平的青年俠客，有時慈悲憐憫像一位佛門大德，有時殘酷冷漠真身似魔。無論哪一種形象都無比真實，根本看不出一絲虛假處，各種面目截然不同，卻均發自本心，純粹得令人心悸，便如那句要成佛便成佛，要成魔便成魔，都是真佛真魔或悲憫或冷漠地看著這個人世間。

他簡單卻善變，孤獨而脆弱，複雜又討厭，有時候嫉妒時陰險，喜好爭奪偶爾埋怨，自私無聊卻又變態冒險，愛詭辯愛幻想，善良博愛卻又懷恨報復，專橫責難，他輝煌時得意，黯淡時傷感，他矛盾而虛偽，歡樂卻痛苦，偉大卻渺小。（註：以上三十二個詞出自竇唯的〈高級動物〉。）

蓮生三十二，瓣瓣各不相同。

一個人的性格和思想如此複雜，實在是難以想像。

寧缺微寒想道：難道此人居然有三十二種人格？

老僧的話說完了，便像夜裡一朵斂回去的睡蓮，平靜閉上雙眼，開始運用魔宗饕餮祕法消化道痴的血肉，並轉化為身體裡的元氣力量。

安靜的房間內迴盪著寧缺的聲音，只不過現在再也沒有人回答他的話，這些聲音顯得那般單調枯燥不安，甚至隱隱透著絕望之意。

「世間本沒有魔，你這樣的人多了便有了魔。

「無論你扮演怎樣的角色，你就是魔。

「蓮生三十二，瓣瓣皆汙。

「道魔相通便成神，但也有可能變成神經病。」

無論寧缺說什麼，白骨山裡的老僧都不再有任何反應，他耗盡心思想出這些看似頗有哲思的話語，全都浪費在乾冽的空氣之中，無法激怒對方，更不可能讓對方因為這些話語而在心神上生出某些漏洞。

寧缺無力地把頭枕在莫山山的肩上，望向屋頂那些青石，心知老僧將第二口充滿昊天道門氣息的血肉完全消化後，境界便會復甦到自己無法觸碰的層次，到時再也沒有任何方法能夠改變死亡的結局，目光便有些黯淡。

魔殿房間裡的光線愈來愈暗，山外的世界大概已經入了夜，溫度漸低。

他抬頭看著屋頂石牆上的那些斑駁劍痕，那些小師叔留下的劍痕，那些構成一道樊籠把蓮生三十二幽困數十年的劍痕，在心中輕輕嘆息一聲。

只是隨意望去，他並沒有刻意控制自己的心神，大抵是在舊書樓裡用永字八法解字解成習慣的緣故，那些密密麻麻的劍痕在他視野中自然分開，逐漸清晰。

寧缺的目光在那些劍痕上停留，心意隨著痕跡而行走，漸漸生出某種感覺，這種感受很隱晦，難以捉摸、難以分明，身體卻因此而溫暖起來。

身體裡的隱晦感受並沒有引起寧缺太多注意，他甚至以為那道溫暖是來自於身後的莫山山，他只是靜靜看著房頂青石間的斑駁劍痕，想著當年小師叔揮灑劍意時的瀟灑氣度，想著自己此時等死的無奈，覺得有些慚愧丟臉。

絕望等死是一件很難過的事情，處於這種境地裡的人們慣常都會沉默，此時蓮生大師不再說話，寧缺自然也沒有興致說話，魔殿房間裡變得死寂一片。

絕對安靜的環境，正如蓮生大師先前的怨毒回憶那樣，持續時間長了確實很恐怖，沒有風的聲音也沒有花草的聲音，寧缺甚至隱隱聽到自己肺部擴張收縮的聲音，聽到自己頭髮磨擦的聲音，覺得很是神奇，卻又覺得好生可怕。

如果不是能夠清楚感受到莫山山的溫軟身軀，或許他真會認為自己已經到了冥界。

莫山山虛弱地靠在他的肩頭上，憔悴不堪問道：「我們要死了嗎？」

寧缺沉默片刻後說道：「好像是這樣。」

莫山山微微蹙起墨眉，說道：「為什麼不能安慰一下我？」

寧缺痛苦地咳了兩聲，自嘲笑著說道：「如果能死得痛快，其實就算是安慰。」

莫山山明白他這句話是什麼意思，稍後如果直接被蓮生大師殺死倒還痛快，若像葉紅魚那樣眼睜睜看著自己被吃掉，那才是人世間最大的恐懼。

一念及此，少女美麗的臉頰驟然變得極為蒼白，長而疏的睫毛微微顫動，薄薄的嘴脣緊緊抿成一道紅線，沉默很長時間後，她望向寧缺因為咳嗽而深深皺成川字的眉頭，聲音微顫說道：「在王庭之時，我說過我喜歡你的字。」

寧缺不知道書痴為什麼在此時提起這件事情，微微一怔後，笑著安慰道：「我知道我字寫得好，如果想看，我出去再寫上幾千字給你看。」

莫山山微微一笑，說道：「我還說過喜歡你的大黑馬。」

寧缺楞了楞，苦笑說道：「那個頑劣的傢伙還真捨不得送人。」

「我不要大黑馬。」莫山山輕輕咬了咬下脣，彷彿下定決心一般輕聲說道：「我確實喜歡你的字，也喜歡那頭大黑馬，但我更想告訴你的是另一件事。

「我喜歡你。」

這句告白直接讓寧缺變成一根木頭，他看著眼前那張憔悴卻依然美麗的臉，嗅著近在鼻端的淡淡少女體息，沉默了很長時間，思考應該怎樣回答。

這是他兩輩子裡第一次被異性告白，這是他兩輩子聽到最動聽的話之一，雖然有些可惜是在昏暗的魔宗山門裡，是在死亡快要到來的那一刻，但依然動聽得彷彿湖畔楊柳枝輕輕摩擦的聲音，那湖可是莫干山下的墨池？

無論性情容貌還是修行境界，肩畔的少女都是世間第一流人物，名聞天下，不知多少年輕男子暗中愛慕卻自慚形穢而不敢言，在寧缺看來，莫山山除了因為眼力不好，從而容易被誤會為清高冷傲之外，竟是挑不出絲毫毛病。

論宗門家世或政治背景，唐國與大河國世代交好，夫子和皇帝陛下想必都會樂見其事，這理所當然是良配。論興趣愛好，兩人可以說得上是志同道合的同道，若真的在一處，日後漫漫長夜除閨房事外，還可並肩潑墨互賞，豈不妙哉？

最關鍵的是喜歡嗎？當然是喜歡的，男人的喜歡有時候很複雜，但大多時候都很簡單，像莫山山這般值得喜歡的女子，理所當然應該被喜歡，寧缺也是如此。

只是眼看便要死在魔宗山門裡，還有心思想了這麼長時間、想了這麼多事情，待他醒過神之後也不由得險些啞然失笑，心裡卻總覺得有哪裡不對勁。

這種感受很奇怪，臨死之前任何背景世俗之事都不重要，而且他捫心自問，確實很喜愛這個如書墨般純淨的少女，卻更加警戒於心中那抹不對勁，便像是人魔之前要踏出那關鍵一步似的，大美妙的身後伴著極大的恐懼。

那份恐懼是什麼？寧缺自己不知道，他看著肩畔的少女，無措說道：「山山師妹，我很喜愛你的性情容貌，包括處事方式，照理說都這個時候了，我不應該……」

莫山山臉上沒有少女表白後慣有的嬌羞，只是一片溫和寧靜，她知道寧缺為何猶豫，甚至比這個傢伙自己更清楚他為何猶豫，不由得在心中輕輕嘆息一聲。

她溫柔靠在他的懷中，低聲喃喃說道：「在某些方面你真的很糊塗。我在死之前讓你知道我的情意，並不是急著想從你那裡聽到什麼安慰，這種時刻你說的任何話都不作數也不公平，因為我只是想告訴你這件事情而已。」

寧缺本想反駁自己哪裡糊塗了，轉念一想覺得自己這時候確實有些糊塗。為什麼不能按照真實心意把這位姑娘家摟在懷裡，告訴她我也喜歡你，然後好生溫存一番，在死之前彌補兩世來的遺憾，自己到底在怕什麼？

但他感覺到莫山山的情意，心頭一片溫潤感動，輕聲說道：「那我知道了。」

莫山山滿足微笑，緩緩閉上眼睛，靠在他的懷裡，說道：「這樣就夠了。」

幽暗寂靜的魔殿房間裡，那座骨屍堆成的小山中央有位如鬼般的老僧，他手掌輕輕按在一名渾身是血的美麗少女頭頂，寒冷如冬，然而在房間的另一角中，有兩個即將迎來死亡的年輕男女輕輕相擁著，像小動物般竊竊私語，溫暖如春。

這幅血腥殘酷卻又美好的畫面，令人心悸而又心動。

美好的感覺並不能讓這個世界真正美好起來，看似溫暖如春，實際上隨著黑夜籠罩魔宗外的山峰，房間裡的光線愈來愈暗，溫度愈來愈低，虛弱的莫山山靠在寧缺懷裡昏迷不醒，受傷極重的寧缺也感覺到身體的熱量正在漸漸消失。

隱約記得先前某刻的溫暖，他本能抬起頭來，再度望向屋頂那些青石，驟然發現石上那些斑駁劍痕沒有隨著黑夜消失，而是開始泛出幽幽的光焰。

小師叔當年劍斬魔宗諸位強者，劍上染血再上石牆，最終變成今天的鬼火？但寧缺清楚記得，鬼火這種事物應是腐屍留下的遺存，而且維持不了太長時間才是。

他眯眼看著屋頂那些愈來愈清晰的劍痕，漸漸看得入神，再次習慣性地用永字八法去解，竟渾然忘了身上的傷勢，也忘了咳嗽。泛著幽幽光焰的斑駁劍痕開始分解成繁密的光絲，然後在視野中周轉起來，就彷彿是躺在草原上看著頭頂的滿穹繁星，美麗而安寧。

忽然間，寧缺感覺到身體裡多了一絲暖意，這次他沒有任由這種感覺流逝，卻也沒有投注太多的注意力，只是細細地體會並享受著。

屋頂石上的劍痕在視野裡依循某種規律流轉，那道暖意彷彿與之相應，也開始在他的身體裡流轉，從腕間來到頸間，所過之處一片溫潤舒服。

此時寧缺的神思有些恍惚，下意識裡追逐著那些溫暖，想要驅散身上的寒意，與之相應，他的目光也在那些劍痕之上緩慢移動，那些痕跡漸漸烙印在他的識海之中。

那些劍痕進入他的眼眸、進入他的身體，變成溫暖的氣流，穿過他的手腕和諸多關節，進入他的五腑六臟，變成某種實質般的存在，冷漠地催促他站起來。蘊藏在那些痕跡裡的劍意是那般驕傲，怎麼能允許在死亡面前就此絕望、就此投降？

於是，寧缺站了起來。

他仰起頭靜靜看著屋頂的劍痕，彷彿不知道自己已經站了起來。

莫山山從昏迷中驚醒，震驚無語看著站在身前的他，不清楚發生何事。

寧缺仰頭靜靜看著劍痕，不知道看了多長時間，眼瞳漸漸變得愈來愈黑，卻又是那般透明晶瑩，往裡望去竟彷彿看到無盡的深淵。

錚的一聲，他緩緩抽出身後的朴刀。

他看著屋頂一道斜飛向前的劍痕，右腳向前踏出一步。

他看著角落裡一道笨拙而憨直的短促劍痕，左膝向下重重一頓。

他看著對面牆壁上一道柔韌圓潤的劍痕，驟然轉身，然後一刀砍出。

刀鋒嗡嗡作響，刀鋒間的空氣迎鋒而開，幽靜的房間裡勁風大作。

老僧不知何時醒了過來，漠然看著那邊，用饕餮大法連續吸食兩口道痴精純血肉，他雙頰漸豐，枯瘦身軀裡的生機已然變得極為旺盛。

寧缺此時正在房間角落裡舞刀，他專注看著牆壁和屋頂的斑駁劍痕，不停揮動手中的朴刀，根本察覺不到身周的其餘事物，竟似是莫名進入深層冥想。

老僧感覺四周牆壁上劍痕裡的氣息正在絲絲流逝，然後灌入那個年輕男子的身體，漠然的眼眸驟然變得狂熱怨毒，淒厲尖嘯道：「你已死了，難道你留下的破劍還想再活過來？」老僧才剛豐實一些的雙頰驟然下陷，如鬼爪枯枝般的右手隔空一指，遙遙指向猶自出神忘物的寧缺，看模樣竟是不惜耗損精血也要立斃對方。

莫山山最先反應過來，強行支撐著虛弱的身軀，伸手在身後握緊幾塊硬物。

葉紅魚在老僧枯掌下一直低頭沉默，彷彿早已死去，此時竟忽然抬起頭來，撐在碎骨上的雙手微微顫抖，冷冽的眼眸裡湧出決絕自棄的倔狠意味。

在抬頭之前，葉紅魚看了寧缺一眼，目光裡沒有任何情緒。

那時的寧缺正握著長長的朴刀，循著屋頂牆壁青石間的劍痕揮舞，神情怔怔，意態痴痴，以刀做劍法更覺生澀笨拙，整個人就像個渾渾噩噩的白痴。

葉紅魚見他被蓮生神座重傷，本應癱軟在地，此時卻揮刀而行，不清楚他身上究竟發生什麼事，但隱約猜到他遇著某種契機，應該正處於開悟的重要過程裡。已然絕望的死局，隨著寧缺遭遇的這個契機，終於顯現出一道小小的缺口，她知道蓮生神座不會給寧缺任何機會，而她卻一定要抓住這個最後的機會。

於是葉紅魚開始嗚咽抽泣。她身上那件破爛不堪卻依舊豔紅如血的裙，頓時隨著哭聲而失去所有顏色，變得慘淡蒼白，彷彿被吸噬掉所有的生命氣息和血液！

她蒼白的臉變得異常鮮紅，眼角自鼻翼間血色如花，嬌媚無比，眼角淌下兩串如血般的紅色淚珠，披散在身後的黑髮暴漲而起，在空中狂亂飄舞！

被樊籠大陣和蓮生神座強大精神力雙重壓制的境界，不知因何再度回到她的身體之間，幽暗房間裡蕩漾著知命境大修行者特有的氣息。

知命境只展現了極短暫的一瞬便急劇黯淡低落。就像是一株被石山壓住的野草只來得及頂開石塊，抬頭向湛湛青天望了一眼，便瑟縮可憐地被壓了回去。

境界陡然而回，陡然而失，卻沒有就此結束，她身上知命境界的坍縮低落，竟不是境界氣息的強度被壓制，而是境界本身正在向下行走，一路下行，竟是直接突破境界的下端，一身修為境界回到了洞玄境！

明明已經晉入知命境界，她如何能夠迫使自己重回洞玄境？世間修行向來是步步攀登而上，誰會轉身下山？即便有那等瘋子心甘情願自降境界，但又如何能夠做到？已高過天諭女舍旁那株矮柳，已能踩著小湖裡相距甚遠的兩塊石頭一蹦而過，又如何能讓自己再低過那株柳、再踩不到前面的石頭？

此時發生的事情實在令人無法理解，葉紅魚究竟為什麼要這樣做？她歷經千辛萬苦才覓到最合適的機緣進入知命境界，為什麼要用這種顯然非常危險的方式回到洞玄境？她究竟想做什麼？

不可思議的事情便在下一刻發生。

葉紅魚抬頭盯著蓮生神座，冷冽的眼眸裡湧出決絕自棄的倔狠意味，身上紅裙驟然蒼白，境界直接降落到洞玄境，一股磅礡的強大氣息卻從她身上噴湧而出，直接衝破頭頂掌心間透過來的精神控制，向著老僧的身體轟了過去！

境界永遠不會自然跌落，世間罕有聽聞有哪位修行者能夠自行降境，然而蓮生大師學貫道魔，通世間萬法，在葉紅魚身上氣息陡變之時，便已知道她的用意。

西陵神殿有一強大道法，這種道法可以讓修行者自行降境，一旦施展這種道法，修行者原先居於上層境界所悟所蘊之氣息，將會在一瞬間內盡數噴發而出，歷數十年苦修冥思靜悟才積累而得的強大念蘊一朝暴起，將會形成極恐怖的衝擊力。

只是這種道法要付出的代價太大，修行者千辛萬苦才參悟晉入的境界，甚至比他們的生命家人還要更重要，誰捨得一朝放棄，一切從頭修起？而且施展過這種道去之後，修行者想要再度晉入原有境界，將會比第一次破境時艱難無數倍！

對於有資格接觸並掌握這種道法的神殿強者而言，在漫漫修道路上沒有誰願意施展這種道法，這簡直比要他們去死更加痛苦、更加難過，動用這種道法的神殿強者，必然是陷入比死亡更可怕的境遇，需要極大的勇氣和決心。

今日的道痴葉紅魚已是知命境界的大修行者，放眼整個世間，她毫無疑問是年輕一代中最了不起的人物，然而此時此刻，她竟是毫不猶豫就讓自己的境界強行從知命跌落至洞玄，根本無視要為之付出的代價和虛名。

因為她現在所處的境遇比死亡更恐怖，比冥界更寒冷，但她看到一絲希望，所以她不惜用死亡來博取這絲機會，身處這個沒有一絲天地元氣的冰冷房間，除了燃燒自己的境界，她還有什麼方法？

知命境與洞玄境之間的差距，便是此時從她身上像風暴一般湧出的氣息，便是老僧掌心與她頭頂終於被震開的牛尺距離！

風暴般的氣息驟然臨體，老僧身體微微晃動，指向寧缺的手指頭顫了兩絲。他神情漠然，居高臨下看著倔狠望向自己的少女，幽深的眼眸裡沒有任何人類的情緒。

他沒想到葉紅魚如此年輕，竟也知曉這等無上道法，如果他知道這名道門少女和他一樣號稱萬法皆通，更有道痴的名號，或許他就不會這般震驚。

枯乾的雙脣間咒語疾唸，右手自空中而回結了一個單蓮花印，聖潔的光輝自指間如燈燭般亮起，道魔相通的神息瞬間占據整座白骨山！隨著神術強行鎮壓，老僧的枯瘦手掌緩緩壓回葉紅魚頭頂，一寸一寸看似緩慢，卻又似乎無可阻擋地下降。

葉紅魚沒有低頭，她冷漠強悍盯著老僧的眼睛，緊緊咬著自己的嘴脣，將降境那瞬間所得的力量毫不吝惜地盡數轟出，想要阻止那隻枯瘦手掌的降落。

她雙手撐著地面，幾片碎骨已經深深刺入掌心，那股痛楚卻讓她更加清醒、更為倔狠。細細的手腕劇烈顫抖，看似新竹一般隨時可能崩斷，卻一直倔強地支撐著身體，身體也在劇烈顫抖，似乎隨時可能癱倒，卻一直倔強得不肯癱倒。

體內體外兩道恐怖的力量交相輾壓，鮮血從葉紅魚嬌嫩臉上細不可見的毛孔裡緩慢滲出，然後凝成極細微的血珠，最終淌落已經失去原有顏色的慘白裙衫上。

然而那隻枯瘦手掌還是無情冷酷地緩慢降落。

一寸一寸，縱使她已經付出如此大的代價，甚至燃燒起全部生命的力量，但境界距離蓮生神座實在是太過遙遠，依然無法阻止。

最後的時刻，葉紅魚用餘光毫無情緒地看了寧缺一眼。

此時寧缺還在拿著那把朴刀，比擬著石牆上的浩然劍痕，時而手舞足蹈，時而抱刀沉思，神遊身外，根本不知道場間發生何事。

「我已經盡力了，如果你還醒不過來，我也沒有別的方法。」葉紅魚看著寧缺，眼眸因為布滿血絲而更顯妖異媚美。她眼眸裡湧現出強烈的絕望情緒，想道：「你這個白痴！你到底什麼時候才能醒！」然後她閉上眼睛。

枯瘦的手掌終於還是落到她的頭頂。

老僧神情凝重而複雜地看著掌心下的少女，先前漸豐的臉頰已然深陷，再度枯瘦如鬼。他輕哼一聲，幾乎把積累數十年的所有精神力量全數灌送過去！

枯瘦的手掌邊緣噴射出強大的氣息。

任暴而舞的黑髮瞬間溫柔安靜，重新回到葉紅魚的肩上，她緩緩倒向地面，兩行紅燭淚般的淚水從眼角淌落，目光卻依然冷厲倔強地看著老僧的臉。

老僧臉色微白，身體微微搖晃，他為了徹底制服燃燒修行境界暴起的葉紅魚，顯然也付出極大的代價。

事情並沒有就此結束，真正令老僧感到隱隱不安和警戒的，不是掌心下的少女，而是正在執刀舞劍的寧缺，因為他舞的劍是浩然劍。

他再度抬起枯瘦的手掌，遙遙指向神入劍意而茫然不知身外事的寧缺。

先前便是葉紅魚施展出如此恐怖的道法，蓮生依然沒有把自己的所有力量全部耗盡，因為他必須留下足夠的力量，保證自己能在寧缺悟劍結束之前殺死對方。

要絕對地殺死，不能留下絲毫隱患和可能，所以這次他沒有用自己的目光淡然隨意瞥之，而是神情凝重專注認真地遙遙隔空刺了一指。

指間所向，強大的精神力凝結成彷如實質的存在，硬生生刺破幽寂的空間和乾冷的空氣，直刺寧缺的後背。

此時寧缺正握著朴刀，盯著身前石牆上的劍痕發呆，心境空明而呆拙，就如一個看著螞蟻搬家的懵懂孩童，不知身後有石飛來。

道痴葉紅魚已經倒在血泊之中，再無力量，寧缺此時則完全處於無防備的狀態，面對蓮生大師蘊著怨毒和凝重的一指，似乎沒有什麼能挽救他的生命。

便在此時，一根白生生的骨頭飛了起來，橫亙在蓮生大師的精神力之前。

即便是魔宗強者刀劍難摧的堅硬遺骨，照理說也沒有辦法抵抗住蓮生大師磅礡強大的精神力，因為有形之物何以攔阻無形的精神力？

然而幽靜房間空中的黯淡光線卻在那一瞬彎轉起來，屋頂牆壁石磚間劍痕裡的磷火，彷彿受到某種無形力量的干擾，也同時飄浮起來。

精神力雖然無形，卻依然有感，此時便是連光線都受到干擾，被迫轉彎，更何況是精神力？只聽到嗤的一聲，蓮生大師一指刺空，寧缺依然茫然執刀而立。

兩道白眉緩緩飄起，老僧詫異看著房裡的那個角落。

那是被遺忘的角落。

角落裡有一個被遺忘的少女。

從開始到現在，這名少女一直虛弱不堪，沒有表現出令人驚嘆的境界本事，所以蓮生大師並未給予足夠的重視，甚至被他遺忘在角落裡。

但她是莫山山。

莫干山的莫山山。

她是與道痴齊名的書痴。

所以就算她再如何虛弱，只要她還能動，那便能做出一般人做不到的事情。

老僧漠然看了莫山山一眼，沒有理會她，直接再出一指隔空刺向寧缺。

莫山山低項盤膝坐在地面，虛弱得隨時可能倒下，右手自身後摸了一塊石塊，看似隨意向遠處拋去，卻又擋住那一指之力。

老僧眉心微蹙，枯瘦尾指一翹，指間念力直刺她的心窩。

莫山山手指微舒，一把散亂的白色骨片飛於身前，然後她低頭痛苦地咳了起來，血沫打溼棉襖的前襟。

在湖畔計算數日山門掩陣，再帶寧缺破魔宗山門大陣殘餘，少女符師的念力已然瀕臨枯竭，先前被蓮生大師一眼破之，識海受創嚴重，此時她卻是堅強地支撐著自己，用身旁能摸到的一切事物布陣，試圖阻止蓮生大師。

那些白色的骨片不是符，是陣。

這世間絕大部分的陣法都是變形的符，都需要與天地感應，調動自然間的氣息。而幽暗房間因為樊籠大陣的鎮壓，根本感應不到任何天地元氣。

所以她現在布的這道陣與普通的陣法不同。

千年之前，那位了不起的人物改造並且實現這道陣法時，最初的原意便不是與天地相親相近，而是要與天地相爭相執。所以這道陣法並不是用來調動天地元氣，而是用來切割天地元氣，甚至是堵塞天地本身。

幽暗房間裡沒有天地元氣，所以這道陣無法切割天地元氣，但卻可以切割或堵塞其他無形之力，比如蓮生大師用兩口血食和數十年幽困才養出來的精神力。

這道陣叫作塊壘。

此時橫亙在老僧與寧缺之間的十數塊白骨，便是莫山山在魔宗山門外研琢塊壘大陣所悟，雖然比不上真正的塊壘，但已足夠強大。

蓮生大師的神情更顯凝重，他感到極度的不安和隱藏在命數輪轉之間的那抹陰影。那個年輕男子居然莫名悟了軻浩然留下的浩然劍意，道門少女居然能夠施展如此強大狠厲的降境道術，而這個看起來虛弱無害的少女竟能悟了塊壘！

老僧枯瘦手掌蓮花吐蕊，玉瓣猛綻，每一瓣都是極強大的念力攻擊。

少女拾著白骨碎屑和牆上掉落的石塊，不停修補著才剛悟到的陣法。

寧缺便在那些白骨石礫組成的簡單陣法之中，執刀靜悟。

幽殿之中嗤嗤破空之聲大作，老僧面無情緒，眼神深若幽冥。

鮮血像小溪般自莫山山薄脣裡淌落，浸溼身上那件厚厚的白色棉襖，長而疏的眼睫毛在蒼白的臉上輕輕顫抖，似乎隨時可能閉上眼睛。

血泊亂骨間，葉紅魚盯著老僧蒼老的臉，眸中燃燒著狂熱的興奮神色，滲著血珠的妖媚容顏虛弱卻又癲狂，咯咯怪笑道：「老怪物，你再吸啊！我的血被你吸乾淨之前，一定要看看到底是你快還是他快，我要看看究竟是誰能活下來！」

蓮生大師漠然看了她一眼，忽然微笑起來，彷彿吮去蓮上露水般，溫柔低頭吮去她嬌嫩臉頰上的滴滴血珠，然後再次啃噬掉她身上的一塊血肉。

葉紅魚眸中隱現痛楚之色，卻癲狂地笑了起來：「你怕了。」

蓮生大師沒有理會她，平靜地咀嚼著第三口血食，試圖在最短的時間內，至少在寧缺醒過來之前回復精神與生機。

數十年前的那個世界，他是最恐怖強大的人物。今日面對他，三名世間年輕一代的儆佼者同時爆發，終於在絕望之中覓到一絲希望，在死亡面前強悍地爭取到一線生機，這個凶險過程裡所蘊含的堅強自信和執著，便是這一生見過無數驚天動地大事的蓮生大師也覺得心悸，必須用認真來表示尊重。

書痴不惜讓識海瀕臨崩潰也要強自構築塊壘陣意，以隔絕蓮生大師念力攻擊，於是目前局面的關鍵點就變成，究竟是蓮生大師用饕餮大法吸收血食回復強大在先，還是寧缺率先領悟浩然劍意，從現在的懵懂境界中醒過來。

寧缺並不知道此時的局面如此凶險，以及為了不讓蓮生打斷他莫名進入的修行狀態，書痴和道痴做了怎樣的犧牲和努力。他不知道自己在做什麼，不知道為什麼自己看著那些劍痕磷火便覺親切，身體乃至身體裡的血液氣息，都下意識地隨這些劍痕走向而動，他甚至忘了先前發生的所有事情和自己以外的所有世界。

這種境界很危險，就像一個渾身赤裸的嬰兒，手無寸鐵茫然行走在危險的原野森林中，隨時可能被野獸擊傷然後吃掉，但也正因為這種境界充滿天真稚子之心，乾淨透明未惹半點塵埃，這樣才能真誠地接受外界在心靈上的投影。

這種狀態便叫作空明。

寧缺在空明狀態裡的感覺很好、很強大。

他的眼前只有石牆，屋頂四壁的青色石牆，那些石牆上的斑駁劍痕彷彿活過來一般，透過眼眸進入他的心靈，演化成無數種東西。

像繁星般在夜空裡流轉，像溪水般在澗谷裡雀躍，像流雲般在碧空裡飄蕩，像大山般在塵世裡傲然，像旅人般在道路上歡快行走。

那些劍痕流轉起來，牽起絲絲痕跡，如一本書逐漸翻頁，每頁上都繪著清晰的圖譜，那些圖譜似乎是某種奇妙的步法，又像是某種強大的劍術，也像是某種神奇的功法，又似乎什麼都不是，只是某種意味、某種態度。

他跟隨著眼眸裡的劍痕開始模仿行走，開始執刀為劍揮舞，開始沉默思考，開始微笑品味，腳下的步伐愈走愈通暢，手中的朴刀揮舞得愈來愈流暢。

隱隱約約間，他領悟到更深層的東西。

小師叔留在青石牆上的這些劍痕，原來只是想表達某種情緒。

腳下走得愈來愈通暢，刀揮舞得愈來愈流暢，到最後便是暢快。

旅人要看世間更多風景，要忘卻旅途間的疲勞痛楚，便應該手舞足蹈且走且歌之。

大山獨立塵世間，要無視庶民的膜拜才能自在，便應該如此驕傲凜然。

流雲在碧空裡停留或飄蕩，都是它在追隨著風的方向。

溪水在澗谷裡流淌而下，必然要把與石塊的每一次撞擊都當成遊戲，輕快隨著大地的吸引奔騰而下，激出無數美麗的水花，這樣才叫雀躍。

繁星在夜空裡靜止或者流轉，只是按照它自己的想法微笑看著世間。

所有的事情都是理所當然。

這是一種叫作理所當然的暢快。

因為理所當然，所以哪怕千萬人在前，我要去時便去。

我有一股浩然氣，就當自由而行。

這就是天地之間的至理。

在寧缺受創嚴重的識海裡，十餘年冥想所得的念力開始像白雲、夜星、溪水般緩緩流轉，開始像大山般巍然不動，開始像旅人般歡快。

石牆上斑駁劍痕裡所蘊藏的劍意，隨著幽幽的磷火飄浮，漸漸滲進他的身體，隨著他心靈開悟，這些劍意加速湧入，然後開始隨念力一道流轉停駐雀躍。

不知這些劍意是怎樣的存在，進入身體之後竟變成溫暖的熱流，在很短的時間內就將他的識海修補好，然後自眉心繼續向下直刺雪山氣海。

識海被修復滋潤的感覺很好，寧缺握刀站在石牆前，茫然不知身外諸事，眉頭卻下意識地舒展開來，然後驟然一緊，感覺到胸腹處傳來極強烈的痛楚。

斑駁劍痕裡的劍意在他身體裡肆虐，彷彿變成數千、數萬柄真實的小劍橫衝直撞，把那些肉眼看不到的經絡腑臟割得鮮血淋漓，戲得千瘡百孔。

這比大明湖畔道痴施出的萬柄道劍更加恐怖。

緊接著那數千、數萬柄小劍飛到腰腹部的雪山處，開始不停撞擊，鋒利劍鋒輕而易舉也削去雪峰間的堅硬冰塊，暴起無數團雪花，刻意撞擊雪山的速度愈來愈快，眨眼之間便完成數億次的切割，劍鋒與冰塊的切割漸漸積蘊出恐怖的高溫，沉默凝固無數時光的雪山開始融化成水，向上匯入氣海。

數千、數萬柄小劍在他身體或者意識再次向上飛起，飛臨平靜無波的氣海處，依然如同撞擊雪山一般，開始沉默專注地進行數億次的切割，平靜的氣海開始翻滾，掀出驚天巨濤，如同沸騰一般，直至最後，真的開始沸騰成遮天的水霧。

雪山氣海融化蒸騰而成的水霧，在他身體裡依著某種通道緩慢運轉前行，絲絲縷縷卻又無縫不入，每遇著某處便會留下一些水霧，然後凝結成露珠開始滋潤。

隨著那些水霧凝成的露珠不停滋潤，那些身體部位開始分解重構，就像是一間舊房子被拆開然後重新建造，只是重新修建起來的房子是那樣漂亮、那樣結實，廊柱相撐，根本不懼雨打風吹。

寧缺感覺到隨著那些暖意流淌過身體，彷彿有無數力量正在灌進他的肌肉、骨骼裡，這種感覺很舒服很好很強大，令人迷醉而不願醒來。

斑駁石牆上的劍痕還在緩慢流轉，深刻劍痕裡的劍意還在不斷進入他的身體，化作無數柄小劍不停轟擊著雪山氣海，滋潤強大著他的身軀。

時間一分一秒過去。

處於痛楚和迷醉感受中的寧缺，心靈上忽然掠過一絲陰影，縱使在空明的狀態中也感覺到身體變得寒冷起來，因為他忽然想到某件事情，開始生出極大的恐懼。

如果任由這道磅礴劍意繼續下去，他的雪山氣海豈不是會被戳爛？他千辛萬苦才打通的那些氣竅如果消失，那他還能修行嗎？

因為恐懼，因為不安，他驟然驚醒。

他不安看著牆上的斑駁劍痕，一身冷汗，手掌與刀柄間冰冷滑涼。

這些劍痕，這些劍意，便是小師叔的浩然劍。

他終於明白蓮生大師所說的那句話。

修浩然劍，在於胸中那股浩然氣。

而要修練浩然氣，需要背棄昊天，甚至與昊天為敵。

與昊天為敵，便是魔。

小師叔在握住這把劍的那一刻，便已入魔。

所以小師叔最終受天誅而死。

自己已經悟了浩然劍意，如果再接受劍意入體為氣，便是繼承了小師叔的衣缽。

也便入魔。

繼承小師叔的衣缽是光榮而驕傲的事情，然而卻也是世間最危險的事情。

便是小師叔這樣的絕世人物，一旦入魔，也逃不過灰飛煙滅的結局。

如果自己學會浩然劍，還能在世上存活幾日？

寧缺惘然四顧。

骨山裡，老僧沉默運著魔功，葉紅魚在他身下昏迷不醒。

莫山山見他終於醒來，艱難一笑，再也支撐不住身體，昏倒在地上。

夜色早已鋪滿山外的世界，房間裡黑暗無比。

他執刀站在骨山前，冷汗溼透棉衣，沉默不知如何前行。

斑駁石牆上的劍痕停止流動，沉默等待。

體內的劍意緩慢停止流淌，沉默等待。

他的意志也在沉默等待最後的決定。

一旦入魔，便是蓮生這樣的人物，最終也只能藏匿於黑夜之中，若要像小師叔傲然行於世間，無論修行到何等境界，最終結果依然是遭受天誅而死。

寧缺抬頭看天，卻看不到，只看到冰冷的石牆和黑夜的色彩。

對於修行者而言，這是最艱難的決定。

對昊天的敬畏，會讓他們根本不敢觸碰那個黑夜的世界。

即便是對昊天沒有絲毫敬畏之心的修行者，基於生死間大恐怖的大考慮，也會十分掙扎，大概苦思冥想半生白頭，也得不出最後的結論。

似乎思考掙扎了整整一生那麼長。

事實上，只思考了三十粒蔥花從小手心裡落在煎蛋麵的時間那麼短。

他要活下去。

他要和某人一起活下去。

這是最重要的事情，與之相比，昊天只是一坨屎。

狗屎。

寧缺舉起朴刀直至與雙眉平齊，此生最後一次拜天。

然後落刀。

刀鋒落在石牆上，落在小師叔當年留下的劍痕上。

腕轉刀鋒動，依著兩道劍痕，向左一撇，再向右一捺。

刀鋒之下磷火紛舞而起，彷彿星星離開夜穹。

隨著這個簡單的動作，那道正在沉默等待的劍意驟然而起。

無數柄小劍凝在一道，白氣海而下，劈開雪山。

就在這一瞬間，寧缺知道自己已進入一個嶄新的世界。

識海裡念力猶在，卻不再彈琴付諸天地聽，而是在身體內創了一個美麗的新天地，那個天地裡有樹有湖有山有海，只待生命在這裡繁衍豐美。

雪山氣海之間多了一條通道，那條通道似乎一直存在，只是被堵塞遮掩而無法看到，此時卻終於展現真容，磅礴劍意化為某種實質般的氣息，從那條通道裡呼嘯而過，浩浩湯湯，橫無際涯，直沖天穹，好不快哉。

是為浩然氣。

細微的氣流噴吐聲響起，塵埃挾著雜屑從寧缺身體上噴濺而出。

他的眼眸裡一片晶瑩，然後緩緩斂為尋常。

數十年前，軻浩然親手布下的樊籠，直接把這個房間變成與世隔絕的世界，只要不踏入其中，便難以發現這個世界的存在，但如果真的走進這個世界，就再也無法走出去，因為這個世界是他親自送給蓮生的地獄。

「嘎嘎……嗚嗚……你居然學會了浩然劍！」

房間中央森然白骨山上，蓮生大師看著寧缺，咧開無牙的嘴，像孩子般笑了起來，緊接著脣角一癟像孩子般哭了起來，笑聲與哭聲混在一處，格外沙啞難聞。

寧缺握著朴刀，看著他回答道：「是的。」

老僧目光寒若鬼火，盯著他的臉幽幽問道：「這不可能發生！」

寧缺說道：「就這樣發生了。」

老僧下一句話來得極快，雷霆一般喝道：「那你豈不是入了魔！」

寧缺的臉上依然沒有什麼情緒，平靜回答道：「是的。」

老僧凜然問道：「你不恐懼？」

寧缺應道：「死亡面前，我不恐懼其他事情。」

老僧嘲諷說道：「但你還是入了魔。」

寧缺皺眉說道：「所以？」

老僧厲聲尖嘯道：「入魔的人都必須死！」

寧缺說道：「可是你還活著。」

老僧緩緩搖頭，微嘲說道：「這是兩種完全不同的選擇。其實我大明宗就像藏在黑夜裡躲避昊天神輝的石頭，雖然號稱不敬昊天，但實際上卻是格外畏懼昊天，所以昊天可以允許我們的存在，哪怕是作為光明的對照。而當你拿起那個人留下的這把劍，你便會因此失去所有的敬畏，甚至對昊天的懼怕，這才是真正的魔道，昊天不會允許你們這樣的人存在。」

寧缺沉默片刻，然後回答道：「只要活著，總比死了好。」

老僧怔住了，然後癲狂地大笑起來，濁淚從蒼老枯萎的眼角緩慢淌落，他用枯瘦的手指顫抖指著寧缺的臉，艱難地壓抑住想笑的欲望，喘息怨毒說道：「軻瘋子入魔而死，而你又要走上他的老路，我真不知道書院是不是被上蒼詛咒的地方，你們會一個接著一個被昊天毀滅，這大概就是你們的命運。」

他盯著寧缺的眼睛，喘息著說道：「你必須夠強大才能堅定走在這條道路上，而你強大的速度愈快，死得就愈快，你不要奢望能夠逃脫這種宿命。」

老僧幽幽問道：「蒼天可曾饒過誰？」

寧缺沉默，雙手緩緩握緊刀柄，似乎準備向冥冥中的宿命砍上一刀。

然後昏暗寂靜的房間裡響起他的回答。

「人要勝天，何須天來饒？」

這句平淡而驕傲的回答讓蓮生大師微微動容，他靜靜看著寧缺，忽然說道：「修行者身前一尺之地，必然是自己的世界。」

寧缺聽說過這個說法，卻不知道老僧此時為何要說這個。

老僧看著他緩聲說道：「你悟了浩然劍，軻瘋子隱藏在斑駁劍痕裡的劍意進入你的身體，那這道遮天蔽地的樊籠自然也就不復存在。」

寧缺看著他說道：「我知道，我甚至能感覺到，已有天地元氣正在向房間裡滲透，只不過我也需要時間來適應身體裡這道全新的氣息。」

老僧慨嘆說道：「原來到了此時，你我還是在耗時間。」

寧缺平靜說道：「時間……對大家都很公平。」

老僧微笑說道：「我的時間到了。」

寧缺說道：「我的時間恰好也到了。」

話音落處，老僧緩緩舉起枯瘦的雙臂，絲絲縷縷的殘破僧衣，在不知何處飄來的風中緩慢擺盪，隨著這個簡單的動作，無數天地氣息從青石牆縫裡滲入房間，然後像絲絲縷縷的風一般圍繞著他的身體蕩漾。

軻浩然當年留在劍痕裡的浩然劍意，此時已有大部分被寧缺吸收，用來改造身體和打通雪山氣海，失去劍意的劍痕徒有其形，再無其神，自然無法再支撐這座樊籠，石牆間雖然還有殘餘的浩然劍意，卻已經無法阻止老僧與天地取得聯繫。

魔宗山門外的塊壘大陣感應到天地元氣驟然波動，那些嶙峋石頭上的青苔劍痕驟然泛起極耀眼的光芒，黑夜之下的雪峰映著星光，因為天地元氣疾速往山門裡灌入，帶動石間的鬱結氣息甚至帶動著星光流轉起來！

充滿生機的新鮮天地氣息，終於穿過殘破的樊籠陣，來到數十年未至的幽殿之中，然後像洪水一般源源不斷灌進老僧的枯瘦身軀。

老僧深陷的眼眸驟然精光大作，旋即化為晶瑩一片，枯瘦的臉頰以肉眼可見的速度神奇地豐實起來，伸在風中的兩隻手臂更是變得光滑緊實起來！

正如先前所言，他的時間到了。

寧缺的時間也到了。

他已完全明悟小師叔傳授給他的浩然劍氣，已經能夠掌握經過改造的身軀，開始貪婪而強悍地吸收衝進房間裡的天地氣息，然後轉化為自己的力量——納天地元氣於體內，這便是魔宗功法最明顯也是最不為世所容的特徵！

鮮活而永無止竭的天地氣息進入身體後，經由念力打上烙印，然後穿越雪山氣海間的通道，便化作磅礴的力量，透過經絡傳向身體各個部位，他的手臂，肌內，骨骼，指尖，甚至連頭髮都開始高頻率地顫抖，彷彿因為強大而歡欣雀躍！

腳掌落下，啪的一聲脆響，踩碎身前的一根白骨。

第二次落下時，腳掌已經踩碎一大堆白骨。

寧缺掠到骨山間，來到老僧身前。

他雙手握刀，朝著老僧的胸口狠狠捅下去。

刀鋒因為柄處傳來的強大力量而高速顫抖，割裂震盪著周遭的空氣，蕩著絲絲樓樓的白色湍流，寒冷刀面上符意大作，竟是比本身速度來得更加恐怖。

這是他此生最快的一次突襲，似電。

這是他此生最強的一次出力，如雷。

帶著浩然氣的一刀根本容不得眨眼，甚至來不及思考，便猛烈來到老僧胸前，鋒利的刀大捅進去一小截，老僧才來得及做出反應。

蓮生大師此時正在不停吸收天地氣息，他的雙頰已豐、手臂已復，身上生機盎然，仿若初生的蓮花，然而他卻沒預料到寧缺的第一刀竟是來得這般浩然無懈！

此時他已經回復全盛時期一成左右的境界實力。他曾是化身萬千俯視蒼生的蓮生三十二，縱使只恢復一成實力，也不是這樣一刀便能殺死的。

枯瘦的鬼手已經變得飽滿，皮膚白皙嫩滑，便如兩朵純潔的白蓮花。

白蓮花綻放，瓣瓣盛開，刀鋒便在花瓣間停駐，無法向老僧心窩再進一分。

而衝破樊籠的天地氣息還在洶湧灌入老僧身體，他還在不斷增強。

寧缺悶哼一聲，左手重重拍打在刀柄的末端上。

此時他的左手就像是一柄沉重的鐵錘，朴刀向著老僧胸口再進一分，刀刃尖處開始滲血。

老僧冷漠看了寧缺一眼。

一道強大到恐怖的精神力直刺他的識海，噗的一聲，寧缺一口血噴了出來，血水淌落到刀柄上，左手也再次落到刀柄上。

他忍著劇烈的痛楚，左手再次化為鐵錘重重擊打在刀柄末端。

刀鋒向著老僧胸口深處再進一寸！

老僧淒厲地尖叫一聲，如白蓮花般夾住刀鋒的雙手驟然高速顫抖起來。

一股實質力量順著刀鋒暴湧而上，與寧缺灌注到刀鋒裡的浩然劍驟然相遇。

轟的一聲巨響！

昏暗的魔殿內塵土大作，骨山頹然垮塌，那些斷骨和骨屑就像是垃圾一樣，被狂風捲起四處飄舞，將青石牆壁打得啪啪作響。

昏迷中的莫山山和葉紅魚，也被這股強大的衝擊力量震到牆角。

時隔數十年再見的天地氣息，不斷修復著蓮生大師的殘破身軀，助他以恐怖的速度恢復境界實力，首先變得恐怖強大的便是精神力量。

這些天地氣息同時被寧缺所吸納，然後轉換成身體裡的元氣，最終變成他以前從未體驗過的強大力量。

最終比較的依然還是時間，就看寧缺能不能搶在老僧回復到夠強大之前，自己變得夠強大，然後將對方徹底殺死。

所以寧缺沒有用錦囊裡的符，也沒有用元十三箭，因為這些手段需要天地氣息達到某種強度，也需要自己的念力完全不受對方精神力的干擾。

在這種情況下，他最相信也只能相信身後的三把刀，那三把從岷山殺到渭城，從渭城殺到春風亭，曾經殺死無數敵人的朴刀。

然而很可惜的是，吸納天地元氣乃是魔宗手段，蓮生大師身為魔宗前代元老，無論是對這等手段的妙詣還是境界都遠在寧缺之上。

對戰雙方本身境界差距太大，時間也會變得不再公平，寧缺未能一刀捅死對方，隨著時間緩慢而無法阻擋地流逝，局面便對他愈來愈不利。

他明顯感覺到自己的身軀比先前更加強大，握著朴刀刀柄的手卻虛弱地顫抖起來，已經快要無法握緊刀柄，因為刀鋒處傳來的力量已經快要勝過自己！

他抬頭，看見老僧冷漠的眼神。

兩人目光相遇之時，並沒有像先前氣息在刀鋒上相遇時那樣，產生摧毀般的效果，而是溫柔寧靜彷彿一顆露珠自蓮葉上滾落，落入湖面蕩起一絲漣漪。

水波盪開，便是一個新的世界。

夜空裡傳來蓮生大師悲憫的聲音。

「這是我的世界。」

寧缺看著鑲嵌在夜穹上的億萬顆星星，沉默不語，知道識海終於再次被老僧恐怖的精神力量侵入，也終於明白世間真正的修行強者身前一尺之地，絕對是他們的世界，無論力量還是意識都會處於他們的控制之中。

夜穹忽然震動起來，沒有崩裂，卻崩落鑲在其間的億萬顆星星，那些星星劃破長空，拖著長長的尾巴砸向他身前的荒原，大地痛苦地呻吟顫抖，冬樹與霜草被濺起的泥土掩蓋，或被高溫焚燒成灰。

寧缺知道這幅畫面代表著什麼。

白夜穹墜落的億萬顆星星是蓮生大師的精神力量，被轟擊呻吟痛苦的荒原和草樹是他的識海，當荒原和草樹被墜落的星星變成煉獄、化為焦土時，他的識海便會被轟破，就此死去或成為一名無知無識的廢人。

寧缺站在荒原上，看著遙遠處星星砸向地面所引發的野火，看著近處荒原上恐怖的大坑，沒有撣掉身上的黑泥，也沒有躲避，因為他不知道該如何躲避。

冒著被天誅的風險，才剛繼承小師叔的衣缽，眼看可以死裡求活，結果卻落入如此絕望境地，馬上便將死去，難道說這真是命運？真是昊天的詛咒？

他的心情一片寒冷，甚至感到真正的絕望，然而在絕望的情緒深處，依然隱藏著強烈的不甘，以及想要把這些星星全部擊碎的強烈渴望。

彷彿冥冥中某個存在感應到他強烈的不甘心與渴望，一抹極淡的影子緩慢蔓延過來，越過他的頭頂，覆蓋住他的全身。

他看著身前那片陰影以及陰影中自己更深的影子，霍然轉身。

身後的荒原上什麼都沒有。

只有一座雕像。

一座黑色的雕像。

雕像彷彿是人類，又似乎是某位神明，因為背對著光明的緣故，面容和身軀都沉浸在深沉的陰影之中，根本無法看清楚。

夜穹裡的星星還在墜落，億萬顆星星不停撞擊著荒原，並且變得愈來愈密集，漸漸要把寧缺的身軀湮滅。

而就在這座黑色雕像出現之後，那些墜落的繁星彷彿看到火焰的飛蛾，受到某種無形力量的強烈吸引，紛紛朝著黑色雕像斜掠過來。

先前聲勢驚人的星星，撞擊到巨大的黑色雕像上，竟微弱得像是不起眼的螢火。

億萬顆星星便是一群孱弱的螢火，不停撞擊，閃出一蓬蓬微弱的火光。

那些微弱的火光也盡數被黑色雕像吸收，黑色雕像漸漸升溫，然後通體變紅，彷彿鍍上一層血色。

應該會很燙吧？

寧缺神情惘然看著巨大的雕像，這般想著。

忽然間，他覺得腰間一陣劇痛，低頭望去，只見腰帶冒著縷縷青煙，彷彿要燃燒起來一般，裡面不知道什麼物事竟是滾燙無比！

寧缺回到真實的世界。

他這才發現原來老僧已將刀鋒從胸口裡推出數寸，堅硬的刀柄已經抵到自己的腰間，頂著腰帶裡的某物，那個物事燙得彷彿正在燃燒！

令人發狂！

寧缺盯著老僧晶瑩溫潤卻冷酷無情的眼眸，雙手緊握著刀柄，猛地向前推去！

鮮血從他的脣角淌落，像瀑布一般。

他痛苦地大吼一聲，雙腳像釘子般深深踩進青石板地裡，身體前傾用腰間那塊硬物抵住刀柄，把整個人的重量都壓了上去，刀鋒再進一寸！

老僧看著緩慢深入自己胸口的刀鋒，眼眸裡湧出不可思議的神色。

他的精神力量觸碰到寧缺的身體便瞬間消失無蹤，彷彿泥牛入海一般，而且這種流失的速度竟是無比驚人，不過霎時，他的識海竟已空了大半！

以魔功吸納天地元氣，靠的便是精純的念力操控，此時識海裡念力漸枯，那些蕩漾飄拂在魔殿裡的天地元氣，自然不再進入他的身體，而是向著寧缺的身體飄去！

老僧清楚感受到刀鋒上傳來的力量驟然增大。

他瞪著眼睛看了寧缺一眼，然後低頭看了他腰間一眼。

一聲極輕微的磨擦聲，就像是湖風輕柔拂過蓮葉。

鋒利的刀鋒割斷幾根手指，斷指緩緩落下。

純潔的白蓮花，瓣瓣脫落。

寧缺悶哼一聲，手中的朴刀向前暴烈刺出，伴著沛然莫御的浩然劍意，雪亮的刀鋒噗嗤一聲插進老僧的胸口，直接貫穿他的心臟。

無論修行者再如何強大，心臟被直接捅破，總應該死了吧？

寧缺依然警戒著，因為老僧的境界實力已經超出他的所有戰鬥經驗，他不知道已經隱隱然越過五境的對方，究竟擁有什麼樣的生存能力。

所以他沒有就此抽刀而出，而是盯著老僧近在咫尺的雙眼，看著蒼老眼眸最深處的生機，手腕用力一轉，讓冰冷的刀鋒直接把老僧的心臟震成碎片。

老僧的身體猛然抽搐起來，痛苦地捂著胸口，卻沒有馬上死去。

寧缺皺眉，準備抽出朴刀直接砍掉此人的腦袋。

老僧盯著寧缺的腰間，忽然癲狂地笑了起來，笑意癲狂，笑聲卻很虛弱，最後化作哭泣的聲音，喘息著說道：「原來是這樣，難道這就是命數嗎？」

在死亡到來前的這一刻，這名垂垂老矣的絕世強者，終於從寧缺身上看明白了某些事情，喃喃說道：「生而為魔……死亦為魔……我此生自以為可……以跳出三界外，卻想不到要到最終歸去時，才知道自己這一生……

「始終都在此山中。」

寧缺沒有在意老僧在說什麼，他不是一個文藝青年，沒有聽取強大敵人遺言的愛好，他只想徹徹底底地殺死對方，終止這一場像噩夢般的遭遇。

然而當他想要抽出朴刀時，卻發現老僧的身體彷彿變成一潭泥沼，竟把鋒利光滑的刀鋒緊緊黏在胸腔之內。

好在刀鋒之上並沒有傳來強大的力量，他的識海也沒有再次遭受精神攻擊。

既然抽不出刀，那便再深一些。

寧缺悶哼一聲，雙手再次用力，手中那把朴刀直接穿透老僧的身體，他胸腹間的浩然劍氣毫不吝嗇地盡數順著刀身噴湧過去。

受到劍意震盪，老僧哇的一聲吐了口血。

數十年被苦囚於此，只有青石縫間滴水可飲，只有白骨乾屍可食，老僧雖是能夠辟穀的大境界者，卻依然被折磨得不成人形，大概是因為缺水的緣故，他此時吐出來的這口血竟是黑色的，無比黏稠，就像是慣見煙火的灶鍋底油一般。

老僧緩緩坐直身體，無視正在摧毀腑臟內所有生機的浩然劍意，看著眼前寧缺的臉，雙手在膝頭緩緩展開，重新結了一個他名震世間的蓮花印。

先前被刀鋒所割，現在他的雙手只剩下四根指頭，斷指截面白骨森然滲著血水，看起來極為恐怖，然而殘缺的蓮花印一現，一道澄淨氣息頓時籠罩住他的身體，溫和慈悲之意漸漸在滿地碎骨之間散開。

西方有蓮翩然墜落世間，自生三十二瓣，瓣瓣不同，各為世界。

如今只餘四瓣，歸為同一世界，卻因此而平靜。

既然跳不出三界外，既然只在此山中，那麼何必非要幻作無數世界想要超越三界，何必非要花瓣隨風而去，便在山中幽幽綻放反而更美。

蓮生大師靜靜看著寧缺的眼睛。

然後寧缺聽到他的聲音。

他並沒有被蓮生大師的精神力量控制，被迫進入對方身前一尺的世界。而是兩個人的心靈在精神範疇裡相遇，從而能夠感受到對方的意識，或者說心意。

相遇剎那時光，寧缺便清楚判斷出對方此時的心意很平靜，不是喜樂，而是一種洞澈之後的明悟，這抹心意甚至顯得有些親近。

蓮生大師眼如春湖溫暖，靜靜看著寧缺。

「我追尋的究竟是什麼呢？我們這代人追尋的究竟是什麼呢？天道之下，能不能有一個和以前不太一樣的新世界？我不知道，也不知道軻浩然最後知道了沒有。」

他望向青石牆上的斑駁劍痕，慘白的蒼老面容上流露出一絲笑意。

「最終還是你勝了，你的傳人勝了，只是他能夠獲得最終的勝利嗎？魔宗因你我而毀滅，會在他的手裡復興嗎？我對你的復仇，大概會這樣開始，卻不知將如何結束，或者這是對昊天復仇的開始？」

然後蓮生大師收回目光，繼續看著寧缺的眼睛。

寧缺腦中嗡的一聲，感覺有很多事物從老僧晶瑩平靜的目光傳來，那些事物不是具體的修行知識，也不是畫面，只是一些若有似無的感受。

「你已入魔，若要修魔，須先修佛。然後請勇敢地向黑夜裡走去，雖然你沒有什麼成功的機會，可能一上路便會橫死，但我依然祝福你，並且詛咒你。」

蓮生大師靜靜看著他，說出在世間的最後一句話，緩緩閉上眼睛，擱在膝上的雙手散開，如白蓮凋謝。

寧缺雙手緊握著刀柄，惘然看著身前。

似乎有風吹過，帶起細微的響聲，掛在刀鋒之上的老僧身體，彷彿風化的沙雕般驟然乾裂散開，落到地面那些凌亂骨片之間，簌簌作響。

塵歸塵，土歸土，白骨的歸白骨。

作者簡介

——貓膩（1977-），生於湖北省宜昌市夷陵區，知名網路作家。曾就讀四川大學，之後於網路上發表小說。著有《朱雀記》、《慶餘年》、《間客》、《將夜》、《擇天記》、《大道朝天》等。以《朱雀記》獲二〇〇七年第四屆新浪原創大賽奇幻武俠獎一等獎，《間客》獲二〇一三年第一屆西湖類型文學雙年獎銀獎，《將夜》獲二〇一五年第一屆網絡文學雙年獎金獎，二〇一八年入選「中國網絡文學二十年二十部作品」榜首。

贍養上帝

2012

劉慈欣

一

上帝又惹秋生一家不高興了。

這本來是一個很好的早晨，西岑村周圍的田野上，在一人多高處懸著薄薄的一層白霧，像是一張剛剛變空白的畫紙，這寧靜的田野就是從那張紙上掉出來的畫兒；第一縷朝陽照過來，今年的頭道露珠們那短暫的生命進入了最輝煌的時期……但這個好早晨全讓上帝給攪了。

上帝今天起得很早，自個兒到廚房去熱牛奶。贍養時代開始後，牛奶市場興旺起來，秋生家就花了一萬出頭兒買了一頭奶牛，學著人家的樣兒把奶兌上水賣，而沒有兌水的奶也成了本家上帝的主要食品之一。上帝熱好奶，就端著去堂屋看電視了，液化氣也不關。剛清完牛圈和豬圈的秋生媳婦玉蓮回來了，聞到滿屋的液化氣味兒，趕緊用毛巾捂著鼻子到廚房關了氣，打開窗和換氣扇。

「老不死的，你要把這一家子害死啊！」玉蓮回到堂屋大嚷著。用上液化氣也就是領到贍養費以後的事，秋生爹一直反對，說這玩意兒不如蜂窩煤好，這次他又落著理了。

像往常一樣，上帝低頭站在那裡，那掃把似的雪白長鬍鬚一直拖到膝蓋以下，臉上堆著膽怯的笑，像一個做錯了事兒的孩子。「我……我把奶鍋兒拿下來了啊，它怎麼不關呢？」

「你以為這是在你們飛船上啊？」正在下樓的秋生大聲說，「這裡的什麼東西都是傻的，我們不像你們什麼都有機器伺候著，我們得用傻工具勞動，才有飯吃！」

「我們也勞動過，要不怎麼會有你們？」上帝小心翼翼地回應道。

「又說這個，又說這個，你就不覺得沒意思？有本事走，再造些個孝子賢孫養活你。」玉蓮一摔毛巾說。

「算了算了，快弄弄吃吧。」像每次一樣，又是秋生打圓場。

兵兵也起床了，他下樓時打著哈欠說：「爸、媽，這上帝，又半夜咳嗽，鬧得我睡不著。」「你知足吧小祖宗，我倆就在他隔壁還沒發怨呢。」玉蓮說。上帝像是被提醒了，又咳嗽起來，咳得那麼專心致志，像在做一項心愛的運動。「唉，真是攤上八輩子的楣了。」玉蓮看了上帝幾秒鐘，氣鼓鼓地說，轉身進廚房做飯去了。

上帝再也沒吱聲，默默地在桌邊兒和一家人一塊兒就著醬菜喝了一碗粥，吃了半個饅頭，這期間一直承受著玉蓮的白眼兒，不知是因為液化氣的事兒，還是又嫌他吃得多了。

飯後，上帝像往常一樣，很勤快地收拾碗筷，到廚房去洗了起來。玉蓮在外面衝他喊：「不帶油的不要用洗潔精！那都是要花錢買的，就你那點贍養費，哼。」上帝在廚房中連續「哎、哎」地表示知道了。

小兩口下地去了，兵兵也去上學了，這個時候秋生爹才睡起來，兩眼迷迷糊糊地下了樓，呼嚕嚕喝了兩大碗粥，點上一袋煙時，才想起上帝的存在。

「老傢伙，別洗了，出來殺一盤！」他衝廚房裡喊道。

上帝用圍裙擦著手出來，慇勤地笑著點點頭。同秋生爹下棋對上帝來說也是個苦差事，輸贏都不愉快。如果上帝贏了，秋生爹肯定暴跳如雷：你個老東西是他媽個什麼東西?!贏了我就顯出你了是不是?!屁！你是上帝，贏我算個屁本事！你說說你，進這個門兒這麼長時間了，怎麼連個莊戶人家的禮數都不懂？！如果上帝輸了，這老頭兒照樣暴跳如雷：你個老東西是他媽個什麼東西?!我的棋術，方圓百里內沒得比，贏你還不跟捏個臭蟲似的，用得著你讓著我?!你這是……用句文點兒的話說吧，對我的侮辱！反正最後的結果都一樣。老頭兒把棋盤一掀，棋子兒滿天飛。秋生爹的臭脾氣是遠近聞名的，這下子可算找著了一個出氣筒。不過這老頭兒不記仇，每次上帝悄悄把棋子兒收拾回來再悄悄擺好後，他就又會坐下同上帝下起來，並重複上面的過程。當幾盤下來兩人都累了時，就已近中午了。

這時上帝就要起來去洗菜，玉蓮不讓他做飯，嫌他做得不好，但菜是必須洗的，一會兒小兩口兒下地回來，如果發現菜啊什麼的沒弄好，她又是一通尖酸刻薄的數落。他洗菜時，秋生爹一般都蹓到鄰家串門去了，這是上帝一天中最清靜的時候，中午的陽光充滿了院子裡的每一條磚縫，也照亮了他那幽深的記憶之谷，這時他往往開始發呆，忘記了手中的活兒，直到村頭傳來從田間歸來的人聲才使他猛醒過來，加緊幹著手中的活兒，同時總是長嘆一聲。

唉，日子怎麼過成這個樣子呢——

這不僅是上帝的嘆息，也是秋生、玉蓮和秋生爹的嘆息，是地球上五十多億人和二十億個上帝的嘆息。

二

這一切都是從三年前那個秋日的黃昏開始的。

「快看啊，天上都是玩具耶！」乒乒在院子裡大喊，秋生和玉蓮從屋裡跑出來，抬頭看到天上真的布滿了玩具，或者說，天空中出現的那無數物體，其形狀只有玩具才能具有。這些物體在黃昏的蒼穹中均勻地分布著，反射著已落到地平線下的夕陽的光芒，每個都有滿月那麼亮，這些光合在一起，使地面如正午般通明，而這光亮很詭異，它來自天空所有的方向，不會給任何物體投下影子，整個世界彷彿處於一臺巨大的手術無影燈下。

開始，人們以為這些物體的高度都很低，位於大氣層內，這樣想是由於它們都清晰地顯示出形狀來，後來知道這只是由於其體積巨大產生的錯覺，實際上它們都處於三萬多公里高的地球同步軌道上。

到來的外星飛船共有二萬一千五百一十三艘，均勻地停泊在同步軌道上，如同給地球加上了一層新的外殼。這種停泊是以一種令人類觀察者迷惑的極其複雜的隊形和軌道完成的，所有的飛船同時停泊到位，這樣可以避免飛船質量引力在地球海洋上產生致命的潮汐，這讓人類多少安心了一些，因為它或多或少地表明了外星人對地球沒有惡意。

以後的幾天，人類世界與外星飛船的溝通嘗試均告失敗，後者對地球發出的詢問信息保持著完全的沉默。與此同時，地球變成了一個沒有夜晚的世界，太空中那上萬艘巨大飛船反射的陽光，使地球背對太陽的一面亮如白晝；而在面向太陽的這一面，大地則周期性地籠罩在飛船巨大的陰影下。天空中的恐怖景象使人類的精神承受力達到了極限，因而也忽視了地球上正在發生的一件奇怪的事情，更不會想到這事與太空中外星飛船群的聯繫。

在世界各大城市中，陸續出現了一些流浪的老者，他們都有一些共同特點：年紀都很老，都留著長長的白鬍鬚和白頭髮，身著一樣的白色長袍，在開始的那些天，在這些白鬍鬚白頭髮和白長袍還沒有弄髒時，他們遠遠看去就像一個個雪人兒似的。這些老流浪者的長相介於各色人種之間，好像都是混血人種。他們沒有任何能證明自己國籍和身分的東西，也說不清自己的來歷，只是用生硬的各國語言溫和地向路人乞討，都說著同樣的一句話：

「我們是上帝，看在創造了這個世界的分兒上，給點兒吃的吧——」

如果只有一個或幾個老流浪者這麼說，把他們送進收容所或養老院，與那些無家可歸的老年妄想症患者放到一起就是了，但要是有上百萬個流落街頭的老頭兒、老太太都這麼說，那就是另一回事了。事實上，這種老流浪者在不到半個月的時間裡增長到了三千多萬人，在紐約、北京、倫敦和莫斯科的街頭上，到處是這種步履蹣跚的老人，他們成群結隊地堵塞了交通，看上去比城市的原住居民都多，最可怖的是，他們都說著同一句話：

「我們是上帝，看在創造了這個世界的分兒上，給點兒吃的吧——」

直到這時，人們才把注意力從太空中的外星飛船轉移到地球上的這些不速之客身上。最近，各大洲上空都多次出現了原因不明的大規模流星雨，每次壯觀的流星雨過後，相應地區老流浪者的數量就急劇增加。經過仔細觀察，人們發現了這個令人難以置信的事實：老流浪者是自天而降的，他們來自那些外星飛船。他們都像跳水似的孤身躍入大氣層，每人身上都穿著一件名叫「再入膜」的密封服，當這種絕熱的服裝在大氣層中摩擦燃燒時，會產生經過精確調節的減速推力，在漫長的墜落過程中，這種推力產生的過載始終不超過四個G，在這些老傢伙的承受範圍內。當老流浪者接觸地面時，他們的下落速度已接近於零，就像是從一個板凳上跳下差不多，即使這樣，還是有很多人在著陸時崴了腳。而在他們接觸地面的同時，身上穿的再入膜也正好蒸發乾淨，不留下一點殘餘。

天空中的流星雨綿綿不斷，老流浪者以越來越大的流量降臨地球，他們的人數已接近一億。

各國政府都試圖在他們中找出一個或一些代表，但他們聲稱，所有的「上帝」都是絕對平等的，他們中的任何一個人都能代表全體。於是，在為此召開的緊急特別聯合國大會上，從時代廣場上隨意找來的一個英語已講得比較好的老流浪者進入了會場。他顯然是最早降臨地球的那一批，長袍髒兮兮的，破了好幾個洞，大白鬍子落滿了灰，像一把墩布，他的頭上沒有神聖的光環，倒是盤旋著幾隻忠實追隨的蒼蠅。他拄著那根當做枴杖的頂端已開裂的竹竿，顫巍巍地走到大圓會議桌旁，在各國首腦的注視下慢慢坐下，抬頭看著祕書長，露出了他們特有的那種孩子般的笑容：

「我，呵，還沒吃早飯呢。」

於是有人給他端上一份早餐，全世界的人都在電視中看著他狼吞虎嚥，好幾次被噎住。麵包、香腸和一大盤沙拉很快被風捲殘雲般吃光。在又喝下一大杯牛奶後，他再次對祕書長露出了天真的笑：

「呵呵，有沒有……酒？一小杯就行。」

於是給他端上一杯葡萄酒，他小口地抿著，滿意地點點頭，「昨天夜裡，暖和的地鐵出風口讓新下來的一幫老傢伙占了，我只好睡廣場上，現在喝點兒，關節就靈活些，呵呵……你，能給我捶捶背嗎？稍捶幾下就行。」在祕書長開始捶背時，他搖搖頭長嘆一聲，「唉，給你們添麻煩了——」

「你們從哪裡來？」美國總統問。

老流浪者又搖搖頭：「一個文明，只有在它是個幼兒時才有固定的位置，行星會變化，恆星也會變化，文明不久就得遷移，到青年時代它已遷移過多次，這時人類肯定會發現，任何行星的環境都不如密封的飛船穩定，於是他們就以飛船為家，行星反而成為臨時住所。所以，任何長大成人的文明都是星艦文明，在太空進行著永恆的流浪，飛船就是它的家，從哪裡來？我們從飛船上來。」他說著，用一根髒兮兮的指頭向上指指。

「你們總共有多少人？」

「二十億。」

「你們到底是誰？」祕書長的這個問題問得有道理，他們看上去與人類沒有任何不同。

「說過多少次了，我們是上帝。」老流浪者不耐煩地擺了一下手說。

「能解釋一下嗎？」

「我們的文明，呵，就叫它上帝文明吧，在地球誕生前就已存在了很久，在上帝文明步入它衰落的暮年時，我們就在剛形成不久的地球上培育了最初的生命，然後，上帝文明在接近光速的航行中跨越時間，在地球生命世界進化到適當的程度時，按照我們遠祖的基因引入了一個物種，並消滅了它的天敵，細心地引導它進化，最後在地球上形成了與我們一模一樣的文明種族。」

「如何讓我們相信您所說的呢？」

「這很容易。」

於是，開始了歷時半年的證實行動。人們震驚地看到了從飛船上傳輸來的地球生命的原始設計藍圖，看到了地球遠古的圖像：按照老流浪者的指點，在各大陸和各大洋底深深的岩層中挖出了那些令人驚恐的大機器，那是在過去漫長的歲月中一直監測和調節著地球生命世界的儀表……

人們終於不得不相信，至少對於地球生命而言，他們確實是上帝。

三

在第三次緊急特別聯大會上，祕書長終於代表全人類，向上帝提出了那個關鍵的問題：他們到地球來的目的。

「我回答這個問題之前，你們首先要對文明有一個正確的認識。」上帝代表捋著鬍子說，他還是半年前光臨第一屆緊急聯大會議的那一位。「你們認為，隨著時間的延續，文明會怎樣演化？」

「地球文明正處於快速發展時期，如果沒有來自大自然的不可抗拒的災難和意外，我們想，它會一直發展下去。」祕書長回答說。

「錯了，你想想，每個人都會經歷童年、青年、中年和老年，最終走向死亡。恆星也一樣，宇宙中的任何事物都一樣，甚至宇宙本身，也有終結的那一天，為什麼獨有文明能夠一直成長呢？不，文明也都有老去的那一天，當然也都有死亡的那一天。」

「這個過程具體是怎麼發生的呢？」

「不同的文明有著不同的衰老和死亡方式，像不同的人死於不同的疾病或無疾而終一樣。具體到上帝文明，個體壽命的延長是文明步入老年的第一個標誌。那時，上帝文明中的個體壽命已延長至近四千個地球年，而他們的思想在兩千歲左右就已完全僵化，創造性消失殆盡。這樣的個體掌握了社會的絕大部分權力，而新的生命很難出生和成長，文明就老了。」「以後呢？」「文明衰老的第二個標誌是機器搖籃時代。」「嗯？」

「那時，我們的機器已經完全不依賴於它們的創造者而獨立運行，能夠自我維護、更新和擴展，這樣的智能機器能夠提供一切我們所需要的東西，這不只是物質需要，也包括精神需要，我們不需為生存付出任何努力，完全靠機器養活了，就像躺在一個舒適的搖籃中。想一想，假如當初地球的叢林中充滿了採摘不盡的果實，到處是伸手就能抓到的小獵物，猿還能進化成人嗎？機器搖籃就是這樣一個富庶的叢林，漸漸地，我們忘卻了技術和科學，文化變得懶散而空虛，人們失去了創新能力和進取心，文明加速老去，你們所看到的，就是這樣一個進入了風燭殘年的上帝文明。」

「那麼，您現在是否可以告訴我們上帝文明來到地球的目的？」

「我們無家可歸了。」

「可——」祕書長向上指指。

「那都是些老飛船，雖然，飛船上的生態系統比包括地球在內的任何自然形成的生態系統都強健穩定，但飛船都太老了，老得讓你們無法想像，機器的部件老化失效；漫長時間內積聚的量子效應產生出越來越多的軟件錯誤；系統的自我維護和修復功能遇到了越來越多的障礙。飛船中的生態環境在漸漸惡化，每個人能夠得到的生活必需品配給日益減少，現在只夠勉強維持生存，在飛船中的兩萬多個城市裡，彌漫著汙濁的空氣和絕望的情緒。」

「沒有補救的辦法嗎？比如更新飛船的硬件和軟件？」

上帝搖搖頭：「上帝文明已到垂暮之年，我們是二十億個三千多歲的老朽之人，其實，早在我們之前，已有上百代人生活在舒適的機器搖籃之中，技術早就被遺忘乾淨了。現在，我們不會維修那已經運行了幾千萬年的飛船，其實在技術和學習能力上我們連你們都不如，我們連點亮一盞燈的電路都不會接，連一元二次方程都不會解……終於有一天，飛船說，它們已經到了報廢的邊緣，航行動力系統已沒有能力將飛船推進到接近光速，上帝文明只能進行不到光速十分之一的低速航行，飛船上的生態循環系統已接近崩潰，他們無法繼續養活二十億人了，請我們自尋生路。」

「以前，你們沒有想到過會有這一天嗎？」

「當然想到過，在兩千年前，飛船就開始對我們發出警告，於是，我們採取了措施，在地球上播種生命，為養老做準備。」

「您是說，在兩千年前？」

「是的，當然，那是我們的航行時間，從你們的時間坐標來看，那是在三十五億年前，那時地球剛剛冷卻。」

「這就有個問題：你們已經失去了技術能力，但播種生命不需要技術嗎？」

「哦，在一個星球上啟動生命進程其實只是個很小的工程，播下種子，生命就自己繁衍起來，這種軟件在機器搖籃時代之前就有了，只要運行軟件，機器就能完成一切。創造一個行星規模的生命世界，進而產生文明，最基本的需要只是時間，幾十億年漫長的時間。接近光速的航行能使我們幾乎無限地擁有另一個世界的時間，但現在，上帝文明的飛船發動機已老化，再也不可能接近光速，否則我們還可以創造更多的生命和文明世界，這時也就擁有更多的選擇。此時，我們已被禁錮在低速，這些都無法實現了。」

「這麼說，你們是想到地球上來養老。」

「哦，是的是的，希望你們盡到對自己的創造者的責任，收留我們。」上帝拄著柺杖顫巍巍地向各國首腦鞠躬，差點兒向前跌倒。

「那麼，你們打算如何在地球上生活呢？」

「如果我們在地球上仍然集中生活，那還不如在太空中了卻殘生呢。所以。我們想融入你們的社會，進入你們的家庭。在上帝文明的童年時代，我們也曾有過家庭，你知道，童年是最值得珍惜的，你們現在正好處於文明的童年時代，如果我們能夠回到這個時代，在家庭的溫暖中度過餘生，那真是最大的幸福。」

「你們有二十億，地球社會中的每個家庭都要收留你們中的一至兩人。」祕書長說完，會場陷入了長時間的沉默。

「是啊是啊，給你們添麻煩了……」上帝連連鞠躬，同時偷偷瞄著祕書長和各國首腦的表情，「當然，我們會給你們一定的補償。」他揮了一下柺杖，又有兩個白鬍子上帝走進了會場，吃力地抬著一個銀色的金屬箱子，「你們看，這是大量的高密度信息存貯體，系統地存貯著上帝文明在各個學科和技術領域的所有資料，它將使地球文明產生飛躍進化，相信你們會喜歡的。」

祕書長看著金屬箱，與在場的各國首腦一樣極力掩蓋著心中的狂喜，說：「贍養上帝應該是人類的責任，雖然這還需要世界各國進一步的磋商，但我想，原則上……」

「給你們添麻煩了，給你們添麻煩了……」上帝一時老淚縱橫，連連鞠躬。

當祕書長和各國首腦走出會議大廳，發現聯合國大廈外面聚集了幾萬名上帝，看上去一片白花花的人山人海，天地之間充斥著一片嗡嗡的話音，祕書長仔細聽了聽，聽出他們都在用不同的地球語言反覆說著同一句話：

「給你們添麻煩了，給你們添麻煩了……」

四

二十億個上帝降臨到了地球，他們大多是穿著再入膜墜入大氣層的，那段時間，天空中繽紛的彩雨在白天都能看到。這些上帝著陸後，分散進入了人類社會的十五億個家庭中。由於得到了上帝的科技資料，人們都對未來充滿了歷史上從未有過的希冀和憧憬，似乎人類在一夜之間就能進入世世代代夢想中的天堂。在這種心情下，每個家庭都真誠地歡迎上帝的到來。

這天，秋生一家同村裡的其他鄉親一起，早早地等在村口，迎接分配到本村的上帝。

「今兒個的天真是個晴啊！」玉蓮興奮地說。

她的這種感覺並非完全是心情使然，因為那布滿天空的外星飛船在一夜之間完全消失了，天空重新變得空曠開闊起來。人類一直沒有機會登上那些飛船中的任何一艘，上帝對地球人的這種願望不持異議，但飛船自己不允許，對於人類發射的那些接近它們的簡陋原始的探測器，它們不理不睬，緊閉艙門。當最後一批上帝躍入地球大氣層後，兩萬多艘飛船同時飛離了地球同步軌道。但它們並沒有走遠，而是在小行星帶飄浮著，這些飛船雖然陳舊不堪，但古老的程序仍在運行，它們唯一的終極使命就是為上帝服務，因而不可能遠離上帝，當後者需要時，它們招之即來。

鄉裡的兩輛大轎車很快開來，送來了分配到西岑村的一百零六名上帝。秋生和玉蓮很快領到了分配給本家的那個上帝，兩口兒親熱地挽著上帝的胳膊，秋生爹和兵兵樂呵呵地跟在後面，在上午明媚的陽光下朝家走去。

「老爺子。哦，上帝爺子，」玉蓮把臉貼在上帝的肩上，燦爛地笑著說，「聽說，你們送給的那些技術，馬上就能讓我們實現共產主義了！到時候是按需分配，什麼都不要錢，去商店拿就行了。」

上帝笑著衝她點點滿是白髮的頭，用還很生硬的漢語說：「是的，其實，按需分配只是滿足了一個文明最基本的需要，我們的技術將給你們帶來的生活，其富裕和舒適，是你完全想像不出來的。」

玉蓮的臉笑成了一朵花：「不用不用，按需分配，我就滿足了，嘻嘻！」

「嗯！」秋生爹在後面重重地點點頭。

「我們還能像您那樣長生不老？」秋生問。

「我們並不能長生不老，只是比你們活得長些而已，現在不是都老了嗎？其實人要活過三千歲，感覺和死了也差不多，對一個文明來說，個體太長壽是致命的危險。」

「哦，不用三千歲，三百歲就成啊！」秋生爹也像玉蓮一樣笑得合不攏嘴，「想想，那樣的話我現在還是個小夥兒，說不定還能……呵呵呵呵。」

這天，村裡像過大年一樣，家家都張羅了豐盛的宴席為上帝接風，秋生家也不例外。秋生爹很快讓老花雕灌得有三分迷糊了，他衝上帝豎起了大拇指。

「你們行！能造出這所有的活物來，神仙啊！」

上帝也喝了不少，但腦子還清醒，他衝秋生爹擺擺手：「不，不是神，是科學，生物科學發展到一定層次，就能像製造機器一樣製造出生命來。」

「話雖這麼說，可在我們眼裡，你們還是跟下凡的神仙沒兩樣啊。」

上帝搖搖頭：「神應該是不會出錯的，但我們，在創世過程中錯誤不斷。」

「你們造我們時還出過錯兒？」玉蓮吃驚地瞪大了雙眼，因為在她的想像裡，創造萬千生靈就像她八年前生兵兵一樣，是出不得錯的。

「出過很多，以較近的來說，由於創世軟件對環境判斷的某些失誤，地球上出現了像恐龍這類體積大而適應性差的動物，後來為了你們的進化，只好又把它們抹掉。再說更近的事：自古愛琴海文明消亡後，創世軟件認為已經成功地創建了地球文明，就再也沒有對人類的進程進行監視和微調，就像把一個上好了發條的鐘錶扔在那裡任它自己走動，這就出現了更多的錯。比如，應該讓古希臘文明充分地獨立發展，馬其頓的征服、還有後來羅馬的征服都應被制止，雖然這兩個力量都不是希臘文明的對立面而是其繼承者，但希臘文明的發展方向被改變了……」

秋生家沒人能聽懂這番話，但都很敬畏地探頭恭聽著。

「再到後來，地球上出現了漢朝和古羅馬兩大力量，與前面提到的希臘文明相反，不應該讓這兩大力量在相互隔絕的狀態下發展，而應該讓它們充分接觸……」

「你說的漢朝，是劉邦、項羽的漢朝吧，」秋生爹終於抓住了自己知道的一點兒，「那古羅馬？」

「好像是那時洋人的一個大國，也很大的。」秋生試著解釋道。

秋生爹不解地問：「什麼？洋人在清朝就把我們收拾成那樣兒，你還讓他們早在漢朝就同我們見面？」

上帝笑著說：「不，不，那時，漢朝的軍事力量絕不比古羅馬差。」

「那也很糟，這兩強相遇要打起來，可是大仗，血流成河啊！」

上帝點點頭，伸了筷子去夾紅燒肉：「有可能，但東、西方兩大文明將碰撞出燦爛的火花，將人類大大向前推進一步……唉，要是避免那些錯誤的話，地球人現在可能已經殖民火星，你們的恆星際探測器已越過天狼星了。」

秋生爹舉起酒碗敬佩地說：「說上帝們在搖籃裡把科學忘了，其實你們還是很有學問的嘛。」

「為了在搖籃中過得舒適，還是需要知道一些哲學、藝術、歷史之類的，但只是些常識而已，算不得什麼學問，現在地球上的很多學者，思想都比我們深刻得多。」

上帝文明進入人類社會的最初一段時間，是上帝們的黃金時光，那時，他們與人類家庭相處得十分融洽，彷彿回到了上帝文明的童年時代，融入那早已被他們忘卻的家庭溫暖之中，對於他們那漫長的一生來說，應該是再好不過的結局了。

秋生家的上帝，在這個秀美的江南小村過著寧靜的田園生活，每天到竹林環繞的池塘中釣魚，同村裡的老人聊聊天、下下棋，其樂融融。但他最大的愛好是看戲，有戲班子到村裡或鎮裡時，他場場不誤。上帝最愛看的是《梁祝》，看一場不夠，竟跟著那個戲班子走了一百多里地，連看了好幾場。後來秋生從鎮子裡為他買回一張這戲的ＶＣＤ，他就一遍遍放著看，後來也能哼幾句像模像樣的越劇了。

有天玉蓮發現了一個祕密，她悄悄地對秋生和公公說：「你們知道嗎，上帝爺子每看完戲，總是從裡面口袋掏出一個小片片看，邊看邊哼曲兒，我剛才偷看了一眼，那是張照片，上面有個好漂亮的姑娘耶！」

傍晚，上帝又放了一遍《梁祝》，掏出那張美人像邊看邊哼起來，秋生爹悄悄湊過去：「上帝爺子啊，你那是……從前的相好兒？」

上帝嚇了一跳，趕緊把照片塞進懷裡，對秋生爹露出孩子般的笑：「呵呵，是是，她是我兩千多年前的愛。」

在旁偷聽的玉蓮撇了撇嘴，還兩千多年前的愛呢，這麼大歲數了，真酸得慌。

秋生爹本想看看那張照片，但看到上帝護得那麼緊，也不好意思強要，只能聽著上帝的回憶。

「那時我們都還很年輕，她是極少數沒有在機器搖籃中沉淪的人，發起了一次宏偉的探險航行，要航行到宇宙的盡頭，哦，這你不用細想，很難搞明白的……她期望用這次航行喚醒機器搖籃中的上帝文明，當然，這不過是一個美好的願望罷了。她讓我同去，但我不敢，那無邊無際的宇宙荒漠嚇住了我，那是二百億光年的漫漫長程啊。她就自己去了，在以後的兩千多年裡，我對她的思念從來就沒間斷過啊。」

「二百億光年？照你以前說的，就是光要走二百億年？乖乖，那也太遠了，這可是生離死別啊，上帝爺子，你就死了那份心思吧，再見不著她的面兒嘍。」

上帝點點頭，長嘆一聲。

「不過麼，她現在也該你這歲數了吧？」

上帝從沉思中醒過來，搖搖頭：「哦，不，不，這麼遠的航程，那艘探險飛船會很貼近光速的航行，她應該還很年輕，老的是我……宇宙啊，你真不知道它有多大，你們所謂的滄海桑田、天長地久，不過是時空中的一粒沙啊……話說回來，你感覺不到這些，有時候還真是一種幸運呢！」

五

誰也沒有想到，上帝與人類的蜜月很快結束了。

人們曾對從上帝那裡得到的科技資料欣喜若狂，認為它們能使人類的夢想在一夜之間變為現實。借助於上帝提供的接口設備，那些巨量的信息被很順利地從存貯體中提取出來，並開始被源源不斷地譯成英文，為了避免紛爭，世界各國都得到了一份拷貝。但人們很快發現，要將這些技術變成現實，至少在本世紀內是不可能的事。其實設想一下，如果有一個時間旅行者將現代技術資料送給古埃及人會是什麼情況，就能夠理解現在人類面臨的尷尬處境了。

在石油即將枯竭的今天，能源技術是人們最關心的技術。但科學家和工程師們很快發現，上帝文明的能源技術對現代人類毫無用處，因為他們的能源是建立在正反物質湮滅的基礎上的。即使讀懂所有相關資料，最後製造出湮滅發動機和發電機（在這一代人內這基本上不可能），一切還是等於零，因為這些能源機器的燃料——反物質，需要遠航飛船從宇宙中開採，據上帝的資料記載，距地球最近的反物質礦藏是在銀河系至仙女座星雲之間的黑暗太空中，有五十五萬光年之遙！而接近光速的星際航行幾乎涉及到所有的學科，其中的大部分理論和技術對人類而言高深莫測，人類學者即使對其基礎部分有個大概的了解，可能也需半個世紀的時間。科學家們曾滿懷希望地查詢受控核聚變的技術信息，但根本沒有，這很好理解：人類現代的能源科學並不包含鑽木取火的技巧。

在其他的學科領域。如信息技術和生命科學（其中蘊含著使人類長生的祕密）也一樣，最前沿的科學家也完全無法讀懂那些資料，上帝科學與人類科學的理論距離目前還是一道無法跨越的深淵。

來到地球上的上帝們無法給科學家們提供任何幫助，正如那一位上帝所說，在他們中間，現在會解一元二次方程的人都很少了。而那群飄浮在小行星帶的飛船，則對人類的呼喚毫不理睬。現在的人類就像是一群剛入學的小學生，突然被要求研讀博士研究生的課程，而且沒有導師。

另一方面，地球上突然增加了二十億人口，這些人都是不能創造任何價值的超老人，其中大半疾病纏身，給人類社會造成了前所未有的壓力。各國政府要付給每個接收上帝的家庭一筆可觀的贍養費，醫療和其他公共設施也已不堪重負，世界經濟到了崩潰的邊緣。

上帝和秋生一家的融洽關係不復存在，他漸漸被這家人看做是一個天外飛來的負擔，受到越來越多的嫌棄，而每個嫌棄他的人都有各自的理由。

玉蓮的理由最現實也最接近問題的實質，那就是上帝讓她家的日子過窮了。在這家人中，她是最令上帝煩惱的一個，那張尖酸刻薄的刀子嘴，比太空中的黑洞和超新星都令他恐懼。她的共產主義理想破滅後，就不停地在上帝面前嘮叨，說在他來之前他們家的日子是多麼富裕、多麼滋潤，那時什麼都好，現在什麼都差，都是因為他，攤上他這麼個老不死的真是倒了大楣！每天只要一有機會，她就這樣對上帝惡語相向。上帝有很重的氣管炎，這雖不是什麼花大錢的病，但需要長期的治和養，錢自然是要不斷地花。終於有一天，玉蓮不讓秋生帶上帝去鎮醫院看病，也不給他買藥了，這事讓村支書知道了，很快找上門來。

支書對玉蓮說：「你家上帝的病還是要用心治，鎮醫院跟我打招呼了，說他的氣管炎如果不及時治療，有可能轉成肺氣腫。」

「要治村裡或政府給他治，我家沒那麼多錢花在這上面！」玉蓮衝村支書嚷道。

「玉蓮啊，按《上帝贍養法》，這種小額醫療是要由接收家庭承擔的，政府發放的贍養費已經包括這費用了。」

「那點兒贍養費頂個屁用！」

「話不能這麼說，你家領到贍養費後買了奶牛，用上了液化氣，還換了大彩電，就沒錢給上帝治病？大夥都知道這個家是你在當，我把話說在這兒，你可別給臉不要臉，下次就不是我來勸你了，會是鄉裡、縣裡、『上委』（上帝贍養委員會）的人來找你，到時你吃不了兜著走！」

玉蓮沒辦法，只好恢復了對上帝的醫療，但日後對他就更沒好臉了。

有一次，上帝對玉蓮說：「不要著急嘛，地球人很有悟性，學得也很快，只須一個世紀左右，上帝科學技術中層次較低的一部分就能在人類社會得到初步應用，那時生活會好起來的。」

「嘁，一個世紀，還『只須』，你這叫人話啊？」正在洗碗的玉蓮頭也不回地說。

「這時間很短啊。」

「那是對你們，你以為我能像你似的長生不老啊，一個世紀過去，我的骨頭都找不著了！不過我倒要問問，你覺得自個兒還能活多少時間呢？」

「唉，風燭殘年了，再活三四百個地球年就很不錯了。」

玉蓮將一摞碗全摔到了地上：「咱這到底是誰給誰養老、誰給誰送終啊?!啊，合著我累死累活伺候你一輩子，還得搭上我兒子孫子往下十幾輩不成？說你老不死，你還真是啊！」

至於秋生爹，則認為上帝是個騙子。其實，這種說法在社會上也很普遍，既然科學家看不懂上帝的科技文獻，就無法證實它們的真偽，說不定人類真讓上帝給耍了。對於秋生爹而言，他這方面的證據更充分一些。

「老騙子，行騙也沒你這麼猖狂的，」他有一天對上帝說，「我懶得揭穿你，你那一套真不值得我揭穿，甚至不值得我孫子揭穿呢！」

上帝問他有什麼地方不對。

「先說最簡單的一個吧：我們的科學家知道，人是由猴兒變來的，對不對？」

上帝點點頭：「準確地說是由古猿進化來的。」

「那你怎麼說我們是你們造的呢？既然造人，直接造成我們這樣兒不就行了，為什麼先要造出古猿，再進化什麼的，這說不通啊？」

「人要以嬰兒的形式出生再長大為成人，一個文明也一樣，必須從原始狀態進化發展而來，這其中的漫長歷程是不可省略的。事實上，對於人類這一物種分支，我們最初引入的是更為原始的東西，古猿已經經過相當地進化了。」

「我不信你故弄玄虛的那一套，好好，再說個更明顯的吧，告訴你，這還是我孫子看出來的：

我們的科學家說地球上三十多億年前就有生命了，這你是認的，對吧？」

上帝點點頭：「他們估計的基本準確。」

「那你有三十多億歲？」

「按你們的時間坐標，是的：但按上帝飛船的時間坐標，我只有三千五百歲。飛船以接近光速飛行，時間的流逝比你們的世界要慢得多。當然，有少數飛船會不定期脫離光速，降至低速來到地球。對地球上的生命進化進行一些調整，但這只須很短的時間。這些飛船很快就會重新進入太空進行近光速航行，繼續跨越時間。」

「扯——」秋生爹輕蔑地說。

「爹，這可是相對論，也是咱們的科學家證實了的。」秋生插嘴說。

「相對個屁！你也給我瞎扯，哪有那麼玄乎的事兒？時間又不是香油，還能流得快慢不同？我還沒老糊塗呢！倒是你，那些書把你看傻了！」

「我很快就能向你們證明，時間能夠以不同的速度流逝。」上帝一臉神祕地說，同時從懷裡掏出了那張兩千年前情人的照片，把它遞給秋生，「仔細看看，記住她的每一個細節。」

秋生看那照片的第一眼時，就知道自己肯定能夠記住每一個細節，想忘都不容易。同其他的上帝一樣，她綜合了各色人種的特點，皮膚是溫潤的象牙色，那雙會唱歌的大眼睛絕對是活的，一下子就把秋生的魂兒勾走了。她是上帝中的姑娘，她是姑娘中的上帝，那種上帝之美，如第二個太陽，人類從未見過也根本無法承受。

「瞧你那德性樣兒，口水都流出來了！」玉蓮一把從已經有些呆傻的秋生手中搶過照片，還沒拿穩，就讓公公搶去了。

「我來我來，」秋生爹說著，那雙老眼立刻湊到照片上，近得不能再近了，好長時間一動不動地，好像那能當飯吃。

「湊那麼近幹麼？」玉蓮輕蔑地問。

「去去，我不是沒戴眼鏡嘛。」秋生爹臉伏在照片上說。

玉蓮用不屑的目光斜視了公公幾秒鐘，撇撇嘴，轉身進廚房了。

上帝把照片從秋生爹手中拿走了，後者的雙手戀戀不捨地護送照片走了一段，上帝說：「記好細節，明天的這個時候再讓你們看。」

整整一天，秋生爺兒倆少言寡語，都在想著那位上帝姑娘，他們心照不宣，惹得玉蓮脾氣又大了許多。終於等到了第二天的同一個時候，上帝好像忘了那事，經秋生爹的提醒才想起來，他掏出那張讓爺兒倆想念了一天的照片，首先遞給秋生：「仔細看看，她有什麼變化？」

「沒啥變化呀。」秋生全神貫注地看著，過了好一會兒，終於看出點東西來：「哦，對，她嘴唇兒張開的縫比昨天好像小了一些，小得不多，但確實小了一些，看嘴角兒這兒……」

「不要臉的，你看得倒是細！」照片又讓媳婦搶走了，同樣又讓公公搶到手裡。

「還是我來——」秋生爹今天拿來了眼鏡，戴上細細端詳著，「是是，是小了些。還有很明顯的一點你怎麼沒看出來呢？這小縷頭髮麼，比昨天肯定向右飄了一點點的！」

上帝將照片從秋生爹手中拿過來，舉到他們面前：「這不是一張照片，而是一臺電視接收機。」

「就是……電視機？」

「是的，電視機，現在它接收的，是她在那艘飛向宇宙邊緣的探險飛船上的實況畫面。」

「實況？就像轉播足球賽那樣？」

「是的。」

「這，這上面的她居然……是活的！」秋生目瞪口呆地說，連玉蓮的雙眼都睜得像核桃那麼大。

「是活的，但比起地球上的實況轉播，這個畫面有時滯，探險飛船大約已經飛出了八千萬光年，那麼時滯就是八千萬年，我們看到的，是八千萬年前的她。」

「這小玩意兒能收到那麼遠的地方傳來的電波？」

「這樣的超遠程宇宙通訊，只能使用中微子或引力波，我們的飛船才能收到，放大後再轉發到這個小電視機上。」

「寶物，真是寶物啊！」秋生爹由衷地讚歎道，不知是指的那臺小電視，還是電視上那個上帝姑娘，反正一聽說她居然是「活的」，秋生爺倆的感情就上升了一個層次，秋生伸手要去捧小電視，但老上帝不給。

「電視中的她為什麼動得那麼慢呢？」秋生問。

「這就是時間流逝速度不同的結果，從我們的時空坐標上看，接近光速飛行的探險飛船上的時間流逝得很慢很慢。」

「那……她就能跟你說話兒了，是嗎？」玉蓮指指小電視問。

上帝點點頭，按動了小屏幕背面的一個開關，小電視立刻發出了一個聲音，那是一個柔美的女聲，但是音節恆定不變，像是歌唱結束時永恆拖長的尾聲。上帝用充滿愛意的目光凝視著小屏幕：

「她正在說呢，剛剛說出『我愛你』三個字，每個字說了一年多的時間，已說了三年半，現在正在結束『你』字，完全結束可能還需要三十月左右吧。」上帝把目光從屏幕上移開，仰視著院子上方的蒼穹，「她後面還有話，我會用盡殘生去聽的。」

兵兵和本家上帝的好關係倒是維持了一段時間，老上帝們或多或少都有些童心，與孩子們談得來，也能玩到一塊兒。但有一天，兵兵鬧著要上帝的那塊大手錶，上帝堅決不給，說那是和上帝文明通訊的工具，沒有它，自己就無法和本種族聯繫了。

「哼，看看看看，還想著你們那個文明啊種族啊，從來就沒有把我們當自家人！」玉蓮氣鼓鼓地說。

從此以後，兵兵也不和上帝好了，還不時搞些惡作劇作弄他。

家裡唯一還對上帝保持著尊敬和孝心的就是秋生，秋生高中畢業，加上平時愛看書，村裡除去那幾個考上大學走了的，他就是最知書達理的人了。但秋生在家是個地地道道的軟蛋角色，平時看老婆的眼色行事，聽爹的訓斥過活，要是遇到爹和老婆對他的指示不一致，就只會抱頭蹲在那兒流眼淚了。他這個熊樣兒，在家裡自然無法維護上帝的權益了。

六

上帝與人類的關係終於惡化到不可挽回的地步。

秋生家與上帝關係的徹底破裂，是因為方便麵那事。這天午飯前，玉蓮就搬著一個紙箱子從廚房出來，問他昨天剛買的一整箱方便麵怎麼一下子少了一半。

「是我拿的，我給河那邊兒送過去了，他們快斷糧了，」上帝低著頭小聲回答說。

他說的河那邊，是指村裡那些離家出走的上帝的聚集點。近日來，村裡虐待上帝的事屢有發生，其中最刁蠻的一戶人家，對本家的上帝又打又罵，還不給飯吃，逼得那個上帝跳到村前的河裡尋短見，幸虧讓人救起。這事驚動面很大，來處理的不是鄉和縣裡的人，而是市公安局的刑警，還跟著CCTV和省電視臺的一幫記者，把那兩口子一下子都銬走了。按照《上帝贍養法》，他們犯了虐待上帝罪，最少要判十年的，而這部法律是惟一一個在世界各國都通用並且統一量刑的法律。這以後村裡的各家收斂了許多，至少在明裡不敢對上帝太過分了，但同時，也更加劇了村裡人和上帝之間的隔閡。開始有上帝離家出走，其他的上帝紛紛效仿，到目前為止，西岑村近三分之一的上帝離開了收留他們的家庭。這些出走的上帝在河對岸的田野上搭起帳篷，過起了艱苦的原始生活。

在國內和世界的其他地方，情況也好不到哪裡去，城市中的街道上再次出現了成群的上帝，且數量還在急劇增加，重演了三年前那噩夢般的一幕。這個常人和上帝共同生活的世界面臨著巨人的危機。

「好啊，你倒是大方！你個吃裡扒外的老不死的！」玉蓮大罵起來。

「我說老傢伙，」秋生爹一拍桌子站了起來，「你給我滾！你不是惦記著河那邊的嗎？滾到那裡去和他們一起過吧！」

上帝低頭沉默了一會兒，站起身，到樓上自己的小房間去，默默地把屬於他自己的不多的幾件東西裝到一個小包袱裡，拄著那根竹枴杖緩緩出了門，向河的方向走去。

秋生沒有和家裡人一起吃飯，一個人低頭蹲在牆角默不作聲。

「死鬼，過來吃啊，下午還要去鎮裡買飼料呢！」玉蓮衝他喊，見他沒動，就過去揪他的耳朵。

「放開。」秋生說，聲音不高，但玉蓮還是觸電似的放開了，因為她從來沒有見過自己的男人有這種陰沉的表情。

「甭管他，愛吃不吃，傻小子一個。」秋生爹不以為然地說。

「呵，你惦記老不死上帝了是不是？那你也滾到河那邊野地裡跟他們過去吧！」玉蓮用一根手指捅著秋生的腦袋說。

秋生站起身，上樓到臥室裡。像剛才上帝那樣整理了不多的幾件東西，裝到以前進城打工用過的那個旅行包中，背著下了樓，大步向外走去。

「死鬼你去哪兒啊?!」玉蓮喊道，秋生不理會只是向外走，她又喊，聲音有些膽怯了，「多會兒回來?!」

「不回來了。」秋生頭也不回地說。

「什麼?!回來！你小子是不是吃大糞了？回來！」秋生爹跟著兒子出了屋，「你咋的？就算不要老婆孩子，爹你也不管了？」

秋生站住了，頭也不回地說：「憑什麼要我管你？」

「咳，這話說的？我是你老子！我養大了你！你娘死得那麼早，我把你姐弟倆拉扯大容易嗎？你渾了你！」

秋生回頭看了他爹一眼說：「要是創造出咱們祖宗的祖宗的祖宗的人都讓你一腳踢出了家門，

我不養你的老也算不得什麼大罪過。」說完自顧自走去，留下他爹和媳婦在門邊目瞪口呆地站著。

秋生從那座古老的石拱橋上過了河，向上帝們的帳篷走去。他看到，在撒滿金色秋葉的草地上，幾個上帝正支著一口鍋煮著什麼，他們的大白鬍子和鍋裡冒出的蒸汽都散映著正午的陽光，很像一幅上古神話中的畫面。秋生找到自家的上帝，憨憨地說：「上帝爺子，咱們走吧。」

「我不回那個家了。」上帝擺擺手說。

「我也不回了，咱們先去鎮裡我姊家住一陣兒，然後我去城裡打工，咱們租房子住，我會養活您一輩子的。」

「你是個好孩子啊——」上帝拍拍秋生的肩膀說，「可我們要走了。」他指指自己手腕上的錶，秋生這才發現，他和所有上帝的手錶都發出閃動的紅光。

「走？去哪兒？」

「回飛船上去。」上帝指了指天空，秋生抬頭一看，發現空中已經有了兩艘外星飛船，反射著銀色的陽光，在藍天上格外醒目。其中一艘已經呈現出很大的輪廓和清晰的形狀，另一艘則處在後面深空的遠處，看上去小了很多。最令秋生震驚的是。從第一艘飛船上垂下了一根纖細的蛛絲，從太空直垂到遠方的地面！隨著蛛絲緩慢地擺動，耀眼的陽光在蛛絲不同的區段上竄動，看上去像藍色晴空中細長的閃電。

「太空電梯，現在在各個大陸上已經建起了一百多條，我們要乘它離開地球回到飛船上去。」上帝解釋說，秋生後來知道，飛船在同步軌道上放下電梯的同時，向著太空的另一側也要有相同的質量來平衡，後面那艘深空中的飛船就是作為平衡配重的。當秋生的眼睛適應了天空的光亮後，發現更遠的深空中布滿了銀色的星星，那些星星分布均勻整齊，構成一個巨大的矩陣。秋生知道，那是從小行星帶正在飛向地球的其餘兩萬多艘上帝文明的飛船。

七

兩萬艘外星飛船又布滿了地球的天空，在以後的兩個月中，有大量的太空艙沿著垂向各大陸的太空電梯上上下下，接走在地球上生活了一年多的二十億上帝。那些太空艙都是銀色的球體，遠遠看去，像是一串串掛在蛛絲導軌上的晶瑩露珠。

西岑村的上帝走的這天，全村的人都去送，所有的人對上帝都親親熱熱，讓人想起一年前上帝來的那天，好像上帝前面受到的那些嫌棄和虐待與他們毫無關係似的。

村口停著兩輛大轎車，就是一年前送上帝來的那兩輛，這一百來個上帝要被送到最近的太空電梯下垂點搭乘太空艙，從這裡能看到那根蛛絲，與陸地的接點其實有幾百公里之遙。

秋生一家都去送本家的上帝，一路上大家默默無語，快到村口時，上帝停下了，拄著枴杖對一家人鞠躬：「就送到這兒吧，謝謝你們這一年的收留和照顧，真的謝謝，不管飛到宇宙的哪個角落，我都會記住這個家的。」他說著把那塊球形的大手錶摘下來，放到兵兵手裡，「送給你啦。」

「那……你以後怎麼同其他上帝聯繫呢？」兵兵問。

「都在飛船上，用不著這東西了。」上帝笑著說。

「上帝爺子啊，」秋生爹一臉傷感地說，「你們那些船可都是破船了，住不了多久了，你們坐著它們能去哪兒呢？」

上帝撫著鬍子平靜地說：「飛到哪兒算哪兒吧，太空無邊無際，哪兒還不埋人呢？」

玉蓮突然哭出聲兒來：「上帝爺子啊，我這人……也太不厚道了，把過日子攢起來的怨氣全撒到您身上，真像秋生說的，一點良心都沒了……」她把一個竹籃子遞到上帝手中，「我一早煮了些雞蛋，您拿著路上吃吧。」

上帝接過了籃子：「謝謝！」他說著，拿出一個雞蛋剝開皮津津有味地吃了起來，白鬍子上沾了星星點點的蛋黃，同時口齒不清地說著，「其實，我們到地球來，並不只是為了活下去，都是活了兩三千歲的人了，死有什麼可在意的？我們只是想和你們在一起，我們喜歡和珍惜你們對生活的熱情、你們的創造力和想像力，這些都是上帝文明早已失去的，我們從你們身上看到了上帝文明的童年。但真沒想到給你們帶來了這麼多的麻煩，實在對不起了。」

「你留下來吧爺爺，我不會再不懂事了！」兵兵流著眼淚說。

上帝緩緩搖搖頭：「我們走，並不是因為你們待我們怎麼樣，能收留我們，已經很滿足了。但有一件事讓我們沒法待下去，那就是：上帝在你們的眼中已經變成了一群老可憐蟲，你們可憐我們了，你們竟然可憐我們了。」

上帝扔下手中的蛋殼，抬起白髮蒼蒼的頭仰望長空，彷彿透過那湛藍的大氣層看到了燦爛的星海：「上帝文明怎麼會讓人可憐呢？你們根本不知道這是一個怎樣偉大的文明，不知道它在宇宙中創造了多少壯麗的史詩、多少雄偉的奇蹟！記得那是銀河一八五七紀元吧，天文學家們發現，有大批的恆星加速了向銀河系中心的運動，這恆星的洪水一旦被銀心的超級黑洞吞沒，產生的輻射將毀滅銀河系中的一切生命。於是，我們那些偉大的祖先，在銀心黑洞周圍沿銀河系平面建起了一個直徑一萬光年的星雲屏蔽環，使銀河系中的生命和文明延續下去。那是一項多麼宏偉的工程啊，整整延續了一千四百萬年才完成……緊接著，仙女座和大麥哲倫兩個星系的文明對銀河系發動了強大的聯合入侵，上帝文明的星際艦隊跨幾十萬光年，在仙女座與銀河系的引力平衡點迎擊入侵者。當戰爭進入白熱化的時候，雙方數量巨大的艦隊在纏鬥中混為一體，形成了一個直徑有太陽系大小的漩渦星雲。在戰爭的最後階段，上帝文明毅然將剩餘的所有戰艦和巨量的非戰鬥飛船投入了這個高速自旋的星雲，使得星雲總質量急劇增加，引力大於了離心力，這個由星際戰艦和飛船構成的星雲居然在自身引力下坍縮，生成了一顆恆星！由於這顆恆星中的重元素比例很高，在生成後立刻變成了一顆瘋狂爆發的超新星，照亮了仙女座和銀河系之間漆黑的宇宙深淵！我們偉大的先祖就是以這樣的氣概和犧牲消滅了入侵者，把銀河系變成一個和平的生命樂園……現在文明是老了，但不是我們的錯，無論怎樣努力避免，一個文明總是要老的，誰都有老的時候，你們也一樣。我們真的不需要你們可憐。」

「與你們相比，人類真算不得什麼。」秋生敬畏地說。

「也不能這麼說，地球文明還是個幼兒。我們盼著你們快快長大，盼望地球文明能夠繼承它的創造者的光榮。」上帝把枴杖扔下，兩手一高一低放在秋生和兵兵肩上，「說到這裡，我最後有些話要囑咐你們。」

「我們不一定聽得懂，但您說吧。」秋生鄭重地點點頭說。

「首先，一定要飛出去！」上帝對著長空伸開雙臂，他身上寬大的白袍隨著秋風飄舞，像一面風帆。

「飛？飛到哪兒？」秋生爹迷惑地問。

「先飛向太陽系的其他行星，再飛向其他的恆星，不要問為什麼，只是盡最大的力量向外飛，飛得越遠越好！這樣要花很多錢死很多人，但一定要飛出去，任何文明，待在它誕生的世界不動就等於自殺！到宇宙中去尋找新的世界新的家，把你們的後代像春雨般灑遍銀河系！」

「我們記往了。」秋生點點頭，雖然他和自己的父親、兒子、媳婦一樣，都不能真正理解上帝的話。

「那就好，」上帝欣慰地長出一口氣，「下面，我要告訴你們一個祕密，一個對你們來說是天大的祕密——」他用藍幽幽的眼睛依次盯著秋生家的每個人看，那目光如颼颼寒風，讓他們心裡發毛，「你們，有兄弟。」

秋生一家迷惑不解地看著上帝，是秋生首先悟出了上帝這話的含意：「您是說，你們還創造了其他的地球？」

上帝緩緩地點點頭：「是的，還創造了其他的地球，也就是其他的人類文明。目前除了你們，這樣的文明還存在著三個，距你們都不遠，都在二百光年的範圍內，你們是地球四號，是年齡最小的一個。」

「你們去過那裡嗎？」兵兵問。

上帝又點點頭：「去過，在來你們的地球之前，我們先去了那三個地球，想讓他們收留我們。地球一號還算好，在騙走了我們的科技資料後，只是把我們趕了出來；地球二號，扣下了我們中的一百萬人當人質，讓我們用飛船交換，我們付出了一千艘飛船，他們得到飛船後發現不會操作，就讓那些人質教他們，發現人質也不會，就將他們全殺了；地球三號也扣下了我們的三百萬人質，讓我們用幾艘飛船分別撞擊地球一號和二號，因為他們之間處於一種曠日持久的戰爭狀態中，其實只須一艘反物質動力飛船的撞擊就足以完全毀滅一個地球上的全部生命，我們拒絕了，他們也殺了那些人質……」

「這些不肖子孫，你們應該收拾他們幾下子！」秋生爹憤怒地說。

上帝搖搖頭：「我們是不會攻擊自己創造的文明的。你們是這四個兄弟中最懂事的，所以我才對你們說了上面那些話。你們那三個哥哥極具侵略性，他們不知愛和道德為何物，其凶殘和嗜血是你們根本無法想像的，其實我們最初創造了六個地球，另外兩個分別與地球一號和三號在同一個行星系，都被他們的兄弟毀滅了。這三個地球之所以還沒有互相毀滅，只是因為他們分屬不同的恆星，距離較遠。他們三個都已經得知了地球四號的存在，並有太陽系的準確坐標，所以，你們必須先去消滅他們，免得他們來消滅你們。」

「這太嚇人了！」玉蓮說。

「暫時還沒那麼可怕，因為這三個哥哥雖然文明進化程度都比你們先進，但仍處於低速宇航階段，他們最高的航行速度不超過光速的十分之一，航行距離也超不出三十光年。這是一場生死賽跑，看你們中誰最先能夠貼近光速航行，這是突破時空禁錮的唯一方式，誰能夠首先達到這個技術水平，誰才能生存下來，其他稍慢一步的都必死無疑，這就是宇宙中的生存競爭。孩子們，時間不多了，要抓緊！」

「這些事情，地球上那些最有學問、最有權力的人都知道了吧？」秋生爹戰戰兢兢地問。

「當然知道，但不要只依賴他們，一個文明的生存要靠其每個個體的共同努力，當然也包括你們這些普通人。」

「聽到了吧兵兵，要好好學習！」秋生對兒子說。

「當你們以近光速飛向宇宙，解除那三個哥哥的威脅，還要抓緊辦一件重要的事：找到幾顆比較適合生命生存的行星，把地球上的一些低等生物，如細菌、海藻之類的，播撒到那些行星上，讓他們自行進化。」

秋生正要提問，卻見上帝彎腰拾起了地上的枴杖，於是一家人同他一起向大轎車走去，其他的上帝已在車上了。

「哦，秋生啊，」上帝想起了什麼，又站住了，「走的時候沒經你同意就拿了你幾本書，」他打開小包袱讓秋生看，「你上中學時的數理化課本。」

「啊，拿走好了，可您要這個幹什麼？」

上帝繫起包袱說：「學習唄，從解一元二次方程學起，以後太空中的漫漫長夜裡，總得找些打發時間的辦法。誰知道呢，也許有那麼一天，我真的能試著修好我們那艘飛船的反物質發動機，讓它重新進入光速呢！」

「對了，那樣你們又能跨越時間了，就可以找個星球再創造一個文明給你們養老了！」秋生興奮地說。

上帝連連搖頭：「不不不，我們對養老已經不感興趣了，該死去的就讓它死去吧。我這麼做，只是為了自己最後一個心願，」他從懷裡掏出了那個小電視機，屏幕上，他那兩千年前的情人還在慢慢說著那三個字中的最後一個，「我只想再見到她。」

「這念頭兒是好，但也就是想想罷了。」秋生爹搖搖頭說，「你想啊，她已經飛出去兩千多年了，以光速飛的，誰知道飛到什麼地方去了，你就是修好了船，也追不上她了，你不是說過，沒什麼能比光走得更快嗎？」

上帝用枴杖指指天空：「這個宇宙，只要你耐心等待，什麼願望都有可能實現，雖然這種可能性十分渺茫，但總是存在的。我對你們說過，宇宙誕生於一場大爆炸，現在，引力使它的膨脹速度慢了下來，然後宇宙的膨脹會停下來，轉為坍縮。如果我們的飛船真能再次接近光速，我就讓它無限逼近光速飛行，這樣就能跨越無限的時間，直接到達宇宙的末日時刻，那時，宇宙已經坍縮得很小很小，會比乒乓的皮球還小，會成為一個點，那時，宇宙中的一切都在一起了，我和她，自然也在一起了。」一滴淚滾出上帝的眼眶，滾到鬍子上，在上午的陽光中晶瑩閃爍著，「宇宙啊，就是《梁祝》最後的墳墓，我和她，就是墓中飛出的兩隻蝶啊——」

八

一個星期後，最後一艘外星飛船從地球的視野中消失。上帝走了。

西岑村恢復了以前的寧靜，夜裡，秋生一家坐在小院中看著滿天的星星，已是深秋，田野裡的蟲鳴已經消失了，微風吹動著腳下的落葉，感覺有些寒意了。

「他們在那麼高的地方飛，多大的風啊，多冷啊——」玉蓮喃喃自語道。

秋生說：「哪有什麼風啊，那是太空，連空氣都沒有呢！冷倒是真的，冷到了頭兒，書上叫絕對零度，唉，那黑漆漆的一片，不見底也沒有邊，那是噩夢都夢不見的地方啊！」

玉蓮的眼淚又出來了，但她還是找話說以掩飾一下：「上帝最後說的那兩件事兒，地球的三個哥哥我倒是聽明白了，可他後面又說，要我們向別的星球上撒細菌什麼的，我想到現在也不明白。」

「我明白了。」秋生爹說，在這燦爛的星空下，他愚拙了一輩子的腦袋終於開了一次竅，他仰望著群星，頭頂著它們過了一輩子，他發現自己今天才真切地看到它們的樣子，一種從未有過的感覺充滿了他的血液，使他覺得自己彷彿與什麼更大的東西接觸了一下，雖遠未能融為一體，但這感覺還是令他震驚不已，他對著星海長嘆一聲，說：

「人啊，該考慮養老的事了。」

作者簡介

——劉慈欣（1963-），山西陽泉人，科幻作家，中國電力投資公司高級工程師，山西省作家協會副主席。曾獲中國科幻小說銀河獎、趙樹理文學獎、華語科幻星雲獎最佳長篇小說暨最佳科幻作家獎、第七十三屆雨果最佳長篇故事獎等。代表作有長篇小說《超新星紀元》、《球狀閃電》、《三體》、《三體II：黑暗森林》、《三體III：死神永生》，中短篇小說《流浪地球》、《鄉村教師》、《朝聞道》等。

師父

徐皓峰

一

「比武的祕訣是——頭不躲。人的頭快不過人的手……」

一九三三年，天津租界，秋山街洪德里「堅村」咖啡館，一個鼻青臉腫的青年如是說。

他身後的桌位遠遠坐著一位日本女人，白底碎花和服，露一截藕白後頸。他叫耿良辰，勞工小販的短打裝束。他的同桌是兩位中年人，放在桌面上的手厚過常人，指節處的繭子銅黃，是長年打沙袋、木樁的結果。

他倆穿著長衫，質地上等。天津的武館受政要富賈支持，拳師的月薪可買百斤牛肉。看得出，他倆忍著厭惡。

「不信？你打我！來！」耿良辰離座，要他倆站起來一個。他倆互看一眼，站起一人，慢打一拳。這是試手，取消了速度力量。

耿良辰登時興奮，頭側躲，擒住那人手腕一晃，讓那人的手打上自己的臉：「看看！腕子細，脖子粗，你說手轉得快，還是頭轉得快？」

那人一臉無聊：「手！」

耿良辰呵呵笑了，父親激勵孩子的笑：「再來！」

那人狠瞪著耿良辰，再次慢打一拳，耿良辰頭不躲，出掌貼上那人肋骨，那人拳頭在他臉前停下。耿良辰：「頭沒手快，手比手快。」

那人退後兩步，抱拳作禮：「受教了。」眼中厭惡到了極點。

還坐著的一人說話，語調不卑不亢，武館裡總有這種會講場面話的人才：「半個時辰前，在武館裡，他就敗給你了。照武行規矩，對踢場子的人，不論輸贏，武館都要請客，你非要喝咖啡，我們也做到了，為何還要羞辱他？」

耿良辰：「練拳的坐一塊兒，不就是聊聊拳麼？我沒錯吧！」

「跟你再比一次！」

兩拳師怒不可遏。耿良辰反而坐回椅子，喝盡殘咖啡：「我才練了一年拳，頭不躲，難免給人打上。這個月比武多了點，門牙給打鬆了，想再比，您得過十天，容我的牙長牢點。」

「我給你鑲金牙！」

一拳師出手，頓時肋下中掌，未及呻吟，癱死過去。另一拳師忙掀起他上身，用膝蓋抵住他脊椎，手抄他下巴將脖子仰起，嘴裡進了氣，哭出一聲，如嬰兒之泣。

人醒了，四肢仍廢著，要起身還得緩一會兒。櫃檯內有兩位侍者，為何日本咖啡館的侍者總是老人？遠處桌位的和服女人已站起，脂粉煞白，幾同玩偶。

耿良辰捂著嘴，盯著那拳師的救治手法，嗚嚕嚕搭話：「您這手，絕了！」拳師忙於施救，一時忘了敵我：「這算什麼？練拳的都會。你師父沒教你？」

耿良辰搖搖頭：「我那師父啊……」拳師眼中恢復了敵意，他沒再說下去，捣嘴向門走去。

身後傳來一聲：「要給你鑲金牙麼？」
咖啡館的門上鑲著毛玻璃，街面朦朧如夢。耿良辰眼中有一抹恍惚，未答話，推門而出。

二

「你躺著，怎麼給你換床單？起來！」
「你過來，就知道怎麼換了。」
「呸！」
逗房東的二女兒有一會兒了，耿良辰躺在床上，捂著嘴。房東有三女，皆渾圓性感，漁民後代的習性，不忌男女調笑，甚至骨子裡喜歡。天津本是水城，九河匯攏處。
大女半年前嫁人，耿良辰常跟二女說，他睡過她姊姊。
房東老太太在院子裡喊了，催二女上街。耳朵眼胡同的炸糕金黃酥脆，紅豆餡嫩如鮮果，是老太太唯一的嗜口。人老，不吃晚飯，怕消化不起，夜裡難受。吃年糕在下午三點。
二女：「快別鬧了。」
她一步跨到床前，耿良辰挺身躍起。二女本能一豎小臂，護住乳房，撞進耿良辰懷裡。耿良辰如受火燙，躥到門口。占女人便宜，只到此程度。
二女：「快滾吧！」俯身換床單了。
她臀部滾滾，腰部圓圓。聽街頭的老混混講，姑娘出嫁後，腰會瘦下來——瞄著她的腰，耿良辰有種奔跑後喝水喝急了的不適感，喝一聲：「哪天你嫁人，我就在前一天睡了你！」
她沒聽見。耿良辰出門了。
他喜歡的不是她。他是個街頭租書的。
一九二二年，以《江湖奇俠傳》為啟，南方有了武俠小說。一九三三年，是「北五家」時代，還珠樓主的《蜀山劍俠傳》已現世有一段時間了，風頭正勁，除報紙連載外，以小冊子方式，寫一段售一段。
一冊字數少則兩萬多則六萬，押金兩角，租一天一分。他也出租「北五家」的白羽、鄭證因等人的小說，但主要靠還珠樓主活命。上海一戶五口之家，兩人打工，一月三十三元可得溫飽。在天津，須十四元。他是一人獨活，七元足矣。
北馬路上的一片五米長牆根，是他的營生地。那是北海樓的西牆根，北海樓是商場，三樓有茶館。天津水質鹹，不能直接飲用，自家燒水煤費高，都是去水舖買水。茶館提供熱水，茶館是北方人的半個家，老客戶刷牙、洗腳也在裡面。
茶客租了書，拿上茶館看。還有街頭散客，天津人不願待在家裡，喜歡待在街上。書攤家當是一架獨輪車，五個小馬扎。車上擺書，馬扎供人坐看。五個馬扎不夠，但也不多準備了，人會靠牆站著看。
耿良辰原本是個腳行，幫人搬家運貨的，是師父讓他幹了租書，因為「習武人禁不起力氣活」，練拳後扛重物，精力奔瀉，等於找死。

「我那個師父啊……」去北海樓的路上，耿良辰再次感慨。他擁書七十本，是師父出的錢，可謂恩重如山，他打了八家武館，有了大人物自然而有的謙遜心理——人活著竟可如此榮耀！但近日有種莫名其妙的預感——師父在盼著他死。

「怎能這麼想？這叫忘恩負義，耿良辰，你是個小人！」他抽了自己一記耳光。天津人走在街上，跟在家裡一樣，不顧忌旁人眼光。他又自抽了一記耳光。

師父是一年前遇上的，農曆三月二十三，天后宮廟會。那時，他還做腳行。

腳行設有「站街」一職，監視街面，見有商家自運貨物，便呼來附近兄弟扣下，勒索高價運費，遇上夥計多的商家，總是一場群毆。腳行人都出身窮苦，有惡行也有善根，見老人摔傷街頭，會幫忙送醫；見混混調戲婦女，會阻攔。

廟會上女人多，每年都出事。晚飯時，他聽一個站街講，散廟會的時候，有對夫婦被混混盯上，跟了幾條街，因為女的漂亮。要被跟到住址，便會後患無窮。男的露了功夫，一人打七混混，都是一下倒一個，快得看不清手法。

天津武館多，對於街頭顯功夫的高人，天津人不稀罕。他卻有了好奇，想看看這女人的漂亮。天津女人時髦，緊追上海，街上漂亮的多了，原該不稀罕。

第二天早晨，他買了盒三砲臺香菸，見到站街便遞一根，一個個路口串下去，光了半盒菸，找到那對男女家。

三砲臺質劣，抽一口皺下眉。這個家，只有一間房，無遮無攔。一道不足膝蓋高的荊棘圍出個院子，房前一地木屑。有木匠臺子，一個未刷漆的櫃子立在防雨的油布棚下。

看到了那女人。她站出門檻，把一手瓜子皮扔了，反身回屋。

陽光暴烈，瓜子皮透亮如雪花。女人小臉纖身，脖頸如荷葉稈挺拔。

跨過荊棘，站在院中，他喊：「屋裡有人麼？」女人走出，一雙眼鎮住了他。

不是十六七姑娘的明眸，不是青樓女子的媚眼，如遠山，淡而確定不移。神差鬼使，他說他是來比武的。

她以拒人千里之外的神情，做出招待親朋的禮節，從屋裡端出個臉盆架，說：「洗把臉，慢慢等。我男人回來，得要一會兒。」

他洗了臉。兩個時辰後，她成了他的師娘。

半個時辰後，她男人回來，手裡拎著八十隻螃蟹。天津河多，螃蟹不值錢，買不起白麵的底層人家，螃蟹等同於野菜。

男人洗臉，她去蒸螃蟹了。螃蟹蒸好，他被打倒四十多次，眼皮腫如核桃，流著鼻血。男人停手時，額頭淌下大片汗水，有些氣喘。

街頭總有糾紛，腳行都會打架。他手黑，反應快，逢打群架就興奮，盯上一個人：追出幾條街，也要把人打趴下，被罵作「豬吃食，不撒口」。

沒想到，給人耍猴般地打了！他記起所有他不屑的混混手段，撒石灰、捅刀子、打彈弓——第一次想弄死一個人。

男人讓女人擺桌子，拍拍他肩膀，語帶歉意，說去河邊買螃蟹，受了溼氣，身上不暢快，想出出汗，便多活動了會兒。還讚他骨頭架子比例好、兩腳天生的靈活。

他憋著一股委屈，隨時會像小孩般哭出來，也像小孩般聽話。女人遞上毛巾，他乖乖洗臉，男人一遞上螃蟹，就吃了起來。

他吃了二十隻，男人吃了十隻，她吃了五十隻。

平素吃不上豬肉的人，飯量都大，幹活的日子，一個腳行一頓飯能吃兩斤米。但吃螃蟹不是嗑瓜子，她未免太能吃了——她的腰不見肥，這是女人有男人的好處。

飯後，男人說：「你這身子骨，不學拳，可惜了。跟我練吧。」他腦子蒙蒙的，當即磕頭，叫了師父。

師父叫陳識，師娘叫趙國卉。女人名中有個「國」字，實在是太大了。

北海樓西牆根，擺著他的書攤。坐在馬扎上看書的有兩個學生、一個前清老秀才。書攤邊是個茶湯攤子，一個清朝的龍嘴大銅壺。耿良辰不在時，茶湯姑娘幫他守書攤。

她比他小五歲，但他總占她便宜。今天讓她看攤，是回去午睡。自從牙鬆了以後，生出老人毛病，白日裡常犯睏。

她肥腰肥腿，日本玩偶般面色雪白、瞳仁墨黑，見耿良辰過來，咧嘴一笑，露出一口齊整的牙。有一點喜歡她吧，喜歡她的牙。牙的質地和牙床的鮮紅度，顯示出她遺傳優良，有一條長長的健康的祖先譜系。

他也是健康的。練拳後，常夢見自己的肋骨，十二根肋骨潔白堅硬，如同象牙。健康是一種磁性，健康的人之間有著特殊的吸力——這是他觀察師父、師娘得出的結論。

或許，服從於健康，他和茶湯女會吸在一起，結婚生子——唉，跟她過日子，自己會很不耐煩，一定早死。臨終前，咬著她的耳朵囑咐：「我練了一輩子武，有點成就。肋骨拆下來，賣給洋人，就說是像牙。」

他的十二根肋骨，被當作小象的牙，賣了很多錢，她抽鴉片、賭博、養小白臉，仍綽綽有餘，但她人老實，只會省吃儉用地活著，成為一個高壽的老太太，一臉慈祥地死去，糟蹋了這筆錢——他無數次重複這個想法，尤其見到她面後，暗中一想，快樂無比。

發覺他一臉壞笑地盯著自己，她會叫：「你怎麼啦？」臉蛋顯出兩簇淡淡的血絲。最新鮮的蘋果和最新鮮的桃子，皮上也是這樣的血絲。

他走向她，她回去了自己的茶湯攤子。坐在書攤後，有著吃了一頓冷飯冷菜後的沮喪，看著熙攘人群，他告誡自己，振作點，還有許多武館要踢，你是一個門派的全部未來。

習武後，師父判斷練三年，他可以踢館。他的天賦比預想高，只用了一年。

天津有武館十九家，平均一所武館十來個學員，靠收學費根本無法維持。武館重要的不是學員，是師父。自民國初年，國民政府提倡武風以來，武術只促成了武俠小說熱潮，對大眾改變甚微，大眾要勞苦過活或吃喝玩樂，沒時間練武。

官員和商人給武館捐款，只為養住有名的師父。名師越出越多，湊成繁榮格局，歷史上名不見經傳的小拳種紛紛現世，耿良辰的師父便是個小拳種門人。

耿良辰第一次踢館的前夜，在師父家吃了頓螃蟹。師父說，不與大眾發生關係的事，也可以興盛，比如國畫、瓷器，便是富賈高官玩出來的。武術現今的處境等於國畫、瓷器，但武術不是實物，進不了「奇貨可居」的金錢遊戲。政治需求改變後，武術的興盛便會斷亡。

漫長的清朝，民間是禁武的。眼前的畸形繁榮，恰是小拳種出頭之日，機不可失——耿良辰質疑，既然斷亡是必然，趕在斷亡前出名，有何意義？

師父：「寂寂無名，愧對祖師。你現在不懂，但等我死了，只剩你了，就會明白這個『愧』字有多難受。」

師父的神色，有著長遠謀劃者的酸楚與壯志，征服了他。

武術跟科技一樣，是時代秀。明知南北都一樣，開武館收不到學員，北方官員仍組織「七虎下江南」、「九龍降羊城」的活動，讓北方拳師聯合南下授徒，做半月遊或一月遊，大造輿論。

虛名的意義何在？提倡武風已有二十年，一個持續的事物，不論虛實，總會有人不斷投入。師父練的是詠春拳，限於廣東福建，習者寥寥。師父以個人的方式，北上了。

天津是武館最多的城市，贏了這裡，便有一世之名。他漸漸體會出師父的思路：以木匠身分入津，為摸清眾武館底細，選一個天津本地人做徒弟，可免去「南拳打北拳」的地域敏感。

只是不知師父的下一步。天津武館十九家，踢多少方止？揚名以後，如何收場？應該不會是「揚名、開館」這麼簡單，太順理成章的事情總有危險。

街面上過去一隊運貨的腳行，他們中有舊日兄弟，都沒理耿良辰。擺書的獨輪車，是腳行工具。腳行的老大叫「本屋」，腳行是一天一結帳，但跟本屋有口頭契約，一幹三年或五年，退行要賠款——耿良辰沒跟師父說，自己交了這筆錢，交了又心疼，那是賣了多年力氣攢的，用的獨輪車便沒還給腳行。

獨輪車不值錢，本屋沒追要，但行有行規，腳行兄弟從此不理他。

踢到第五家武館，很想花錢請腳行兄弟喝酒。不為炫耀，源於恐慌。他願意花光所有的錢，但知道他們不會來。

望著遠去的腳行兄弟，他抽了獨輪車一巴掌，如一記耳光。樹木山石都擋不住天敵，野外物種最大的保護，是它的群體。這個不值錢的東西，讓他成了一隻失群的羊，無躲無藏。

到晚飯時分，書攤還可以擺下去。獨輪車上掛有馬燈，十米外有路燈，都不太亮，半個時辰後，幾位散客看酸了眼，他就掙到了一天的錢。

下來了一批茶客，茶館只提供點心、麵條，他們是去附近飯莊吃飯。其中有人還書，有人搭話：「聽說你又踢了個武館，真的假的？」

這種話，他從不理，恥於成為閒人談資。他還沒到驚動富賈高官的程度，打出來的名聲，僅對混混起作用，路過書攤，他們會鞠躬打千，眼中是真誠的佩服。但武行和混混是相互制約的兩股勢力，不能有私交。

牙，或許沒那麼鬆，是個拖延去踢第九家武館的理由——耿良辰的牙疼了起來，七八天了，他只敢喝粥，見到饅頭都犯怵。

想喝一碗茶湯。沖茶湯前，會撒下幾顆冰糖碎渣兒，滾水一沖，五步內都是甜絲絲的香氣。茶湯女在看他，她總是看他，他總是占她便宜，只要遞個眼神，她就會飛快沖一碗送來，不算錢。

他幾乎要遞出那個眼神了，一個人力車夫在茶湯攤停下。人力車是日本人的發明，人力車夫原本屬於腳行，隨著日本在天津建了造車廠，車行就從腳行分離出去，一個車行一個老大，也叫本屋。

車夫身材壯碩，娃娃臉，買了碗茶湯。耿良辰倍感厭惡，轉身點馬燈了，忽覺脖梗一涼，後背肌肉收傘般收緊——這是遭遇勁敵的預感，如野獸直覺，沒踢過八家武館，他不會有。

緩緩回視。

車夫蹲著喝茶湯，低壓的氈帽帽簷下，閃著狼眼的亮光。

蹲著的姿勢，腿形鬆垮，無習武跡象。

呵呵。

耿良辰，你疑神疑鬼，說明你當小人物當得太久，記著，你是一個門派的全部未來。

三

這是一個「出師父不出徒弟」的時代，各派都有名師，都後繼無人——天津八卦掌耆老鄭山傲如是說。陳識北上天津，唯一拜訪的人是他。

揚名需要深遠策劃，「一戰成名」只屬於武俠小說，現實中，一次揚名行為的周期是三到五年，布局和善後占去大部分時間。

放耿良辰去踢館，是想好了後路。耿良辰踢到了第八家，已是天津武行能忍受的極限，將會有一位名師出面將他擊敗，維護住天津武林的體面。在這位名師的主持下，耿良辰作為一個犯亂的徒弟，被逐出天津，而連踢八家的戰績得到承認，背後的師父浮出水面，收取勝利果實，立名號開武館。

——這是小拳種博出位的運作方式，踢館者是犧牲品，一個門派立住了，一個人才毀掉了。這位承擔除亂、扶正責任的名師，是運作最關鍵的一環，得是年高德劭、各派皆服的人物，陳識選中的是鄭山傲。

鄭山傲一個人有兩個腦子，老江湖的狡猾、武痴的純真。

兩年前一次「九龍降羊城」的北拳南下，鄭山傲是九龍之首。陳識託人引薦，以晚輩身分，向鄭山傲展示了詠春拳。詠春拳只有三個套路，一皆簡短，快打不足一分鐘。他打的是詠春拳的第一套拳「小念頭」，打了一半，鄭山傲便不再看，低頭喝茶，會見就此結束。

南拳不入鄭山傲法眼，引薦人倍感無趣，陳識則心中有數，不再出家門。第三天，等來了鄭山傲孤身夜訪，他入門便問：「八卦掌的東西，你怎麼會？」

公之於世的八卦掌，是走轉不停的拳術，而內部則以靜立久站來訓練，與詠春拳「小念頭」要領一致：兩腳內八字站立，大腿有緩緩夾意。

人體是天然的卸力系統，拳頭的擊打力再大，也會被肌肉彈開，最多把人打得皮開肉綻。而經過站法訓練，拳頭可產生透力，透過骨肉震傷內臟。這一站，在八卦掌叫「夾馬樁」，在詠春拳叫「二字鉗羊馬」。

真人面前不說假話。詠春拳的第三套拳叫「標指」，傷敵眼目的毒招，不能對外演練，有「標指不出門」的戒律，陳識也打給鄭山傲看了。鄭山傲變了臉色，因為跟八卦掌的「金絲抹眉」同理。

「金絲抹眉」是鄭山傲師父留給他的絕招，只用過兩次，賺下一世威名。

鄭山傲感慨：「年輕時習八卦掌，有個疑問，如此高妙之術，難道只有我家祖師一人悟到？但看了三十年，今天才看到。果真『天道不獨祕』，南方也有人悟到。」

這一夜，鄭山傲是武痴本色，跟陳識稱兄道弟。

利益上建立的友誼，常以背叛為結局；學問上建立的友誼，可以依靠。半年後，陳識北上天津，直說為揚名而來，鄭山傲就沒在飯莊請客，以免人多眼雜，給武行人物瞧見。要在日後承擔處亂、扶正的任務，便要隱瞞兩人的私交。

給陳識接風，選擇了武行人不會去的北安里俱樂部——法國人開的賭場。鄭山傲徒弟中有一位是軍閥的副官，在賭場消費可記帳，偶爾也徹夜爛賭，這天一臉嚴肅地帶陳識去了賭場內的舞廳。

舞廳有大腿舞表演，舞者多為白俄女子。俄國革命後，許多俄國貴族流亡到天津，迅速落魄。大腿舞是法國式的，還有俄國的格魯吉亞舞。

經歷了裸露程度驚人的大腿舞後，看著一位高帽長裙的舞者登場，陳識小有驚詫。長裙及地，看不到腳，舞者身形不動，行了一圈，狀如飄行。

舞者十八九歲，正在最美年齡，端莊如王后。比起大腿舞的活蹦亂跳，她僅憑行走便贏得掌聲，格外超凡脫俗。

畢竟是豔舞表演，行了五六圈後，一位男舞者扯下她的長裙，她維持著舞姿，長腿亮如銀梭。飄行的奧妙，原來是在裙子遮擋下，高頻率地小步而行，膝蓋內側肌肉如魚的游姿——

陳識的眼神有了變化，鄭山傲湊過來：「看到了？」陳識點頭。鄭山傲：「走吧。」

賭場外有花園，設供人吸菸、閒聊的長椅。鄭陳二人在那裡，談出一件逆世功業。

「天下武館都是擺面子的，收不到學員，去學也受騙。我學拳的時候，師兄弟間不能有交流，師父都是單獨傳授。武館是學員們一塊練，違反千古的傳藝規矩，哪個名師會把真東西在那裡教？」

「唉，好武之風，是政客們的遊戲，習武人反而是陪著玩的。」

「我不是感慨這個。八卦門規矩，一代得真傳者不超過三人，世面上流行的八卦掌就不是八卦，我不知該叫它什麼。我看不下去，但學拳之初，已發誓守祕。自世上有了武館，二十年來，沒出過人才，因為天下武館，批發的都是假貨。」

「您那句名言——這是個出師父不出徒弟的時代，原來是在罵人。」

「老了，還罵人，就無趣了，我現今想的是別的。提倡武術從來是一件虛事，我想把它變實了。天道不獨祕，格魯吉亞舞裙下步法跟『八卦走轉』同理，這個白俄女人嚇壞了我，如果我們再不教真的，洋人早晚會研究出來，我們的子孫要永遠挨打了。」

天津的名師們不會違反守祕原則，否則會被各自的門派討伐，需要一個外來者率先犯規。二人在長椅上是同向並坐，鄭山傲轉頭，正對陳識：「如果你答應開武館傳真的，我便讓詠春拳在天津揚名。」

陳識一病七天。

第八天，鄭山傲在以做德式西餐聞名的起士林餐廳宴請他。他答應了。

他要教出一個踢館的弟子，在找到這個天才前，找到了一個女人。就在鄭山傲請客時，她是起士林餐廳的托盤姑娘，脖頸如荷花稈挺拔。

他也發過守祕誓言，承諾此生只真傳兩人。他做的是欺師滅祖的決定，起士林的麵包免費，不自覺越吃越多，吃到第七盤，托盤姑娘說：「別吃了，我見不得占便宜沒夠的男人。」

她的眼，如遠山，淡而確定不移。

男人的偉業，總是逆世而行。逆世之心，敏感多情。鄭山傲嘆口氣，看出陳識中邪，一眼迷上了她。

她有個舅舅是教會學校的鍋爐房師傅，有個遠房舅舅供應起士林水果，所以在教會學校長大，在起士林打工。她是個無嫁妝的貧家女，最好的命運是被一個來旅遊的德國紳士看上，遠嫁歐洲。她思考過，此人不必是青年。

鄭山傲找她父母商談，她嫁給了他。

陳識家在廣東開平號稱「九十九樓」，曾是建洋樓最多的豪族，衰敗於一場兵變。家境好時，他年少體弱，為治病學了詠春拳，不料成為日後唯一的生存技能。他給南昌商人做過保鏢，在廣州警察局短暫任職，護送過去南洋的貨船……

他有些積蓄。他帶她住進了貧民區——這是鄭山傲的建議。日後，當他訓練出的人開始踢館，會不斷有武行人找上家門，責問為何放任徒弟作亂，他只能回答「管不住」。自顧不暇的貧窮生活，可以博得他人原諒。

窮人都是忙人。他學會了木匠活，讓家裡呈現出越忙越掙不到錢的底層特徵。在鄭山傲看來，娶她是一步棋，一個好吃懶做的女人是男人最好的偽裝。

作為在世上混過一圈的人，陳識經歷過一些露水姻緣，半夜在一個女人身上醒來，總聞到自己散發著討厭的魚腥味。新婚之夜，他聞自己，是雨後林木的清爽氣。

什麼也不能對她說。只是一夜一夜地睡她。

她也不作多想。有次問她：「我怎麼樣？」她：「好。」

不如抱著她就此死了，詠春拳揚名之事，本該下一代完成。

沒想到耿良辰會出現，天意。

教給耿良辰的，都先教給了鄭山傲。成名容易，保名難，鄭山傲十五年沒比過武，日後一戰，不但要贏，還要贏得漂亮。

隔三差五，陳識以「接了修門窗的活兒」為由離家。低壓氈帽，走街串巷，確定沒碰上武行人物，才轉奔鄭山傲家，敲後門而入。

鄭山傲追根問柢的武痴本色，令陳識越教越多，遠超過耿良辰所學。詠春拳只有三套拳，在他師爺一代，吸收了清朝水兵用的八斬刀，在狹隘船面上作戰，敵我雙方都無躲避餘地，八斬刀是一擊必殺的攻擊型刀技。

在他這一代，吸收了江西鏢師用的日月乾坤刀。走鏢路上遇土匪，要以和為貴，一旦動手，讓其「勞而無功，自愧而退」為上策。日月乾坤刀是最擅防守的刀，在一根齊胸長棍的兩頭安刀，一把略長一把略短。對敵時，兩手握棍子中部，左右輪番扇出。

手握部位裝有月牙形護手，月牙尖衝外。如果敵人兵器突破了兩頭的刀，攻到近身時，仍可用月牙對拚。

北上時，將刀拆散後裝箱攜帶。唉，為鄭山傲裝上的刀。每每看鄭山傲練得津津有味，想起北上時的豪情，陳識會一陣恍惚：這事似乎鄭山傲成了最大獲益者。

唉，越執著，越會為人所奪——這是詠春拳的交手口訣，也是人事規律。

日月乾坤刀一直放在鄭宅，鄭山傲練刀熱情不減，不好要回去。一日走出鄭宅，陳識忽生悔意，後悔這一天用在武術上，這一天用來陪她，該有多好。

回家路上，有人賣狗崽，叫賣詞動人：「不為掙錢，只為給狗狗找個好人家。」陳識上前，賣狗人堆笑：「看您一臉善相，給多少錢都行！」經過一番討價還價，抱了一隻小狗走。

小狗臥於臂彎，像塊烤紅薯。他心裡暖暖的，這下好了，自己在鄭宅時，牠可以陪她。

一年後，耿良辰開始踢館，小狗也長到半個小腿高。

四

習武人談判，放杯子的一下，是最終表態。中州、夏虞兩家武館的管事造訪陳識，問責耿良辰踢館事件。兩家武館是天津武館的翹楚，館長之下管事最大。

陳識應答的是「此徒乖張，我管不了」。兩管事放下茶杯，杯底都在茶盤沿上蹭了一下——這是要生事端的表示。

陳識知道，事態按預計的又前進一步，天津武行不會容許第九家武館被踢——鄭山傲即將出山比武。

從未去過耿良辰住所，也沒讓他請過一頓飯。不願意受他一點情，因為他是個棋盤上的棄子。送走兩管事，以遛狗為由，陳識出門，向北海樓行去，那裡有耿良辰的書攤。

最終沒走到北海樓，轉去河邊買了螃蟹。

拎著八十隻螃蟹回家，滴了一路水，解脫了負罪感：「大魚吃小魚，小魚吃蝦米。習武人活的就是『強弱生死』，既然習了武，便要認命。我如此，他憑什麼不如此？」

晚飯，陳識吃了三十隻，她吃了五十隻。

鄭山傲六十三歲，所有年輕人的惡習——熬夜、抽菸、賭博——他都有，他的體能強於青年。但他是個老人了，老人都有恐慌，難以恰到好處，往往過分。耿良辰會殘廢——

掰裂螃蟹腿的聲音刺耳，陳識把三十隻螃蟹的腿都勻給了她。

此夜，很想要她，但抑制住自己。她酒足飯飽，睡得四肢開張，如浮在淺水上的一大團落葉。

耿良辰最初學拳，是因為她。最初的一天，他拎著八十隻螃蟹歸來，她坐在門檻上嗑瓜子，耿良辰看著她，正如他在起士林看她的眼神。

學拳，為看她。耿良辰心思，陳識知道，自信他練下去便會改變，拳中有尊卑。果然，他不再敢看她，因為對陳識敬意日深。

摸上她胯骨，如撫刀背。

鄭山傲是武痴，也是老江湖。名譽之戰，必下狠手。耿良辰會身死——等他死後，再要她吧。

為了第一次見到他時，他那雙眼睛。

陳識如此許諾，猛想起自己拜師時發下的守祕誓言，如遭雷擊。天亮時分，趴上她身體，她本能地呻吟一聲。

鄭山傲在北安里俱樂部的消費，是徒弟林希文買單。林希文出師後參軍，現是山東督軍的副官，督軍在天津造了洋樓，他一月一次來津監工。

下午，陳識從後門入鄭宅，鄭山傲剛穿好衣服，準備出門。他穿著淺灰色衣褲，說這一身原本雪白，一等寧波綢緞。

林希文這次來津，帶了臺攝影機，要拍鄭山傲的「少林破壁」。天下功夫出少林，少林寺有群僧習武的大型壁畫，其中對練的人形有四十多組，參透其用法，稱為「破壁」。

鄭山傲並不懂少林拳理法，只是取姿勢相近的八卦掌散招去套圖形，都套上了。這是兩月前，他在武館跟學員聊天高興了，隨手玩出來的。不料學員們如獲至寶，整理後登報，獲評「破千古之謎，惠當代百姓」。

經林希文力捧，山東督軍大感興趣，讓拍成電影帶回山東。如得督軍賞識，它可能成為軍隊的操練項目。

鄭山傲的雪白綢衣，是當年「九龍降羊城」的拳術表演服，剪裁精當，動起來尤顯身形瀟灑。

鄭山傲十分喜歡，才穿過兩次。但電影膠片忌諱白色，會讓畫面不成調。只好用香灰洗成灰衣，看似一般棉布。

鄭山傲笑道：「有點心疼！」

看他興致正高，求他對耿良辰手下留情的話，陳識就沒說出口，反正日子還多，只說今天來教刀。「改日，改日。」鄭山傲走了，正門有接他的車。

美國福特轎車。因國民政府大量配用，幾乎是中國的官車。

後幾日，陳識再來，後門傭人均說鄭山傲未歸家。

日子禁不起拖，陳識被叫去了中州武館，還有三位別家的館長在。

已表明自己是個管不住徒弟的師父，按理，比武帖子該直接交給耿良辰——那就是要口頭通知他，懲戒者人選是鄭山傲。

陳識坐定，這是個圓桌。沒有遞上帖子，擺上一個茶盤，五杯沏好的茶。圍坐的館長們依次拿杯。

陳識知道，這是以茶表態。如果剩給自己的茶，是最邊上的一杯，大家還是朋友。

剩下的是中央一杯。

這是為敵的表示。不會有比武了，他們將不擇手段，將耿良辰除掉。

各館長看著他，只要他拿了茶杯，便是默認這事，今日會面便可結束。

陳識背上一層如霜的冷汗：「天津十九家武館，只你們幾個說了算？鄭山傲鄭老先生什麼態度？」

某館長：「擺茶，是為不說話。拿了吧。」

陳識伸手，指尖未碰到茶杯，各館長已起身離座。

五

屋頂的瓦片，如武將的鎧甲。鄭宅是大四合套院，一個四合院、兩個三合院、一個獨門獨院的組合。一個習武的，竟可如此有錢。

後門，陳識沒有敲門，順牆翻人。

鄭山傲在家，剛穿好衣服，深色襯衫，雪白西裝。

陳識感慨：他還是喜歡白色。

鄭山傲警覺轉身，有著一流高手的凶相，隨即開口一笑，露出三顆新鑲的金牙。他以跟小夥子比賽牙剝甘蔗皮聞名，一丈長甘蔗能剝四根，一口天然好牙原是他的驕傲。

陳識沒問他出了何事，他坐下穿皮鞋，笑呵呵說：「我今天乘船出海，杭州轉廣州，去新加坡。有個人跟我走，我要去接她。你有話，咱們車上說。」

鄭宅大門掛著出售告示，停一輛福特敞篷轎車。不是官員派車，鄭山傲花錢僱的。

車駛入租界。鄭山傲開言：「天津沒我這號人物了。」

傳說西南邊陲有一種叫「狗鷹」的鷹種，小鷹長大後先咬死老鷹。以前武行裡，盡是狗鷹。

習武人成名，多是打別的門派。如果自己師父有名，也可以打師父，稱作「謝師禮」。無人覺得不妥，被打的師父覺得徒弟超過自己，是祖師技藝不衰，會請客慶祝。

二十年來，拳師成社會名人，輸不起了。「謝師禮」被嚴厲禁止，甚至青年人只能與同輩人比武，向前輩挑戰，被視為大逆不道。

林希文心在仕途，習武不勤。對這個徒弟，鄭山傲從未看重過。「少林破壁」是兩人對練，林希文主動當配手，換上的灰衣亦剪裁精當，動起來尤顯身形瀟灑。

鄭山傲感到一絲好笑：他想跟著自己進入歷史。

作為當世頂級武人，所拍影像必為後世重要文獻。鄭山傲誇了誇林希文：「行坐有相，已是一等衣服，動起來還有相，難上難！你花了大心思。」

林希文滿面通紅。

師徒倆身形瀟灑，站到攝影機前。「少林破壁」共四十二手，一招一招套下去就行了——一生比武四十餘次，屢歷凶險，未如今日緊張——就這樣流傳後世了？

恍然有了臨終心境，只覺一生盡是遺憾。許多事都可以做得再好點，應在五十歲前生下個孩子——套到二十多招了，鄭山傲做出「老翁撒網」式，林希文的手觸到鄭山傲肘部，應對的是「寓女推窗」——

四十二手如人生，一應一對，便過完了。鄭山傲生出一股倦怠，甚至想就此停手，不再套下去。肘下，林希文的手拐上來，偏離了「寓女推窗」。拍攝前練習僅兩日，他還不熟，沒事，鄭山傲自信自己能調過來，絕不會讓督軍看出瑕疵……

鄭山傲醒來的時候，躺於拼在一起的兩張八仙桌上，失去了三顆門牙。攝影機已撤，站著兩個持步槍的士兵。中州武館的鄒館長坐在西牆茶座，小跑著過來。

鄭山傲起身坐於桌沿，兩腿懸著，距地半尺。

半尺，如萬仞，竟跳不下。

膠片上的影像，剪去開始時的套招，誰看都會覺得是一場真實比武。他留給後世的，是挨打的醜態。

「我是中了徒弟暗算啦？他身在軍界，不是武行人，這麼做是為什麼？」

「江湖事，事過不問因由。鄭大哥，您是老江湖，不問了吧。」

「他為了麼？為了向督軍爭寵？」

「鄭大哥！這是你徒弟給你的。」

鄒館長手裡拿著個信封，抽出幾張銀票的上端。

遞上，鄭山傲垂頭。

鄒館長：「不要？」

鄭山傲抬頭，缺了的門牙如地獄入口：「他買走的是我一輩子的名聲，幹麼不要？」

北安里俱樂部門口有露天咖啡座，此時未至中午，坐著三五個白俄中年男人。他們彼此不說話，擠坐在兩張小桌旁，面前各擺一杯紅茶。

鄭山傲：「這杯茶，一天都不會喝，喝了，就會被侍者趕走。如果你給他兩塊銀元，他會塞給你個事先寫好的字條，是他家住址，可以去睡他老婆、女兒。」

俄國舊貴族在天津落魄至此。鄭山傲也是舊貴族，清朝頂級武將後裔。曾祖父死於舟山群島，一場與英國海軍的戰役，獲「鋭勇巴圖魯」賜號。巴圖魯，是滿語的「勇士」。

他是一個有祖產的人。祖產僅剩那所套院。

要接的人，住俱樂部地下室。賭場技師和廚師酬勞高，在外有家，那是侍者和舞女的住處。是個白俄女子，裹著老婦人的黑頭巾。陳識一眼看出，她是跳格魯吉亞長裙舞的姑娘，膝蓋內側肌肉如魚的游姿。

她沒淪落到父親在門口喝紅茶的地步，帶她走，應須一筆錢。

她跟著鄭山傲坐上汽車，中國婦女般儀態端淑。陳識有些傷感，開了句玩笑：「高明！既然阻止不了洋人破解我們的武術，就把洋人娶了。」

鄭山傲朗聲大笑。

陳識：「鄭大哥，提防白俄女，你倆差著年齡，小心她騙走你養老錢。」盯著白俄女眼睛說的，有警告意味。這是他為鄭山傲唯一能做的事了，之後，或許便此生絕緣。

白俄女會說幾句中文禮貌語，目光炯炯直視陳識，瞳孔湖藍色，漂亮得如教堂正午時分的彩繪玻璃，不知有沒有聽懂。

鄭山傲轉頭看她，父親看女兒的愜意，緩了一下神，領悟陳識的用意：「她從小受窮，當然會很自私。但男人的錢，不就是讓女人騙的麼？」

陳識一愣，隨即一笑。與其矚望於主義、憲法、佛道，不如矚望於小孩和婦女。

鄭山傲迎著一笑，笑容收斂後，是一張老江湖的審慎嘴臉：「別想揚名，回廣州吧。如果好心，帶你徒弟走。」

六

耿良辰坐在書攤前，看著糟亂的街面。昨天，他做了件缺德事。

他的牙，長牢了些，白日犯睏的老人病仍沒去。昨日正午，託茶湯姑娘看書攤，回去午睡，卻沒回關家，去了西水凹。

師父是南方人，只知螃蟹是河裡撈的，哪知道上等螃蟹是田裡捉的。西水凹有片高粱地，高粱熟時，螃蟹成批上岸，一棵高粱稈上能掛四五隻。

西水凹螃蟹肥實，水裡岸上都得好。耿良辰買了八十隻。

師父家在南泥沽，去時師父不在，師娘在屋裡睡覺。天津人一般不睡燒火的土炕，用箱子、床板搭成土炕形的木炕。能並排睡五六人才稱「炕」，白天擺上桌子，吃飯、做活都在炕面，所以要採光好，都是貼窗而建。

窗高兩尺，上格一尺五，蒙半透光的高麗紙，下格五寸，鑲玻璃——是割來的舊玻璃，到底師父從哪兒割來的，倒閉店舖的舊窗？洋人丟棄的酒櫃？酒櫃有玻璃門——

她的臉，在這塊玻璃裡裝得滿滿。

耿良辰落荒而逃。八十隻螃蟹，扔給路邊玩土的小孩。

回到闞家住所，才敢想她的睡容。她處於嬰兒的深度睡眠，暗暗發育。她嘴角隱含笑容，不是小女孩的得意，是天后宮裡天后娘娘的恬靜之笑，對海洋眾生的宏大賜福……

他躺在床上，如遭肢解，夜晚來臨，也不知覺。

街燈亮起一段時間後，茶湯女把他的七十本書拎上來。雖然一塊銀元厚薄的小冊子居多，但還得感嘆，她真有勁啊。

這不是她第一次幫他收攤，如多年夫妻，他總是占她便宜。她把左手一摞書摔在門口：「快起來！自己收拾！」

他一動不動：「還是你代勞吧。」

她右手拎著一摞書到床前，喝一聲，預計他會躲開，衝他腦袋砸下去。

他沒躲。書有些重量，抬手摀住嘴，似乎牙又鬆了。她慌手慌腳地給他揉臉，幾乎鑽在他懷裡。原本很黑的瞳孔又深了一分，如名硯古墨研出的墨汁。

他以掌根頂起她肩頭：「沒事。給你看樣好玩的。」

走到門口，將門再打開些，掀開牆邊一塊破毛毯，取出疊木架，搭於門頂，自左右垂下。門的厚度面正對他臉，橫出四根棍子，居於垂線三點。最高一點並排兩根，直指他胸口。下面一點一根，直衝小腹。再下一點，一根傾斜的棍子，下指小腿。

四根棍子代表敵人四種攻擊，對之可練習反擊手法。

四棍固定安在木樁上的叫「打樁」，隨掛隨拆地掛在門上的叫「拆樁」。打樁還須綁上半溼毛巾，以磨練打擊力度；拆樁是鬆鬆垮垮掛著，對之無法用力，練的是反擊角度變化。

久玩拆樁：身形轉折伶俐如蛇。

它是詠春拳祕傳，因掛在半開的門上，耿良辰只在走廊無人的深夜練習，輕碰輕挨，靜默無聲。此刻打給她看，故意加速，手骨碰棍，一串敲核桃的脆響。

驚動了關家二女，她自樓梯走下，喝道：「傻兄弟，鬧什麼呢？」

「滾吧你！」摑下拆樁，關上門，正對茶湯女黑透的眼仁。

剛才是取悅她。他對女人所知不多，只是半抱不抱地碰過關家二女，忽想結結實實地抱住她。

他的手快，第一下按上她右腰眼，第二下捉住她兩片肩胛中間的脊骨——這是擒拿手法，是要打她麼？她小鹿般原地一蹦，兩手交叉，卡住他喉嚨。

她的瞳孔因憤怒，黑過了肉質極限，呈現玉石質地。

他的手滑落。她奪門而出，關家二女還在門外。

喉嚨生疼，他認真思索：這是詠春拳的交剪手，她怎麼會？看了拆樁，學會的？師父說過「天道不獨祕」，難道是女人天生會的……

關家二女似乎對他開罵了。他關上了門。

坐在書攤前，耿良辰判定自己昨天做了件缺德事，看向茶湯攤。她瞪著他，不知是一直看著他，還是預感到他目光將至，先他一秒瞪過來。

她的瞳孔，不是昨天的玉石硬度，似宣紙上溼潤的兩粒墨點。

他知道，兩粒墨點擊碎了那塊割來的舊玻璃，滲透了他。

七

陳識行至北海樓。轉牆即是耿良辰書攤。

鄭山傲不再能提供保護，武行的懲戒必來。他出身腳行，藏身於腳行運貨車，是逃離之法。

北海樓共三層，一層是有名的環行圍欄，出租商舖，幾步便是一個門口。三位拳師模樣的人自一個門口走出，攔住了他：「陳師父，中州武館請您樓上喝茶。」

習武人活的是「強弱生死」四字，平時為養精氣神，得懶且懶，所以武行辦事歷來拖沓。懲戒耿良辰，起碼是兩天以後的事，不想來得這麼快。

三樓茶館沒有單間，堂而皇之地坐著一夥武人，茶客們悠然自得，沒人在意。中州武館鄒館長欠身作禮，請陳識落座。

陳識：「我們師徒離開天津，永不再回。能否放過他？」

鄒館長：「他離開，你留下。你徒弟踢了八家武館，我們就連師父帶徒弟地趕走——顯得我們霸道，外人會說天津這地方不文明！所以你留下，我們支持你開間武館。至少開一年，大家都有面子。」

陳識：「一年後？」

鄒館長：「你走，不攔。」

茶館在三樓，憑窗可見書攤，耿良辰正走向旁邊的茶湯攤。

鄒館長一笑：「我們是武行，不是政客，不是黑幫。他活著離開，有傷無殘。」

陳識垂首飲茶，掩飾喘出了一口長氣。

耿良辰不是衝她去，衝娃娃臉車夫。他來了一次便總來，氈帽下的狼眼盯著她。他還不敢跟她搭話，但已足夠討厭。

耿良辰一腳踹飛他手中茶碗。

娃娃臉掃了自己的車一眼，車夫都會在車底藏打架傢伙。各行有各行的傢伙，混混用斧子把，腳夫用獨輪車撐桿，車夫用一截廢車把子。街頭打架不見鐵器，都是木棒，免出人命。

耿良辰：「以後，你別再來。」

娃娃臉：「憑什麼？」

耿良辰：「看你不順眼。」這是欺負人的話，也是心裡話，自打第一次見，車夫便給他一種不祥之感，「不服氣，打聽打聽，我是踢了八家武館的耿良辰。」

說得自己都有些瞧不起自己，至於提這個麼？

娃娃臉服軟，拉車走了。

原想把一碗茶湯錢賠給他。但他走得急，手掏到兜裡還沒碰到錢，人已在三十米外。耿良辰想喊沒喊出口，勸自己：街上每天都有欺負人的事，我欺負一回，又怎麼了？

看向茶湯女，她氣憤而立，眉尖一道花蕊似的怒紋。

耿良辰：「我不是壞你生意，那小子……你要不要回家睡個午覺？我幫你看攤。」

她：「要！」

她走了。耿良辰忽然很想練拳，哪怕只打幾下。

一隊腳行兄弟推貨車而過。他忍住了。

五人喝茶湯，六人看書。耿良辰感歎中午生意好，轉眼又見那個娃娃臉車夫。他拉車自街西而來，車上坐著一位軍官，徑直到來，點了一碗茶湯。

軍官劍眉鷹鼻，氣勢壓人：「書攤也是你的？還珠樓主有新出的小冊子麼？有，就拿來瞧瞧。」新冊才八千字，據說還珠樓主現在廣西旅遊，文字用電報打給書局，電報費可買一套床、櫃、桌、椅共三十五件的嘉慶年間紅木家具。

耿良辰去了書攤。新冊在一個坐馬扎的散客手中，耿良辰彎下腰：「有位軍爺想看，估計就喝茶湯時翻兩頁，您勻他一會兒？」散客眼窄如刀，眼神不善，耿良辰補上一句：「要不這樣，您今天白看了，看幾本是幾本，不收租金。」

散客遞書，耿良辰接過。散客手指離書，一下扣住耿良辰腕子。另五個看書散客圍上，人疊人將耿良辰撲倒。

被壓在地，耿良辰才反應過來，猛力一掙，人堆顛開道縫兒。茶湯攤的六個吃客跑上來，硬底皮鞋一頓亂踹。耿良辰口鼻出血，終於動彈不得，感慨：中了算計！幸虧茶湯女走了，我這狼狽相，怎好讓她看見？

街上看熱鬧的人裡有腳行兄弟、有佩服他的混混。一輛福特轎車停住，司機下來打開後門，那夥人架起耿良辰向車走去。街面鴉雀無聲。

車頂及胸。耿良辰硬是不彎腰，這夥人連罵帶打，弄了半分鐘也沒將他塞進後座。混混們爆發出叫好聲，腳行兄弟也有人喊：「小耿，要不要幫忙？」

耿良辰爽快大笑：「不用！」想起茶湯女昨夜從自己懷裡掙脫的樣子，身子一顛，猛地抽出了左臂。

有一隻手，就好了。近距離頻繁變化角度的穿透技巧，是詠春拳所長。切頸襲眼，瞬間倒下三人。軍官和娃娃臉不急不緩地並排走來。又倒下兩人，餘下的人仍死死擠住。

娃娃臉揪開耿良辰身前的一人，軍官搶步邁上，兩枚匕首插入耿良辰腹部，像在自家門前，把鑰匙插進鎖裡。

耿良辰的腰彎下，肩膀被人一推，跌到車座上。

八

三樓茶館，安閒依舊。

洋人報紙說中國飯館、茶館吵鬧不堪，無國民素質——這是異化寫法，不符事實。各國的底層飯館都喧囂如集市，因為本就是集市性質。中國高檔場合以無聲為雅，飯館、茶館清靜如夜。

憑窗下望，見不到匕首細節。

福特轎車開走，腳行和混混隨著圍觀群眾散去。書攤和茶湯攤無人管，也無人去動，天津畢竟是文明之地。

鄒館長：「武術只在武館裡有用，在街上沒用，人堆人地一壓，多高功夫也使不出。」腔調空洞，游離出一絲沮喪。

陳識：「他是天津人，天津人都戀家。」

鄒館長：「別怨我，懲戒他的不是武行人，是軍人。」

那位軍官是林希文，搶了本該武行人做的事，在街頭親自動手，是一種表態——表明天津武行的靠山以後是山東督軍。

鄒館長：「以前，是直隸督軍。我們這一代習武人，都是客廳裡擺的瓷器，一碰即碎，不能實用，只是主人家地位的象徵。」

天津是海運大港，以走私槍支、藥品聞名，山東督軍插手天津，是看上這塊利益。捐助武館，不過九牛一毛，既有政績又得口碑，何樂不為？

鄒館長：「民國初建時，軍人聲譽好，民眾早已不相信士紳、官僚，希望軍人能改變世道。二十年來，我看著軍隊一步步敗壞，看著習武人淪為玩物而不自知。」

「軍人的底牌是搶錢、搶地盤，不辦實政，只搞運動。以運動迷惑百姓，所謂振奮民心。張作霖搞拜祭孔子運動、吳佩孚搞恢復古禮運動，得了鄉紳支持，也遭了學生罵。所有運動裡，提倡武術最保險，無牽無掛，四處賣好。」

習武人在清朝是走鏢護院的窮苦底層，武館是民國才有的新事物。「我師父一代人，絕想不到我這一代人會如此富裕。我們有錢了，回不了頭啦。」鄒館長舉杯飲茶。

陳識也飲。入口，才知茶涼了很久，但兩人都嚥了下去。

福特轎車出津向西。林希文摘掉軍官帽，親自開車。後座，娃娃臉和另一個喬裝的軍人夾著耿良辰而坐。

插入腹部的匕首，柄長六寸，刃僅四寸，刺不破肝膽。這樣的匕首，本不為殺人，為將人制住。匕首不能拔，否則腸子會流出，傷口捂上了手絹，血已凝結。

耿良辰老實坐著，沿途唯一說過的話是「開穩點」。林希文回答：「路面不好。」天津西方，是廊坊。廊坊有火車站，可北上南下。

未至廊坊，車停下，離津二十里。耿良辰被架下車，三百米外有座青磚教堂，隱約可見牆體上的雙獅子浮雕，不知是哪國標誌。

林希文：「教堂裡有醫科，去求醫吧。走快了，匕首會劃爛腸子。你打傷我五個人，逼你慢走一段路，算我對你的懲戒。」

耿良辰：「小意思。」

林希文：「治好傷，到廊坊坐火車，南下北上，永不要回天津——這是武行對你的懲戒。」

耿良辰：「我哪兒都不去。」

林希文：「我在山東殺人二百，土匪、刁民。」

耿良辰：「我在天津活了二十六年，一受嚇唬，就不要朋友、不要家了，我還算個人麼？到別的地方，我能有臉活麼？」

林希文手指天津方向：「天津人討厭，是光嘴硬。你要讓我瞧得起你，就往天津跑五十步。」

娃娃臉綻出揶揄的笑，暗讚林希文有政治天賦。耿良辰望向天津，一片鉛灰塵霧，似一無所有。

他是一戶窮人家的長子，生於天津，十五歲被父親趕出門，要他自尋活路。這個家，再沒回過。後來聽說，父母帶著幾個弟妹去了更容易生存的鄉下。他是他家留在天津唯一的人。

林希文感到無聊，開門坐到車裡。兩個手下忙鬆開耿良辰，跑上車。

沙屏騰起，轎車掉頭駛向天津。娃娃臉開車，另一手下坐副座，林希文獨在後座。車內殘留著血腥味，讓林希文很不舒服，他從不吸菸，命副座手下點根菸，破破氣味。

生命如此無聊，令每個人都變得下賤。林希文也二十六歲，還未見過一個高貴的人。督軍不是，師父也不是，他倆是強者和聰明人。

頭枕靠背，只想睡去。娃娃臉卻叫起來：「頭兒，看那是什麼！」

後視鏡中，一個渺小人影正奮力追來。

林希文扭頭，從後車窗望去，耿良辰摔倒在土塵中。

娃娃臉：「頭兒，要不要停車？」

林希文：「這麼跑，活不成了。」耿良辰未爬起來，漸去漸遠，近乎車窗上的一個汙點。身子轉回，林希文嘀咕聲「蠢貨」，卻感到有些難過——或許，他是個高貴的人。

在副座手下眼中，林希文睡著了。

街燈亮起，茶湯女還未收攤。

她中午沒睡覺，給耿良辰做了飯，回北海樓時聽他被捉走，心存萬一的可能，想他解決糾紛後即會回來。

有過幾次倒地昏厥，但二十里路畢竟不長。耿良辰走回了天津，腰包一條破氈布，掩著匕首。每日有七百多噸蔬菜進津，氈布是沿途運菜車上抽下來的，蓋菜筐的。

走回天津的動力，是想一直走到茶湯女跟前，要一碗茶湯，喝完說：「拆樁是詠春拳祕密，幫個忙，去我家把它劈了吧。」語音未落，倒地身亡。

——這是他所能想到的「生於天津，死於天津」的最好結局，但真見到她，卻覺得這個想法多麼不適合自己。

他在距北海樓七十米遠的街口，扒著牆邊望著她。他知道自己臉色灰黑、五官走形，這樣子不配死在她面前——男人何必死在女人面前？

不嚇唬她了。

耿良辰狠看她一眼，轉身離去。她是這輩子記下的人，下輩子碰上，要認出她。

走得越遠越好，直走到賣炸糕的耳朵眼胡同。能走這麼遠，很容易產生「難道活下來了」的幻覺。耿良辰搗嘴，鬆的牙似乎長牢了。

街面上，八九個腳行兄弟推著五米長的木架車，車上綁著三層貨箱，是正興德茶莊拒收的「疲貨」，要連夜退給茶廠。

正興德鑑定茶葉分「奇、鮮、厚、疲」四個等級，疲貨是不堪入口的下品。「我是疲貨了。」耿良辰自嘲一笑，趕上去，在車側擠出個位置。

有個腳行兄弟認識他：「小耿，你不是我們的人了。」耿良辰：「我今晚離開天津，就讓我推一會兒吧。」

推出百米，他自車側滑倒，如張紙飄落在地。

九

北方習俗，未結婚的青年男子死亡，是大凶之事，不能出殯。耿良辰是在夜裡埋的。墳場在西水凹，附近的高粱地產螃蟹。多數腳行一輩子無妻無子，死後都埋那兒。腳行終將耿良辰認作了自己人。

鄒館長通知，林副官申請下了陳識開武館的經費，勸他搬離貧民區，找個像樣點的住宅。陳識說：「住慣了，不想動。」

鄒館長勸他：「北上揚名的壯志，得來一個裝裝樣子的結果，換作我，也對什麼都沒興致了。但活著，不就是裝裝樣子麼？你有女人，全當陪女人玩了。」

或許是對耿良辰之死的補償，林希文給陳識定下的武館開在繁華的東門里大街，臨街大廳有二百四十平方米。原是一家老字號藥店，後身是兩重院落，二十二間房。藥店要存貨製藥，院子開闊，正好聚眾習武。

鄒館長擔起開館籌備事宜，對瑣碎雜事亦親歷親為，忙了二十多天，氣色日佳，似有極大樂趣。他親筆寫出開館日流程表，字跡娟秀工整，除了傳統禮儀，還有放電影一項。是影后胡蝶主演的武打片《火燒紅蓮寺》系列新拍出的一集，參加開館儀式的有十一位館長，對此均表歡迎。

開館前日，陳識去了英租界「思慶永」錢莊，取消了租用的一個密碼抽屜。去小白樓當舖贖出一只皮箱，裡面有兩身藍呢西服、兩雙黃牛皮鞋——隱在貧民區，不便有高檔衣物，當舖對服裝有晾晒防蟲義務，利息不高，在贖得起本金的情況下，是最好的存物處。

最後去西水凹買了八十隻螃蟹。葬耿良辰時，聽腳行聊天，才知螃蟹吃高粱。

他還住南泥沽，他吃了三十隻，她吃了五十隻。清理好飯桌後，準備跟她說話，才想起很少跟她說話。一年來，她如他的一條胳膊般跟他在一起。

將皮箱擺上桌，西服、皮鞋下面，有一疊銀票、一盒珍珠。珍珠未穿孔，五十多顆，是他二十多歲做貨船護衛，在南洋所得。又放上一張南下青島的火車票，在青島可轉去廣州。

他：「這是我全部積蓄，交給你了。明天在火車站等我，我到時不來，你上車走。到了青島不必去廣州，再去哪裡，隨便你。」

她收珍珠時，眼眶微紅，小有感動。原本期待她給他一個很好的晚上，但螃蟹飽得難受，躺到床上，一會兒便各自側臥，昏昏睡去。

第二天，陳識出門前，想想還是要對她說番話。

「大清給洋人欺負得太慘，國人趨向自輕自賤。到建立民國，政府裡有高人，知道重建民眾自信的重要，但高人沒有高招，提倡武術，是壞棋。

「在一個科技昌明的時代，民族自信應苦於科技。我們造不出一流槍砲，也造不出火車輪船，所以拿武術來替代。練一輩子功夫，一顆子彈就報銷了，武術帶給一個民族的，不是自信，而是自欺。

「開武館，等於行騙——這是我今天開館要說的話，武行人該醒醒啦！」

她小有感動，眼眶微紅，昨夜收珍珠的樣子。唉，她還不習慣聽他說話，以致反應如此單一。

陳識走出門去。

跟她說的話，不會在開館儀式上說，因為館長們全知道。

裝裝樣子，大家滿意。一套程序走下來，陳識竟有「功成名就」的愜意，似乎一年前的北上之志已全部實現。

儀式下午一點開始，最後一項是晚宴，安排在晚九點，去宮北大街飯莊。晚宴須晚裝，預留出大家回家換衣、往赴車程的時間，館內儀式要在六點前結束。倒數第二項是放電影，在四點半開始，就在大廳。

祖師神龕前掛起銀幕，橫向擺了四排椅子。林希文身居軍職為最尊者，首排居中，各館長論資排輩一一落座。武館改裝不多，作為原藥店大廳，封上門板、窗板後，即一片漆黑。

正片之前，有加片。竟是林希文打鄭山傲，時長一分四十秒，打只有二十來秒，前後都是字幕，以林希文口吻，片頭交代比武的時間、地點、見證人，片尾分析自己比武的勝因，是王羲之行書字體，瀟脫多變。

偷襲的痕跡已被剪掉，只見鄭山傲肋下挨了一掌後，急速反擊，指尖碰到林希文眉弓，不知是後勁不續，還是在鏡頭看不到的角度林希文有一招應對，他竟然停住。林希文乘機一記重拳打上鄭山傲下巴，一招得手，立刻跟上五六拳，下下中臉。

鄭山傲挨第一拳時神志已失，只是仗著多年功力而不倒，口鼻出血後，突然亮出一個漂亮之極的身姿，後撤三米。可惜只是靈光一現，林希文追上，左右開弓如洋人的拳擊。挨到第十拳，鄭山傲終於不支，半扇死豬肉般拍在地上。

鄭山傲的敗因，是襲上林希文眉弓的手停了。陳識知道，那是八卦掌毒招「金絲抹眉」，他狠不下心瞎徒弟的眼睛。

大廳燈光亮起，放映員換《火燒紅蓮寺》片盒。各館長或低頭玩手或仰看大梁，閃避他人視線，但一念共通——皆明林希文放片的用意。

以前是軍閥捐錢，武人自治，軍界人物不入武行。林希文將破壞這默契，有打敗鄭山傲的戰績，當然有武行地位，他將以雙重身分，接管天津武行。各武館將變質為他的私家幫傭，武行名存實亡。

二十年來，眼看著軍隊掏空了政府、國會、商會、鐵路、銀行——大勢所趨，小小不言的武行怎能僥倖獨存？館長們心下黯然，老實坐著，等待胡蝶新片。

陳識今日是館長，作為一地之主，陪坐在林希文右側。他突然站起前行，掀開銀幕，從祖師神龕上取出一柄刀。

日月乾坤刀。陳識：「有武館，便有踢館的，我來踢館吧。誰接呢？今日我是館長，只好自己接自己了。哈哈。」

場面不祥。總有自以為是人物的人，一館長起身打圓場：「哈哈，您這是逗哪門子的樂子啊——」旁座人制止了他。

陳識：「我徒弟打了八家武館，我想打第九家。鄒館長，你接麼？」鄒館長陪坐在林希文左側，笑笑，不接話。

陳識：「哪位接？」館長們皆沉默。

陳識走到林希文面前：「你是打敗鄭山傲的人，你接？」

林希文苦笑，自己用功不勤，真沒有起身比武的豪情。但此人氣勢不足，一人挑戰全武行的壯舉，並不令自己佩服，反倒顯得古怪。

林希文：「別不識抬舉，你想清楚自己要幹什麼了嗎？」

這個比自己小十幾歲的人，有著鋒利的眉形和高隆的額頭，似乎在人種上優於一切人，占據著歷史的高點。陳識片刻迷惘，新生代的惡行往往是歷史演進的手段，誰也猜不透歷史的終極，所以誰也沒有評判權。善惡是無法評判的……

理想失落後，施暴是一種補償。壯舉都有一個自慚形穢的來源，許久以來，在我心中，耿良辰只是揚名大業的一個犧牲品，和眼前這些人一樣，期盼他早日毀滅。

與一年前謀劃北上揚名一樣，謀劃了一個月的開館日復仇，事到臨頭，便顯得可笑。封門大戰，以寡擊眾，力盡而亡——只屬於臨睡前的熱血沸騰，難道真要砍死砍傷眼前這些人麼？

鄒館長離座，走到陳識面前，試著將手伸向刀柄：「陳老弟，放下刀。喪徒之痛，我們都體諒，只當你跟大夥兒開了個玩笑。」

陳識後腰冒出一層汗，有著大戰過後的乏力感。鄒館長安慰：「林副官也不會在意。」餘光中，林希文點了下頭。

鄒館長取下他手中的刀，將他送回座位。

日月乾坤刀兩端都有刀頭，鄒館長不知該如何擺放，靠牆，放桌子上，似乎都不對。陳識：「得拆開。給我吧。」伸出手，鄒館長猶豫一下，把刀遞給他。

陳識低頭拆刀，旁座人片刻緊張，隨即放鬆下來。林希文好奇觀看，脖頸幾次湊到刀鋒前。

日月乾坤刀是天下最善防守的刀，而自己沒有守住做人的底線——一顆眼淚落在刀面上，如一顆平日保養刀用的桐油。

拇指一推，將這顆眼淚桐油般推展出去，永遠滲在刀面裡。

旁座人都見他落了淚，便不再看了。

刀拆成了兩把短刀、兩個月牙鉤、一根齊胸棍。鄒館長問林希文：「放片子吧？」林希文：「嗯。」

大廳黑下。銀幕出現「火燒紅蓮寺」的魏碑字體，字形取法於一千五百年前的古碑，而當代的書寫者摻雜己意，半寫半畫，賣弄過多。

黑暗中突然一陣椅倒桌翻的亂響。

燈亮起，只見以鄒館長為首的五六位館長將陳識壓在地上。

眾人將陳識架起，仍死死擠住，夾臂別腿。鄒館長脫身出來，向林希文解釋：「他精神不正常，怕安靜一會兒又生亂子，他就坐您身邊，大夥兒不放心啊。」

林希文笑笑，對他人向自己賣好，久已生厭。看著眼前這夥人，不由得有些想耿良辰，唉，他如活著，武行能有趣些。

林希文走到陳識跟前，很想對他說「你徒弟不是我殺的，是他自己脾氣大」，但見陳識眼中盡是血絲，真如瘋癲之人，便沒說。不好處置啊，該投進監獄，還是送回他老婆身邊……

正想著，陳識左臂脫出，掄了一下，迅速被旁人抄住，按回人堆裡。

瞬間，林希文覺得自己變得深刻，宇宙生成、人類起源、朝代興滅似乎都有了答案。他捂著脖子，走出十五步，倒下時充滿遺憾：如果血噴得慢一點，便可看清那些答案。

他頸部動脈被切開。

剛才，陳識左手握著日月乾坤刀拆下的一把短刀。

記不清手中刀是被壓在地上時隨手抓的，還是被架起後，有人塞進手裡的。現在，他已失去那把刀。卸刀的手法高明，剛有感覺，手已空了，究竟是哪派武學？

人堆有一絲鬆動。詠春拳抖脊椎發力的技法叫「膀手」，左右膀手齊出，一人受撞而倒。如倒了堵牆，陳識掙出人堆，奔向大門。

十

東門里大街，對著那所新開的武館，陳識的女人已望了很久。沒按囑咐去火車站，因為一個信念：如果自己在他兩百米內，他就不會死。

有件事從未跟他說過，她有過一個孩子。十五歲在教會學校，跟教地理課的美國教師發生了關係。到底是喜歡還是被迫？當時心智未熟，已追究不清。

那名教師是第二代美國人，有匈牙利和白俄血統。小孩生下就讓人販子抱走，只見到排出的胎糞，墨綠色，如一片捲起的柳樹葉。

據說初生的嬰兒都很醜，她在十七歲的一天，忽然想起了這個小丑，一想便斷不下念頭，想得漸近瘋狂。舅舅送她入寺廟，領受《大勢至菩薩念佛圓通章》，老和尚告訴她：你永遠不會失去你的孩子，只要你憶念你的孩子，孩子便會出現。在漫長的輪迴轉世中，一位母親的堅固憶念，超過菩薩神力，即便是佛陀，也不能阻擋母子生生相見。

《圓通章》開示，女性思子的憶念力轉而念佛，必獲大成就。

她沒有轉而念佛，只是憶念自己的孩子。現在，她轉而憶念他。

這個人突然來臨，突然改變了她的生活。女人總要跟著一個人生活，她順從了老天的安排。他給她的衣服，還沒有起士林餐廳給她的好；他沉默寡言，只在晚上一味地睡她。到底是喜歡還是被迫？她懶得追究。

她只是跟他活在一起，他出門後，她有許多自己的事忙。

一天他從街上帶回隻小狗，從此她用來實驗自己的憶念力。據說小狗最多可有四歲小孩的智商，還可感受到遊逛的神鬼。

兩百米的範圍內，她起心動念，小狗掉頭便回——她不太自信，或許只是小狗觀察到她的神情或她不自覺的什麼動作。

但在東門里大街，她必須自信。只要她在，他就得活著。

她坐在一間麵包房門內。麵包房一般會設兩個座位，供客人臨時用餐。客人都很自覺，三五分鐘吃完即走。她已坐了四小時，腳下是皮箱和小狗，雖然買了三次麵包，仍不能減輕服務員對她的厭惡。

或許今天他出門前的話改變了一切。她知道，那是些空話，但她確定了自己對他，不是被迫而是喜歡。

武館封了門板、窗板，全然是一間關門的藥舖。突然，十來塊門板崩開，甩出一把筷子般跌到街面。陳識躥出，一幫人追逐著他，向天后宮方向而去。

她自麵包房跑出。

趕了兩條街，已看不到陳識和追他的人，腳腕累得如剛炸好的油條，一掰即斷。起心動念，小狗「嗷嗷」叫著，丟下她，飛速前奔，消失於人流中。

曾用兩夜時間，熟悉東門里大街地形。陳識衝火車站相反的方向逃逸，穿街走巷，兜了一個自北向東的大圈，終於甩掉追逐者，按標準上車時間，趕至車站。

一個月的謀劃，大多用上了。只是沒有計劃裡「了斷恩仇」的亢奮。

站臺上，沒有她。

想起鄭山傲的話「男人的錢，不就是讓女人騙的麼？」陳識笑了，轉頭見家養的小狗一道煙跑來。抄起抱入懷中，牠火爐般熱。

她換了車票，乘更早一班火車而去，丟下了牠——乘務員催促上車。他把狗塞入衣襟下襬，混上了車。

坐下後，狗叫起來，他沒考慮，便掏出牠。鄰座是個洋人，大聲訓斥，說車廂內不能帶寵物。陳識閃出殺人的眼光。洋人收聲，起身離座，去找乘務員了。

撫著小狗，火車開動。永遠離開了天津。

二〇一二年五月二十四日

作者簡介

——徐皓峰（1973-），原名徐浩峰，北京人。畢業於中央美術學院附中、北京電影學院導演系。作家，導演，編劇，道教研究學者，民間武術整理者。中篇小說〈師父〉獲第十六屆百花文學獎小說雙年獎，與長篇小說《道士下山》均改編成電影。另著有長篇小說《道士下山》、《大日壇城》、《武人琴音》、《國術館》、《武士會》，短篇小說集《刀背藏身》、《處男葛不壘》，紀實文學《逝去的武林》、《大成若缺》。

她的名字

蘇童

一

她家隔壁有個胖女孩，與她同齡，名叫顧莎莎。顧莎莎的上身像一只碭山梨，雙腿像一對洗衣槌，她的身材不知要比顧莎莎苗條多少倍，但是顧莎莎不叫福妹，是她叫福妹。她家的斜對面還有個少女，名叫凌紫。凌紫是她的好朋友，除了臉上有幾顆青春痘，長得算是俏麗的，她自知容貌普通，不及凌紫，幸運的是，她的皮膚好，她的皮膚不知要比凌紫白皙多少倍，這一點，連凌紫也羨慕不已。但是，世上就有如此不公的事，人們親暱地稱胖女孩為莎莎，喊她的好朋友阿紫，她卻被喚作福妹。有什麼辦法呢？要怪就怪祖母賜予她的名字。她的名字就叫段福妹。

長大之後，福妹一直嫌棄自己的名字。

嫌棄到最後，幾乎是痛恨了。她認為這個俗氣而卑下的名字，令她無端蒙羞，它像一個羞恥的記號，刻在她的身上，提前毀壞了她的生活。她質問過父親，為什麼哥哥叫段明，弟弟叫段勇，我要叫福妹？哪怕叫段紅也行，憑什麼讓我叫福妹？段師傅認為女兒無理取鬧，他說，叫什麼還不一樣？你的名字是奶奶取的，她心疼你，指望你以後有福氣，你怎麼就不知好歹？她繼續責問父親，為什麼哥哥弟弟的名字是你取，我的名字就要讓奶奶取？父親說，你媽媽生你的時候，奶奶從鄉下來伺候月子，趕巧了。她沉默了一會兒，突然跺腳道，誰要她來的？這個鄉下老太婆，害死我了！她對祖母的不敬引起了父親的憤怒，為了這次洩憤，她挨過父親一個響亮的耳光。

二

她一心要更名，與自己的名字一刀兩斷。

擺脫祖母愚昧的祝福，從側面報復父親對她這個生命的輕慢，這讓她感到一絲反叛的喜悅。她在紙上草擬了好多新的名字，拿給阿紫看。阿紫毫不掩飾對那堆名字的鄙夷，什麼姍姍？什麼小潔？什麼美娜？笑死我了，你挖空心思，就琢磨出這些好名字？都爛大街啦！她委屈地叫起來，美娜都不好？段美娜，多洋氣啊！阿紫撇嘴說，還洋氣呢，收購站那個胖阿姨就叫陳美娜，你要跟她同名？你崇拜她？她無趣了，賭氣撕掉那張紙，說，反正哪個都比福妹強，我叫什麼都行，就是不叫福妹了，我一寫自己的名字，就覺得那兩個字張著嘴，笑話我！

阿紫應允她，三天之內為她選擇一個好名字。福妹相信阿紫的品味，天天去催阿紫，但她等來的，不過是段嫣這個名字，雖然擺脫了土氣，看起來還是普通。福妹不解其意，問，段嫣有什麼好？這個嫣字，還那麼多筆畫，寫起來煩死人。阿紫指著自己的鼻子，我叫什麼？我叫凌紫，你叫段嫣，我們兩個配在一起，就是奼紫嫣紅，絕配啊。福妹念叨了幾遍段嫣這個名字，還是失望，說，你那個紫很雅緻，我這個嫣，很一般嘛。阿紫說，你懂什麼？凌紫段嫣，你要連起來念，連起來，很好聽的！她聽從阿紫的命令，把兩個名字連起來念，也許她太崇拜阿紫了，也許是暗示的力量，福妹的口腔裡發生了奇蹟，那四個字的音節如同花草纏繞攀援，她依稀看見了一片奼紫嫣紅的新世界，兩朵花，她與阿紫，緊緊依偎，真的像兩朵花，呈現出公平的美麗。她愛上了這個名字，它不僅嫵媚，還因為與阿紫的名字配了套，結了盟，顯示出一種強大的不可輕侮的力量。

三

她心裡清楚，在更名的問題上，父親的障礙無法清除，無論改一個什麼樣的名字，他都不會同意，唯一可行的是先斬後奏。她偷偷從家裡拿了戶口簿，約上阿紫，一起去了派出所。

值班民警剛剛處理完兩個家庭的鬥毆事件，白制服的胸口留下了一灘暗紅色的血跡，非常刺眼。對於兩個少女的來訪，他很不耐煩，搗什麼亂？名字能隨便改嗎？未成年人，不得擅自改名，要改名需要家長申請，還要所長批准！福妹不懂得如何與人交涉，更不擅長求人，自然是阿紫替她出頭。阿紫伏在窗口，叔叔長叔叔短地央求了半天，未見分曉，後面的福妹嗚嗚地哭起來了，嘴裡埋怨道，官僚主義，官僚主義！民警說，我這算官僚主義？好，我這個官僚主義，專門對付你的自由主義。又發牢騷說，現在的小姑娘，都讓父母慣壞了，為個名字，有什麼好哭的？叫福妹有什麼不好？不是很喜慶的嗎？她反唇相譏道，既然福妹這個名字好，你為什麼不叫福妹？那民警被她的銳利惹笑了，亮出他的證件說，你讓我叫福妹？那你要不要叫大剛，乾脆我們倆換個名字？

她們終究知道派出所是個冷酷的地方，再纏下去也是徒勞，阿紫拉著福妹跑出派出所，低聲說，現在什麼事都要走後門的，你要去找李黎明，李黎明他爸爸，是這裡的所長。福妹腦子裡浮現出一個瘦高眺少年的身影，穿一身運動服，膝蓋上毫無必要地綁了兩塊藍色護膝，他不是在刀具廠門口的小廣場踢足球，就是和幾個男孩坐在善人橋上，看來來往往的路人，傻笑，或者無端起鬨。她從來不與陌生男孩打交道，有點畏難，對阿紫說，他們男孩不喜歡我的，你幫我去說說看，你那麼漂亮，李黎明肯定會給你面子。她的奉承取悅了阿紫，但阿紫面有難色，說，聽說那個李黎明是花花腸子，他喜歡跟女孩子接吻的。福妹哎呀叫了一聲，臉色已經緋紅，嘴裡說，什麼接吻？說那麼肉麻，就是讓他親一下吧？阿紫朝她翻了個白眼，你是裝傻還是真傻？親一下是親一下，接吻是接吻，兩回事！又皺起眉頭說，聽說李黎明有個筆記本，專門記錄女孩的名字，吻一個記一個，說是要記一萬個名字，以後去申請吉尼斯世界紀錄！福妹聽得楞怔，醒過神來，輕蔑地說，吻一萬個？他神經病啊？別人又不是傻子！

要不要去找李黎明，她們誰也不敢拿主意。兩個人盡量避免直視對方，雙方的目光因此顯得鬼鬼祟祟的。路過善人橋邊的水果店，她們聞到了一股水果散發的甜酸味，阿紫說，進去看看，肯定有處理水果賣。架子上果然有一堆桃子，標價是五角錢。阿紫說她要吃桃子，掏掏口袋，又說忘了帶錢，福妹便知趣地掏出她僅有的五毛錢，買了四個桃子。

她們往善人橋的橋堍下走，去石埠上洗桃子。橋洞裡似有人聲，她們知道善人橋特有的地形，從石埠上稍微花點力氣，便可爬到圓拱形的橋洞裡，遇到大熱天，經常有男孩子聚集在那裡打牌消暑的。但這一次，她們的腳步聲驚動了一個穿綠色連衣裙的女孩，她突然從橋洞裡跳了出來，用一塊手帕蒙著半張臉，慌慌張張地奔上石埠，像一支箭，從她們的身邊掠過去了。她們嚇了一跳，回頭瞪著那個綠色的背影，福妹問，是誰？你看清楚了嗎？阿紫說，可能是桃花弄的喬莉，她的眼睛像貓眼睛，有點發綠的。又壓低聲音，吞吞吐吐地告訴福妹，她，那個作風，很那個什麼的。

她們躡手躡腳地下到水邊，蹲在石階上洗桃子，洗得並不專心，兩個腦袋都小心翼翼地轉向橋洞。橋洞裡的另外那個人，恰巧是李黎明。李黎明若無其事地站在橋洞裡，不僅不躲閃，反而有點炫耀，他的後背倚靠在橋洞壁上，覷了一隻眼睛，叼著香菸，膝蓋上的兩塊藍色護膝在暗處閃閃發亮。福妹和阿紫對視了一眼，用四只桃子在水裡展開對話。阿紫的桃子撞了一下福妹的桃子，表達的幾乎是驚喜：看看，看看，我沒騙你吧？他在這裡吻喬莉！而福妹的桃子反撞阿紫的桃子，傳遞的是緊張與慌亂，怎麼辦？我們怎麼辦？她用桃子向阿紫討教主意，阿紫是知道的。阿紫站起來，用牙齒慢慢地清理桃子的皮，嘴裡評論的是桃子，她說，處理無好貨，這桃子一點也不甜。

是李黎明先跟她們搭訕的，準確地說，李黎明是在跟阿紫搭訕。他向阿紫揮揮手說，不甜給我吃！阿紫，給我吃個桃子！

阿紫沒有給他好臉色，她說，給你吃個屁。我們買的桃子，憑什麼給你吃？福妹急了，她擔心阿紫的態度會破壞這個難得的機會，舉起手裡的桃子向橋洞示意，我的給你吃，已經洗乾淨了。她把桃子扔給李黎明，回頭看著阿紫，阿紫似乎反感福妹的急功近利，又不便批評她，就對著橋洞照本宣科，我告訴你，福妹的桃子不能白吃的，你要幫她一個忙，到你爸爸那兒走個後門，明天就把她名字改了，她不願叫段福妹，要叫段嫣了！

李黎明沒有表態。他眨巴著眼睛，似乎在思索這筆交易是否值得一試。他三口兩口便吃完了桃子，用桃核在河面上打出了一串漂亮的水花，然後表態了。他說，想得美，一個桃子就來走我的後門？你們的面子比地球還大麼？

福妹失望地看著阿紫，阿紫的表情有點詭祕，福妹又看一眼手裡的另一只桃子，對著橋洞喊，那我再給你一個？她想扔第二個桃子，被阿紫攔住了。他這種人，餵多少桃子也沒用的。阿紫跟福妹耳語道，他要什麼，我不是告訴你了嗎？福妹未及反應，聽見阿紫用一種老練的談判者的腔調說，李黎明你聽著，你的要求我知道，沒什麼大不了的，不過我告訴你，福妹可不是喬莉，要是讓你那個了，你要保證，不能往本子上記她名字。

福妹要捂阿紫的嘴，來不及了。她聽見李黎明說，你瞎操什麼心，我的花名冊哪能隨便給人看？只有吉尼斯紀錄組委會有權利看。阿紫說，還有一個條件，不能超過一秒鐘，我在旁邊數，嘀嗒一下，必須停止。福妹這時已經羞紅了臉，舉起拳頭在阿紫肩上捶了一下，阿紫，你神經病，你去跟他嘀嗒一下好了！

福妹倉皇地往上跑，聽見阿紫在後面罵，沒出息的東西，你只配叫福妹，就一個嘀嗒，有什麼大不了的？福妹已經快跑到大街上了，忽然覺得自己在錯失良機，嘀嗒，她在心裡數了一下，嘀嗒，其實是很快的，嘀嗒一下，她就可以不再叫福妹了。她站住，回頭朝阿紫看，眼睛裡有了明顯的悔意。阿紫氣咻咻的，叉著腰在臺階上走，嘴裡說，氣死我了，段福妹同志，我再也不管你的閒事了。福妹咬著手指思考了兩秒鐘，衝下去挽住了阿紫，不會上他當吧？要是他過河拆橋呢，我們怎麼辦？阿紫氣還沒消，目光凶狠地徘徊在福妹的面孔與橋洞之間，突然大聲地說，李黎明你聽著，人家問你呢，要是你過河拆橋怎麼懲處？李黎明在橋洞裡探出腦袋，說，那要看你阿紫夠不夠義氣了，你要是也讓我吻一下，我保證，明天她就可以改名，我要是騙你們，罰款一百元，夠不夠？

李黎明的要求，對於阿紫是無理的，對於福妹，不啻一個好消息。福妹捏了捏阿紫的手，用眼神哀求她，用手勢鼓勵她。阿紫怨恨地拍開福妹的手，嘴裡說，煩死了，陪你走這麼多路，陪你磨破了嘴皮子，還要賠上初吻？這是我的初吻呀，你懂不懂？福妹被她說得害怕，一下亂了方寸，囁嚅道，那就算了，我們回家吧？但是，這次是阿紫拽緊了福妹的胳膊，把她拉到橋堍背光的一側，阿紫謹慎地觀察善人橋橋頭的動靜，橋上無人經過，阿紫忽然下了決心，說，走！我豁出去了，幫你幫到底吧！

福妹不記得自己是怎麼來到李黎明面前的，只記得他溫熱柔軟的嘴唇上有一股菸絲味，與父親罵人時口腔裡噴發的菸臭不同，李黎明的菸絲味有點香甜。她分不清他臉上的笑意是調皮還是譏嘲，他的目光游移不定，更多的投向了阿紫那一側。她聽見阿紫用誇張的聲音數時間，嘀嗒，嘀的一聲，菸味來了，嗒的一聲，菸味遠了，那個吻就草草結束了。她的頭腦一下變得暈乎乎的，嘴唇上有點潮，她捂住嘴唇，依稀聽見阿紫說，福妹，你來替我數。她看見那兩個人站到了一起，像兩名格鬥士一樣，面對面地探尋著什麼，李黎明的臉孔向阿紫迫近，嘴唇啟開，李黎明的眼睛裡有一簇熾烈的光焰，它在炙烤阿紫的面孔，福妹覺得他對阿紫的吻很投入，與自己的並不一樣。福妹準備好了數嘀嗒，但是阿紫沒有準備好，阿紫突然捂住了嘴咯咯地笑，阿紫一邊笑一邊叫，太滑稽了，哎呀，笑死我了！然後，阿紫臨陣脫逃，轉過身，一貓腰，從橋洞裡跳出去了。

四

為了新名字，她轉了學，從此上學要多走一千米路。

在陌生的鐵路子弟學校，有一個初中女生叫王福妹，還有一個高中女生叫高福梅，鐵路司機的女兒，就在她一個班上。她對高福梅這樣的名字有著本能的懷疑，悄悄地問其他女生，那個高福梅，原來是不是叫高福妹呀？她的懷疑果然被印證，別人誇她賽神仙，她不敢得意，反而有點心虛，說，我瞎猜呢。她努力地在新環境裡塑造段嫣的形象，廣交朋友，但對待高福梅是例外，她看見高福梅，就像看見自己的一條不潔的尾巴，總是繞著走。

無論如何，她不再是段福妹，她是段嫣了。新生的段嫣。名正言順的段嫣。唯一的隱患是王德基的小女兒秋紅，她不知怎麼也捨近求遠，在鐵路子弟學校上學，有一次秋紅跟著她進了廁所，問，你不是段福妹嗎？怎麼成了段嫣了？她沒好氣，朝秋紅翻了個白眼，你是誰？我不認識你，別來跟我說話！

父親大罵了她一頓，之後不得不默認女兒改名的事實，這對於她來說算是極大的仁慈了。父親依然叫她福妹，她不奢望父親會改口，只要求哥哥弟弟改口叫她段嫣。她哥哥段明試著叫了幾次，很快不耐煩了，說，什麼段嫣？太彆扭了，好像是在喊外人的名字，你要是不讓喊你福妹，我以後就叫你喂，好不好？她弟弟段勇則狡詐，只在有求於她的時候叫段嫣，平時，還是口口聲聲叫福妹，她不答應，段勇故意會尖叫，福妹福妹福妹！你耳朵聾了？

桑園裡的那些鄰居知道她改了名，有人是願意成全她的，喊她福妹不答應，便及時地改口，只是他們大多昏庸無知，總是記錯她的新名字，有人記成了段燕，有人記成了段英，阿紫的奶奶最荒唐，她不知怎麼把福妹的新舊名字綜合了一下，喊她燕妹。段嫣很沮喪，向阿紫訴苦說，你聽見了嗎，你奶奶總叫我燕妹！告訴她三遍了，就是記不住。阿紫說，你急什麼？燕妹不比福妹好一點？

慢慢來，現在他們不習慣，以後就習慣了。

所幸有阿紫，也只有阿紫，她總是能夠在朋友的窗前，以響亮的聲音，自然地喊出那個新名字，段嫣，段嫣，段嫣，你出來一趟！在很長一段時間裡，是阿紫的聲音證明了段嫣的存在。所以，段嫣對阿紫的依賴，不僅出於友情，還包含著一顆感恩之心。

五

她和阿紫。

她們是奼紫嫣紅的組合。

可惜時光無情。時光無情地摧殘了世界上的許多友誼之花，也包括段嫣和阿紫的這一朵。我們大家都知道，奼紫嫣紅最終成了殘花敗柳，後來的段嫣和阿紫，幾乎是一對冤家。段嫣後來的好朋友是胖姑娘顧莎莎，而阿紫後來再也沒有影子般的女友了，圍繞著阿紫的，都是男孩，其中包括那個李黎明。

友情的破裂大凡是因為背叛，被背叛者往往有很多故事向他人傾訴。段嫣後來告訴過顧莎莎，她之所以與阿紫決裂，是因為阿紫洩露了她最大的隱私，否則，桑園裡的街坊鄰居怎麼會談論李黎明的吉尼斯紀錄本子呢，她父親又怎麼會知道她的名字出現在那個本子上呢？她更不能原諒的是阿紫的自私。那天她父親大發雷霆，拉著她去阿紫家裡求證女兒的清白，阿紫沒有幫她。阿紫不肯為她作證，她根本沒有與李黎明接吻，只不過是讓他親了一下，嘀嗒一秒鐘，親一下而已。阿紫只是一味地撇清自己，向自己的父母和祖母賭咒發誓，我不知道她的事情，反正我沒有讓他吻過，反正我凌紫的名字，不在他的本子上，我要騙你們，出門就掉河裡，淹死！

她開始冷落阿紫，與顧莎莎形影不離了。阿紫爭取過這份友情，好幾次跑到段嫣的窗前來，段嫣，段嫣你出來，我們去看電影！這麼喊了幾次，她不予理睬，阿紫意識到那是一種絕交的信號，氣壞了，在外面大喊大叫，段福妹，我算是認識你了，你才是過河拆橋的白眼狼，沒良心！你不配叫段嫣，只配叫段福妹，你就天天跟顧莎莎在一起吧，你們兩個大胖子，去合肥吧！

她也不想看見李黎明，看見他的嘴唇，她會想起初吻這個字眼，心裡莫名地慌亂，然後嘴唇便有點微微的酥癢，那討厭的酥癢感令她感到羞恥。但她很想看見他那個本子，上面記錄的她的名字，是段福妹，還是段嫣？如果是段福妹，如果是那個已經拋棄的名字，她的感受會稍稍好一些。

她沒有勇氣去詢問李黎明，隆重地委託顧莎莎去打聽。顧莎莎自己不敢去，又委託她表哥三霸去問。這倒是個聰明的辦法，三霸在香椿樹街上威風八面，所有人都懼他三分，他找到李黎明，李黎明老老實實地拿出了他珍貴的本子。三霸告訴顧莎莎，他看清楚了，那本子上不過記錄了十來個女孩子的名字，沒有段福妹，只有段嫣，位列最後一位。

段嫣得知這個消息，一下就哭了，跺腳道，該死，該死，剛改的名字，就給弄髒了！顧莎莎不知道怎麼安慰她，陪她聲討了李黎明，順帶著抨擊了阿紫，忽然靈機一動，說，你別叫段嫣了，去跟那種人配什麼套？乾脆再改一次名字，跟我配個套吧，你叫段菲菲算了！她抹乾眼淚，說，你說得輕巧，好不容易改了名字，派出所怎麼會讓我再改一次？除非等到十八歲，法律規定，滿了十八歲，你愛叫什麼名字就叫什麼名字。顧莎莎叫起來，等到十八歲？還有兩年呢，萬一李黎明的本子公開了怎麼辦？萬一他真破了吉尼斯世界紀錄，全世界都看得到段嫣這個名字，你不是臭名昭著嗎？她被顧莎莎說得面色如土，發狠道，真要有那麼一天，我跳河自殺！顧莎莎觀察她的表情，看不出來那是真話還是假話，顧莎莎說，要不，讓我爸爸去找謝叔叔？他們是老朋友，謝叔叔是市局的，管李黎明他爸爸。看段嫣開心起來，顧莎莎又適時地強調說，不過有個條件，不准反悔，我們先說好，你得叫段菲菲，跟我配套！

她把家裡的戶口簿悄悄交給了顧莎莎，也把第二次更名的重任交給了顧莎莎。但等了兩天，顧莎莎那邊毫無動靜，她擔心父親發現，去催顧莎莎。未料顧莎莎的口徑改了，說她爸爸與謝叔叔現在沒那麼熱絡了，找他辦事要送禮的。又吞吞吐吐地說，謝叔叔是個菸鬼，最喜歡抽中華牌香菸。她聽出顧莎莎的意思，問，送一包？顧莎莎撇嘴道，一包香菸，那叫什麼送禮？她當即大叫，一條？中華牌香菸那麼貴，我怎麼送得起？你爸爸不是敲竹槓嗎？顧莎莎有點不悅，你怎麼冤枉我爸爸呢？他又不抽菸的。她自知失言，吐了舌頭說，不就是改個名字麼，有那麼貴嗎？顧莎莎說，我爸爸說了，改一次名字好辦，改了又改才難辦的，我也沒辦法，要不你把戶口簿拿回去，你還是叫段嫣，等到十八歲再改吧。她僵立在顧莎莎的小房間裡，不肯去接戶口簿，也不甘心放棄，腦子裡盤算著自己攢的私房錢，突然抬頭看著顧莎莎，問，你能不能借我一點錢？顧莎莎思考了一下，表態道，我只有十多塊錢，都借給你好了。她冷笑一聲，你們家那麼富，你只有十塊錢？鬼才信，我就知道你是小氣鬼。顧莎莎為了證明自己的清白，打開了她的小錢包，段嫣不願意檢查那個空癟的紙錢包，賭氣道，算了，我還是叫段嫣吧，我就準備以後跳河自殺吧。她拿過戶口簿準備走了，聽見顧莎莎突然叫道，你們家不是有個紫銅腳爐嗎？我爸爸說了，舊貨市場有人收紫銅腳爐，一百塊一個！她一楞，站在門口猶豫了半天，說，那是我媽媽的遺物，拿腳爐去賣錢，我媽媽的陰魂會不會來找我算帳的？

六

那只紫銅腳爐，為她獲得段菲菲這個名字，立下了汗馬功勞。

但顧莎莎的功勞另當別論，因為逼迫她花了那麼多錢，她心裡對顧莎莎始終有怨氣，說不出口，積在心裡，形成了偏見。她覺得顧莎莎俗氣，比不上阿紫，但是，重新選擇是不可能了，阿紫已經不再理睬她，而她與顧莎莎的友誼之間，彌漫著一只紫銅腳爐笨重碩大的陰影，不知怎麼就顯得彆彆扭扭的了。

她擔驚受怕了一段時間。還算幸運，賣掉的是一件過時的器物，家裡沒有人需要紫銅腳爐取暖，也沒有人發現它已經從家裡徹底消失。只是在很多年之後，段菲菲在自己的婚禮上，聽姨媽問起那只紫銅腳爐。姨媽說那是母親當年的陪嫁，她們姊妹四人出嫁，每人都有一只紫銅腳爐做陪嫁，因為她們有一個共同的氣虛的毛病，一到冬天雙腳就冰冷冰冷的，穿多少襪子也沒用，烤了腳爐就好多了。也許是心虛，她說她不記得那只腳爐了，而且刻意貶低了腳爐的功用，她說，現在誰還用那種老骨董？還要燒炭，多麻煩，再說我的腳從來不冷。姨媽說，你可別那麼說，你跟你媽媽活脫脫一個模子刻出來的，身體隨她，氣虛，會腳冷的，現在你年輕，等以後生了孩子，老了，你就知道了，腳爐是個好東西。

她嫁給了鬈毛小莫。是那種偶發的愛情，帶來一個差強人意的婚姻。她在著名的紅玫瑰理髮店做理髮師，鬈毛小莫常來店裡推銷洗髮水，漸漸就混熟了。小莫看她的眼神，有火苗隱隱地燃燒，她早發現了，但那火苗不能打動她，因此視而不見。直到有一次小莫來店裡，徑直坐到椅子上，點名要她理髮，她知道他要表白了，她都想好了如何拒絕他的表白，但小莫什麼都沒說，在她為他刮鬢角的時候，他突然抓住她的手，額頭頂著刮鬍刀的寒光，吻了她的手背。她保持了足夠的冷靜，從鏡子裡審視他的嘴唇，愛情從那兩片嘴唇上噴薄欲出，然後她檢查自己的手背，手背上有隱隱的一小片亮光，似乎來自一個遙遠的時空。她想起了善人橋下的初吻，想起了李黎明的嘴唇，她的眼睛不知為什麼就溼潤了。

婚後第二年，她有了個女兒。姨媽的預言漸漸應驗，她的身體在產後發生了奇怪的變化，特別怕冷，尤其是腳，一到冬天，她就覺得腳冷，而且，她開始厭惡小莫的鬈毛，覺得那獅子般的腦袋天天鑽在她胸前，忙那件事情，一切都很髒。小莫為她留了平頭，也不在意她腳冷，但她的性冷淡成為了他的煩惱。不知從哪兒聽說的偏方，他從自己的父母家裡找出了一只紫銅腳爐，買了一袋子木炭回家，對她說，你天天給我烤烤腳，把腳烤熱了，你對我就不會是那個態度了。有一個冬天的夜晚，小莫沒有回家，她抱著女兒，一邊烤著腳爐，一邊看電視連續劇，突然接到小叔子火急火燎的電話，問她家裡有沒有三千元錢。她覺得蹊蹺，盤問再三，小叔子掛掉了電話。她是聰明人，預感到那是風月場上的治安罰款。他去撈誰？還能是誰呢？她有了不祥的預感。當場就撥小莫的手機，撥了好幾遍之後，她終於聽見了小莫疲憊的聲音，說他人已經在廣州，要談一筆生意，過幾天才能回來。她當即慟哭起來，你在廣州？你還能回來？我知道你幹了什麼事！你永遠也別回來了，永遠別進我家門，算我當初瞎了眼睛！

丈夫的背叛，她是不能容忍的，更何況這門婚姻，她本來就是屈就。她與小莫的離婚之戰，打了三年之久，起初並沒有那麼決絕，一方面是孩子妨礙了她的決心，還有一個隱祕的原因不宜啟齒，那段時間小莫的生意波瀾起伏，她守著看結果，不僅是給小莫一個機會，也給自己一個機會，可惜小莫內債未清，外債越欠越多，開始有人跑到紅玫瑰理髮店來，拿了欠條出來找她要債。她徹底死了心，再也不願意等下去了。

有一天她抱著孩子回香椿樹街的娘家，路過善人橋的橋堍，正好看見阿紫和李黎明從一輛寶馬轎車裡出來。她很久沒見過阿紫和李黎明了，聽說他們在海南做汽車生意，做發達了，她總是不相信，認為是阿紫家放出的虛榮的風聲，沒想到他們真的衣錦還鄉了。她注意到阿紫容光煥發，好像是換了一層皮膚，看起來比從前要漂亮許多，那一身時髦的裝扮不是由廉價衣物堆砌的，是貨真價實的名牌，阿紫頸鍊上那顆鑽石的光芒，幾乎刺傷她的眼睛，她情感上傾向於是假貨，但理性告訴她，那也許是真的。她以前總是不敢看李黎明，現在無所謂了，她斜著眼睛看李黎明。李黎明戴著墨鏡，穿白色西服，他的嘴唇被香菸熏得厲害，不再那麼紅潤了，但那兩片嘴唇之間，飄浮著某些往事，像煙一樣，若有若無的。她記得李黎明少年時代的妄念，那個什麼吉尼斯世界紀錄，此後再也沒聽說過下文，她心裡並沒有多少慶幸，反而戚戚然的，暗自猜測，海南島不是到處見海嗎，那本子，一定是被阿紫扔到大海裡去了吧？

七

離婚之後，多少有點寂寞，她首先修復了與顧莎莎的友誼，兩個人又成了朋友。

顧莎莎還是胖，永遠處於減肥的各個療程之中。她經常到紅玫瑰來，有時候來做頭髮，有時候是為了等她，一起去附近的健身中心做熱瑜伽。她不算胖，只是害怕發胖，顧莎莎站在她身邊，像是一面反射鏡，反射了她殘存的風韻，但是，也就是這點安慰了。她承認顧莎莎命比她好，嫁得比她好，顧莎莎和她丈夫名下有好多套房子，光是收租金，就衣食無憂了。她與顧莎莎一起出行，吃飯，打車，甚至旅遊，總是等著顧莎莎掏錢買單，嘴上不忘感謝，心裡是不以為然的，她覺得自己的命運遭受如此的不公，總是要有人償還，顧莎莎，不過碰巧是一個償還者罷了。

她一直在默默地等待第二次婚姻，試著與幾個男人見過面，但所見總是不如所聞，臆想中的那個男人，始終沒有出現。她捫心自問，認定自己不是一個壞女人，於是確信自己運道不好，一定是在哪裡不小心犯了什麼忌諱。哪裡需要糾正？如何糾正？她自己不知道，要去問別人了。聽說掃帚巷裡有個算命大師，她拉著顧莎莎一起去求教。那大師相了她的面，問了她的生辰八字，說她本該是享福的命，只是取了菲菲這個名字，大錯特錯，她命裡缺水，要忌草木的，怎麼能菲菲呢？她一拍大腿，幾乎尖叫起來，怪不得！然後她問大師，要是我叫段嫣，是不是命會好一點？大師在紙上塗塗畫畫，點頭承認，用這個嫣字，會好一點。她用譴責的目光看著旁邊的顧莎莎，似乎提醒她，你聽聽，聽聽吧，我一生的不幸，都是因為我的名字跟你配了套，你那麼幸運，我這麼不幸，都是我的名字為你犧牲，成全了你！顧莎莎很窘，過後慷慨地採取了補救措施，掏出錢包，讓大師給女友再起一個好名字。於是，段瑞漪這個名字被大師隆重地寫在一張紅紙上，熏香片刻之後，她幾乎是顫抖著把那張紅紙裝進了包裡。

她第三次更名，趕上了末班車。派出所的人看著她的戶口簿，說你這個人有意思，改名字像換衣服一樣的？算你來巧了，最後一個機會，晚來一個月，就不讓你改了，我們已經拿到了文件，下個月開始，嚴禁公民隨便改名！

八

她作為段瑞漪的生活，開始得有點晚了。

名字被矯正以後，命運依稀也被矯正，她真的感謝掃帚巷的算命大師，段瑞漪這個名字帶給了她幸福，遺憾的是，幸福顯得很短促。那年秋天她遇上了馬教授，一個喪妻的知識分子，年紀稍大，研究光纜的，除了懂得深奧的光纜技術，還懂得疼愛女人。她陷入了與馬教授的戀情之中。因為自己無知，她特別崇拜馬教授的知識，總覺得他乾瘦的身體隱藏著無限的能量，這些能量會給她一個美好的未來。很奇怪，與馬教授在一起，她從來不覺得腳冷。她慷慨地向他付出了自己封存已久的身體。馬教授對她的乳房很迷戀，但是他不無擔心地指出，她乳房裡的那個硬結有點問題，應該去醫院看看。她解釋說是乳腺增生，好多女人都有，你一個大男人，怎麼在意這個？馬教授憂傷地說，不是我在意，是你自己應該在意。又坦白地告訴她，他的前妻就是乳腺癌去世的。她一下楞住，想起自己的母親也是乳腺癌，三十多歲就離世了。她又驚又怕，說，這毛病不可能遺傳吧？老天爺憑什麼專門欺負我？我要是再得這個病，世上還有什麼天理？

果然就是遺傳，她的乳腺癌已經悄悄地發展到中晚期了，事實證明，老天爺對她似乎是有成見的。她在醫院裡哭了半天，與顧莎莎商量要不要聽醫囑，立即做乳房切除手術。顧莎莎說當然要聽，怎麼能不切？保命要緊啊。她沉思良久，苦笑道，保了命，馬教授就保不住了，他最喜歡我這裡了。

她捨不得放棄與馬教授約定的香港之行，把手術通知單塞到包裡，陪馬教授一起去了香港。白天，馬教授要參加一個學術會議，她一個人去逛街，在幾家有名的金鋪之間來來往往，想給自己買一條白金項鍊，等到項鍊掛到脖子上，涼涼地垂到鎖骨以下，她忽然覺得這是個錯誤，一個即將失去乳房的女人，還有什麼必要裝飾她的胸部呢？這樣，項鍊沒買成，她臨時改主意，挑了一條手鍊。

那些香港的夜晚嘈雜而潮溼，她與馬教授同床共枕，腦袋貼得很近，她向馬教授傳授她的逛街心得，他聽得很耐心，然後她開始控訴邪惡的命運，他小心地附和，終究敵不過睡意，打起了呼嚕。他們依然親密，但彼此的身體，其實失去了聯繫。她在黑暗中凝視馬教授攤開的手掌，似乎看見那手掌裡握著一根銀色的長度無限的光纜，它穿過旅館的窗子和窗外的街道，穿過不遠處燈火通明的維多利亞灣，抵達彼岸，抵達全世界。全世界的聲音和圖像都濃縮在馬教授的手裡。她崇拜他的手。之後她開始凝視自己的乳房，它們仍然豐碩而結實，看起來很性感，但是，那已經是一首輓歌了。她輕輕地抓住馬教授的手，放在自己的乳房上，馬教授沉在睡夢中，手先醒了，熱情地揉摸一番，忽然驚醒，翻身坐起來，驚恐地瞪著她的乳房，說，對不起，瑞漪，對不起，我忘了。

她用枕頭捂住自己的胸部，先是笑了兩聲，然後就哭起來了。

九

世界上只有馬教授一個人，叫過她瑞漪。

她喜歡他用渾厚的男中音，叫她瑞漪，那聲音傳遞出一些讚美，一些祝福，還有一絲溫暖的愛意。但可惜，馬教授後來改口稱她為小段了。她質問他，你為什麼不叫我瑞漪了？馬教授的解釋聽起來很真誠，叫你瑞漪，嘴巴總是張不大，舌頭很緊張，有點累啊。她知道那只是事實的一半，事實的另一半是合理的退卻，是禮貌的躲避。那是他的權利。她清醒地認識到，段瑞漪這個名字帶給她的不是幸福，只是一堆篝火，或者是另一只紫銅腳爐而已，僅供禦寒之用，而所有的火，遲早是要熄滅的。

她不捨得澆滅馬教授剩餘的火苗。有一次她從醫院跑出去，帶上嫂子給她燉的紅棗蓮子湯，攔了輛出租車，直抵馬教授的家。辛辛苦苦地爬到五樓，敲門無人應，她快快地轉到南面，仰頭觀察馬教授的陽臺，一眼看見晾衣桿上有一只黑色胸罩，像一隻巨大的黑蝴蝶，迎風飛舞。她楞怔了幾秒鐘，打開保溫壺，對準花圃裡的一棵月季花，把紅棗蓮子湯一點點地倒了個乾淨。壺空了，她又仔細看了眼五樓陽臺上的那只胸罩。大號吧？她鼻孔裡冷笑一聲，自言自語道，我就知道，肯定是大號。

與馬教授分手，是與幸福的假象分手，也是與段瑞漪這個名字分手，她很心痛。住院化療的那段時間，護士叫段瑞漪的名字，她無端地覺得那聲音缺乏善意，總是慢半拍才答應，不僅是牴觸，她心裡有一絲深切的恨意，不知是針對護士的，還是針對自己的名字。她對護士說，別叫我段瑞漪了，你能不能喊我段菲菲？要不叫段嫣也行，我原來叫段菲菲的，以前還叫過段嫣，姹紫嫣紅的嫣。護士埋怨她說，你那麼多名字，我怎麼記得住？菲菲不是很好嗎？又好記又上口，誰讓你亂改名的？你這個漪字我不知道怎麼念，還去查了字典！她半晌無語，低頭看著自己的胸部，說，是啊，這個漪字有什麼好的？害你去查字典，害我丟了乳房。

她幻想以乳房換生命，但一切都晚了。再完美的乳房，切了就無用，什麼都換不回來的。後來我們聽顧莎莎說，她比醫生估計的多活了半年，比自己期望的，則至少少活了半個世紀。

那年冬天遭遇罕見嚴冬，她的彌留之際，恰遇一場暴雪，親人們都被困在路上，病房裡只有她老父親一個人陪護。她看著窗外的鵝毛大雪，認為是茫茫大水，說，這麼大的水啊，都漫到三樓了。段師傅說，不是水，是雪，外面在下大雪。她說，不是雪，是水，我命裡缺水，臨死來了這麼大的水，還有什麼用呢。過後她看見有人蹚水來到了窗前，她對父親說，她來了。段師傅以為她牽掛自己的孩子，說，你放心，小鈴鐺馬上就來了，你哥哥去學校接她了。她搖頭，說，不是小鈴鐺，是她來了，我看見她了。段師傅猜她看見了亡母的幽魂，你看見你媽媽了？媽媽跟你說什麼了？她還是搖頭，說，不是媽媽，媽媽不敢來，怕我埋怨她。是鄉下奶奶來了，她蹚這麼大的水來罵我，罵我活該，她問我呢，給我取了那麼好的名字，我為什麼鬼迷心竅，非要給改了？

段師傅以為那是糊塗話，他記得女兒只是在襁褓裡見過祖母，怎麼會認得祖母呢？所以他問，真是你奶奶？她什麼樣子？她說，乾乾瘦瘦的，黑褲子，打赤腳，右邊眉毛上有一顆痦子。段師傅很驚訝，那確實是他鄉下母親的基本模樣。然後他聽見女兒嘆了口氣，說，算了，還是聽奶奶的話好，我以後還叫福妹吧。

十

我們香椿樹街居民後來送到殯儀館的花圈，名字都寫錯了。即使是馬教授和顧莎莎的花圈，名字改成了段瑞漪，其實也是錯的。遺囑需要尊重，一切以家人提供的信息為準，被哀悼的死者不是段瑞漪，不是段菲菲，更不是段嫣，她的名字叫段福妹。

段福妹。

聽起來，那是一個很遙遠的名字了。如果不是去參加這場追悼會，誰還記得她有過這個土氣而吉祥的名字呢？

作者簡介

——蘇童（1963-），本名童忠貴，生於蘇州，一九八四年畢業於北京師範大學中文系。曾任教師、編輯，現專事寫作。長篇小說《河岸》獲曼氏亞洲文學獎，《黃雀記》獲第五屆紅樓夢決審團獎、第九屆茅盾文學獎，中篇小說〈妻妾成群〉曾改編成電影《大紅燈籠高高掛》。著有短篇小說集《傷心的舞蹈》、《南方的墮落》、《一個朋友在路上》、《十一擊》、《把你的腳綑起來》，中篇小說集《妻妾成群》、《紅粉》、《離婚指南》、《刺青時代》，長篇小說《米》、《我的帝王生涯》、《武則天》、《城北地帶》等。

2014

北京一夜

蔡駿

這是一個真實的故事。

許多人都不喜歡那座充滿霧霾與擁堵的城市。

但偶爾，我還是會著迷那樣的夜晚。春風沉醉兼沙塵呼嘯的三月，後海盛開荷花的七月，秋月如鏡鋥亮的十月，白茫茫落得乾淨的臘月。

那年初秋，我在工體附近跟友人晚餐。忘了談啥事？我獨自離去，沿著工人體育場北路散步。恰是酒吧、餐廳、夜場、三里屯 SOHO……人山人海，擠不出去，掛著紅燈的黑車，貓步般跟在身後按喇叭，或乾脆問你去哪兒？避之惟恐不及。打車這個技術活上，我是菜鳥一枚，從前木有買車時，我常看著別人上車，自己被迫步行數百米才能抓到一輛。

霓虹下，隨波逐流，形單影隻。我看野眼，堵車風景，成群結隊。東三環，長虹橋邊，終有幾輛空車，被人捷足先登，更多呼嘯而過不停。我想，要麼去坐地鐵，要麼一直站在這裡，等到夜色褪盡，再跟滿嘴酒氣而來不及卸妝的女孩子們搶出租車嗎？

一輛空車過來。

並不指望能攔下，前頭還有三撥人伸出胳膊。紅色的現代索納塔，卻無視所有人，只在經過我面前時，急刹車。

我還沒招手，出租車右前車窗搖下，露出一張男人的臉。滿世界的噪音裡，他沉鬱的聲音：

「喂！上來嗎？」

白痴般，我愣了。幾個傢伙衝上來搶，我才拉開紅色車門，坐進前排副駕駛座。司機一言不發，穩健起步，甩下後面一群罵娘的文藝青年。

晚八點半，開上東三環主路，我意識到還沒說目的地？

「師傅，我去……地安門。」

沿著工體北路、東四十條、地安門西大街，是條直線，但要經過帝都最堵的幾個點，何況在反方向。不曉得是領導微服私訪？還是出了什麼事故？東三環已成巨大的停車場，車尾此起彼伏的制動燈，渲染得如同紅燈下的東莞。

出租車司機，三十多歲，不似印像中的北京的哥。更像三國裡說的，目似朗星，鼻若懸膽，下頜豐滿，居然有幾分像那個誰？馮唐？

馮唐的親兄弟或堂兄弟還是表兄弟？不對，就是馮唐吧？

「你相信，人有前世嗎？」

他問我，聲音很有磁性。

副駕駛座的擋風玻璃後，我的臉和眼睛，藏在光亮與陰影間，漸漸變形，想必。

我不答。

車子往前開了兩步，「馮唐」轉了轉方向盤，淡定說：「對不起，打擾你了。」

窗戶關緊，車封閉性不錯，幾乎聽不到外面噪音，我望著三環上燈光汙染的夜空，終於對司機開口：「能問你個問題嗎？剛才，那麼多人招手，你卻停在我面前，為什麼？」

「遠遠看你，覺得有緣分。」

這話說得我臉紅心跳。莫非，是我遺世獨立而不揚手，惺惺然有上古名士之風？去你媽，扯什麼蛋？

不敢正眼看「馮唐」，眼角餘光瞥去，怕他是個男同志，開著出租車尋找同性獵物，難道我看起來像彎的？需要在額上貼「直男」標籤嗎？

我開始注意車內的一切，比通常出租車乾淨。眼前就是駕駛員卡片，印著某張男人的照片，再看現在開車的「馮唐」，兩張臉，天壤之別。

黑車？心底叫苦不迭，坐他身旁豈有完卵？

他打開車載音響，北京人民廣播電臺的小說連播……

「黑夜給了我黑色的眼睛，我卻用它尋找光明。」

馬達睜大著黑色的眼睛，駕著他的出租車，在籠罩著黑色的馬路上飛馳著。此刻，他正靜靜地聽著電臺裡的播音，這是一首顧城的詩。

這幾天，他的腦子裡全都是那雙黑色的眼睛，那個叫周子全的男人，死在他面前時的眼睛。

神在看著你。

他的嘴裡默默地念著這句話，卻始終都無法理解這句話裡所包含的意義，難道真的有一個無所不在的神靈，高高在上地監視著他嗎？不，這句話裡一定隱藏著什麼東西，或者，這是一句沒有說完的話，還有很多話永遠藏在了死者的心裡。

晚上九點，馬達開到了他曾經度過兩個夜晚的那棟小樓旁。

她到底是誰？

「這個小說寫得很一般。」

開車的「馮唐」把電臺關了。

我的臉頰一陣發熱，因為那是我的小說，很多年前寫的，主人公叫馬達，是個出租車司機。

「兄弟，你是做什麼的？」

我給自己編造了一個職業：「推銷員。」

「推銷員？很辛苦吧。」

「當然。」

「您不是北京的吧？」

「嗯，不是啊，來出差的，推銷員嘛，全國到處跑。」

「去地安門幹麼？」

這是他媽是公安局的反恐規定嗎？每個乘客必須說出去哪兒的理由司機才能拉？

見我沒有反應，「馮唐」頓了頓說：「我是在地安門長大的。」

「難得。」

有些累了，我耷拉眼皮，靠在座椅上，惜字如金。

「我們家有座獨立的小四合院。有我，爸爸媽媽，還有奶奶，一家四口。北房三間，東西廂房。

院子裡有棵老槐樹，夏天我常爬上去掏鳥窩，冬天從屋頂上掃下雪來，堆個小人不成問題。我爸愛養鴿子，大大小小幾十隻，每天早上起來放飛，天黑前準保全都回來。」

「房子還在嗎？」

「奧運會那年拆了。」

「拆遷補償款應該不少吧？」

「呵呵，初中畢業那年，我們家把房子賣了，搬到城外的回龍觀。」

看看他的年齡，那應是九〇年代，賣不出什麼價錢：「太可惜了。」

「說來……話長。」

「聽聽？」

「算了吧，很無聊的故事。」不知不覺，出租車已轉過東三環，進了朝陽北路，「馮唐」沉默著，沒有表情的臉，簡直幾分可怕。

靜謐的十來分鐘，我倉惶地看著車窗外，有跳車逃生的念頭。

「小時候，我是北京市三好學生，優秀少先隊員，初一那年還上過新聞聯播，中央首長來我們學校視察，我作為學生代表跟那位爺爺合影。」

像一夜裡冒出的粉刺，「馮唐」突如其來地說話。我頭靠車窗，盡量距離他遠些。

「羨慕。」

不是客套話，想起我小時候，既不是差生，也不是優等生。我沒讓老師頭疼過，也沒被人誇過，除了作文還算湊合，就是最容易被忽略的那種孩子。

「我爺爺是老革命地下黨員。解放後，分配了一間四合院——從前住著個前清老太監，伺候過慈禧太后。一九五四年，地安門被拆了，老太監在自家院裡上吊死了。文革頭一年，爺爺也在同一棵槐樹上自殺。改革開放，落實政策，才把四合院還給我家。我爸在中央部委工作，我媽是協和醫院的婦產科醫生，只有奶奶是家庭婦女。小時候，我常能吃到別人家孩子吃不到的東西。你懂的。」

「嗯，我稍微懂一點。」

「小學三年級，我寫過一篇命題作文，關於自己長大後做什麼職業？我寫了三種，一是考古學家，二是文學家，三是北京市長。」

「你也想當作家？」

說實話，在我念小學的時候，從未有過此般夢想。

「我爸愛藏書，家裡有個大書房，書櫃從地面排到天花板。除了四大古典名著、《馬克思恩格斯選集》、《魯迅全集》、《紅與黑》、《悲慘世界》、《安娜·卡列妮娜》、《罪與罰》、《亨利四世》……還有《福爾摩斯探案全集》跟《東方快車謀殺案》。但我最喜歡蘇俄小說，《鋼鐵是怎樣煉成的》讀過至少五十遍。」

「保爾·柯察金，奧斯特洛夫斯基。」

「記得冬妮婭嗎？」

雖然，書中情節大半模糊，但我記得：「保爾的初戀？」

「最喜歡她在水邊初遇保爾，藍白色的水兵服，淺灰色的短裙，帶花邊的短襪，栗色的大辮子……都是十七八歲，沒有冬妮婭，就不會有保爾，你說呢？」

「嗯。」

「人，最寶貴的是生命。生命對每個人只有一次！這僅有的一次生命，應當怎樣度過呢？每當回憶往事的時候，能夠不為虛度年華而悔恨，不因碌碌無為而羞恥。在臨死的時候，他能夠說——我的整個生命和全部經歷都已經獻給了世界上最壯麗的事業，為人類解放而進行的鬥爭！」

北京，晚九點半，朝陽門外大街，出租車司機為我背誦這段名言，保爾．柯察金將要舉槍自殺時想到的話。

「不過，我想在那個時候，他心底所念的人，一定是冬妮婭吧。」他按了按喇叭，讓前頭的實習車閃開，「你想過自殺嗎？」

我不響。

「馮唐」轉移了話題：「你知道我家為何要從地安門搬走？」

這個我感興趣。

「初三，我十六歲，我們學校的教學樓有五層。那時男生都愛聖鬥士星矢，有人喜歡紫龍，有人喜歡阿瞬，我們幾個男生，各自扮演喜歡的聖鬥士，從一樓玩鬧到五樓，是不是很傻逼？而我最愛沙加，當我高喊『天上天下，唯我獨尊』，卻不小心胳膊碰到窗玻璃——那塊該死的玻璃，整個掉了下去，往外掉。」

「五樓？」

路口，紅燈前，他放空檔，拉手煞：「嗯，周圍的那些人，全逃光了。五樓的窗戶底下，就是大操場，課間休息，有許多人。」

「但願沒事。」

「我不敢把頭伸出窗戶。當我跑到樓下，看到操場上圍了許多人。有個穿著連衣裙的女生，橫躺在水泥地上，鮮血流了一地，浸紅無數片碎玻璃，慢慢淌到我鞋邊。」

「哦……」

「後面的事，我記不清了，腦子發熱，耳邊全是尖叫，眼前數不清的人頭，像在菜市口滾動。那晚，爸爸將我接回家，媽媽卻在醫院留了一整夜。第二天，我才知道那個女生受了重傷，顱骨被玻璃擊穿，搶救十個小時，終於保下一條命，但深度昏迷。我向學校承認，是自己不小心碰到了玻璃，願意接受處分。」

「你傻啊，為什麼不說是玻璃自己掉下去的呢？」

「嗯，很多年後，我也有過後悔，為什麼要承認？不過，幾個男生都看到了，我可以讓他們保守祕密，但能保密多久？總有人會洩露出去的。被玻璃砸到的女生，是隔壁班級的，我不認識她——我是北京市三好學生，學校裡沒有不認識我的，這也是我不敢撒謊的原因。」

車後響起連綿不斷的喇叭聲，路口早已變成綠燈，「馮唐」才重新開動。

「後來，那個女生怎麼樣了？」

「植物人。」

「你家賠錢了嗎？」

「女生家裡開出五十萬的條件——二十年前，一筆巨款。雖說，那年頭醫藥費不貴，但對方計算了未來五十年的治療與護理費，還有整個人生被毀了，無論如何，我接受。」

「你父母呢？」

「上世紀九〇年代，我爸的中央部委是清水衙門，我媽在醫院還沒流行拿紅包，實在湊不出五十萬，最後咬牙賣掉四合院，全家搬去回龍觀。搬家前一晚，七十歲的奶奶死了。醫生說是腦溢血。爸爸卻說見到了吊在大槐樹下的爺爺，奶奶是捨不得離開地安門呢。」

人說地安門裡面，有位老婦人，猶在痴痴等。

「馮唐」繼續平靜地說：「快要中考了，學校只有一個保送名額，原本留給我的，直升北京最重點的高中。出了這樣的事，名額自然給了別人。而我麼，志願沒填高中，怕是將來讀大學家裡負擔不起。我進了西城區的商業職校。至於，被保送去重點高中的那傢伙，而今已是個大人物了，常在中央一套的兩會新聞見到他。」

「你是說，假如沒有那塊墜落的玻璃，今天那個大人物，就是你啊？」

「我一直，夢見那塊玻璃，依然在教學樓的五層，完好無損地嵌在窗框。夕陽照射在玻璃表面，映出十六歲那年的臉。」

我不太會說安慰的人話，默默看著車窗，北京街頭綻射的燈光，映出自己的眼睛，忽然覺得好年輕。

「離開地安門，不到一年，我爸就出事了。」他像說一樁無關緊要的事，如此平靜，「他每天騎自行車上班，以前十分鐘就能到，但從回龍觀進城，就得一兩個鐘頭。有天早上，記得是清明節，他被一輛土方車帶倒，整個人捲到車輪底下，被輾成了肉燥子，你肯定吃過吧？」

車輪底下華麗麗的肉燥子，又聯想到爆肚黃喉之類，我有種嘔吐的感覺，搖下車窗，讓風吹亂我的長髮。

「爸爸死後，媽媽得了抑鬱症，再沒心思做醫生了，提前病退回家。沒過兩年，她查出了乳癌晚期。我十八歲那年，她死了。」出租車已開上東二環，「還想聽下去嗎？」

「想。」

「我媽剛下葬沒幾天，我從商業職校畢業，國營單位包分配，進了西單百貨做營業員。不久，商場效益不好，三分之一員工下崗。我在家閒了一年多，花光所有積蓄，才重新出來找活幹。呵呵，我幹過各種工作，運貨員、維修工、值班員，包括推銷員。可是，每一樣都不長久，最後湊了些錢，開起了出租車，那是五年前的事。」

「說說你遇到過的有意思的事？或者——令人難忘的事？」

我怎麼說得像個小學作文老師？抑或電視節目上的夢想觀察員之類的裝逼範？

也許，我是在羨慕他。所謂作家，時常被迫地需要去尋找生活，而出租車司機們，每天就在生活之中。

「不值一提。」

其實，他是欲言又止，區區四字，千言萬語。

「平常你也喜歡像這樣跟乘客聊天嗎？」

「不，我從不跟乘客聊天，差不多一句話都不說，除非有人主動提問。」

對不起，別再說什麼緣分？後背心要起雞皮疙瘩了。

「馮唐」似乎聽到了我的心裡話，說：「今夜，對我來說，非常，重要。」

「怎麼了？」

「與你無關。」

他讓我吃了顆軟釘子，好吧，這確實不是出租車司機的服務範圍。職業習慣，我隨口提了另一個問題：「那你現在愛讀什麼書？」

「《凡人修仙傳》、《鬥破蒼穹》、《慶餘年》……你不是推銷員吧？」

「哦。」

「你是哪的人？」

「猜？」

我沒有逗出租車司機玩的惡習慣。但，這哥們太令我著迷了。

「南方？但又不是很南，也許，靠東一些。」

「上海。」

「好地方啊。」

「印象如何？」

「呵呵，我還從沒去過呢。小時候，去過幾次天津，跟爸爸出去開會，爬過一回泰山，還有，對了，北戴河，然後……就沒有然後了。」

「這幾年沒出去玩過？」

「除了拉活去天津河北，每次只能隔著車窗，遠遠看著光禿禿的野地，還有高速上成排的卡車，交通事故中燒焦了的車殼子，還有屍體。」

「你最喜歡去哪兒？」
「五年前，我剛開上出租車那會兒，有一次路過百花深處胡同，想起當年被玻璃砸傷，變成植物人的女同學就住那兒，便進去看了看。」
「還在嗎？」
「百花深處胡同十九號丙，早成了大雜院，搭滿違章建築，住的大半是北漂。她家還在西廂房。十幾年前，拿到我家的賠償款後，她的父母離婚搬走了，聽說是分別再婚，卻把女兒留在這裡。」
「那麼多年，你都沒去看過她嗎？」
「我——害怕。」
不知道，該怎麼說？但，我明白他的恐懼，真的。
「為什麼，突然又不怕了？」
「那天是我的三十歲生日。」
「我懂了。」
「小時候，每個生日，爸爸媽媽都會給我買奶油蛋糕，那是我最喜歡吃的東西了。而自從他們死後，我已經十多年沒過過生日了。我只是，想要給自己找一個生日禮物，哪怕只回頭看一眼。」
「說……說……說……下……去……」
我有些結巴了，我想。
「老宅，只剩下她的叔叔，我不敢自報家門，謊稱是初中同學，代表同學會過來探望。」
「他讓你看了？」

「嗯，這傢伙把姪女當作累贅，恨不得早死早超生，多出間空房還能租出去。她始終昏迷在床，腦子裡殘留幾塊當年的碎玻璃。」

「她會變成什麼樣子呢？」

「當時，我連續開了十來小時出租車，許多天沒刮臉，長滿鬍茬子，還有幾根白頭髮，簡直他媽的像個大叔。走進那扇狹窄的門，我看到躺在床上的她，竟還像十六歲的中學生。她的頭髮很長，幾乎拖到腰上，感覺從沒剪過。長年不見陽光的皮膚，白得幾乎透明。她的鼻梁很高，下巴圓潤，額頭高高的，像冬妮婭。」

「《鋼鐵是怎樣煉成的》？」

「只是一種感覺，誰都沒見過冬妮婭，不是嗎？可惜，屋裡很臭，她叔叔把她當作了一具腐屍。到處是灰塵和蜘蛛網，比牲口棚還糟糕。床腳下擺滿尿盆，牆上掛著成人尿布啥的。他們家每月出八百元，請個外地保母來照顧她，每天兩個小時——我猜，當年我家賠償的五十萬，早被哪個傢伙花光了吧？」

對面有車開著遠光燈過來，照亮「馮唐」的臉，有些發紅。

他也打了遠光燈：「誰能想到呢？雖然，是個植物人，但除了輕微的褥瘡，就連例假都是準時的。」

「哦？」

「每個星期，我都會去百花深處胡同。雖然，我自己家亂得像個狗窩，除了爸爸留下來的藏書，就是幾十個移動硬盤，你懂的。但在她的小屋，我賣力地打掃，清除多年塵土，把每塊玻璃都擦乾淨。我從淘寶上買了許多東西，專找少女喜歡的網店，比如泰迪熊的窗簾啊，HELLO KITTY的髮卡啊，還有掛在她床頭的ＳＤ娃娃。我買了幾盆花放到窗邊，囑照保母每天澆水。」

眼前浮起這幕奇怪的景象，一個像大叔的出租車司機，每周去百花深處的四合院裡，照顧植物人的蘿莉，雖然他們兩個年齡相同。

「她怎麼吃飯呢？」

「通過鼻子──我自學了護理，把雞和魚肉調成糊，加上新鮮水果和牛奶，兌成營養流質，灌進一根管子，再通過她的鼻孔塞進胃裡。聽起來很噁心吧？時間久了，自然習慣。」

「你幫他擦身嗎？」

「這個……」問到了要害，他沉默片刻點頭，「一開始不敢，但後來我發現保母偷懶，也就親手幫冬妮婭翻身和按摩了。」

「冬妮婭？」

「嗯，我喜歡叫她冬妮婭，再也改不了口，抱歉。」

「你沒感覺不好意思嗎？畢竟男女有別。」

「當然，很不好意思。但後來，就沒有這種感覺了。就算我給她換尿布，也沒有絲毫的……沒有生理反應，別想歪了。」

「是你還是她？」

「我。」

「他叔叔不管嗎？畢竟，你是以男同學的身分，又不是男朋友。」

「我想做她的男朋友。」

不曾想，「馮唐」如此直接地說出答案，令我無言許久。

「贖罪？」

「有一點，但不是全部，更重要的是——我喜歡冬妮婭。是啊，我是不是瘋了？對方要是正常人家，我根本沒這種機會，但她的叔叔，根本不管她，給他塞了兩條香菸，就把房門鑰匙給我了，卻連我的名字都不問。」

「冬妮婭，我也這麼叫吧。年復一年，她始終昏睡嗎？一點反應都沒有？」

「一年前的今天，她醒了。」

我幾乎從副駕駛座上彈起來，把臉貼著擋風玻璃看他的雙眼。

出租車轉入東四十條，他慢悠悠地說：「那天之前，昏迷中的冬妮婭，連續發了七天高燒。我開車把她送去協和醫院，庸醫說她腦中的碎玻璃作祟，導致大腦內出血，建議準備後事。我把她拉回百花深處胡同，就算死也要在自己的屋子裡。」

「你救活了她？」

「不知道。我給她換上白色衣裙，為她化妝，第一次擦上胭紅和粉餅，我的手居然沒有抖。雖已渾身冰涼，摸不到什麼呼吸，我仍然跟每天一樣為她擦身，認真按摩她的大腿肌肉，儘管已僵硬。」

「別嚇我！」

「那天午後，我剛為她擦完身體，給窗臺上的花澆水，忽然聽到床上有動靜，回頭一看——她睜開了眼睛。」

忽地，我想起很多聊齋故事裡，窮書生進京趕考，夜宿古寺，偶遇女鬼。金風玉露一相逢，便勝卻人間無數。他不可自拔，以至於掘開墳墓，發現女屍竟完好如生，便把她帶回老家，放在自己床上，每天餵些稀粥，漸漸殭屍變得柔軟，直到還魂復生。待到女郎休養康復，即與書生拜堂成親。次年，她竟生了個大胖兒子，足不出戶，相夫教子，侍奉公婆。多年後，兒子寒窗苦讀，金榜題名，光宗耀祖，給父母養老送終，後人還是蒲松齡的隔壁鄰居，異史氏曰……

司機的面色略微有些蒼白，笑著說：「真好啊，她甦醒的那一刻，我哭了。接著三天，我始終陪在她身邊，直到她慢慢自己吞嚥，可以用嘴來喝水進食，雖然大小便仍不能自理。第七天，她說話了。」

「她問你是誰？」

「嗯，我騙了冬妮婭，說我是她的老師。因為，她的記憶停留在一九九五年，還以為自己是個初中生，很快要面臨該死的中考，還讓我拿幾本教輔書來給她複習。」

「有時候，這樣也挺好的，除了夢見還在考試。」

「冬妮婭很單純，她管我叫大叔。而我不敢告訴她現在是二〇一三年，更不敢說是因為我，因為那塊玻璃，才讓她變成這個樣子的。我害怕她無法接受這個事實——她已昏迷了十八年，不再是十六歲少女，而是個三十四歲的女人。我繼續騙她，說她因為一場車禍，在床上躺了六個月，錯過了一九九五年的中考。現在，她必須做好康復訓練，才有機會到明年考高中。她問起爸爸媽媽，我說他們出國工作去了，隔很久才會回來看她——那是南美洲，火地島上的烏斯懷亞，地球上最遠的城市，平常通不了電話。」

「她叔叔不戳穿你嗎？」

「我跟那傢伙說好了，幫著我一起演戲，只是冬妮婭沒想到，叔叔在半年裡老了那麼多？我解釋，自從她受傷昏迷以來，叔叔為她操碎了心，結果一夜頭髮就白了。她又問我：老師，為什麼從沒見過你？我只能說，我是最近新調過來的，學校派來照顧你，因為校長覺得，你的車禍是學校的責任。她問我是教什麼的？我說是教語文的，她還讓我給她讀課文，教她補習文言文和作文——恰好是我當年讀書時的強項，重新溫習一遍，居然還裝得挺像。」

「很有意思的故事。」

乾咳兩聲，「馮唐」皺著眉頭：「其實，我心裡緊張死了，就怕被看出破綻。我換上九〇年代流行的衣著，每次去見她都不帶手機。雖然，大雜院裡住了不少人，但從沒人關心這間屋子，違章搭建的牆，阻擋了窗外視線。躺在床上的她，只能看到屋頂瓦片，狹窄的灰濛濛天空。我從舊書店買了些二手書，作為課外閱讀送給她。除了《鋼鐵是怎樣煉成的》，還有《紅與黑》、《基督山伯爵》、《牛虻》……但她能動的只有眼睛、嘴唇、臉部肌肉，胳膊與大腿都沒知覺，根本無法康復訓練，更別說看書。」

「只能念給她聽？」

「嗯，我從秋天念到春天，從陀思妥耶夫斯基念到卡夫卡。《悲慘世界》念了兩遍。原來，我是一個星期看她一次，後來隔三差五就往百花深處胡同跑，最後變成每天都去，大多在午後的兩個鐘頭，出租車最閒的時間段。她問我怎麼不去給學生上課？我說現在教育改革，必須給中學生減負，下午都是體育課和自習。」

「這個改革到現在還沒實現吧。」

「冬妮婭說想要看電視。雖然，搬電視機過去分分秒秒，但謊言就會馬上穿幫。為了讓她相信還在一九九六年，我說這個房子太老，有線電視斷了。我從舊貨商店淘了一臺舊彩電，收不到任何信號，配最老的步步高影碟機，上淘寶買了《梅花三弄》、《一百零一次求婚》、《東京愛情故事》、《大時代》的VCD刻錄碟，全是一九九五年以前的老劇。」

「能把這些弄全，費了不少心思吧？」

「我還自己刻了不少碟呢。冬妮婭的手不能動，連遙控器都按不了，只能我陪在身邊，為她打開電視機，放碟與換碟。有一天，北京城下起大雪，我和她看著飄到窗上的雪花，電視機裡放著《梅花烙》的大結局，皓禎捧著死去的白吟霜，策馬消失在北京的荒野，她第一次流下了眼淚——我很高興，她的淚腺功能已經恢復了。」

「我記得這個結尾。」

說實話，那部劇對於我印象更深的是馬景濤的咆哮。

「為了給冬妮婭排遣寂寞，我又買了臺CD機，還有張雨生和孟庭葦的CD唱片，為她戴上耳機。她每次都捨不得我走，直到在我漸漸調低的音量中睡去，我才能放心離開。」

「還有個問題，你繼續給她翻身和擦背，還有換尿布嗎？」

「馮唐」臉色尷尬：「我原本也很害羞，當她剛醒來時，不敢碰她的身體。但是，冬妮婭說沒關係，她說自己還是孩子，而我是老師，是她的長輩，就像爸爸和叔叔那樣。在她的言語安慰下，我還是準時為她按摩，用熱水擦拭她的身體。她說，她喜歡薄荷味。我為她在窗臺上種了幾盆薄荷，還找來早已停產的薄荷洗髮水，為她清洗每一根長髮……」

「碰到過胸部嗎？」我也有些臉紅，「對不起，問得太直接了吧？」

「當然，不可避免，但我沒故意占過她便宜。對於她的身體，就像自己的一部分，你要明白，沒有任何色情的成分——雖然，她從脖子以下都沒什麼知覺，就算摸了她也不知道。」

「真不容易。」

其實，我不信。

「今年春天，有柳絮飛到窗上，冬妮婭提出了一件請求——躺在床上那麼多年了，想要看一看外面的世界。」

「完蛋了。」

「我猶豫了一分鐘，還是答應了。為此，我做了一個星期的準備。我給她買了新衣裳，剪短她的頭髮，為她用香皂洗臉，擦上大寶臉霜。那是個清晨，大雜院裡沒人在意過我們，我抱著她走出百花深處胡同，放進我的出租車裡，綁上安全帶，就在你坐的這個位置。」

聽到這裡，我背後涼颼颼的，彷彿冬妮婭正趴在我的肩頭。

「你怎麼解釋你是個司機？」

「我說，這輛車是我的兄弟的，我剛考出駕照，借出來練車用的。十九年來，她第一次走出四合院，晒到北京的陽光。我騙她說，這一年來，北京的建設突飛猛進，差不多相當於過去的十幾年。當然，我只在二環裡頭轉，不敢帶她去東邊和北邊，怕她被奇形怪狀的大褲衩或鳥巢嚇著。堵車時，經過一個商場門口，大屏幕上放著五月天演唱會，她感到既陌生又疑惑，等到劉德華出來向粉絲們招手，冬妮婭徹底糊塗了——她問，劉德華怎麼都成大叔了？我只能乾咳兩聲說，明星太辛苦了。」

「對啊，她都不知道張國榮已經死了十年吧。」

「冬妮婭說，她想聽聽電臺廣播。我裝模作樣地打開電臺，其實是預先準備好的音頻——我找到了一九九六年的中央人民廣播電臺的錄音，那期節目在談第二年的香港回歸，接著是艾敬的〈一九九七快些來吧〉。」

那首歌，當年很紅，我記得其中幾句——一九九七快些到吧，八百伴衣服究竟是什麼樣？一九九七快些到吧，我就可以去HONG KONG；一九九七快些到吧，讓我站在紅勘體育館；一九九七快些到吧，和他去看午夜場。

「那一天，我帶著她在北京城裡轉悠，從清晨直到日暮。路過包子舖，我下車給她買了稀飯和豆漿。她說想吃爆肚，我又去清真老館子給她買來，但她吃了半個就想吐。她不知道自己吃了十九年的流質，很難再適應普通食物了。」

「我要是她，得感動得要死掉了！」

「晚上，我把車停在後海邊上，冬妮婭不明白，為什麼有這麼多酒吧？難得沒有塵土與霧霾，那一晚月亮很美。我從水邊給她摘了幾片柳葉，放到她嘴裡咂了幾下，她說好喜歡這種味道。看著她的臉，眼睛，還有嘴唇，我很想……真的很想……」

「吻她？」

「我猶豫好久，幾乎要把手心揉碎。幫她把柳葉從嘴邊拿走時，我的嘴唇離她只有一厘米。她閉上眼睛，等著我去親她。我卻拉下手煞，開車送她回家。」

「哎。」

天人交戰，我能理解。

「當我抱著她，走進百花深處胡同十九號丙的院子，警察正在等著我。冬妮婭的叔叔臉色發白，跟居委會大媽一起，從我手裡搶過癱瘓的女孩。然後，我被警察戴上手銬。冬妮婭不想讓我走，叫著讓我回來，我什麼聲音都不敢發出，被警察壓低著腦袋，在眾人的指指點點中，押上警車送進派出所。」

「怎麼回事？」

「就在我開車帶著冬妮婭外出的白天，她的爸爸從外地回來了。冬妮婭的叔叔知道他欠了許多債，根本不希望他回來惹麻煩，因此也沒有把冬妮婭甦醒的消息告訴他。叔叔無法解釋昏迷十九年的姪女為何不見了？只能把我供了出來。冬妮婭的爸爸勃然大怒，擔心我會把他女兒拐賣到農村去。他打一一〇報警，查出了我的真實身分——我就是當年闖禍的男生，讓他的女兒變成了植物人。在我被警方抓住以後，他希望公安局嚴肅處理，說我犯了流氓罪，甚至懷疑我強姦過冬妮婭。」

「好像，早就沒有流氓罪了吧？」

「我被治安拘留了十五天。並且，我再也不能見到冬妮婭了。」

聽著心裡越發難受，我又想到什麼，嘆氣說：「但比這個更糟糕的，應是她已知道了所有的祕密。」

「沒錯，見不到冬妮婭的日子，不知道是怎麼活過來的？經常跑到她家門口，就會有人報警，把我趕出去。忽然，有天她叔叔找到了我，說冬妮婭開始絕食，要是見不到我的話，就要把自己餓死在床上。」

「你又見到她了？」

「是，三個月前，夏天。我發覺她成熟了，不再是個十六歲少女，更像女大學生。她的真實年齡已經三十五歲，我很害怕再過一兩年，她就已青春不再，甚至老得比常人更快。」

「她也知道你是誰了？」

「冬妮婭告訴我，其實，她早就發現了——在她甦醒以後不久，她知道我在說謊，知道我根本不是什麼老師，現在也不是一九九五年。她本以為過去了三年，最多五年，卻沒想到是十九年。但是，她很享受這樣的謊言，願意每個星期都看到我，聽我說那些虛構的故事，我們的國家越來越強大，建設社會主義小康社會，大街上到處是活雷鋒。很快香港就要回歸，轉眼就會輪到臺灣。每個人都相信勤勞致富，自己的明天會更好，好像時光從未流逝。」

「別再煽情，我受不了。」

我搖下車窗，只想透透氣，透透氣。

「冬妮婭的爸爸只陪她住了一周，給她換了臺新彩電，可以聲控的遙控器。這臺電視機還可以上互聯網，她很聰明，只學幾天就會了。但是，等到她重新見著我，就再也不看電視了。我跟她說起真實的世界，為她念手機上的新聞，微信裡的消息，但她統統不感興趣。最後，她說，她想要死。」

「為什麼？」

「在冬妮婭剛甦醒的那幾天，發現自己癱瘓在床上，連大小便都要別人伺候，就有了這樣的想法。何況，她的腦子裡還殘留有玻璃，肉體上的痛苦也難以忍受，只是她從不讓我知道。但，因為我的存在，為她養花澆水讀小說，說起外面幻想中的世界，她才能努力克服想死的念頭。她說，為了我，她才活到今天。」

「你怎麼勸她？」

「苦口婆心——總之，用盡了一切辦法，卻無法打消她的念頭，反而讓她更執著。最後，我答應她，娶她為妻。」他踩了腳急煞車，幾乎跟前面追尾，「但她拒絕了。」

這個答案讓我始料未及，原本以為是美好結局的倫理片，卻突然被編劇推入了絕境。

「那她把你叫來幹麼？」

「還不明白嗎？她知道，自己只是個累贅，如果答應我的求婚，我將一輩子服侍個癱瘓在床的廢人。雖有夫妻名分，卻什麼都做不了，更不能有性生活，白白耽誤到老死的那天。她是怕，我的人生，因為她而毀了。可她要明白——是我先毀了她的人生。」

「但那是個意外。」

「要不是那塊墜落的玻璃，如今我也不至於如此吧？到底誰欠誰的？你能說清楚嗎？」

「抱歉。」

「整個夏天，她一直在趕我走，但我賴著不走。我這出租車的生意，也是三天打魚兩天晒網，很快連車隊的錢都交不出了。她說——如果，我真的喜歡她，就請幫助她自殺。」

「她想要安樂死？」

「這幾個月，我始終想一個問題，這樣下去的話，對她對我來說？究竟算是什麼？當她知道了所有祕密，當她明白已過去了十九年，當她發現外面世界真實的模樣？」

「你被她說服了？」

「是的。」

「我想，她也是為了給你解脫。」

「好多次，我從她的屋子離開，走出百花深處胡同，溜達半個鐘頭，穿過無數迷宮般的巷子，到後海邊上，看著一池綠水，就想要跳下去。可，我又想，要是我也死了，冬妮婭怎麼活下去？」

「你做出了選擇？」

「她說，想去海邊看看。今天，早上，我用薄荷味的香波，為她洗乾淨長髮，穿上藍白色水兵服，淺灰色短裙，帶花邊短襪，還笨手笨腳幫她梳了大辮子。避開大雜院裡的耳目，我把她抱上車——抱歉，還是你現在坐的位置。我帶她出北京，沿著高速開到秦皇島北戴河。我把出租車停在海邊，摟著她，坐在岩石上，讓海風吹溼她的眼睛。她說，長這麼大，還從沒看到過海，如果現在死了的話，會很滿足。」

「別！」

幾乎要抓破自己的大腿，我真想把耳朵捂起來，他卻自顧自地說下去：「我的雙手哆嗦，掏出一瓶安眠藥，冬妮婭全部吃了下去。昏睡之前，她對著我的耳朵說——土豪，下輩子，我們再做朋友吧。我點點頭，很想說聲對不起，但，我沉默著，給了她一個微笑，看著她熟睡的臉，漸漸變得蒼白……」

面對這樣的情節，我無法驗明真偽？緊握門把，身體僵直地向前傾，看著開出租車的殺人犯？

「聽我說——我掏出第二瓶安眠藥，仰起脖子，倒入喉中。我抱著冬妮婭，聽著她的心跳，還有溫暖而小巧的胸口。我也睡著了。」

我剛想脫口而出「殉情」二字，但看著身邊這個男人，心底微涼——如果，他已殉情自殺而死，那麼眼前的他又是誰？

「馮唐」轉頭看我，幽靈般說：「然而，當我醒來，已是傍晚，夕陽從背後照著大海，我發現自己依然活著。地上滿是我的嘔吐物，胃裡難受得要死——我恨自己為什麼沒死？」

「她呢？冬妮婭？」

車速隨之減慢，他說：「她——沒有呼吸，沒有心跳，身體還是微熱，軟綿綿的，似乎輕了幾兩，也許剛死去。」

明白了，這是兩個人相約自殺，而女的死了，男的卻意外倖存。據說很多殉情都是這種結果。

「對不起，我不知道自己為什麼沒有死？為什麼讓我一個人活下來？但是，她只想要自己死，希望我正常地活下去。這一切全怨我，是我瞞著冬妮婭，準備跟她共赴黃泉。」

這些話，他說得異常平靜，卻讓聽的人毛骨悚然，我強迫自己故作鎮定：「你怎麼處理屍體的？」

「我對自己還活著而很內疚。但是，我沒有嘗試再死第二次，因為我想在此之前，先把冬妮婭帶回北京。當我進了三環，發現各處堵車，在工體北路掉頭，恰好到長虹橋邊，就遇見了你。」

「停車！」

不敢再想下去了，如果，這是真的？

「馮唐」絲毫沒有減速的意思，卻問了個不搭界的問題：「朋友，你看過《紅與黑》嗎？」

「問這幹麼？看過。」

「還記得結尾嗎？」

「結尾？于連不是死了嗎？」

「嗯，他死在斷頭臺上。而在這個世界上，唯一愛他的人，是瑪蒂爾德小姐，她抱走了于連的人頭，來到他指定的山洞裡埋了。」

「不要再說了，求求你！」

我沒有幽閉恐懼症，但此刻，對於這個出租車的封閉空間，卻是如此害怕。

你也能猜到——冬妮婭，嚴格來說，是她的屍體，就在這輛車的後備箱裡。

「地安門到了。」

出租車開過十字路口，停在路北側的一家風箏店前。

已近午夜。

計價器顯示金額五十九元，「馮唐」擺手道：「今天，我不做生意的，不收你錢，再見。」

我剛要打開車門，準備子彈般逃出去，卻死死抓著門把，不捨地回頭看他。車內燈，照亮司機的臉，依稀有兩道淚痕。

剎那間，我改變了主意。

「對不起，我不想找那老婦人了，請繼續往前走吧。」

「再去哪兒？」

「去夜裡……」

出租車司機點頭，再也不必言語，帶著我沿地安門西大街開去。

我把頭伸出窗外，看到皎潔的秋月，徑直照入內心祕密——

很多年前，在上海，普陀區，我在五一中學讀書。初三那年，我跟同學們在五樓白相，不當心碰下一塊玻璃。當時，我也嚇戇了，不曉得會不會闖禍？最後，我很幸運，玻璃砸碎在操場上，沒有傷到任何人。直到今朝，許多夜裡，我仍然想像，要是那塊玻璃砸到了啥人的頭上？那麼我將……

從地安門西大街，經過後海荷花市場門口，出租車緩慢開去，似是讓我挑選下車地點。

但我不響。

沉默中，看著車窗外的老城，在白蓮花般的雲間穿行的月亮。我已明白，「馮唐」之所以把我帶上車，只是想要找個人，安靜地聽他傾訴這個故事。

但這個故事還沒有結束，或者說，正在進行時。而我，不巧參與了進來，成為故事中的一個配角。開到新街口南大街右拐，他沒由來地右拐。我沒問他去哪兒？就當是散心，送後備箱裡的美人，最後一程。

我轉頭對著背後的座位，鼻子深深埋入靠墊，想要嗅到冬妮婭的氣味——至少，有她頭髮裡的香波味。

然而，什麼都沒有。

只有纖維與海棉深處的細小顆粒，如同塵霾般鑽入肺葉，我拚命壓抑沒打噴嚏。

但，在我連續咳嗽同時，腦中閃過另一個念頭，像發光的玻璃片，隕石墜落般，從天而降，在學校操場的水泥地上，粉身碎骨……

「等一等！」我似乎抓住了什麼？搶在自己被淹死之前，「你剛才說，今天早上，你們出門前，你用薄荷味的香波為冬妮婭洗頭？而她，就坐在我現在坐的這個位置？」

「嗯。」

「可我沒有聞到這種氣味。如果，她真的在這裡坐過的話，她頭髮上的氣味，肯定會殘留在纖維上。請相信，我的嗅覺還不錯，尤其對薄荷敏感。」

「想說什麼？」他淡定的表情，讓我簡直抓狂，「朋友。」

「你在說謊——我早就該發現了。當你說到一年前，在她奇蹟般的甦醒之際，曾經大病一場，送去醫院都沒救了，醫生建議準備後事。你把她帶回百花深處胡同，給她穿上白衣裙，竟還為她擦腮紅與粉餅！這說明——冬妮婭，當天已經死亡，因為腦中殘留的碎玻璃。而你，不過是在為死人化妝，就像入殮師。今天，或許是她的一周年忌日？」

說到此，我的恐懼，轉眼，消失。

對啊，現在誰還用安眠藥自殺？真死得了嗎？推理小說也不會這麼寫嘛，明顯的bug！

而冬妮婭醒來後發生的一切，但願，只是他心底最為渴望的劇情，卻永遠未曾發生。

午夜已過，路邊行者寥寥，出租車停在一個胡同口。

「朋友，可以下車了。」

他的嘴角微微一撇，不曉得算什麼表情？我點頭道：「謝謝！」

下車時，我沒有給錢，不是我小氣，而是怕他生氣。

當我在胡同口轉身，出租車已開走了，我不想記下車牌號，印象中只有它紅色的背影，還有看起來沉甸甸的後備箱。

再見，冬妮婭。

秋風捲過我的長髮，抬頭意外地看到門牌，似有幾個熟悉字眼，打開手機照亮，赫然「百花深處胡同」。

白糊糊的月光底下，我失魂落魄地往裡走。胡同比想像中狹窄許多，兩邊破舊院牆，寂寂空無一人，只有路燈下的樹影搖曳。不見四百年前如錦繁花，更難覓七十年前鮮豔面孔。

百花深處胡同十九號丙。門臉早已衰敗不堪，屋簷上生著厚厚的野草，我輕輕推開虛掩的木門，進到大雜院裡頭。繞過兩堵新砌的磚牆，還有滿地垃圾，憑感覺摸到西廂房。

一股淡淡的薄荷味，她的氣味。

於是，我看到窗臺外的薄荷，鬱鬱蔥蔥的綠葉子，像被什麼澆灌過？

想不到，屋裡還亮著燈。

難道，冬妮婭已經回來了？還是……

（寫到此處，恰是四月五日，清明節。突然黑屏，電路跳閘數次。電源恢復，幸只遺失兩行字，我打字補回，似是冬妮婭在背後看我？）

倉惶徘徊幾步，我砸響房門，或許能救人一命？

等半分鐘，猶如十年。

門開了，六十歲左右男人，睡眼惺忪冒出一長串京罵，最後問：「找誰啊？」

「請問這有個姑娘，一直臥床不起，是嗎？」
「你是問董妮兒？」
「哦？對啊，是這個名字。」
「她死了。」
「什麼時候？」
「人都死掉一年了！今早，她爸回來給她燒過紙錢呢。她是我姪女，你又是什麼人？半夜三更的。」
「那麼……那麼……」
我還想問起「馮唐」？但不曉得他的真名，更不知從何問起？
忽然，掠過老男人的肩頭，我看到屋裡昏暗的角落，依稀有面黑白照片，一周年忌日才擺出來的吧。那是她的十六歲，遭遇意外前夕，我想。
遺像裡的她，梳著辮子，穿著水手服，高挺的鼻梁，大而明亮的雙目。
真的，很像冬妮婭。
一分鐘後，我被趕出了四合院，回到百花深處胡同，深處。
最漫長的那一夜，月光終於清洌。古老門廊下，破敗瓷盆裡，水面如鏡，格格不入地生著一支蓮花，孤獨到乍看竟以為是假的。靜靜地開放，默默地死去。

作者簡介

——蔡駿（1978-），已出版小說二十餘部，並譯成多國語言，改編成影劇作品，曾獲《人民文學》「未來文學二十大家」。代表作有《天機》、《人間》、《謀殺似水年華》、《幽靈客棧》、《荒村公寓》、《地獄的第十九層》、《蝴蝶公墓》、《最漫長的那一夜》等。曾獲第六屆「茅臺杯」小說選刊獎、第十六屆《小說月報》百花文學雙年獎、第四屆郁達夫小說獎短篇小說提名獎等。

每當我想到自己的十七歲，除了大飛、花褲子、飛機頭這幾個親密混蛋之外，除了那些姑娘之外，還有一個人總是會被記起，那就是刀把五。我之所以記得他，並不是因為和他有感情，也不是因為他欠了我的錢，而是他傻。這輩子我遇到的傻矬夠多了，他們全部加起來，晒一晒榨成汁，其濃度還是比不上刀把五。

他一直以為自己的綽號是「刀疤五」，出去泡女孩，他會叮囑我們一定要喊他的綽號。因為這個傻瓜的學名非常土，土得我都不想說，一說出來就會讓女孩們笑翻。他喜歡這個綽號，但他並不知道，「刀把五」是個圍棋術語，它代表著一種死棋，會被對手點死的那種。

最初只有一條刀疤，在他手背上，他喜歡這條刀疤就像可可喜歡她的珊瑚手串。他對我們吹噓說，這條刀疤是他初中二年級時，在一起鬥毆中留下的紀念品，對手是一個成年的老流氓，他雖然沒有打贏，但也把老流氓的鼻子打破了。他還說，老流氓拿出了一把匕首，企圖割開他的頸部大動脈，他用手擋了一下，如果不是這一下他就會死掉，動脈裡的血一直噴到屋頂上去。

每當他講起這一刀的時候，我們都很害怕。我們怕挨刀子，雖然我們是技校生，每天在外面惹是生非像十三太保橫練一樣刀槍不入，但這只是一種猜測，一種惡意的幻覺。我們也是凡人，練好腹肌是為了對付女孩，而不是刀子。

而我們的刀把五，他不太一樣，他真的不怕。他說自己是個嗜血的男人，喜歡身上有疤。有一次他和大飛在教室裡吵了起來，他一拳打碎了窗玻璃，大飛早就跳到窗臺上去了，像壁虎那樣打算往天花板上爬。刀把五說：「大飛，我要殺了你！」舉著受傷的右拳，那上面全是他自己的血，他舔了一口。大飛徹底認輸，大喊：「把這個瘋子拉走拉走！」

第一個學期體育課，跑八百米，刀把五跑了全班倒數第二。我們班四十個男生，連最孱弱的昊逼和小癩都贏了他。幸虧沒有女生，否則他會輸得更難看。後來我們知道刀把五是個平腳底，而且他腿短，這讓我們笑了很久。嗜血的男人，是他媽殘疾。儘管他舉著那隻有疤的手，在高年級女生那兒晃悠，表示他也是個可以依賴的男人，但是他腿短，腿短腿短腿短。誰會喜歡一個腿短的殺人狂呢？

我們最鍾愛的學姊可可，她屬於另一個小集團，她不太和我們玩。這完全可以理解，她進化工技校，首先被高年級的男生玩一輪，然後這幫人畢業了，她被本年級的男生玩一輪，本來沒我們這一屆什麼事，但是上帝作證，我們這屆沒一個女生，四十個男人啊，他媽的每到下課時，女廁所冷冷清清的，男廁所裡擠滿了人。這正常嗎？我們泡可可簡直天經地義，不然我們去泡女老師好了。輪到我們手裡，可可已經被玩過三輪了。大飛十分看不上可可，說她是破鞋。為了這句話，刀把五又要和他拚命。我也覺得這麼說可可不太好，在我看來她是個驕傲中帶有溫柔的調皮小姊姊，破鞋這種稱謂太過時了，況且大飛並沒有泡上她呢。

她那串珊瑚手串是紅色的，在她的手腕上，冷不丁看上去像血痕，以為她割脈了。她並不經常戴，只有在心情很好的日子裡，它才會出現一下。如果是夏天，他穿著短袖連衣裙，它會顯得非常醒目，讓女人發狂。如果不是夏天，她穿著長袖的衣服，它會若隱若現，讓男人發痴。有一次我們在一起玩，我想摸一下手串，她竟然急了，要抽我。這時刀把五跳了過來，揪住我脖子警告道：「記住，永遠不要染指可可的手串。」

我去他媽的，他竟然用了「染指」這個詞。

可可說：「刀把五，過來，我給你摸一下。」

大飛陰陽怪氣地說：「摸哪兒呀？」

於是刀把五又衝過去和大飛打了起來。我不得不說，雖然刀把五是個滿嘴髒話、四肢發達的混蛋，但他對可可是真心的，奉為女神一樣，後來大飛說，他媽的，什麼女神，最多是個手淫女神吧？這話要是讓刀把五知道了，大飛真的會死掉。

我一直記得輕工職校和我們班之間發生的那場鬥毆，就是因為我們在街上看到兩個該校的學生調戲可可。為了拯救她，為了讓她知道自己已經輪到我們手裡，我們全都撲了上去，企圖打扁那兩個倒楣蛋。但是我們還沒來得及動手，刀把五已經掄起磚頭，把其中一個打得滿臉開花，並且讓另一個跪在可可面前，用歐洲紳士的方式道歉。可可嚇瘋了，說這要闖大禍。第二天一百多個人衝進我們學校，見一個打一個，凡是不走運的都被揍了。

刀把五也被揍了，他滿臉是傷，挨了一個處分，然後他放出話來，要找兩百個人去踏平輕工職校。那個時候，可可已經不打算和他有任何瓜葛了。

「他到底是什麼人？神經病嗎？」可可問。

「他就是這樣的，內分泌失常，控制不住自己。」飛機頭說，「他以為自己是個英雄。」

「他會給我惹大麻煩的。」可可嚷道，「他說為了我他連大出血死掉都不怕！」

飛機頭從來不信這種話，飛機頭說：「喊，我只見過大出血死掉的女人。」

可可走了。我們都不以為然，覺得刀把五壞了事，反而是大飛說：「刀把五固然是個傻叉，但他畢竟為了可可挨了一頓打，如果沒有我們救可可，她在街上就被人摸了胸，現在反過來說刀把五是神經病。我覺得這個女人才是個神經病。我對她失望極了。」

後來刀把五也沒找到兩百個人，他狂暴起來一個能頂兩百個，他為什麼不獨自衝到輕工職校，單挑所有人，然後大出血死掉？這樣可可就會永遠記得他。這樣他就活在可可心裡，永遠十七歲，或者變成她珊瑚手串上的一粒珠子，永遠血紅色。

在狂暴或倒楣的日子裡也會有風平浪靜的時刻，有那麼幾個月，周圍既沒有暴徒也沒有女孩，我們就只能打打麻將，聊以度日。打麻將的時候我們會談起鬧鬧啊、冰冰啊、悶悶啊，這些女孩，但我們不談可可，免得刀把五發狂。

打麻將我們通常都在大飛家裡，後來有一天，刀把五邀請我們去他家。其實他不太會玩麻將，他連電子遊戲都搞不來，任何玩的東西他都不太擅長，除了玩命。為了照顧他的自尊心，我們還是去了。

在他家裡，我們遇到了他的爸爸，一位鉗工，胳膊爆粗，長了個菜刀頭。我們私下裡就喊他菜刀頭。菜刀頭很熱情，不但招呼我們開桌玩麻將，還給我們一人一根紅塔山。他也不會打麻將，在一邊看著，感受到自己的兒子很有號召力，他也很得意。後來發現我們是真的來錢的，他生氣了，很嚴肅地告訴我們：「青少年不能賭博！」

「青少年不能幹的事情多啦，也不能抽菸啊。」我說。

菜刀頭說：「抽菸嘛，你們遲早都得學會的。但賭博是不允許的，就算你們結了婚，你們的女人也不會同意的。」

我們就說：「叔叔，行了，我們不來錢了，隨便玩玩。」

菜刀頭說：「你們要學好。」

我們說：「是的是的叔叔。」

刀把五出去買啤酒，我們就一邊打麻將，一邊和菜刀頭談論著青少年道德品質的問題，我也搞不清菜刀頭的觀點，一會兒他慫恿我們抽菸，一會兒他說打架是流氓行為，一會兒他又說如果刀把五在外面為非作歹，他就打死這個獨養兒子。我們越聽越不明白，後來我們都認為，刀把五的神經質是從菜刀頭那兒遺傳的。

我們說起了刀把五手上的刀疤，一方面是誇獎他勇猛不怕死，另一方面也提醒一下菜刀頭，他兒子並不是什麼善類。誰知道菜刀頭大笑起來。

「那一刀是我砍的！」

「什麼？」我們一起大喊起來。

菜刀頭說：「他念初中的時候，有一天曠課，我掄起菜刀砍在他手上。就這樣嘍。」

飛機頭搖頭說：「我從來沒聽說過老爸用菜刀砍兒子的。」

菜刀頭說：「那次我氣壞了。中學生是不可以曠課的，對嗎？他念小學的時候成績很好，我本來以為他能考大學的。可是他曠課，只考上了化工技校，以後他也會是個鉗工。」

大飛說：「你現在還提小學時候的事情幹麼呢？我小學時候還是班幹部呢。我們所有的人，將來都會是鉗工。」

這時刀把五回來了，他抱著一箱啤酒，聽見了菜刀頭的埋怨。他放下啤酒走過來，隔著麻將桌瞪著菜刀頭。菜刀頭渾然不覺。我說：「原來你手上一刀是你爸砍的，你騙我們不要緊，怎麼能騙可可呢？可可是你最欣賞的女人啊。」這時大飛站了起來，很識趣地退到一邊。我一看刀把五的臉色，也趕緊往後面退。刀把五已經撲向菜刀頭，隔著麻將桌，罵了兩百多聲操你媽。菜刀頭大怒，掄起凳子照著刀把五腦袋上亂打。麻將像焰火一樣四處濺開，我們一會兒勸刀把五，一會兒勸菜刀頭，後來他們一直打到了陽臺上。很顯然，刀把五長大了，他完全可以對付菜刀頭。我們退到後面看熱鬧，直到刀把五真的把菜刀頭揍趴下，飛機頭才說：「我從來沒見過兒子敢這麼打爸爸的。」

糗事傳千里，而且是一日之間。每個人都知道，刀把五的刀疤，是他爸爸砍的。可可坐在兒童樂園的木馬上，吃著冰淇淋，笑得前仰後合。可可說：「你們這個年紀的小男孩哪，最愛吹牛皮。」

刀把五背著書包來上學，看到無數異樣的、嘲笑的目光，他什麼都沒說。這次他不打算和任何人打架，也找不到人可打。他撫摸著手背上的刀疤，坐在窗口喃喃地說：「我會讓你們知道厲害的。」

於是可可繼續笑，笑得從木馬上掉了下來。

兩個月後，有四個女流氓來至到化工技校門口，她們也吃著冰淇淋，她們中間有高的矮的、胖的瘦的、好看的難看的。好死不死，可可戴著她的珊瑚手串，背著書包上學，在離學校五十米的一條窄巷裡遇到了四個女流氓。那些人揪住她，問：「你就是可可？」

可可說：「我不是。」

那四個女流氓說：「放屁，你都戴著紅珊瑚手串了，你還不是可可？」她們一人給了可可一個耳光，然後從她手腕上擼下了手串，揚長而去。

我們看到可可的時候她已經哭得快要斷氣，她像個念幼兒園的小女孩，蹲在地上發抖，說起話來兩隻手連同肩膀一起瘋狂甩動。

「她們搶走了我的手串！」

飛機頭說：「她們就是衝著你的手串來的。」

可可說：「我認識其中一個人，她就是紡織職校的司馬玲！」

一聽司馬玲我們全都噤聲了。這是一九九一年最讓人膽寒的名字，她的爸爸被判了死刑，她的哥哥是勞改釋放分子，她身後的男人有一個加強連，全是流氓，戰鬥力超過了海豹特種部隊。她帶兩個女生衝進化工技校就足以踏平我們所有人，因為我們學校最狠的那個大哥，是司馬玲的忠實擁護者。我們從地上扶起可可，安慰了很久，她總算不哭了，但她提出了很過分的要求。

「你們幫我去把手串搶回來。」

我們面面相覷。大飛說：「如果在其他女人那兒，我能給你搶回來。如果是司馬玲……」

飛機頭說：「我不敢。」

我說：「我也不敢。」

花褲子說：「報警吧。」

可可說：「你們這群慫逼。如果刀把五在就好了。」

刀把五不在。那陣子菜刀頭在工廠裡出了點事故，行車上有一個吊件飛下來，砸中了他，把個菜刀頭砸成了鍋鏟頭，他顱內積水，快要死了。刀把五天天在醫院照顧他呢。

一九九一年那會兒，我們有一個奇怪的規矩，無論發生什麼事件，只要不是強姦殺人燒房了，就不能隨便報警。因為報警就意味著你退山了江湖，以後你最好參加高考，去做一個文靜的大學生。更何況，哪個派出所會為了一串珊瑚手串而出警呢？除非所長是你爸爸。我們圍著可可，商量了很久，最後她沒了耐心，把我們一個一個痛罵過來，說要找她的同班男生去解決問題。我們表示同意，那些男人比我們大一歲，他們的戰鬥力會稍強些，但他們敢不敢去扒馬玲的皮，我們也覺得不那麼樂觀。

為了這串手串，我和飛機頭去了一趟旅遊品市場，那兒有大量的珊瑚工藝品。我們看到了大量的白珊瑚，有的做成假山，有的做成筆架，但我們沒有找到紅珊瑚，也沒有發現手串。店主說，這種東西還滿少見的，可能是港臺過來的貨色，就算有，你們也買不起。我想想也對，要是滿大街都能買到，司馬玲這種大佬又何必來搶可可呢？

我和飛機頭鬱鬱寡歡地往回走。我覺得我們真的很愛可可，雖然沒法為她搶回手串，但願意出錢給她買一條，也算盡心了。我們順路去了紡織職校，在那兒看到了司馬玲，她獨自坐在操場的司令臺邊，風吹著她的長髮，她顯得沉靜而又優雅，完全不像是個女煞星。那串紅珊瑚手串，那麼醒目地，掛在她手腕上，非常耀眼。我們要是衝過去給她一磚頭，就能搶回手串，贏得可可的芳心，但不能這麼幹。司馬玲也很美麗，她像可可一樣美，我們不能打一個美麗的女孩。

刀把五出現了，他手臂上戴著黑紗。菜刀頭死了。

「節哀。」我們說。

刀把五說：「以後沒人管我了。」然後他就知道了可可的事情，他說：「這事兒先放一放。」

我們表示理解，說：「是的，你別管了。你爸剛死。」

我看不出刀把五有什麼哀痛的，他像往常一樣上學下學，陰著臉，擺出很酷的樣子供人觀賞。花褲子說，刀把五的沉默說明他還是很哀痛的。但大飛說，刀把五從那次打麻將以後就一直沉默。

可可來找刀把五，當著他的面把我們幾個都損了一遍：大飛是慫包，飛機頭是慫包，花褲子是慫包，路小路是慫包。說得我們無地自容。刀把五笑了笑，笑得很殘酷，說：「我知道了。」然後他就走了。

可可說：「刀把五也是慫包。」

紅珊瑚手串事件並沒有結束。可可快要過生日了，她籌備已久的生日派對，屆時她要穿上最漂亮的衣服，配她的手串。可可找了她班上一個滿威風的男生，綽號叫老虎，是她的追求者，單槍匹馬跑到紡織職校去交涉。老虎說，可可願意用一百塊錢買回手串，另外再送給司馬玲一串珍珠項鏈。司馬玲給了老虎一腳，又拍拍他年紀輕輕就鬍子拉碴的臉蛋，說：「明天陪我去看電影吧。」就這樣，連他媽的老虎都被司馬玲搶走了。

過了一個星期，可可那個慘淡的生日派對在一家小舞廳裡搞起來了，很多人都沒來。舞廳破舊不堪，球形激光燈已經不轉了，卡拉ＯＫ裡都是些過時的老歌。可可要求我們每個人帶三瓶啤酒，她以為我們班會去上最起碼二十個人，可是只有我和飛機頭到場。我們喝著自己買的啤酒，看著可可逐漸發綠的臉，這時，刀把五來了。

他從褲兜裡掏出了紅珊瑚手串，對可可說：「我幫你搶回來了。」

他是這麼幹的：下午溜進了紡織職校，認準了司馬玲，然後縮在角落裡等著她落單。黃昏時她果然落單了，像我們上次所見那樣，獨自來到操場上吹風。這時刀馬五走了過去，吹風的司馬玲很美麗，但他一點沒有憐香惜玉，一把叉住她的脖子，從她手腕上擼下了紅珊瑚手串。司馬玲掙扎了一下，刀把五揪住她的頭髮，把她放倒在地，然後撒腿狂奔，越過圍牆，連自行車都沒敢回去拿，一直跑到了舞廳。

我們看著手串，等著可可伸手去拿，給予刀把五最大的獎勵，也許會吻他一下。可是可可比我們想像得更聰明，她說：「完了，你死定了。」這時從舞廳的前門後門各湧進來七八個男人，他們揪住了刀把五，暴打一頓之後把他按在桌子上，他直接趴在了可可的生日蛋糕上。其中一個男人拔出一把彈簧刀，像切蛋糕那樣插進了刀把五的左臀。

那天我只記得刀把五的慘叫，以及可可的尖叫。等到這些面容模糊的男人消失之後，刀把五還趴在蛋糕上，可可的叫聲還沒有停下來：「刀把五，你把我的生日派對搞砸了！」

紅珊瑚手串後來消失了，既沒有歸可可，也沒有歸司馬玲，它在混戰中不知去向。也許是被某個混蛋順走了，而它確實也不再重要。

那時我們談論過各種刀法。我知道有人被一刀捅穿肚子之類的故事，那太凶殘，更多的時候，故事是溫情而令人發笑的，比如某個倒楣蛋在打架的時候被人捅了屁股。你知道，那些擅長使刀的人，他們並不會願意為了哪個無名小卒就把自己搞成殺人犯，他們只捅屁股就夠了，有時捅屁股也會鬧出人命，比如不小心挑穿了股動脈——這沒辦法，畢竟是流氓，不是外科醫生。

刀把五沒死，他屁股上插著刀子一直送到了第二人民醫院。醫生問怎麼回事，我們說他不小心坐到了刀子上。醫生說，呸，我不知道這是被人捅的嗎？手術以後，刀把五堅持讓醫生把彈簧刀還給他，自此，彈簧刀就一直在他書包裡了。

化工技校八九級維修班最耀眼的明星、煞星、喪門星就此誕生，他就是刀把五，他身上擁有實打實的兩條刀疤，都很嚇人。他爸爸砍的那條在手上，另一條則因在隱祕的位置，不太好拿出來示人。在特定的時刻，比如我們談到可可，他仍然會露出一種奇怪的神色，彷彿驕傲，彷彿憂傷，然後舉起他的手，注視著自己的刀疤。大飛會一再提醒：拜託，屬於可可的那疤在你屁股上。

有一天，老虎也過來湊熱鬧。老虎打趣說：「刀把五，可可現在看見你怕死了。因為你太勇猛了，你居然敢打司馬玲，你再這麼搞下去，可可會遭殃的。」刀把五看著老虎說：「你說說，我們到底誰是慫包。」老虎很生氣，說：「好吧，我慫包，我們都是慫包，只有你不是。這總可以了吧？但是你不要再去給可可惹麻煩了，紅珊瑚手串已經沒了，可可不想為了它被人砍一刀。」

甚至是司馬玲，她都託人送來了兩百塊錢，算是湯藥費。因為司馬玲聽說這是個不要命的貨色，她也擔心哪天落單了被他在屁股上捅一刀。她畢竟是個女人嘛。刀把五收下了錢，低聲說：「我是不會用刀子去捅女人的。」

大飛說：「拉倒吧，抓她頭髮的就是你。你還以為自己是騎士了。司馬玲比可可上路多了，而且更漂亮。」

刀把五說：「我只喜歡可可，是她讓我去搶回手串的。」

大飛冷靜地說：「她讓你搶回手串，但並不想把火燒到自己身上。也許你應該在操場上就殺了司馬玲，把手串交給可可，這樣你去挨槍斃，跟她一點關係都沒有。你願意嗎？」

我們整天遊蕩，無所事事。我們圍聚在少女可可身邊的日子一去不返，她很快就去了糖精廠實習。後來我們認識了很多女孩，馬路少女鬧鬧，紡織職校的悶悶，她們取代了那個冷酷心腸的可可。刀把五有時也會參與進來，但他不太受少女們的歡迎，以前他囂張而熱血，自從挨了那一刀之後，他變成沉默陰鷙，沒人對他有好印象。有一天我們說到刀疤，悶悶說你們都是慫包，沒人真的挨過刀子。大飛就把刀把五的故事說了一遍。悶悶說：「屁股上有刀疤還真他媽的挺難辨的，以後只能威風給他老婆看了。」

這故事差不多就結束了，其實還沒有。那年秋天，我們的可可在實習五個月之後回到了化工技校，她挺著一個微微隆起的肚子，懷孕了，而且不打算打胎的樣子，於是她被開除了。她幸福地笑著，拿了開除通知書，從我們的眼前走過。我們喊她：「嗨，可可，孩子爸爸是誰？」她笑而不語，兀自前行。有一個化學老師指著可可罵：「賤貨。」她也沒有回頭，就這麼走了。我看到刀把五輕輕地嘆了口氣，啥都沒說：第二天晚上化學老師在一條小巷裡被個蒙面人捅了一刀，捅在屁股上，也沒人知道是誰幹的。

作者簡介

——路內（1973-），本名商俊偉，蘇州人，現居上海。著有長篇小說「追隨三部曲」《少年巴比倫》、《追隨她的旅程》、《天使墜落在哪裡》，以及《雲中人》、《花街往事》，《慈悲》曾獲春風白金圖書獎、第十四屆華語文學傳媒年度小說家獎。

2016

狗叫了一天

徐則臣

給天空打補丁這事，只有小川幹得出來。他站在我們的屋頂上，左手釘子右手錘子，往天上敲。一片雲來了，他說，打上了；一架飛機經過頭頂，他說，又打上了。張大川和李小紅說，看，咱們兒子多聰明，就知道針和線縫不上去，往天上打補丁得用錘子和鐵釘。他們站在院子裡仰臉朝天上看，在北京難得的藍天白雲下，八歲的小川高舉錘子和鐵釘，怎麼看都像一個偉岸的英雄。在他們的視野裡，我也同樣高大，為了保護小川的安全，我也站在屋頂上，不離小川左右。

小川是個傻子。張大川和李小紅是賣水果的，每天開一輛帶駕駛艙的三輪車早出晚歸，蘋果熟了賣蘋果，橘子熟了賣橘子，西瓜熟了賣西瓜，偶爾也賣香蕉、蘆柑、菠蘿和梨。最貴的東西是櫻桃。李小紅說，不知道城裡人為什麼愛吃這麼小的玩意兒，貴得要死，他們非叫它車厘子。小川喜歡跟著我，哪天我不出門貼小廣告，張大川和李小紅就會一手領著小川一手攥著幾個蘋果橘子，來到我們的院子裡：小川，跟木魚哥哥玩。當然，他們還會用飯盒裝好小川的午飯，中午我幫著熱一下。如果我的同屋行健和米蘿也在，他們會多拿兩個蘋果或橘子。然後他們突突突發動三輪車，對口袋裡裝著錘子和釘子、歪著腦袋流口水的小川說：

「乖兒子，跟爸爸媽媽再見。」

我要說的不是小川，也不是張大川和李小紅，更不是他們一天到晚穿行在北京的大街小巷裝滿各種水果的機動三輪車。我要說的是狗，張大川和李小紅養來看家護院的。他們租了我們隔壁的小院，兩間屋，一間住人，一間放水果，狗拴在水果屋門口，小偷小摸的進不去。我們煩死了那條狗，三輪車一響牠就叫，三輪車跑遠了牠也叫，三輪車不知道鑽到北京的哪條小巷子裡時，牠還繼續叫。

「早晚收拾了這狗日的。」行健和米蘿說。

早上狗醒得早，我們連個懶覺都睡不好。我們仨都是打小廣告的，基本上是晝伏夜出，經常大清早才能爬上床，狗日的開始狂吠。如果夜裡沒出門，中午我們也會瞇一會兒，牠冷不丁來一嗓子，讓你腳心都上火。早晚收拾了你個狗日的。

那天我們沒出門。午飯後，我帶小川在平房頂上往天上打補丁；行健在研究《周公解夢》，夜裡他夢見一頭面帶桃花的白豬敲響了我們的房門，他開門，然後醒了；米蘿在給昨天寫出來的一段話分行，他覺得自己沒準兒可以當個詩人。他們想午睡，根本睡不著，狗一直在叫。一直叫，一直叫，一直叫。不知道哪根神經搭錯了。我在屋頂上都聽見他們倆罵罵咧咧。三輪車地動山搖的發動機聲由遠及近，小川舉著多少天來的同一把錘子和同一根釘子說：

「我爸，我媽。你看，是我爸我媽！」

張大川和李小紅又回來了。

行健和米蘿從屋裡出來，對我說：「讓他們把小東西帶走！」

「我帶他玩，不打擾你們。」

「那也不行，」行健說，「那狗日的煩死我了！」

「聽著他們家狗叫，」米蘿說，「還得幫他們帶個傻子，沒這道理。送他回去！」

三輪車停在院牆外，張大川和李小紅一臉的笑，一個上午一車橘子賣光了，他們打算再裝一車貨。

「乖兒子，玩得高興不？」張大川說。

李小紅說：「記著叫哥哥。」

我只好對他們撒了個謊，我得去一趟姑父那裡，拿剛印製出來的小廣告。我說陳興多趕上時髦了，一個辦假證的也整了張名片，以後我直接把他的名片到處撒就行了，所以小川我得還給他們。

張大川兩口子有點不高興，但堅持沒讓腮幫子掛下來。又不是別人兒子。狗還在叫。李小紅把她兒子從屋頂上接下來，撇撇嘴，飯盒得還給她。「你是不是惹人不高興了？」她小聲問小川。小川歪著頭扭過身看我，伸出舌頭笑，說：

「哥哥喜歡我。」

他的兩隻眼永遠對不到一個焦點上，這經常讓我著急，我覺得他在跟我說話的時候看的其實是另外一個人。但我的確喜歡他，他從不說假話，想幹什麼就說什麼，他還沒學會說假話。這一點張大川不如他。張大川總在跟你說，他們兩口子如何愛這個傻兒子，所以至今沒有決定好是否再生一個。按政府說的，他們完全可以再生一個。「可是，再生一個小川會不高興的。」張大川笑咪咪地說。他從李小紅的手裡接過兒子，掐著小川的胳肢窩，一把扔到駕駛艙裡。力氣夠大的，我都聽見小川腦袋撞到擋板上咚的一聲。張大川的臉撂下來，皺著眉頭低聲呵斥：

「不許哭！」

車開到院子裡，裝滿橘子、蘋果和香蕉，突突突開走了。小川坐在張大川旁邊，李小紅坐在車幫上，屁股底下是一堆硬邦邦的蘋果。狗叫得更歡了。兩口子從外地來，可能跑的地方多了，口音也串了，你聽不出他們說的是哪個地方的普通話。張大川沒事還加幾個兒化音：一群兒人排隊兒買咱的果兒呢。一聽這腔調行健就生氣，操，丫也不撒泡尿照照，隊兒隊兒是他娘你丫說的麼！

他把對張大川說話方式的不滿轉嫁到他們家的狗身上了。

「還叫！個狗日的！」行健說，「老子弄死你！要是條德國黑背，你叫就叫了，你他娘的連條京巴都不是，就是條土狗，你還有臉了！老子弄死你！」

說幹就幹，他跟米蘿從屋裡出來。兩個人火氣都挺大。不單是睡不著的問題，我懷疑《周公解夢》上的答案不太好，米蘿的分行事業搞得也不太順。把狗弄死肯定不行，太容易露餡了，他們倆決定折騰牠，折騰一下算一下。米蘿手裡端著一碗吃剩下的排骨湯，因為天冷，濃郁的油湯呈半凝固狀態。

「你，繼續到屋頂上待著，」行健吩咐我，「聽見車回來趕緊告訴我們。」

我拿了本舊書攤上淘來的《天方夜譚》爬上屋頂。

沒有比屋頂上更好的看書地方了。西郊的平房和生活低伏在地面上，因為坐得高，似乎也將這個世界看得更清楚了；也因為坐得高，理解一本書比過去坐在教室裡好像更容易了。我在靠近巷子邊的屋頂坐下來。狗叫得更凶了，他們倆翻過了牆頭。米蘿夾出一截排骨扔過去，狗哼唧了兩聲立馬不叫了。

那條狗的確沒啥出奇的，一條土狗而已。皮毛只有黑白兩色，現在黑不是黑，白不是白，隨地亂臥，身上沾滿了泥土和便溺。風餐露宿在門前簡陋的狗窩裡，冷慣了，一趴下就習慣性地縮成一團。我懷疑牠從沒吃飽過，瘦得弧形的肋骨都快戳到了皮毛之外。那狗的名字就叫「狗」。張大川和李小紅招呼牠也是這個字：狗。狗，過來！狗，叫什麼叫！狗，死過去！個死狗！牠兩隻前爪抓住排骨，激動得不知道怎麼啃才好。行健和米蘿從牆根處搬來兩只小馬扎，坐在旁邊看著狗哆哆嗦嗦地吃那塊排骨。行健回頭對我打了個響指，下午的陽光弱下來。狗的影子在地上艱難地蠕動成一團。

「先讓牠嘗到滋味。」米蘿對我說。

《天方夜譚》是本好書，尤其在屋頂上，我更覺得它是本好書，它讓我迅速地從低伏在大地上的生活裡跳脫出來。我隨手翻，翻到哪頁看哪頁。

狗花了很大的力氣也沒能把骨頭嚼碎了嚥下，急得像哮喘病人一樣哼哼。又捨不得那點骨頭，牠就翻來覆去地叼住了吐出來，吐出後又塞進嘴裡。行健伸出右手食指挑了一些湯汁，放在鼻子上聞，瞇縫著眼，陶醉的模樣那條狗肯定看懂了，突然安靜下來，慢慢走到行健跟前，溫順地趴到地上。行健抬抬下巴，對米蘿作了指示。米蘿站起來，上去踹了狗一腳。那狗沒反應過來，立馬跳起來，剛叫了一聲又安靜下來，重新趴到了地上。米蘿對著牠屁股又來了一腳，狗再次跳起來，扭頭看看米蘿，叫聲變成了憤怒的哼哼聲，拖了一個奇怪的尾音，猶豫了五秒鐘，趴下來。米蘿看看行健，行健壞笑著點點頭，米蘿對著狗的肚子踢了第三腳。這一次狗真被弄惱了，原地又蹦又跳轉了好幾圈，行健和米蘿本能地往後挪了挪身體和馬扎。不挪也沒關係，狗脖子上拴著根鏈子，牠已經到了可以活動的最大半徑。狗又叫了，但這一次叫聲行健和米蘿不煩，他們倆轉身對我笑起來。

「你也來一下？」米蘿招呼我。

「你們在幹麼？」

「放心，逗狗日的玩呢。」米蘿說，對著狗屁股又來了一腳。

那狗終於要被惹毛了，掙得鐵鏈子嘩啦啦響，行健及時摳了一塊凝固的湯汁甩到地上，那狗一頭撞過去。味道肯定很好。牠用舌頭把那塊地面都舔乾淨了。吃完了，咂著嘴，緩慢地趴下來，腦袋搭在兩條前腿上嗚嗚地叫。叫聲裡充滿了絕望與哀求。行健把碗遞給米蘿，拎著馬扎挪到狗身邊，像親人一樣撫摸起牠的皮毛，從腦袋梳理到後背，再到屁股。那狗閉上了眼。從我的角度看，行健本來打算對著牠腦袋揮上一拳的，但他拳頭握起來後又鬆開了，他可能也看見了那條狗殷勤搖動的尾巴。他再次撫摸牠，從腦袋開始，到瘦削的後背和嶙峋的屁股，然後，他的手落到牠的尾巴上，從尾根慢慢梳理到尾梢。他站起來。

「看看，車回來了沒有？」行健問我。

我站起來，稀薄的影子鋪在屋頂上，寬大又長遠，一直覆蓋到了屋頂的盡頭。這樣的下午太陽跟病人一樣虛弱，打幾個噴嚏力氣就沒了。遠處是平房，再遠處還是平房，也有樹，再遠處是一片鉛筆畫出來似的樹梢，如同地平線，偶爾有一兩座高樓，太陽隨時都可能掉到高樓和樹梢上。我探出腦袋往巷子盡頭望，沒有車，連個行人都沒有，好像這北京西郊突然變成了一座空城。我對他們擺擺手。

「別看你那破《天方夜譚》了。」行健說，「就你這樣，下輩子也撞不到個神話。哥讓你開開眼！」

他對米蘿比畫了一番，接過了碗。活兒由米蘿來幹。他把手伸進碗裡，撈了一把膏狀的排骨湯汁，抹到了狗尾巴上。那狗聞到了味兒，激烈地叫起來。

「叫什麼叫！」行健踹了牠一腳。

狗把叫聲壓低，開始扭著身子去找。排骨湯汁的確很香，我在屋頂的冷風裡都聞到了。一架飛機從天上經過，小川的一塊補丁。幾隻鴿子和麻雀從半空飛過去，也是小川的補丁。如果不看小川無法聚焦的兩個眼神，不看歪著的腦袋和漏口水的嘴角，你不會相信他是個傻子。他比正常人有想像力多了，比《天方夜譚》的想像力都多，誰能夠想像還可以給天空打補丁呢？誰還能知道針和線是派不上用場的，只有錘子和鐵釘可以？

狗在繞著圈子找自己的尾巴。拴牠的鐵鏈子一次次絆住牠的腿，牠急得想不起來抬腳越過鏈子，更想不到轉過身把鏈子放在一邊。有幾次牠舔到尾巴尖，從牠的急迫和突然就張大的嘴巴推測，牠也覺得味道好極了。這激起了牠更大的食欲。

我們都見過狗咬自己的尾巴，但從沒見過如此笨拙、慌亂和章法盡失的追逐。看得我們一起笑。那狗一邊轉著圈去舔自己尾巴，一邊哼哼唧唧地叫，老是舔不到的時候牠就會大聲吠叫。慢慢地，牠發現了竅門，牠把腰部猛地一對折，嘴就很容易地夠到了尾巴尖。牠一下下舔光了尾巴尖上的排骨汁。

行健和米蘿爭論起來。顯然，再往尾巴尖上抹湯汁跟直接送到狗嘴裡已經沒什麼區別了，這麼幹下去一點都不好玩。兩人很快達成共識，把湯汁一點點往尾巴上方抹。看牠能舔到哪個位置。湯汁抹得越往上，狗的難度就越大，牠得把自己對折起來。到後來對折起來都不行，怎麼都夠不著。鐵鏈子也跟著搗亂，絆得牠踉踉蹌蹌，有一次終於被絆倒了，費了半天勁兒才把身體從對折的狀態恢復過來，恨得牠牙根癢癢，一口咬住鐵鏈子搖頭擺尾地撕扯。鏈子影響了牠的發揮。行健和米蘿只顧看笑話。得承認，這樣的笑話難得碰上。我站在屋頂上喊：

「把鏈子給牠解開！」

我提醒了他們。行健在地上丟了一小坨湯汁，趁狗去吃的當兒，米蘿解下了狗的項圈。新的一輪逐尾遊戲開始了。膏狀湯汁越抹越高。那狗擺脫了項圈和鐵鏈子的羈絆，其實並未獲得多大的自由，但牠以為得到了，當真是越發努力，獨自一個絕望地戰鬥。自己跟自己的較量，基本上就是一條狗的極限挑戰。我不知道一個人絕望時會發出什麼樣的聲音，那狗舔不到沾有湯汁的那一截尾巴時，發出的狂躁、滾燙的聲音，有一瞬間我覺得那完全就是人聲。那聲音讓我渾身發冷，彷彿吹過我的不是黃昏時的冷風，而是一層層一片片涼水。我覺得遊戲做過頭了。冷風帶過來柴油發動機的聲音，我側耳傾聽，又沒了。但分明又在。我想提醒行健和米蘿，差不多得撤了。他們看著推磨蟲一樣轉著圈子的狗，前俯後仰地大笑。那狗突然淒厲地叫了一聲，身體以超乎想像的幅度對折了一下，牠肯定也被自己弄煩了，牠一口咬住了自己的尾巴。那一口咬得如此痛切，牠都無法及時地撒嘴，整個身體首尾相連地原地起跳，在空中停留了兩秒鐘然後尖銳地摔到地上，骨頭撞擊地面的聲音我幾乎都聽得見。牠鬆開了自己的尾巴，更加淒厲地叫了一聲，跳起來往院門處衝。

老式院子，院門是對開的兩扇板門，張大川上了鎖。因為門大，三輪車可以直接開進院子裡，兩扇門之間的空隙就大，但也沒大到一條狗可以隨隨便便就跑進跑出的程度，即使牠瘦得皮包骨頭。在平常，那條狗肯定有這個判斷力，但那天牠喪失了這能力，沒鑽出去，一頭撞在門板上。牠兜回一個圈子再衝刺，撞到了另外一扇門板上。牠再次兜了個圈子，從院子的另一端圍牆邊開始助跑，快到院子中間時起跳，借助一棵死掉多年的香椿樹樁，兩條前腿蹬了樹樁一下，成功地越出了院子，撲通一聲，骨頭和肉結結實實地摜到了水泥路面上。

「快撤！」我對行健和米蘿喊，「他們回來了！」

柴油發動機的聲音已經進了這條巷子。張大川的三輪車，不會錯。行健和米蘿顯然也被那條狗震到了，張口結舌半天才回過神，趕緊去翻牆。

那條狗爬起來，歪歪扭扭地跑，儘管步態像個醉漢，速度依然很快。對面剛拐進巷子裡的三輪車開得意氣風發，下午的水果賣得也好，一車又空了。那狗以迎接親人的狂亂節奏飛奔向三輪車，這種舉動和速度肯定超出了張大川的意料，狗快迎面撞到前輪的時候他才想起來要躲開。猛踩煞車時他扭了一下車頭，三輪車翻了。狗在叫，人也在叫，有男聲，也有女聲。

等我從屋頂上下來跑到翻車地點，懸在半空的三輪車前轂轆早已經停止轉動。那條狗癱倒在路邊，依然在叫。李小紅跪在翻倒的車前嚎哭，她要從側面鑽進駕駛室裡，敞開門的那側車門對著夜晚即將來臨的天空洞開；另一邊，不知道經歷過何種鬼使神差的過程，傻子小川被夾在那扇車門裡，半個身子在車裡，半個身子在車外；在車外的那部分身體上，賣光了水果的空三輪車的重量正一點點分攤過去。車底下一灘紅黑的血曲折地流出來。

李小紅聲嘶力竭地叫著小川。小川一聲不吭。一點聲音都沒有。張大川肩膀扛著三輪車的一側，想把它掀過去，讓懸空的輪子全都實實在在地落到路面上。我把肩膀湊上去，跟他一起扛。狗還在叫，聲音怎麼聽都不像一條狗。

夜幕降臨，天黑下來。從昏暗中走過來和狗一樣歪歪扭扭的兩個人，行健和米蘿。他們也把肩膀湊了上來。我聽見張大川氣急敗壞地說話。

「李小紅，別哭了行不行？」張大川氣急敗壞地說，「這下咱們正好可以再要一個孩兒了！胳膊腿兒都好使兒的，腦子也好使兒的！你不用擔心對不起他了！你也不用擔心咱們養活兒不了了！李小紅，我讓你別哭了你聽見兒沒！」該用兒化音和不該用兒化音的地方他全用上了。

半個月後，我在一個舊書攤上亂翻，看到一本書裡說，狗尾巴的作用之一，是保持身體平衡。「尤其在高速運動時，直線加速或勻速向前時，尾巴會向後伸直，轉彎時會有突然的擺動，減速時會快速地畫圈，相當於飛機降落時打開的減速傘。」我使勁兒想，終於清晰地看見了那個傍晚，張大川家的狗狂奔的時候，尾巴是耷拉著的，像一截破舊的雞毛撣子。

我在舊書攤上亂翻的時候，那條狗已經死了。牠不停地往門上衝，最後把自己撞死了。張大川和李小紅也回了老家。他們老家在哪兒，我們都不知道。

作者簡介

——徐則臣（1978-），畢業於北京大學中文系，文學碩士，現居北京，任《人民文學》雜誌編輯。長篇小說《耶路撒冷》獲第五屆老舍文學獎、二〇一四年亞洲周刊中文十大好書、第六屆紅樓夢獎決審團獎，短篇小說〈如果大雪封門〉獲魯迅文學獎，並曾獲莊重文文學獎、春天文學獎、華語文學傳媒大獎等。出版有長篇小說《午夜之門》、《耶路撒冷》、《王城如海》、《北上》，長篇童話《青雲口》，短篇小說集《跑步穿過中關村》、《夜火車》、《居延》等，散文集《我看見的臉》。

會飛的父親

李浩

父親是飛走的，在我不到一周歲的那年——關於父親的「飛走」，第一次，奶奶和母親取得了一致，她們都這樣告訴過我，並且表情真摯。區別在於，我母親說父親飛走的時候是個下午，他在院子裡停了很久大約有一頓飯的工夫，然後打開院門：那時，我們家更窮，還沒有這扇木門。然後……然後他就飛走了。而奶奶則堅持，父親飛走的時候是個早晨，他給缸裡挑滿水後——「他敲敲窗戶，還說了聲娘我走啦，等我趴在窗臺上望出去時正看到你爹從籬笆牆上飛出去。」奶奶說她記得很清楚，「當時天剛麻麻亮。像有層霧似的。你爹就像一個影子。」奶奶說，她當然想這個兒子，一想起來就哭一回，一想起來就哭一回，白天哭晚上哭，哭著哭著就把眼睛給哭瞎了。「別聽瞎子瞎說，她真會往自己臉上貼金！」我母親很不以為然，「她的眼是被柴火熏瞎的。天天趴灶臺前，你奶奶還總燒溼柴火。這個狠心的老太婆，你父親飛走的第二天，她就不讓我再找了，說地裡的活、家裡的活忙不過來，說他願意回來的時候就會回來的。你父親飛到哪裡去了她根本不在意。到現在，七年了，也沒見他回來。」

讓我想想。我覺得，母親的話可能更可信一些。父親在院子裡站著，在陽光和風裡站著，風在把他的衣裳吹大。奶奶出出進進，她抱著柴火，筐子或者別的什麼，小腳走得搖擺——但她似乎沒有看到院子裡的父親，他不在奶奶的眼裡。這時風更大了些，看上去，我父親的表情凝重，他似乎在猶豫，不安，但風把他的衣裳吹得更大了些，從脖子那裡，手臂那裡，包括腳踝那裡，都露出了羽毛。屋裡孩子在哭，那時我還小，比現在小得多，還不到一歲，所以哭聲也小，父親聽得一定模糊。他身上的羽毛又長出了不少，甚至支起了他的衣服，把它給撐破了。風打著棗樹的葉子，棗樹的葉子們也相互拍打，嘩嘩嘩，它們把本來稀薄的陽光都磨掉了。我父親，就是在那個時候飛走的，他像一個大風箏，搖搖晃晃地飛起來，在飛過籬笆上空的那刻他多少有些慌亂，可那時他已經控制不住自己的身體。「我會回來的，」也許，他說。也許他並沒說出這句話，風在他說出口之前就把話給吹走了。我的父親只得在風裡越升越高，他回過頭來，我們的院子、房子和樹變得越來越小。

我說給樹哥哥他們，我父親沒死，他就是飛走了，從院子裡出發，我母親眼睜睜地看著呢。「瞎說！你在撒謊！」他們不信，他們根本不信。「咱村這麼大，你聽說誰是飛走的？就你父親能？」拖著鼻涕的柱叔把顫抖著的鼻涕重新吸回鼻孔，「你爹是被炸彈炸死的。」「傻柱，你爹是被炸彈炸死的呢！」我衝著他大喊，把胸口湊過去——別看我低他一頭，可打架，我並不那麼害怕。倒是粗大的柱叔退縮了，他並沒有要打我的意思，「我爹又沒死。他在炕上呢。」他再次吸回了鼻涕，「你爹真是被炸彈炸死的。鬧鬼子的時候。我爹說你爹死在了強家堡那裡。」

「傻柱說的你也信，」母親在咳，她抱進來的也是溼柴火，她被罩在了煙裡。「看你鞋上的泥！還剛晴開就亂跑！」「樹哥哥信。他們都信。我父親是被炸死的。日本鬼子的炸彈。」我並不走開。「還強家堡呢，傻柱知道強家堡在哪裡！根本就沒這個地方！」「你騙我。」我說。我衝著煙狠狠地吹了口氣，「你要是不騙我，那就告訴我我爹去哪啦，他為什麼要走？」我又狠狠地吹了一口，翻滾的濃煙把我的眼淚都嗆了出來。

「不是強家堡，」奶奶糾正，「是劉家堡，在海邊，你爹曾到那裡去打草，還抓過兔子。一次抓了三隻，大概是一窩。」她在炕邊摸索著，把手伸向炕席的下面，「那裡是炸死過人，人都被炸碎了，根本看不出模樣。我讓你四叔過去看過，不是你爹，你四叔說樹上掛著一段紅綢布，咱們家沒有。」「真不是我父親？奶奶，你要什麼？」「我在找針線。我摸到褂子破啦。你四叔說不是，別人又沒去。那時候兵荒馬亂，天天死人，天天東躲西藏。我懷著你三叔的時候，過六旅，我和你爺爺往高粱地裡跑，那個死鬼跑得快……」

父親的筐子已經塞滿，它高出我父親一頭，以致父親的身上也滿是割斷的青草的氣息。他還拾到兩枚鵪鶉蛋，把一枚打開喝了——從早晨，我父親就一直餓著肚子。鳥追上來，叫著，在他頭上，父親朝牠揮了揮鐮刀可牠還是不走，就在他俯下身子準備拾一塊石子的時候，發現了躥出草叢的兔子。兔子！父親放了柴筐，放下頭上的鵪鶉，朝著兔子的尾巴追過去——東邊是大海，不擇路的兔子竟然朝著大海的方向奔跑，父親只得跟著。追在父親頭上的鳥也趕過來，不過它在變大，升到了高處——飛機！飛機也明白我父親的意思，它和我父親一起追趕兔子，把牠往大海的方向攆，這裡的草叢已經變短，根本藏不住兔子的身子，當然我父親也藏不住。你跑不了啦，父親讓自己更快一些，風馳電掣，他感覺自己都在變輕——「幫我截住！」奔跑中的父親不忘用鐮刀指點，俯衝下來的飛機卻並不理會，它丟下一枚黑黑的鳥蛋，像鵪鶉蛋大小，雞蛋大小，然後是水壺的大小——它炸開了，在父親腳下，父親像鳥一樣升了上去，身體越來越紅。落下來的父親完全是一團火焰。後來火焰終於熄了。從灰燼裡面，從裂開的黑色灰燼裡面，我父親又鑽了出來：不過這時他已經不是原來的樣子，而是一隻鳥。紅鵪鶉，或者不是紅的，就是灰的，和別的鵪鶉一樣——我父親把灰燼抖掉，他抬頭，看到一直追著他的那隻鳥還在上面……

「你夢到了什麼？」母親問我，「看你滿身的汗。這孩子。」她把被子給我重新掖好，「總發夜怔。」她把眼睛繼續湊到油燈下面，「你夢見什麼啦？」「我爹。」我不願意多說，把身子翻向另一側，但眼睛睜著。我不想把我夢見的告訴她。不過她也沒有多問，那個鞋底還有一半兒的針線。

樹哥哥來找我，他的臉色有些蒼白。「我偷聽到的，」他把我拉到樹下，知了的聲音叫得很響，「他們說……你爹，是，國民黨的情報員。」「胡說八道！不可能！」「你放心，我不會說出去的……」樹哥哥的臉色更難看了，他被自己聽來的嚇到了，「咱們一個老爺爺，要你父親是，我們家也好不了……」「我爹不是。」我控制不住嘴裡的牙，它們在不停地顫，「他是飛走的，他不是情報員。」「他不是，」樹哥哥拉住我的手，「你父親也不會說出去的。他不會……」

午睡著的巷口，父親出現了，他像紙片一樣薄，卻有著重重的影子。在一棟房子的外面停下來，伸長脖子：他真的伸長了脖子，伸過牆頭，伸過屋簷，伸過房脊，一直細細地伸到窗口的下面。房屋裡，有細細的人聲嘈雜，那些人壓低著說話，並不時地瞄向窗口的方向。暴動。消滅。我們地下組織……一隻花貓從院牆上跳進院子，「誰！」蹲在門口的一個灰衣人回頭發現了我父親，發現了他的長脖子，「你在幹什麼！」父親一驚，想把脖子縮回到院外去，可是已經晚了，屋裡的人已經衝出來，把他的脖子一把扯住……

他又出現了，這次，他的臉上也有一層灰黑的顏色。他蹲在草叢裡，被草叢掩蓋了半張臉。這時，一支隊伍，他們的頭上都戴著大大的五星，端著槍，沙沙沙沙穿過玉米地，來到我父親的面前——不，不是他，埋伏在那裡的不是我父親，我覺得他不是，雖然看不清面孔——「你被捕了。哼，我們早就發現你啦。」那個黑影不得不站起來，他的身上有羽毛可是已無法飛走。在他轉過身去的一瞬我彷彿被雷電擊中一樣：這個人，就是我的父親！

他再次出現，是在有風的墳場。他的身上纏滿了鎖鏈，將他裹在裡面像一個巨大的鐵球。「你父親被判決了死刑。」有個聲音說，我聽不清它來自何處，但它清晰地傳入了我的耳朵。槍聲響了。不是一發，而是許多的子彈，可我父親並沒有倒下去，而是掙開了鐵鍊子，從裡面飛了出來。「看你往哪裡跑！」一個高高大大的身影站出來，掏出手槍，啪！已飛到樹梢那裡的父親被子彈打碎了。黑色的羽毛飄得紛紛揚揚。

……這孩子怎麼啦？母親哭起來，前幾天還好好的……

「怎麼回事？」程醫生翻開我的眼皮，然後用手背碰碰我的額頭，「在發燒呢。伸出舌頭來。」奶奶也摸索著走進來：「小浩，聽話，聽話。」可我不願意。就是不願意。「這孩子，」程醫生捏住我的臉，「他平時愛說話不？」

「愛說，這孩子就愛說，」奶奶搶過話頭，「天天止不住氣。前幾天還好好的。前幾天，到我那屋，說奶奶，我問你個事兒，我問他有啥事兒？結果他也沒說出什麼來就走了。之後就這樣了。」「一下子就蔫了。我去趙祥嫂子家借個籮，回來他就……見誰也不理，好像心事重重——這麼大的孩子，哪來的那麼多心事啊！我問他他也不說。」母親給程醫生遞過凳子，自己坐在炕上，「醫生來啦。有事你和他說。」

我把自己裝成一塊木頭，斜眼的程醫生當然撬不開我的牙齒。「抓點藥吧，先看看再說。這樣的病，怪。」

兩個女人七嘴八舌，沒錯，她們都有多生的舌頭，最後吵得程醫生都覺得煩了。「你們別爭了好不好？你們吵得，我的腦袋都大啦，裡面都是糨糊了。」程醫生的手背又伸向我的額頭，「你們快去把藥煎好。讓孩子睡一覺。」

「這兩天他一直在睡，大夫，他會不會睡傻了吧？」「我就說他撞了邪靈啦，要不然總這麼睡還緩不過來！你拿針扎扎他的手心腳心……」「哪來的什麼邪靈，要有也是他那沒良心的父親！你沒看這幾天總是念叨！」「爹只有稀罕孩子，沒見過要害自己孩子的！他怎麼會是邪靈！再說，他也沒死，沒良心的人才總咒他死呢。」「他要沒死早就回來啦，就是不回來也該捎個信，對不？他走的時候孩子才一歲！你說他的良心呢？……」

爭吵的聲音越來越小，在我的耳朵裡大起來的是蟬鳴，許多隻蟬都垂在樹梢上，牠們吸著棗花的蜜，只有一隻沒吸。牠突然裂開了，一個沒有影子的人影從裡面跳出來，貼近窗櫺上破開的窗紙朝屋裡看。我看到了他，他也看到了我——爹。我叫他，叫得乾澀。他點點頭，露出白色的牙：他的身上盡是水，彷彿是剛從水裡爬上來的一樣。不，不是水，而是血，他的身上一直在流著血，頭頂那裡好像有一個噴湧著的泉……

啊，啊。母親把我搖醒，怎麼啦兒子，你夢見什麼啦。你可別嚇唬我。到底是咋的啦。我想了想，渴。給我水。這時天已經不知不覺地暗了，我不知道自己睡了多久，程醫生和奶奶是什麼時候離開的。「媽，你說，」醒來時我就下定了決心，「你告訴我，我父親到底怎麼了。」

「你夢見他啦？你還記得他？」

我用力地喝著水，水裡面有一股黏黏的腥氣。

「他不是飛走的，對不對。」——你這個孩子。母親長長地嘆了口氣，她學著程醫生的樣子，把手背放在我的額上，你說他不是飛走的又是怎麼走的？「他給反動派送情報，是情報員，對不對？」你在哪裡聽來的？誰說的？誰敢這麼造謠？母親推開我，盯著我的眼睛：告訴我，誰說的？咱找他去！這明明是想陷害咱家！兒子，你不用怕，這是造謠，你父親不是反動派的情報員，他沒做過這事兒！告訴我，誰說的？是誰！

——樹哥哥。

我的病好了，但也失去了所有的夥伴。他們一起躲著我，看到我走近幾個人就會驟然地跑開，然後在一個遠處又重新嘻嘻哈哈地聚集起來，每個人，重新領到新的角色：指揮官，戰士，敵人——我距離那些角色太遠了，我能看見他們的故事，可走不進去。「怎麼還不高興？」「他們不跟我玩。」「你也別和他們玩！總跟他們能有什麼出息！他們再找你也不要去！」輕巧著的母親並不在意，她忙碌著，把我剩在自己的空曠裡。我的空曠上面是樹枝和樹葉，再上面，是搖曳著的陰影，父親從**陰影裡走下來，對我說，走吧，我帶你去打魚。他這樣說著但手裡並沒有魚網——「走開，」我對他說，我已經有段時間不再想他了，我要把他從我的腦子裡甩出去，無論他是一個什麼樣的人，無論他會不會飛。**「走開！」在我的空曠裡，積累了那麼多的怨氣、委屈和憤怒，幾乎可以炸碎我了。「你又怎麼啦？」母親從她總也忙不完的活裡抬起頭，「都這麼大的孩子了，一點兒也不讓大人省心！我在你這樣大的時候，早就沒黑帶白地跟著大人們幹活了。去，打一筐子草來！就是閒得！」

我看到了樹哥哥。我把筐子丟在門外，推開他家的門。「你來幹什麼？」樹哥哥的面色很冷。

他擠在門口，堵住我的動作。「樹哥哥，我想和你玩。」「可我不想和你玩。我們都不跟你玩。」「為什麼？」「問你媽去！叛徒！」「我不是！我本來沒說！她問我，我也沒說……是你造謠。」

我找到楊勝利，他正在追一隻大個的螞蚱。我從另一個方向截住牠，將牠藏身的位置指給楊勝利。「是李樹不讓我們和你玩。」他告訴我，「我們商量好了。他說你是個叛徒。」「我不是叛徒。他才是！」「你媽和你奶奶，堵在人家門口罵。我和我爹打草回來，都看見了。」

「不和你玩。」拖鼻涕的柱叔笑嘻嘻的，他拒絕了我遞到他手上的蛇蛻，「誰和你玩誰就挨揍，開除出我們的隊伍。你走，就是不和你玩。」他提提自己的褲子，將它提到腰的上面去，「我爹的病快好了。不要它泡水啦。他們不讓要你的東西。」

我沒有另外的去處，哪裡都不是了，我走到哪裡，後面的路、前面的路都會塌陷下去，讓我感覺孤單。我把這一切歸咎於我的父親，都是他帶來的，都是他不管不顧地飛走帶來的。那時我還小，可我的孤單夠大，大到無邊無際的樣子，像層層疊疊著的陰雲。我帶著這層陰雲在院子裡站著，看樹，樹上綠豆大點的棗，看爬在樹幹上的黑螞蟻，或者，躺在奶奶的床上，看窗紙的破洞，擠在牆皮縫裡的臭蟲，看空氣裡飄起飄落的灰塵。

奶奶說，奶奶說在她小時候，學織布，她的母親準備著一根高粱稈，一旦她打個瞌睡，或者斷了線，高粱稈就會劈頭蓋臉，還不許哭。奶奶說纏腳，有機會她就跑外面去把裹腳布解開一點，後來被發現了，挨打倒是小事，她被纏好腳綁在炕頭那裡，晚上也不放下來。她哭著喊疼啦疼啦娘，後來娘也跟著哭，知道你疼，娘也疼，娘是想讓你找個好人家啊，忍著吧。奶奶說她們躲鬼子，躲六旅，躲土匪，十幾歲後就沒睡過安生的覺，耳朵天天支得很長。土匪來了，村上的男人們就在圍子牆上打，可六旅不能打，鬼子也不能打，打不過，就得躲。奶奶說我父親，有一次去韓趙送信，韓趙的砲樓沒有動靜，回來的時候被上面的人發現了，上面就喊話，你爹當時也就十五六歲，心裡那個怕啊，上面喊些什麼他也沒聽清就朝溝裡跑下去。砲樓就開槍了。奶奶說，我爹跑回來，進門之後就癱在地上，話也說不出來。喝下兩碗薑湯水，他才對奶奶說了經過，他說子彈的響聲和之前聽見的很不一樣，是「叭咰——嗖！」「叭咰——嗖」……你爹三天都沒下炕，第四天，一直沒聽到動靜，他才出門。

「奶奶，他是給誰送的信？」

他沒說。是你二癩子二爺叫他去的。後來二癩子還想叫他送，我沒讓去，提心吊膽的。小浩，你看看我縫的這個襖，我怎麼穿不進去呢。

「奶奶，你把袖子縫到一塊了。」我抖抖那件有味的衣服，「奶奶你說，他是不是給反動派送的信？」

「不是，你別瞎說！這個可不能亂說。你二癩子二爺是地下黨，解放後他還當了半年農會主席。要不是他死得早，說不定現在當大官了。他不是反動派，你爹怎麼會給反動派送信！」

「那，我爹是地下黨？」我坐起來，朝奶奶的氣味靠得更近了些。

「也不是。我害怕。那個時候，也不知道誰勝誰負，今天這個贏了明天那個敗了，說不準。你爹也是個膽小的人。」

「我爹是地下黨。」我對奶奶說，用出十二分的認真來，「他是。他只是不能告訴你。」

他從二癩子二爺那裡接過了信，信上，還黏著三根雞毛。「要快，」二爺拍拍他的頭，「它很

重要。你必須送到。路上注意安全。」「好的。」從二爺的屋子裡出來，我的父親喬裝打扮，現在，走在路上的是一個放羊娃——其實也不用什麼特別打扮，他原來就是放羊娃，他只是把羊趕上了而已。一路無事，沒有半點兒的異常，小路安分守己，草葉安分守己，草葉上的小蟲們也叫得安分守己。到韓趙，十六里路，要顧及羊的速度……即使如此，砲樓也是越來越近，在我父親眼裡它就像是，就像是……我想不起該像什麼來，反正，每靠近一步，我父親的心就跳得更加厲害，它一直往上跳，我父親也不得不一次把它再嚥回去，好在，前面的羊不知道危險，牠們幾個走走停停，顯得依舊安分守己。二十五米，十五米，十……這時，我父親的眼睛不能用了，他看不到前方，他看到的是自己的心跳和貼在心口處的信。小孩，過來！砲樓下的兩個偽軍叫我的父親，過來！我父親更加慌亂，他的臉上像有一層紅布——看你那熊樣！小孩別怕，一個長有三顆痣的偽軍笑起來，快點，老子又不吃了你！

父親要挪不動他的腿了。他早早地豎起了雙手。「去哪兒？」「韓趙。」「幹什麼……我問你，幹什麼？」「放，放羊。走親戚。」那個偽軍摸了我父親的腿，肚子，脖子，馬上，他就要掏到我父親的胸口了，就在這時，另一個人踢了一下父親的羊，牠拉出了一串串的屎——「別，別跑！」我父親急中生智，他朝著羊奔跑的方向跑過去，踉蹌得像隻鴨子。「看這孩子，嚇得。」兩個偽軍甚至故意恐嚇，站住，開槍啦！當然他們並沒有真的那樣做。

韓趙。父親趕著羊，一臉茫然：剛才太過緊張，他竟然忘記了二爺交代的地點，也忘記了暗號。時間在一分一秒地過去。走累的父親又回到巷子裡，他坐下來，努力回想——快，你的羊，小夥計，一個匆匆路過的老人喊我，牠跑啦。往石橋那邊跑的——對，石橋！我父親突然想起二爺說到的地址，也想起了暗號……

地址，對，是那個人，沒錯兒，暗號，也對。我父親的手伸進自己懷裡：可信不見了，他掏到的只有兩根雞毛。「他讓我給你，給你……」「是不是找不到了？」那個人笑著拍拍我父親的肩膀，從他褂子下面抽出了信：「你進來的時候我就看到了。應當是你跑得太急了，還好沒被別人注意到。」

「你奶奶淨瞎說，根本沒有那麼回事。送信，送什麼信啊，地下黨可沒那麼好當的。癩二伯進農會也是後來的事兒，他覺得解放軍要勝了，自己又賤命一條。」一直住在果園的四叔回來了，他的屁股坐在炕沿，而把那條瘸腿搭在凳子上。「誰瞎說啦，你二哥不是在韓趙，差一點沒挨鬼子的槍子兒……」「那個倒不假，他回到村頭正遇到我。可不是去送信，他是去打草，你想想，我爹留下的那個筐子去哪啦？就是那次丟的，哼，還尿了一褲子。」四叔揉著他搭在板凳上的腿，「這幾天總是疼。小浩，給四叔搥搥，臭小子聽話！跟你爹一樣犟！」

「別理他，」奶奶說，「都這麼大人了，一點兒出息都不長。」「你算說錯了，現在你兒子的出息大了！我要幹一件驚天動地的大事兒！」四叔拍拍炕沿，「快，小子，過來！勤快點，以後等四叔發達了，你就當四叔的勤務員！」

「辦不到！」我有一肚子的怒氣要發，從他說第一句話的那一刻起，這股怒氣就在我的肚子裡翻騰，甚至讓我感覺下腹有些脹得疼痛。「真是你爹的兒子。」四叔抬起腳，但沒有踢到我，「知道你爹去哪兒了不？知道你爹為啥走的不？」

「別在孩子面前嚼蛆，」奶奶的聲音一下子提高了八度，裡面有沙子和碎樹枝，「我怎麼養了你這麼個混帳，你們一個個，就沒一個人讓人省心。去，」奶奶轉向我，「你去打點醬油來吧。」她在自己的懷裡搜索，「這個錢不花，也得讓你四叔弄去。我的骨髓都要讓這個兔崽子吸乾啦。」

……我沒有打到醬油，而是，在燙腳的街上走著，走著，陽光把我晒出一層細細的油，帶著焦煳的氣味。走著，我就把自己的目的走丟了，似乎還丟掉了醬油瓶——路上，我看到了樹哥哥、傻柱叔和劉強他們，他們像河水裡遇到危險的魚，在我靠近的時候聚攏了一下，然後一起跑進了劉強家院子。那時，我已經丟失了目的，我的腳便不由自主地跟上去。門閂著，他們把我隔在外面，留給我的是一條並不算窄的門縫：從這條縫裡，我仔細地看著他們的戲劇，當然還是指揮官，戰士，放羊的孩子和敵人——那天，一向扮演「敵人」的柱叔出現了倦怠，他不想總是如此，總是被槍斃。還要狠狠向後摔過去：「我要當八路，我要當八路！」誰當敵人？那誰又當叛徒？

「把他叫進來吧，」劉強說，「讓他來演。」

「不，不行。」樹哥哥咬著牙，「我們這裡不要壞人也不要叛徒。讓他滾到一邊去。」「要不你就演叛徒。」「我不演。我要麼演參謀長，要麼演戰士。指揮官還是你。」「那聽我的指揮，讓他進來演叛徒。」「不叫他，不許叫他。」「叫他吧。」「要不就沒有壞人了。」他們爭執著，我的心叫我離開，可是雙腳卻固定著牢固的釘子。門開了，劉強探出頭，你進來。我們商量過了，看你的表現。要是表現不好，以後就別再跟著我們！我們就不要你！

嗯，我點點頭，如果那時我懂得用詞，那一定是「心潮澎湃」。我眼前的路，終於不再繼續塌陷。我付出了十分的力氣，十二分的力氣。我是一個沒有骨頭的叛徒，有一顆叛徒的心，一次次的槍斃和摔倒是必須承受的懲罰，我的面孔，在恐懼、疼痛和嬉笑之間變幻，我，用十二分的表現來試圖獲得接納，包括在我八歲時所能做到的一切諂媚，搖尾乞憐……天黑下來，我們的戲劇也已散場，這時我才想起醬油和原本提在手裡的瓶。「走吧」，已經出門的樹哥哥又返回飄著塵土氣息的院子，他甚至，幫我撣了撣身上的土。

「樹哥哥，我……」

「以後，別再當叛徒。」樹哥哥直起身子，他在昏暗中的表情極為嚴肅。

父親在院子裡站著，在陽光和風裡站著，風把他的衣裳緩緩吹大。奶奶出出進進，她抱著柴火，笸子或者別的什麼，小腳走得搖擺——但她似乎沒有看到院子裡的父親，他不在奶奶的眼裡。唉。父親嘆口氣，悄悄地走出門去，把斷斷續續的哭聲甩在背後。孩子的哭聲留不下他。

他走到河邊，在柳樹的下面停下來，這時的風又大了些，夾帶著水草和魚的腥味兒。向遠處，我父親伸著長脖子：他在等人。在等一個，女人。

風吹過柳葉，柳葉柔軟，推車的趙四走到了橋上，四個麻袋放得不平，他用著小心，讓木輪的小車進入磨出的車轍裡。她，沒來。

風吹過柳枝，柳枝柔軟，水裡的水草相互糾纏，一條大魚被纏在了裡面，牠掙扎，跳躍，打起水花隨後所有水花又落回到水裡。她，沒來。

風吹過我父親頭上的帽子，父親按住它，用一隻手，三隻鴨子游過來，其中兩隻把頭扎進水裡，水面上只剩下豎起的尾巴——她，依然沒來。

風終於吹走了我父親的帽子，它掉進河裡，隨著河水漂向遠方／漂流遠去。父親追它兩步，然後走到了橋上：她，來了。我父親的眼裡有鉤，早看見她了。

兩個人，一前一後，這時的風把我父親的衣裳吹得更大了些。他們離開了橋，離開了村子。那個女人，只有背影而沒有面孔的女人，她的腰肢像一條水蛇。她搖著，搖著，真的就變成了一條水蛇，走在前面的父親卻沒能發現。水蛇追上他，然後張開牠的大口：我父親被這條大蛇慢慢吞進肚子，先是腿，腰，肩膀和脖子……父親只剩一個頭還露在外面。這時，他才意識到發生了什麼，於是他開始掙扎，喊叫著，試圖掙開——他還真的就掙開了，從他裂開的頭蓋骨上：一個小了很多的，血紅色的父親掉出來，摔在地上。摔到地上的是一隻沒有羽毛的鳥，有公雞的大小——這時，蛇已經吞下了父親的其他部分，就在牠準備再將這團滾動著的肉也吞下去時，剩餘的父親終於飛了起來，儘管飛得笨拙而艱難……

父親在院子裡站著，在陽光和風裡站著，風把他的衣裳緩緩吹大。奶奶出出進進，她抱著柴火，筐子或者別的什麼，小腳走得搖擺——但她似乎沒有看到院子裡的父親，他不在奶奶的眼裡。這時風更大了些，看上去，我父親的表情凝重，他似乎在猶豫，不安，但風把他的衣裳吹得更大了些，從脖子那裡，手臂那裡，包括腳踝那裡，都露出了羽毛，甚至把衣服都撐破了。風打著棗樹的葉子，棗樹的葉子們也相互拍打，嘩嘩嘩，我父親就像一個大風箏，搖搖晃晃地飛起來飛過了籬笆。他在空中盤旋，整個村子小得就像積累的火柴，炊煙也升不到他的高度……突然，我父親開始俯衝，在通向村處的橋上他追上了那個提著黑色包袱的女人。女人也看到了他，不，盤旋著的鳥，可她只是略略加快了些腳步。離開大路，她走向了玉米地。我父親也追上去。只見她，抬頭看了我父親一眼，然後抖開那個黑色的包裹，將那團黑色穿在了自己身上，然後騰空飛起——那麼碩大的烏鴉！牠有尖利的嘴也有尖利的爪，徑直朝我父親撲過來……我父親想逃，但已經來不及，何況他根本掌握不好自己新生的翅膀……

這是我的夢，八歲那年反覆做過的夢，我夢見父親在村口的橋邊上，被他等待的女人抓走或者撕碎。有時女人會變成蛇，有時則會變成烏鴉，老鼠或者鷹。我父親當然總是能飛起來，可他飛得不夠徹底，他並不擅長。我把我的夢壓在心底，沒和母親透露過半句——她肯定不願意聽到，我懂得，儘管那年我才八歲。九歲那年，鄰居家的姑姑來我家串門，她嫁給了遠方，三年後第一次回來探親：當時，我在院子裡蹲著，照看那些捕捉到灰蜘蛛的螞蟻——都這麼高了。她走近我，用水蛇一樣的姿態，然後摸摸我的頭——「走開，」我擺脫她的手指，「女人。」你說什麼？姑姑笑起來，笑得有些尷尬：女人？哈哈。小小年紀，知道什麼是女人？「這孩子！」母親摟過我，「這孩子。」她掩飾著，但還是變了語調。

可她一直沒問我，為什麼要那麼說，為什麼討厭「女人」。我害怕她會問，當時我就下定決心，絕不出賣我的四叔，雖然，他和奶奶的對話是我偷偷聽來的。我不說。我不說，支著耳朵，聽母親在燈下做活，喘著氣。聽著聽著，我就睡進一個新的夢裡。

在那個夢裡，我夢見一個看不清面孔的人騎在馬上，回到了村莊。母親告訴我，終有一天，飛走的父親會騎在馬上或者坐在車裡回來：那個看不清面孔的人就是父親，我朝著他奔過去，可他，卻又像煙一樣消失了。

母親病著的日子裡，她反覆說，我那沒良心的、飛走的父親，終有一天會騎在馬上或者坐在車裡回來，來接我們，「他當多大的官兒，他有多威風我們都不羨慕。他要是不好好地求我們，我們就不跟他去。」我點著頭，不去。媽，他不好好求你，我就不理他。一次一次，越來越瘦的母親只在那樣的時候才有些笑容，她讓笑容擠在眼眶周圍，停上一會兒就被抹去。

我上學了。放學的時候，出去打草的時候或者和大人們一起在田間幹活的時候，有馬車過來或者駛來一輛綠吉普，我都忍不住想追過去，想看看騎在馬上的人車上下來的人會不會是我的父親。我不認識他，所以所有的陌生人都有這個可能。我經歷著一次次的失望，暗暗下定決心：他來了，來接我們，我也不去。有翅膀又怎樣，能飛又怎樣。

多年之後，我才明白，儘管母親那麼說，但她其實早就不再期待。馬不會是她的，車不會是她的，「飛走的」父親也不會是她的，在她的心裡，他飛走了就不會再回來。永遠也不。

作者簡介

——李浩（1971-），生於河北滄州，現任河北省作家協會理事。短篇小說〈將軍的部隊〉獲第四屆魯迅文學獎、河北省文藝振興獎特別獎，〈爺爺的「債務」〉獲第三屆蒲松齡短篇小說獎，並曾獲第十二屆莊重文文學獎。作品曾被譯為英、日語，小說、詩、散文、評論曾先後發表於《人民文學》、《十月》、《花城》、《當代》、《山花》、《小說選刊》等報刊雜誌，作品累計四百餘篇。曾出版小說集《誰生來是刺客》、《側面的鏡子》、《藍試紙》，長篇小說《如歸旅店》、《鏡子裡的父親》，評論集《閱讀頌，虛構頌》等。

華　文　文　學　百　年　選　　6

華文小說百年選．中國大陸卷 2

國家圖書館出版品預行編目 (CIP) 資料

華文小說百年選．中國大陸卷 / 陳大為 , 鍾怡雯主編 .
-- 初版 . -- 臺北市 : 九歌 , 2019.06
冊 ;　公分 . -- (華文文學百年選 ; 5-6)
ISBN 978-986-450-191-5 (卷 1 : 平裝). --
ISBN 978-986-450-192-2 (卷 2 : 平裝). --
857.61　　107006859

主　　編——陳大為、鍾怡雯
創 辦 人——蔡文甫
發 行 人——蔡澤玉
出　　版——九歌出版社有限公司
台北市 105 八德路 3 段 12 巷 57 弄 40 號
電話／02-25776564・傳真／02-25789205
郵政劃撥／0112295-1

九歌文學網　www.chiuko.com.tw

印　　刷——晨捷印製股份有限公司
法律顧問——龍躍天律師 ・ 蕭雄淋律師 ・ 董安丹律師
初　　版——2019 年 6 月
定　　價——420 元
書　　號——0109406
I S B N——978-986-450-192-2